아버지의 땅

Originally published under the title DIE VATERFALLE
by Sigrid Steinbrecher
Copyright © 1991 by Rowohlt Taschenbuch Verlag, Reinbek bei Hamburg
All right reserved.

Korean translation copyright © 2006 by DULNYOUK PUBLISHING CO.
Korean edition is published by arrangement with Rowohlt Verlag through Eurobuk Agency

아버지의 덫
© 들녘, 2006

초판 1쇄 발행일 · 2006년 3월 10일

지은이 · 지그리트 슈타인브레허
옮긴이 · 이승은
펴낸이 · 이정원

펴낸곳 · 도서출판 들녘
등록일자 · 1987년 12월 12일 / 등록번호 · 10-156
주소 · 경기도 파주시 교하읍 문발리 파주출판정보단지 513-9
전화 · 영업(031)955-7374 편집(031)955-7381 팩시밀리(031)955-7393

ISBN   89 - 7527 - 526 - 4 (03850)

* 값은 뒤표지에 있습니다. 잘못된 책은 구입하신 곳에서 바꿔드립니다.
· 홈페이지 · www.ddd21.co.kr

아버지의 덫

자신의 정체성을 찾으려는 이 세상의 모든 딸들에게

지그리트 슈타인브레허 지음 · 이승은 옮김

들녘

차 례

나의 아이들 제니퍼, 요나단 그리고 세바스티안에게 이 책을 바친다.

이 아이들은 내가 아버지에 대한 연구에 파묻혀 있는 동안
항상 사랑으로 내 곁을 지켜주었다.
그리고 나에게 이렇게 말해주었다.
'엄마, 우리가 다 할 수 있어요'
이 아이들은 우리라고 말했지만
사실은 나를 말한 것이었다.

당신은 나를 사랑한다고 말하지. 하지만 난 그걸 느끼지 못해. 당신은 분명히 그곳에 있지만 당신의 현재는 텅 비어 있어. 당신은 당신의 모든 것을 줄 수 없어. 당신은 평온하게 혼자 이야기를 하고 있지만, 그 말들이 당신의 감정을 덮어버리고 있어서 정말 난 아무것도 모르겠어. 사실 당신은 침묵하고 있는 거야. 당신의 틀로 들어가 문을 걸어 잠그고 있는 거라고. 거기에는 출구라곤 없지.

우리가 주고받은 말들은 이제 아무런 의미도 없고, 우리의 침묵만을 더 깊게 만들 뿐이야.

당신은 내 말에 귀 기울이지 않을 뿐만 아니라 날 이해하지도 못해. 내가 어떤 느낌인 줄 알아? 마치 당신은 결코 배운 적이 없는 언어로 말을 하고 있는 것 같아.

당신과 함께 있으면 난 점점 말이 없어져. 하지만 당신은 그걸 알아차리지도 못하지. 혹시 그게 당신이 바라는 것 아냐?

거울을 들여다보면, 내 자신이 더욱 작아지고 하찮은 느낌이 들어. 나는 시들어가고 있어. 우리가 함께한 시간들이 결국 이런 걸까. 당신이 말하지 않아도 날 무시하고 있다는 느낌이 들어. 그래서 난 성장할 수 없는 거야.

이게 정말 사랑이란 걸까?

상처받은 사랑

_당신은 내 말에 귀 기울이지 않고, 그래서 당신은 날 이해하지 못해.

앞의 글은 한 여성이 연인에게 보내는 편지다. 그녀가 가지고 있는 연인의 이미지는 아버지의 이미지와 연결되어 있다.

연인에게 쓴 이 편지는 사실 아버지에게 보내는 편지다. 그 내용에는 무뚝뚝한 아버지에 대한 친밀함이 담겨 있다. 누가 누구인지 분간이 잘 가지 않지만 두 사람에 대한 감정은 같다. 맞는 말이다. 실제로 같으니까. 그리고 틀린 말이다. 과거의 것만 반복되고 있으니까. 어린 시절의 집에서 희미한 빛을 뿜어내고 있다. 현재와 과거가 분리되지 않고 있기 때문이다.

여성이 사랑을 할 때 아버지와 딸의 관계가 적나라하게 드러난다. 이때 여성은 과거에 경험했던 실망, 즉 배신의 경험을 분명하게 표출한다. 예전에 실망과 배신을 느끼기는 했지만 그 감정을 인식하는 것은 허용되지 않았으며, 결국 그 감정을 억누르게 되었던 것이다.

이렇듯 계속해서 스스로를 속박하고, 사랑을 할 때마다 반복되는 것은 바로 아버지와의 갈등이다. 여성들은 무시당한다고 느끼며 이번에

맺는 관계에서도 또다시 성장할 수 없으리라 느낀다. 하지만 그들에겐 저항이 허락되지 않을뿐더러 그들은 자신의 가치를 알지 못한다.

"당신은 내 말에 귀 기울이지 않을 뿐만 아니라 나를 이해하지도 못해." 예전에 저 우람하고 강력한 아버지 앞에 섰을 때 어린 딸이 느꼈던 감정과 어쩜 그리도 똑같을까. 딸은 그 사실을 절대 잊지 않았으며, 그 기억은 그녀가 어떤 애정관계를 맺든 늘 따라다닌다.

딸은 사랑을 찾아 헤매다가 결국 지친 모습으로 홀로 되돌아오고 만다. 그런 사랑을 택하는 이유는 무엇일까? 대답은 간단하다. 아버지와 이별하는 데 실패했기 때문이다. 또 어린 시절에 느꼈던 갈망이 여전히 생생하게 남아 있기 때문이다. "그래도 아버지는 정말 날 사랑하실 거야." 어른이 된 그녀는 그 갈망을 연인에게 투사함으로써 그에게 아버지와 똑같은 의미를 부여하고, 그는 거대하게, 자신은 왜소한 존재로 만들기에 주저하지 않는다.

연인에게 보내는 편지는 사실 아버지와 딸의 갈등을 묘사하고 있으며, 그들 사이에 엄청난 거리가 있음을, 다시 말해 두 사람 사이에 언어가 상실되어 있음을 보여준다. "당신의 현재는 텅 비어 있어."

이 표현은 갈등이 깊으며, 아주 먼 과거에 생겨나 쉽게 지워지지 않는 흔적을 남겨두었음을 의미한다. 그 갈등으로 딸은 사랑을 가꿔나가는 데 제한을 받게 되었고 사랑할 때마다 쉽게 상처받는다. 그리고 그 갈등으로 결국 자유로움이 존재하는 바로 그곳에 경계선이 그어진다. 딸은 아버지를 오해하고 있을 뿐만 아니라 자기 자신을 오해한다. 또한 아버지에게서 받은 상처를 이해하지 못한다.

거울을 볼 때마다 여성들은 진정한 자신의 모습을 찾는다. 하지만 아버지의 시선으로 자신을 보고 있으며, 아버지가 갖고 있는 자신의 이미지를 그대로 받아들인다. 자기 자신을 보고 인식해야 할 바로 그곳에서 그녀는 아버지의 시선과 말, 즉 아버지의 판단과 마주치게 된다. 딸은 아버지의 사랑 속에 투영된 자신의 모습을 보길 원하며, 그 속에서 자신의 정체성을 발견하고 싶어 한다. 이때 거울 속의 모습이 온전하고 환하게 빛나기를 꿈꾸지만 실제로 보고 있는 것은 그저 미완성의 단편 조각들만을 비추는 깨진 거울일 뿐이다. 이렇게 조각나 있는 자신의 모습을 거울 속에서 본 딸은 평생토록 그 조각들로 의미 있는 전체 모습을 만들기를 갈망하는 것에 스스로를 소모한다. 그러나 결코 이룰 수 없는 일이다. 깨진 거울, 그 조각들은 설령 치료를 받았다 하더라도 그저 겉만 아문 상처를 다시 벌려놓을 뿐이다.

딸은 자신의 갈망을 억누르면 상처가 쉽게 아물고, 아버지의 사랑만 있으면 예뻐질 수 있을 것이라고 생각한다. 하지만 예전에 사랑의 상처를 겪은 딸은 병들어 있다. 그녀는 자포자기 심정으로 남성의 지배를 받아들이고 항상 예속되고 싶어 한다. 아버지가 없이 성장한 딸들도 자신에게 이러한 상처가 있다는 것을 느낀다. 그들의 꿈과 동경 속에는 늘 이상적인 인물이 떠돌고 있다. 그는 아버지와 비슷한 인물로, 딸들의 인생과 사랑의 방식을 결정지으며 딸들로 하여금 정처없이 사랑의 은둔처를 찾게 만든다.

나는 수많은 여성들과 상담하면서, 인식은 물론, 해석되지 않고 기억에도 거의 남아 있지 않은 아버지와의 관계가 어떻게 진정한 자유를 가로막는 장애물이 되었는지를 줄곧 관찰해왔다. 결론은 이미 다 써 있는 각본대로다.

딸에 대한 아버지의 사랑, "나는 너한테 정말 잘해주고 싶단다"라는 아버지의 말은 정확한 연구가 필요하며, 그 진실이 무엇인지를 검증해야 한다. 모든 여성은 이 길을 혼자서 가야 한다. 이때 어느 누구도 그녀를 도와줄 수 없다. 우리의 사회는 항상 '아버지'의 편을 들고 있기 때문이다. 이 사회는 체제의 대표자를 옹호하며 그의 행위들을 덮어주고 그의 역할을 미화한다.

이 길을 갈 때 같은 여성들만이 동맹군이 될 수 있다. 그러한 탐색에 일단 착수하고 나면 같은 길을 갈 동맹군 중에서 의외로 파파걸papa girl이 많다는 점을 확실히 알게 될 것이다.

상담을 해보면, 여성들은 비록 생각할 수는 있지만 생각한 것을 삶에서 실현할 수 없을 정도로 분열을 겪고 있음이 드러난다. 그들은 "나의 파트너는 사랑할 능력이 없어"라고 쉽게 생각한다. 하지만 그의 무능력에 그녀의 행동과 감정이 연관되어 있다는 생각은 하지 못한다. 오히려 그녀는 스스로를 책망하고 자기 비탄에 빠지며 새롭고 더 나은 행동방식을 찾아 헤맨다. 결국 모든 것은 예전과 똑같다. 아버지와 함께 있을 때와 똑같다. 아버지의 사랑과 인정을 바랐지만 아무것도 얻지 못하고 하염없이 기다리기만 했던 어린 소녀의 시절과 똑같이.

이렇듯 딸은 채워지지 않은 사랑으로 늘 고통을 받는다. 아버지는 사랑을 줄 생각이 없고, 딸은 이런 상황의 책임을 자신에게 돌리고 그 고통을 감내하는 것만이 최선이라고 생각한다. 이 세상은 고통받는 딸들로 가득 차 있다. 그리고 오로지 이런 방식으로만 아버지는 자신의 자아상을 유지함과 동시에, 그런 상황에 자신이 관련 있다는 사실과 이 기심을 은폐한다.

딸은 기꺼이 아버지를 돕는다. 자기 인생의 첫 남자인 아버지에게 온순하게 침묵의 커튼을 내리면서 과거, 다시 말해 아버지와 대결하는 것을 피한다. 여기에서 여성의 탐구정신이 멈춰버린다. 딸은 "아버지를 존경하라"는 전통을 얌전히 따르지만, 마음속에 감춰져 있는 굴곡진 어딘가에는 아버지에 대한 진실이 꿈틀대고 있다. 늘 부족하고 초조하게 살아온 인생을 한번 되돌아보기만 해도 틀림없이 그 사실은 입증될 것이다.

이렇게 침묵하면서, 또한 아버지에 대한 내면화된 이미지의 실체를 부인하면서 딸은 스스로를 보잘것없이 여기는 반면, 아버지는 너무나 중요한 존재로 여긴다. 언제나 딸은 "그래, 참 잘했어. 너는 착한 딸이야"라고 인정해주는 말을 기다리고 있다. 하지만 이런 인정의 말을 듣는 딸은 소수일 뿐이다. 대다수의 딸들은 과거의 파파걸 역할에 머물러 있다. 여전히 인정받으려는 갈망을 포기하지 못하고 있는 것이다. 이런 여성들은 분노를 잊어버렸으며, 분노를 자신에게 도움이 되도록 활용할 수도 없다. 오로지 방향을 잃고, 이성적인 어른에서 응석받이 어린 소녀로 왔다갔다할 뿐이다. 그들은 사랑도 하고 미워도 하지만, 자신의 감정을 파악하지 못해 혼란스러워한다. 그리고 파트너 역시 혼란스러움으로 빠져들게 한다.

신여성문학*에서는 아버지와의 갈등을 특별한 방식으로 다루고 있다. 이런 경우 흔히, 아버지에 대한 묘사를 하면서도 침묵의 대상으로 치부하고 있다. 온갖 암시들과 이해심 넘치는 용서의 제스처로 아버지라는 주제가 안고 있는 두려움을 은폐하려고 한다. 여성들은 남성들의 눈에 거슬려서는 안 된다. 이는 남성 문화에서 명문화되어 있지 않은 강력한 법칙이다. 그리고 그 때문에 여성들은 침묵한다.

상담을 청하는 여성들이 어머니와의 관계에 대해 쉽게, 그리고 두려움 없이 이야기하는 모습을 나는 여러 차례 경험했다. 하지만 "나는 어머니와 같아요"라는 슬픈 결말에 이르는 경우가 대부분이다. 그런 문제로 씨름하는 것은 궁극적으로 여성들에게 해방을 가져다주지 않는다. 물론 기회 있을 때마다 어머니와 자신을 동일시하는 것에 대해 주의를 환기시키는 것이 적절하다는 것은 인정한다. 그러나 어머니 역시

* 1968년 학생운동의 영향으로 시작된 독일의 여성운동을 이전의 자유주의적 또는 사회주의적 여성운동의 흐름과 구별하기 위해 '신여성운동Neue Frauenbewegung'이라고 하는데, 이 운동의 영향을 받아 1970년대 초반부터 활발하게 전개된 여성문학을 '신여성문학Neue Frauenliteratur'이라고 한다. ─옮긴이

여성이고 그 딸을 키웠다. 따라서 여성들의 문제는 여성들만의 문제로 남아 있게 된다. 다시 말해 우리가 살고 있는 남성 문화의 시각에서 볼 때 전적으로 여성들만이 가지고 있는 문제들 중 하나가 되어버린다는 뜻이다. 이에 대해 보부아르는 "모든 어머니 뒤에는 아버지가 있으며, 아버지는 권력을 휘두른다. 아버지의 권위는 실질적인 사회적 질서다. 이 같은 사실이 부각될 때 프로이트의 이론은 실패한 것이나 다름없다"고 말한다.

현실적으로 딸의 성장에 대해 아버지라는 존재의 의미가 과소평가되고 있다. 즉 딸의 심리에 아버지가 어떤 영향을 끼치는지 예리하게 분석되지 않는 실정이다. 또한 "나의 아버지는 실제로 어떤 사람이었던가?"라는 질문조차 허용되지 않는다. 모든 딸들은 결코 어떤 사람인지 알아서는 안 되는 아버지와 함께 살고 있다. 아버지의 심리적인 실체에 대해 관심을 가져선 안 되는 것이다.

지그문트 프로이트는 오이디푸스 콤플렉스 이론에서 아들이 아버지에 대해 경쟁심을 가지는 근거를 제시한 바 있다. 하지만 그는 딸의 충족되지 못한 갈망, 억압된 희망, 그리고 "나는 정말 너에게 잘해주고 싶단다" 등의 지켜지지 않는 아버지의 약속이 어린 딸에게 어떻게 고통스런 영향을 끼치는지는 언급하지 않았다. 아버지의 헛된 약속으로 딸이 그 감정을 부정하고, 결코 충족할 수 없게 된다는 것을.

과연 얼마나 많은 아버지가 딸의 발전을 위해 애정과 관심을 어린 딸에게 주었을까?

여성의 본질에 대해 연구하던 프로이트는 일찌감치 다음과 같은 자기 비판적인 질문으로 연구를 마무리지었다. "여자가 (진실로) 원하는 것은 무엇인가?" 그리고는 여성들을 페니스를 동경하는 존재로 폄하하기에 이르렀다. "처음부터 소녀는 소년이 소유하고 있는 것을 부러워했다. 그러므로 소녀의 발전은 페니스 동경이라는 특징 속에서 완성된다고 할 수 있다." 이 남근男根 이론은 프로이트가 남성의 입장에서 설명하려는 노력의 시작이자 끝이다. 결국 소녀에게는 아버지가 소유하고 있는 남근이 결핍되어 있다는 컷이다.

물론 그가 옳은 점도 있다. 크고 강력한 아버지와 반대로 딸은 자신이 무기력하고 어찌해야 할지 모르며, 아버지의 사랑에 전적으로 의존하고 있다고 느끼고 있다. 하지만 이런 감정을 페니스 동경으로 폄하한 프로이트의 이론에는 소녀와 여성의 감정을 염두에 두지 않았을 뿐만 아니라, 그 문제의 책임을 여성들에게 전가하고 있다.

프로이트는 여성을 생물학적으로 결핍된 존재로 규정지어버렸다. 이런 이론은 받아들일 수 없지만, 파급 효과는 결코 만만치 않다.

작가 크리스티안느 올리비에는 『요카스테의 아이들』이라는 작품에서 아버지의 부재로 딸들이 욕구불만을 가지게 된다고 주장한다. 다시 말해, 딸이 유년 시절 성적性的 정체성을 형성하는 과정에서 동일시할 남성의 중요성에 대해 지적하는 것이다. "아버지만이 딸에게 여성으로서 적절한 위치를 부여해줄 수 있다. 그 이유는 아버지는 여성이라는 성을 남성의 보충적인 존재로 보고 있으며, 쾌감을 느끼기 위해 반드시 필요한 존재로 여기기 때문이다."

그러므로 어린 딸의 기저귀를 갈아주지 않는 아버지는 '남성'으로서 딸에게 애정을 보여주지 않기 때문에 어린 딸이 유아기에 성적 정체성을 형성하는 것을 방해한다는 것이다. 그 결과, 딸은 항상 아버지를 찾게 되고 여성으로서의 자신의 정체성을 발견하지 못하게 된다는 것이다. 올리비에의 이런 주장은 전통적인 심리분석의 관점에 충실한, 성에 대한 생물학적 해석의 틀에 사로잡혀 있다. 그녀는 딸을 아버지에 대한 보충적인 존재로 보고 있다. 아버지는 자신의 즐거움을 위해 딸이라는 존재가 필요하고, 딸은 여성으로서의 정체성을 위해 아버지라는 존재가 필요하다는 식이다. 이는 상당히 위험한 주장이다. 자칫 남자의 성폭행뿐만 아니라 유혹의 책임을 여자 쪽으로 돌리는 판결을 정당화시키기 때문이다.

우리는 아버지를 찾고 있다. 맞는 말이다. 올리비에는 "가장 깊은 곳에서 상처를 입은 채 우리 모두는 아버지의 자리가 텅 비어 있는 이 오이디푸스를 떠난다"라고 표현했다. 하지만 이것의 원인이 어린 시절 성적 정체성이 형성되지 못했기 때문에, 즉 아버지의 '육체적인 부재'라든가 아버지가 남성으로서의 애정을 보여주지 않아서만은 아니다. 최근 들어, 여성들의 이야기나 글에서 점점 더 많이 눈에 띄는 점이 하나 있다. 여성들 스스로가 아버지의 즐거움을 위해 필요한 보충적인 존재라는 사실을 매우 기분 좋게 받아들인다는 사실이다. 이렇게 볼 때, 남성에게서 받는 애정이 별로 부족하지 않은 것으로 생각할 수 있다. 게다가 언제든지 가능한 일일 테니까.

아버지의 '육체적인 부재'는, 딸이 결국 아버지를 찾을 수밖에 없고 상대 남자에게서는 그런 존재를 발견하지 못한다는 근거가 될 수 없다. 딸이 사랑받지 못한다고 느끼는 이유는 아버지의 남성으로서의 애정이 아니라 인간적인 애정이 부족했기 때문이다. 문제가 되는 것은 아이의 성적 정체성이 아니라 사랑의 결핍이며, 이는 여자아이의 인격형성 과정에서 그 무엇과도 비교할 수 없는 커다란 비중을 차지한다.

늘 함께 있든, 저녁 시간에만 있든, 주말에만 보든지 간에 아버지는 특정한 상황에서만 딸에게 관심을 보인다. 그리고 딸은 이렇게 엇갈리는 아버지의 관심과 무관심에 의존하게 된다. 딸의 인생에 대한 개념과 감정 형성은 아버지의 사랑을 바라는 정당한 희망에서 비롯된다. 아버지의 사랑은 딸의 발전에 결정적인 영향을 끼친다. 여기서 문제가 되는 것은, 딸의 마음을 전혀 존중해주지 않고 딸의 진정한 모습에 대해 아무런 생각이 없는 아버지의 태도다. 결국 이런 아버지와 딸과의 관계는 공허할 수밖에 없다.

　이런 관계는 딸에게 아주 중대한 결과를 가져온다. 열등감에 젖고 수동적이 된 딸은 이 세상에서 자기가 있어야 할 자리를 잃어버려 찾아 헤매게 된다. 사랑을 잃을지도 모른다는 두려움, 버림받을 것 같은 느낌, 실존에 대한 두려움이 커져만 가고 결국 깊은 불안감에 휩싸이게 된다. 왜 여성들은 이런 상태를 당당히 극복하고 더 앞으로 나아가 자기 자신을 발견할 수 없는 걸까?

　이러한 상태는 운명적이거나 타고나는 것은 아니지만, 정말 바꿀 수 없는 것일까? 이 질문은 아이들 사이에서 인기 있는 수수께끼를 생각나게 한다. '검고, 다리는 두 개인데 볼 수는 없어. 그게 뭐게?'

　이 수수께끼의 해답은 여성들이 자신의 과거를 떠올리면 금방 알 수 있다. 충분히 이해하지 못한 채 평생 동안 자신의 여행가방 속에 보관만 하고 있는 사람, 바로 아버지가 그 해답이다. 여성들을 과거에 묶어 두는 것은 아버지다. 그 이유는 아버지로부터 사랑, 즉 인간적인 애정과 존중을 받지 못했기 때문이다.

　유년기의 이러한 검은 남자에 대해 모든 여성들은 관심을 가져야만 한다. 자기 감정의 실체를 스스로 조절하고 싶고 전통적으로 여성에게 가해지는 비난에서 벗어나고 싶다면 말이다. 이 과정은 과거로의 여행과 더불어 과거에서 맺었던 관계들을 일일이 대면해야만 비로소 이루어진다. 그래야만 자기 인생의 첫 번째 남자가, 아직 자신이 너무 어려서 전혀 저항할 수 없었던 그 시기에, 어떤 역할을 했는지를 제대로 인식하는 법을 배울 수 있다. 어린 딸은 그 당시의 분위기를 있는 그대로 다 받아들였으며, 훗날 그녀의 감정을 규정하게 되었다. 모든 여성들이 '요구사항이 없는 얌전한 딸의 모습'에서 해방되려면 우선 그 당시의 아버지에 대한 의미를 이해해야 한다. 그리고 그 당시 전적으로 의존적인 상태에서 아버지가 내리는 판단을 그대로 따를 수밖에 없었던 어린 시절의 소녀를 만나 그때의 감정을 파악해야 한다.

나는 수많은 여성들이 이러한 작업을 할 수 있도록 도움을 주고 싶었다. 따라서 그 과정을 해냈던 여성들의 경험을 바탕으로 하여 이 책을 쓰게 되었다. 그 과정은 곧 갈등으로 점철된 여정이기도 하다. 그 여정의 교차로에는 이런 말이 쓰인 표지판이 서 있다. "그러면 안 돼", "그것은 안 될 일이야", "너는 할 수 없어." 그 명령들은 우리를 위협하고 있지만, 우리가 용감하게 자기 자신의 친구이자 진정한 동반자가 되고 싶다면 그러한 명령들은 어느덧 사라지고 말 것이다.

우리는 아버지에게서 그리고 아버지와 함께 사랑의 게임 규칙을 배우고 익혔다. 아버지에 의해 우리는 딸로 키워졌다. 우리의 자기 평가, 자신을 대하는 법, 남자에 대한 이미지, 이 모든 것은 어린 시절 양육 과정의 결과다. 사랑을 하면서 겪는 감정의 엇갈림과 혼란들은 바로 아버지와 딸의 혼란스러웠던 관계의 반복일 뿐이다.

여성들은 이런 통찰을 두려워한다. 그리고 아버지를 현실로 불러내는 것을 두려워한다. 단지 인생의 첫 번째 남자를 소중히 간직하고 싶을 따름이다. 우리는 "그 모든 일들은 이미 옛날 일이고, 아버지도 나름대로 노력하셨어"라는 식으로 기억을 차단하거나 "항상 아버지가 미웠어"라는 식으로 단언해버림으로써 통찰을 회피하려고 한다.

아버지가 더 이상 커다란 비중을 차지하지 않는 경우도 아주 많다. 이것은 바로 많은 여성들이 아버지에 대한 자신의 관계가 이미 해명되었다고, 그래서 이제는 자신에게 전혀 문제될 게 없다고 주장하는 근거이기도 하다.

왜 아버지가 그토록 중요해 보이지 않는지, 왜 아버지를 그렇듯 조심스럽게 기억에서 배제시키는지, 그리고 그 과정에서 자기 삶의 역사 또한 사라지는 이유를 스스로에게 묻는 여성들은 극소수다. 그 누구도 아름답고 행복한 체험들을 기억에서 몰아내지는 않는다. 반면, 부정하고 잊어버린다는 것은 그 일들이 행복보다는 불행과 관련이 있다는 것을 암시한다. 그러므로 화해의 차원에서 기억을 억누르는 것 역시 변화시키기보다는 덮어 감추려는 특성을 가지고 있다.

의견을 내세우고 단정적으로 말하는 것만으로는 부족하다. 이런 경우는 '과거로의 시선'을 차단할 뿐이며, 진실 즉 모든 경험들을 저장하고 있는 우리 안의 어린 소녀라는 현실을 묻을 뿐이다. 그 어린 소녀를 피하고 싶은 것이다.

화해할 마음이 있든 없든 우리는 스스로의 미래를 구상할 수 있다고 믿는다. 하지만 어린 시절의 현실이 억눌린 과거로 있는 한, 변화할 수 없다. 그 현실은 우리가 원하든 아니든, 느끼든 아니든 구체적인 삶의 상황 속에서 언제나 우리의 발목을 잡는다. 이미 경험된 그 현실은 우리의 감정과 육체 속에 확고하게 뿌리를 내려 계속 효력을 발휘하며, 결코 쉽게 잊혀지지 않는다.

그리고 적절한 상황, 즉 갈등과 위기의 상황이 되면 무기력, 분노, 두려움 그리고 왜소함과 같은 어린 시절의 감정이 위세를 떨친다. 그러한 감정은 결국 후회하게 될, 결코 되돌릴 수 없는 그런 결정을 내리도록 여성들을 잘못된 길로 이끈다.

이혼, 별거 또는 연인과 헤어지는 과정에서 여성들은 다시금 풀리지 않은 수수께끼 앞에 서 있게 된다. 자신의 감정, 성장 과정 그리고 목표는 희미해지고 스스로도 낯설다. 그리고 자신에게 묻는다. "도대체 나는 누구이며, 어떤 의미가 있는 걸까?"

프로이트는 이 지점에서 여성에게 종속된 지위를 할당해준다. 그러한 지위에서 여성은 행복을 발견하게 된다고 주장한다. "여자 오이디푸스의 위치에 계속 머물러 있다 해도 여성에게는 조금도 해가 되지 않는다. 그렇게 되면 여성은 아버지와 같은 특성을 가진 남편을 고르게 되고, 기꺼이 그의 권위를 인정해주기 때문이다."

그의 주장에 대해 나는 이렇게 말하고 싶다.

"하지만 프로이트 씨, 그로 말미암은 피해가 그 정도면 엄청나게 큰 것 아닌가요? 권위와 권력의 구조가 모든 사랑을 배제시킨다는 것은 삼척동자도 다 아는 얘기잖아요?"

여성의 인생에서 모든 문제의 근원은 다름 아닌 아버지의 권력과 아버지에 대한 무조건적인 복종이다. 여성은 그런 문제들의 원인을 스스로에게 설명할 수 없다. 아무리 애써 피하려 해도 끊임없이 상처를 입고, 그러면서도 계속 반복한다. 아버지와의 관계의 역사를 알지 못하고 있기 때문이다.

이미 모든 일은 과거이고, 유감스럽게도 현재는 그다지 아름답지 못한 과거의 재현일 뿐이다. 이것이 바로 아버지의 덫이다.

예전에 딸을 유혹했던 것은 인정하는 시선, 칭찬하는 말 그리고 아버지의 사랑을 얻을 수 있으리란 희망이다. 그것을 얻으려고 딸은 자기 자신을 부인해왔다. 먼 훗날 그 실체가 드러나겠지만, 그 대가로 얻은 것은 아무것도 없다. 문제는 단지 유혹적인 아버지의 말이 변함없이 효력을 발휘한다는 것뿐이다. 딸은 그 꼬임에 빠지면 반드시 소외와 고독으로 다시 빠지게 된다는 것을 알면서도 그 목소리를 신뢰한다.

아버지의 덫

"불쌍한 것, 사람들이 너에게 무슨 짓을 한 거니?"

곱슬머리에 반짝이는 눈과 사려 깊고 호기심이 많으며 항상 뭐든지 기꺼이 함께하려 하고, 세상에 대해 늘 열려 있던 그 어린 소녀에게 무슨 일이 일어났는가?

아주 느리게, 조금씩 조금씩, 그 아이는 호기심과 광채를 잃어가고 있다. 세상이 자신에게 주어진 것이 아니라는 사실을 어렸을 때부터 느낀다. 아이는 무너져내린다. 아이는 문밖에 쫓겨나 있는 한 존재의 감정을 강렬하고도 고통스럽게 경험한다. 하지만 아이는 그것을 이해할 수 없다. 성장 과정의 매순간 이러한 감정은 강화된다. 성장한다는 것은 동시에 현실을 강하게 비판한다는 것, 즉 신랄해지고 실망을 억누른다는 것을 의미했다. 여섯 살이 되었을 때 아이는 크고 편한 안락의자, 즉 아버지의 안락의자 뒤에 앉아 더 이상 숨을 쉬고 싶지 않았다. 아이는 세상에 대한 신뢰를 이미 잃었던 것이다. 모든 것이 불안해지고, 끔찍한 두려움이 퍼져 나갔다. 아이는 차라리 숨을 멈춰 질식해서 죽고 싶었다. 이미 분노는 걷잡을 수 없는 상태였고, 세상은 더 이상 살 만한 곳이 아니었다.

그것은 어린 소녀가 도저히 편안하게 느낄 수 없는 세상에서 살고 싶지 않다는 소박한 상상이었고, 절망적인 안간힘이었다. 아이는 살아야 할 의무가 있다는 것, 즉 바로 본능의 힘이라는 것을 아직 모른다. 오랜 시간 동안 절망적으로 애를 쓰고 눈물을 흘린 뒤에야 아이는 그 시도를 포기했다. 자기도 모르게 숨을 내쉬기 시작했다. 부끄러워하며 아이는 안락의자 뒤에서 기어 나왔다. 아직도 남아 있는 날들을 살아가기 위해서.

그 아이는 얌전한 소녀가 되어 언제나 그리고 끊임없이 아버지의 마음에 들려고 노력했다. 여성성을 기르기 위한 훈련이 이미 시작되었다. 아이는 스스로를 부인하고 아버지의 기분을 맞추면서 아버지의 마음에 드는 물건들과 사람들을 좋아하려고 노력했다. 그러면서 아이는 남성들의 거칠고 저속한 태도에 혐오감을 느꼈다. 아이가 만나는 사람들과의 관계에서 아름다운 것은 아무것도 없었다.

하지만 "이리 와라, 우리 딸"이라는 아버지의 말에 아이는 순순히 그의 품으로 기어 들어갔다. "너는 이 세상에서 가장 예쁜 내 딸이야"라는 말이 그녀가 스스로를 속이는 것에 대한 최고의 보상이었다.

아이는 점점 수줍어졌다. 그리고 사람들과 한자리에 모일 때는 더 조용해졌다. 눈만이 다른 언어를 이야기하고 있었다. 아주 드물기는 해도, 그 눈을 들여다보고 그 아이의 영혼을 알아보는 사람이 있었다. 정말, 우연한 만남이었고 행복한 순간들이었다. 그 아이는 어른이 되었다. 번잡한 집안 분위기 속에서 낯선 존재였고, 아무도 의식하지 못하는 사이에 어른으로 성장했던 것이다. 어느 누구도 그녀가 누구인지 알지 못했다. 그녀는 영원히 혼자였다.

그녀의 안락의자 상황은 실제로 변한 것이 없었다. 그렇게 그녀는 상황에 순응했으며, 더욱더 얌전해졌다. 그래도 마음속으로 소망해왔던 것, 바로 아버지의 사랑을 결코 얻지 못했다.

이 소녀에게 일어났던 일과 비슷한 일이 실제로 많은 딸들에게 일어났다. 거의 모든 여성들이 아버지의 덫을 기억한다. 그것은 어린 시절 놀라움에 숨이 멎을 것 같고, 두려움을 삼키면서 그리고? ……결국에는 얌전하게 행동할 수밖에 없었던 어린 시절의 사건 말이다. 다시는 아버지를 화나게 하고 싶지 않았고, 그의 분노와 거친 행동에 꼼짝없이 당하고 싶지 않았다. 아버지에 대한 두려움과 그럼에도 그의 사랑을 얻고 싶다는 희망에서 딸은 자기 부인이라는 험난한 여정에 올랐으며, "너는 이 세상에서 가장 예쁜 내 딸이야"라는 아버지의 유혹의 말을 뿌리치지 못했다.

많은 여성들이 어린 시절로 돌아가 자기 안에 있는 그 어린 소녀를 다시 만날 때마다 절망적인 분노가 치밀어오르는 것을 경험한다. 놀라서 숨을 멈추었던 기억, 죽고 싶었던 마음, 그 절망. 이 모든 것은 결코 그 누구에게도 이야기한 적이 없는 소녀의 인생 경험이자 비극이다. 딸은 그 경험을 혼자 간직하고 속으로 삼켜버리며 조심스럽게 기억에서 밀어낸다. 이런 일들이 아예 일어나지 않은 것처럼 말이다.

하지만 그 일들은 분명히 일어났으며 조심스럽게 감정 속에 저장되어 있다. 그런 경험은 잠시 잊혀지고 이해되지 못한 채로 머물러 있지만, 성장한 여성의 감정에 계속 영향을 미쳐 절망적인 분노와 회의의 감정을 일으킨다. 딸은 아버지를 똑바로 보거나 인식하지 못한 상태에서, 인생의 첫 남자와 더불어 자신의 과거를 부인하거나 잊어버린다. 그러는 동안 그녀는 자기 자신에게 낯선 존재로 계속 남아 있게 된다. 그녀는 자신이 어떤 게임의 법칙에 따라 살고 있는지 알지 못하며, 영혼의 기본 멜로디조차 인식하지 못한다. 그녀는 슬프고 화나고 기쁘거나 명랑하다. 하지만 자신이 왜 그런지 정확히 알지 못한다.

끝내 여성들은 사랑을 찾지 못한다. 남성들과의 생활에 엄청난 노력을 기울이지만 의미가 없고, 마침내 자신에게 너무나 익숙한 확신으로 귀결된다. 나는 사랑받을 가치가 없어.

이 짧지만 절망적인 문장은 인생에서 커다란 폭발력을 지닌다. 그것에는 어쩔 수 없이 반대 표현이 필요하기 때문에 여성은 곧장 사랑의 망상에 빠져든다. 여성은 항상 그것에 사로잡혀 있다. 어디로 가든 어디에 있든 그 광기는 그녀와 함께 있으면서 재촉하고, 속삭이고 소리지른다. 그녀의 인생이 그 망상을 중심으로 돌아간다. 그녀는 그 망상을 없애버리고 싶다.

전혀 이루어질 가능성이 없는 지경에 이르면, 이제 꿈을 꾸기 시작한다. 그녀는 평생 동안 사랑의 거짓에 사로잡혀 현실을 제대로 보지 못한다. 과거에 사랑이 없는 아버지를 대신하여 자신이 원하는 아버지를 꿈꾸었던 것처럼, 이제는 한 남자의 모습에서 진정으로 사랑하는 사람에 대해 꿈꾸기 시작한다.

여성들은 절망하는 딸의 감정에 사로잡혀 매우 정확하고 능숙하게 자기 자신, 자신의 가능성과 능력을 대수롭지 않게 여기며 살아간다.

여성들은 아버지가 키워준 모습, 즉 아버지의 안락의자 뒤에 있는 얌전한 딸의 모습에 그대로 머물러 있다. 남자의 쓸모에 맞는 그런 모습으로. 여성들은 자신의 과거를, 자신 안에 있는 그 어린 소녀를 만나지도 않을뿐더러 부인하며 살아간다. 그리고 그런 식으로 자신의 원천적인 생명력을 빼앗아버린다.

이 어린 소녀는 그저 존재만 하도록 내버려두고 억압된 유년기의 어둠침침한 지하실에 가둔 채 제대로 자라지 못하게 하면 결국 무시무시한 힘을 발휘하기 때문이다.

자신 속에 있는 그 어린 소녀의 입장이 되는 것, 자신의 문제에 대한 변호인이 되는 것은 무엇보다도 자기 자신을 받아들이고 '나는 부족하다'라는 영원한 자기 회의로부터 해방된다는 것을 의미한다. 하지만 그 점을 예감하는 여성들은 아주 극소수에 지나지 않으며, 대부분의 여성들은 고집스럽게 자신 안에 있는 그 어린 소녀를 부인한다. 겉모습은 어른이 되어도 그 어린 소녀는 함께 성장할 수 없었던 것이다. 그래서 어린 소녀는 어른이 된 여성이 결정을 내리는 순간, 끊임없이 아주 눈에 띌 정도로 엉뚱한 방식으로 방해를 놓는다. 꿈과 현실 사이의 삶, 즉 사람들이 인생이라고 부르는 그 좁은 산마루에 대해 책임이 있는 것은 아무도 알아주지 않는, 사랑받지 못한 그 어린 소녀다.

한 여성이 상담실에 와서 그 어린 소녀와의 투쟁을 짧고도 아주 생생하게 묘사해주었다. 그녀는 두 팔로 자신의 몸을 감싸안으며 말했다.

"내 안에 있는 어린 소녀야, 나는 너를 사랑하고 싶어. 하지만 항상 나는 너를 잊었고 꾸짖었어. 하지만 네가 그렇게 무기력하고 불만족스러운 상태로 고통받지 않았으면 좋겠어. 나는 너의 외침을 더 이상 참을 수가 없어서 너를 그냥 나한테서 떼어내버렸어. 그리고 나니까 안정되었고 이성적인 여자로 평가받게 되었지. 무슨 말이든 할 수 있는 여자로 말이야. 아무리 병들게 하고 상처를 줘도 두려움이 없는 그런 여자 말이야. 나는 너의 외침, 너의 울부짖음을 흘려들었어. 하지만 흘려들으면 들을수록 너의 외침은 더 길어졌지. 그 때문에 난 무감각하게 되었어. 정말로 감정이 없는 사람이 되어버린 거야."

어떤 여성이든 그 어린 소녀의 외침을 흘려들으면 쓰라린 결과를 얻게 된다. 그것은 삶에 반드시 필요한 감정들, 즉 여성의 풍요로운 감정의 세계를 죽이며, 그녀로 하여금 이미지의 세계에서 살도록 가두기 때문이다. 즉 아버지의 이미지로 가득 찬 세계에서 살게 말이다.

하지만 그토록 오랫동안 쫓아냈던 이 어린 소녀를 다시 만나기로 결심하고 과거에 아버지의 강요로 체득한 오류를 깨닫는 것은 그리 간단치 않다. 아버지의 덫에 걸려 있는 소녀가 그렇게 하려면 그 당시의 불의를 찾아내어 그것을 이해한 후 단순히 그 기억을 다시 억압하여 순수한 사랑으로 재해석해서는 안 된다. 그 당시의 분노와 노여움을 정말 제대로 느껴야만 한다.

이제 여성들은 자신이 처한 지금의 상황을 문제시해야 한다. 즉 자신의 내적인(은폐된) 삶을 실망한 어린 소녀가 지배하고 있다는 사실을 인식할 용기를 가져야 한다는 뜻이다. 그 소녀는 자신의 목소리에 귀를 기울여주지 않으면 억지로 사랑을 받아내려고 기를 쓰며 결코 평안을 주지 않는다. 사랑이 실패하게 될 때까지, 어떤 탈출구도 더 이상 없을 때까지, 그리고 완전히 체념한 채 어떤 연애도 하지 않겠다고 결심하고 뒤로 물러나게 될 때까지…….

그 정도의 상태에 이르려면 딸은 수천 개의 걸림돌이 놓여 있는 긴 과정을 견뎌내야 한다. 사랑을 얻기 위해 딸은 아버지 곁에 있을 때처럼 투쟁하고 또 투쟁한다.

이러한 사랑에 대한 생각, 즉 사랑을 얻으려는 헛된 투쟁은 아버지의 덫 때문에 생긴 결과다. 딸은 "내가 상냥하게 굴기만 하면 사랑을 받게 될 거야"라고 잘못된 추측 속에서 살고 있다.

여성들은 하고 싶은 대로 사랑을 하고, 아무런 제약 없이 사랑에만 전념해도 된다는 특권을 가지고 있다. 이는 지금도 여전히 여성들만이 누리고 있는, 아주 의심스러운 특권이다. 여성의 삶 중심에는 사랑이 있다. 여성의 기분은 애정관계의 굴곡에 따라 괜찮다가도 이내 무너지 곤 한다. 사랑의 행복과 고통은 예전과 변함없이 여성해방의 시대인 지금도 여성의 감정 세계를 지배한다. 물론 여성들은 배움에 대한 갈망으로 대학에 진학하기도 하고, 아이들을 양육하기도 하며, 직업을 가지기도 하고, 훌륭한 업적을 이루기도 한다. 하지만 이 모든 것들은 그저 곁다리에 지나지 않는다.

거의 모든 여성들이 헌신적인 사랑에서는 최고의 능력을 가지고 있다고 인정받고 있지만, 정작 자신을 존중하는 마음에서 비롯되는 남녀 동등의 사랑할 능력이 있다고 인정받는 여성은 극소수다. 17세기 독일의 서정시인인 플레밍의 말처럼, "나를 나 스스로가 사랑하지 않는다면 어느 누구도 사랑할 수 없다. 나 자신을 사랑하는 것 이상으로 다른 사람을 사랑할 수는 없다."

하지만 딸은 자기 자신을 사랑하는 법을 배운 적이 없다. 그 대신 딸은 아버지를 사랑해야만 했다. 아버지가 아무렇지도 않게 내뱉는, '이리 오렴, 내 딸아'라는 말을 들으려고 딸은 스스로를 부인하는 법을 배웠다. 그러느라 딸은 자신을 사랑할 여력이 없었고, 자기 자신을 잊어버리기까지 했다. 그리고 이 첫사랑이 결코 이루어지지 않은 탓에 어린 시절의 동경은 줄곧 희망 사항으로 남아 있을 뿐이다. "언젠가는 틀림없이 아버지가 날 사랑할 거야!"

딸은 사랑 외에는 아무것도 요구하지 않는다. 사랑을 얻기 위해 자발적으로 이루어지는 순응은 불가능한 것을, 즉 사랑에 대한 꿈을 실현시키려는 시도로 이어지게 된다. 그러나 이런 시도의 대부분은 실패로 끝나고 만다.

아버지에게 속박되어 있는 여성은 자유를 누리지 못한다. 사랑의 구속 때문에 여성들은 지금 이 순간까지도 아버지가 딸에게 제시하고 관철시키려는 그 사랑의 조건들로 되돌아갈 수밖에 없다.

그렇기 때문에 여성해방적인 의식을 가진 여성들조차도 감정적인 측면에서는 결국 부탁하는 입장에 서 있을 뿐이다. 그들의 사랑의 능력은 곧 자신에 대한 포기로 이어진다.

> 나는 내가 사랑하는 그 사람과 함께 가고 싶다.
> 나는 그에 대한 대가가 무엇인지 계산하고 싶지 않다.
> 나는 무엇이 좋은지를 심사숙고하고 싶지 않다.
> 나는 그가 나를 사랑하는지 알고 싶지 않다.
> 나는 내가 사랑하는 그 사람과 함께 가고 싶다.
>
> _브레히트

여성들로 하여금 이러한 이상을 좇게 한 것은 여성해방이 아니다. 오히려 해결되지 않은 아버지에 대한 집착이며, 이는 자기 포기로 빠져들게 한다. 자기 포기는 사랑의 능력이 아니라 지난날 딸이 생존을 위해 택했던 전략의 표현이자 가능성일 뿐이다. 이로써 딸은 자기 자신과 인생에 대해 거리를 가지게 된다. '나 자신에 대해 아는 게 거의 없어. 나의 감정을 나는 소중하게 여기지 않아. 다른 사람들의 감정은 더욱더 그렇고.'

파파걸에 대해

당신은 나에게 너무나 복잡해.

끊임없이 "나는 누구이며, 주변사람들은 날 어떻게 볼까?"라는 질문이 뇌리에 맴돌고 있다면, 당신이 파파걸이라는 확실한 증거다. 그 질문은 여성들이 자기 자신과 자신의 감정에 접촉할 수 없도록 차단한다. 결국 남아 있는 것이라고는 타인의 평가뿐이며, 스스로 그것에 따라 좌지우지하게 된다. 여성들은 자신에 대해 끊임없이 회의를 품고 있으며, 그런 태도는 곧 과거에 자신을 부족한 존재라고 여겼던 아버지의 판단이 옳았다고 인정하는 것이다.

파파걸은 어디에나 있다. 부엌에서 가족을 돌보는 보호자이자 수호자로 존재한다. 하지만 전혀 생각지 못한 곳에서도 발견할 수 있다. 여성운동권 내부와 최고 경영자들 속에도 있다. 사회 참여적 열정이 어느 정도인지, 어떤 전문 교육을 받았는지, 사회에서의 지위가 어떠한지 등등 이런 외부적인 조건은 파파걸의 구성요건과 별 상관이 없다.

아직도 아버지의 가치, 즉 아버지가 지난날 딸에 대해 내렸던 판단에 종속되어 있다면 그 여성은 아버지에게 구속되어 있는 파파걸이 분명하다. "나는 나에 대해 어떻게 생각하는가, 그리고 아버지가 나를 어떻게 판단하는가?"라는 질문에 정직하게 대답을 해보면 자신이 어느 정도로 아버지의 딸, 즉 파파걸인지 알 수 있다.

"정말 난 너무 복잡해." 이 말에 모든 파파걸이 전적으로 동의할 것이다. 그들은 자신이 복잡하다고 느끼며, 정해진 방향이 없다는 것을 알고 있다. 스스로를 너무 영리하면서도 너무 멍청하다고, 너무 피상적이며 너무 깊이 파고드는 편이라고 느낀다. 그들은 자기 자신을 항상 좀 '너무 ~하다'고 느끼지만, 어느 쪽이냐는 별로 중요하지 않다. 이쪽과 저쪽의 구별이 희미하기 때문이다.

하나만은 확실하다. 그들은 복잡하다. 평범한 축에 속하지 않는다는 사실에 자부심을 느끼면서도 한편으로는 자신의 복잡한 기질로 마음고생을 심하게 한다. 아무도 그녀를 진실로 인정해주지 않기 때문이다. 자기 의견과 자기 자신을 내세워야 할 때는 단순하고 직선적인 관철능력, 추진력과 강인함이 중요할 뿐, 복잡한 기질, 즉 의심을 잘하는 감성적 깊이가 필요한 것이 아니기 때문이다.

파파걸이 그런 능력을 마음껏 발휘할 수 있는 것은 자신의 환상 속에서나 가능하다. 그들은 멋진 일을 해내고, 모든 것을 할 수도 있지만, 어떤 사람과 대립해야 할 상황이 벌어지면, 그리고 그 사람이 권위를 행사하는 사람이라면 이 복잡한 파파걸은 즉시 체념하고 자신의 환상, 즉 자신만의 비밀 세계로 움츠러든다.

"나는 새장 속에 갇혀 있는 것 같아요. 내 인생을 낭비하고 있어요"라거나 "나는 남자와는 함께 살 수가 없어요. 어떤 남자든 나에게는 불행을 의미할 뿐이거든요. 나는 사랑에 빠지면 무조건 기다리고 또 기다려요. 그리고 나면 나는 완전히 상처투성이가 되죠. 결국 나 스스로가 나를 포기하게 돼요"라는 말은 인생을 능동적으로 꾸리는 데 어려움을 겪는 파파걸의 고백이다.

파파걸은 아니라고 부정하지 않는다. 그들은 스스로가 좋은 사람이라고 정의내리고 싶은 그 '아버지'의 관심을 얻기 위해 그토록 노력하는 그들은 그 '아버지'와 자주 마주치게 된다. 그들은 자신의 생각을 관철시킬 수가 없다. 그렇게 하는 것이 자신에게 중요하다고 할지라도 결코 그렇게 할 수가 없다.

게다가 남자에 대해 끊임없이 죄책감을 느끼기도 한다. "나는 내 마음에 드는 남자를 만나기만 하면 딱히 뭐라 말할 수 없는 죄책감을 느낍니다. 그리고 혹여 무슨 말로 그 남자를 모욕하지 않았는지 스스로에게 물어봐요."

남자의 기분이 아주 조금이라도 변한다거나, 흔히 그렇듯 언짢은 기색을 조금 드러내기만 해도 파파걸은 당장 자신의 잘못 때문이라고 판단을 내리고, 양심의 가책을 느낀다.

파파걸은 스스로와 화해하고 싶어 하지 않는다. 그들은 자신의 공격성을 억누르고 감출 수만 있다면 그 힘든 노력도 마다하지 않는다. 그들은 누군가의 비위를 거스를지도 모른다는 두려움을 가지고 있으며, 그것이 분노와 격분으로 표출된다고는 감히 생각하지 못한다. "왜 그는 나를 사랑하지 않고, 왜 그는 내 말에 귀를 기울이지 않으며, 왜 그는 나에게 관심이 없고, 왜 그는 나를 이해하지 못할까요?" 이 질문에서 남성을 향한 불안에 가득 찬 회의를 알 수 있다. 물론 그들은 이 질문에 대해 결코 납득이 가는 답을 얻은 적이 없다.

이 모든 말에는 "나는 할 수 없다"라는 감정이 잿빛 베일처럼 드리워져 있다. 그 감정은 자신의 운명을 결정할 권한이 자신에게 있다는 것을 느끼지 못하도록 방해한다. 그런 말은 바로 딸의 언어이며, 그 말이 나오는 순간 지난날의 그 어린 소녀가 되살아난다. 그 소녀는 사랑을 원하고, 어찌할 바를 모르고, 응석받이이고, 호기심이 많으며, 사려 깊고…….

입 밖으로는 말하지 않지만 파파걸은 언젠가 백마 탄 기사가 찾아와 자신을 구원해줄 거라는 희망을 마음속에 품고 있다.

그들은 희생자들이므로 세계는(그 존재가 누구이든 상관없지만, 남자일 가능성이 높다) 보상해줘야만 한다. 하지만 보상해주려는 야망을 가진 남자가 무척 드물다는 것이 문제다. 이 때문에 파파걸은 좌절한다. 그 결과, 아무런 요구도 하지 않는 특유의 태도가 강화될 뿐이다. 또다시 그들은 자신에 대해 좌절하면서 스스로가 문제라고 여긴다. 과거에 바로 이런 감정을 심어주었던 아버지의 권위에 대해서는 전혀 의심하지 않는다. 그들의 자기 평가는 자기 한탄과 비난 사이에서 이리저리 흔들린다. 그러나 그들은 그것의 실체에 대해서는 도무지 알아낼 수가 없다. 감정적으로 '왠지 좀 이상하다'고 느끼지만 항상 엉뚱한 곳을 의심한다. 그들은 조화調和를 꿈꾸기 때문에 모든 갈등을 피하려고만 한다. 꿈과 현실이 격렬하게 충돌할 때, 모순이 더 이상 부인될 수 없을 때에만 깨어난다.

모니카(대학생, 24세)는 진정한 파파걸로서, 사랑을 할 때마다 겪는 불운을 한탄한다. 남자들이 그녀의 마음에 들지 않거나, 아니면 그녀가 남자들의 마음에 들지 않는다. 어찌된 일인지 언제나 잘못된다. 벌써 여러 해 전부터 그랬다. 매력적인 그녀는 사랑이 잘 이루어지지 않는 이유가 뭔지 쉽게 이해할 수 없다. "내가 뭘 잘못한 거지?" 계속해서 이 질문을 반복하다가 해답을 찾지 못해 그녀는 짜증이 난다. 온갖 시도를 다 해보았고, 여태까지 해왔던 것보다 더욱더 순종했지만 그녀의 마음은 점점 더 싸늘해졌다. 그녀는 사랑의 게임에서 온갖 변화를 다 시도해보았으나 그 어떤 것도 도움이 되지 않았다.

이 실패는 그녀의 인생에서 계속 반복되었다. 차츰 그녀는 불운이 쫓아다닌다고 느끼게 되었다. 위기를 겪을 때마다 "그럴 줄 알았다니까"라며 체념했다. 두 사람 사이에 항상 잘못하는 사람은, 그 어떤 경우라도 자기라고 확신했기 때문이다.

과거에 우리는 아버지를 그 자체로 받아들였고, 그의 인정을 받는 데 실패했다. 이러한 아버지와의 관계 양상은 그때부터 계속 이어진다. "나는 정말 제대로 하는 일이 아무것도 없어요." 이 말은 파파걸이 자신의 과거에서 얻은 결론이다. 그들은 이 무의식의 법칙을 그대로 따르고 있다. 이 강박적인 생각을 떨쳐버리지 않는 한 어린 시절의 사례는 계속 반복된다. 모니카 역시 억압된 아버지와의 과거 때문에 아버지와의 관계 양상이 자꾸만 되살아나는 경우다. 모니카는 내면에 있는 그 어린 소녀를 잊어버렸기 때문에 그 '문제점'을 찾아낼 수가 없었다.

아버지에 대해 파파걸이 나누는 대화를 들어보면 다음과 같은 흥미로운 단계들을 거친다.

'분개하는 딸'은 쉴새없이 자신의 미움에 대해 이야기하며, 믿을 수 없겠지만 도저히 가망이 없다고 말한다. 그녀는 제삼자와 대화를 나누는 동안, 아버지의 사랑을 억지로라도 얻고 싶은 것처럼 보일 정도다. 그녀의 미움 속에는 아버지의 관심을 얻고 싶은 갈망이 은연중에 희미한 빛을 발산하고 있다. 그 일이 얼마나 가망 없는지를 생각해보면 놀라울 뿐이다. 그녀의 이야기는 그 누구도 이해할 수 없으며, 더구나 아버지는 절대로 이해할 수 없는 그런 공허한 대화다. 화가 난 딸은 고집스럽게 "그래, 네가 맞다, 딸아"라는 말을 기다리지만, 자신이 이런 것을 바라고 있다는 것을 절대로 시인하지 않는다. 단지 아버지가 아닌 자신을 의심하기 때문에 온갖 고통을 분노로 억누르고 있을 뿐이다.

'화해하려는 딸'은 처음부터 아예 주저하는 태도를 보인다. 그녀는 아버지와의 지난 이야기들을 사랑스럽게 포장해놓고, 포장끈조차 건드리고 싶어 하지 않는다.

아버지는 좋은 분이셨다. 약점과 결점을 가지고 있기는 했지만 용서해줄 만했고, 어쨌든 아버지는 좋은 사람이었으며 노력을 많이 하셨다. 아버지와는 거의 접촉이 없었고, 아버지가 가정에 그리 충실한 편은 아니지만, 딸에게 중요한 결정을 내릴 때에는 아버지가 있었다. 딸은 아버지에게 의지했다. 물론, 아버지에게 화가 난 적도 종종 있었지만, 그건 어린 소녀였을 때의 이야기다. 훗날 그녀는 어쨌든 아버지가 옳았다는 것을 깨달았다. 아버지의 말투가 상황에 맞지 않은 경우도 많았다. 아버지는 너무 자주 화를 냈고 게다가 별안간 화를 내기도 했지만, 어쨌든 전체적으로 봐서 아버지는 좋은 분이셨다.

이렇게 분노를 가라앉히고, 긴장이 느껴지기는 해도 화해하려는 태도는 다음과 같은 질문에서 여지없이 깨져버린다. "왜 당신 아버지는 화를 냈으며 당신은 그 분노에 어떻게 대처했습니까?" 애를 쓰며 처음의 태도를 유지하려고 하지만 그녀는 계속되는 질문에 완전히 무너져 버리고 만다. 눈물이 고인다. 눈물은 천천히, 흐르고 있다는 것을 알아차릴 수 없을 정도로 서서히 뺨을 타고 흘러내린다. 눈물을 흘리는 것은 부끄러운 일이며, 절대 울어서는 안 된다. 곧바로 자신은 사랑을 듬뿍 받았다고 말한다. 그렇다. 그녀는 아버지의 딸이었다. 아버지는 그녀를 무척 사랑했다. 이제 과거에 경험했던 모든 구속, 모든 고통스러운 기억은 그녀, 즉 유감스럽지만 딸로서 충실하지 못했기 때문에 빚어진 것이라고 해석한다.

그러고 나면 대화는 끊어지고 더 이상 이어지지 않는다. 마치 영혼의 통로들이 막히고 기억이 차단된 것 같은, 인식 능력이 축소된 것 같은 상태가 된다.

여성해방적인 의식이 있는 여성도 그런 신호를 보낸다. 여기까지는 괜찮지만 더 이상 못 나아간다는 뜻이다. 마치 내부에 어떤 법칙이 있어 그녀의 유년기 구조들과 그녀에게 할당된 역할, 즉 딸의 위치에 묶어두는 것 같다. 그리고 그녀의 자기 평가도 그런 식으로 이루어진다. 모든 말과 감정의 표현이 마치 어린 딸이 하는 것 같고, 그 속에서 사랑과 인정을 받는 것이 충분하지 못했던 어린 소녀와 강인한 한 남자의 모습을 읽어낼 수 있다.

그녀는 언제나 노력했으며, 의도와 생각은 물론 좋았다. 그리고 그게 전부다. 의도는 좋았지만, 아직 인식은 제대로 이루어지지 않고 있다. 해결되지 않은 아버지와의 갈등은 초점을 흐리게 하고 현실을 뿌옇게 만든다. 위기 상황을 겪을 때마다, 즉 무언가가 들어맞지 않을 때마다 항상 그 어린 소녀가 한탄하고 고함을 지르면서 무대에 등장한다. 하지만 파파겔은 그 소리를 듣지 않는다. 오로지 자신 안에 있는 아버지에게만, 그의 말에만 귀를 기울이며 그의 판단에 동조한다.

자기 자신으로부터의 소외

나는 나에 대해 아는 것이 거의 없어요
다른 사람들에 대해서는 더더욱 그렇죠.

여성들이 스스로 아버지로부터의 분리를 주장하고 요구하지 않는 한, 계속 파파걸로 머물면서 아버지의 사랑을 얻으려는 갈망에 완전히 휘둘리게 된다. 아직도 많은 딸들은 시간이 해결해줄 거라고 고집하고 있다. 하지만 불가능한 일이다. 그들은 여태까지 상처받고 실패를 겪은 사랑의 능력을 다시 일으켜세우는 일보다는 아버지를 기억 속에서 지워버리는 일에 더 능숙하다. 그 결과 그들은 자신의 감정으로부터 소외된다. 바로 이 때문에 사랑을 할 때 거리를 두지도 못한다. 나중에 자신의 태도에 후회하면서도 말이다.

여성들이 유년기를 기억하고 싶어 하느냐 아니냐에 상관없이, 이전에 받은 상처에 대한 두려움 때문에 무의식적으로 항상 현실에서 누군가가, 이들의 경우에는 아버지가 가까이 있을지도 모른다는 위협을 느끼면 거기에서 딱 멈춘다. 순간 전기에 감전된 것처럼 어린 시절의 상처에 대한 두려움이 되살아나면서 깜짝 놀라 뒤로 물러선다. 곧바로 그녀는 거리를 두면서 유예 공간으로 도피한다. 알다시피 그것은 자기 자신에 대한 거리이지 상대방에 대한 거리는 아니다. 이제 그녀는 자신이 무엇을 느끼는지 더 이상 알고 싶지 않다. 그 대신 파트너의 감정을 연구하려고 열심히 노력한다. 파트너의 감정에 더 잘 맞추려고 말이다.

그녀는 그 실망, 과거에 받았던 그 상처를 절대로 다시 느끼고 싶지 않다. 거리를 두면 스스로 보호받을 수 있으리라 생각한다. 그럼에도 그 일이 일어난다. 또다시 상처를 받는 그녀. 자기 자신으로부터의 소외가 전혀 도움이 되지 않았던 것이다. 이전과 너무나 똑같다. 그녀는 항상 똑같은 일을 경험한다.

자기 자신에 대해 거리를 두게 되면 여성들은 자신이 누구이며 무엇을 느끼고 있는지에 대해 알지 못한다. 이 때문에 방향을 잃고 어린 시절의 게임의 법칙에 따라 그때와 똑같은 게임, 즉 순응이라는 게임에 현혹된다. 이렇게 해서 그들은 얌전한 사랑을 선택한다. 파트너를 자신의 감정에서 배제시키면서 남몰래 자신만의 세계로 물러나는 것이다. 오랜 시간 동안 자신이 이런 은밀한 거리를 두어왔다는 것을 의식하지 못한다. 하지만 모든 여성에게는 무언가가 맞지 않는다는 것, 잘못된 것이 인생에 끼어들었음을 알려주는 경고음이 울린다. 그리고 그토록 여성들을 혼란스럽게 하는 것은 대부분 딸이었을 때 가지게 된 문제다.

_ 두통은 경고음이다

자비네(경리 담당, 43세)는 자신이 취하고 있는 거리를 직면하게 될 때마다 참을 수 없는 두통을 느낀다. 이렇듯 거리는 그녀 앞에 너무나 선명하게 존재했다. 처음에 그녀는 이 빈 공간을 어찌해야 좋을지 몰랐다. 그녀는 항상 모든 것을 잘해왔으며, 완벽한 여성이자 어머니였다. 모든 것이 순조롭게 진행되었다.

단지 문제라면 그녀가 거의 아무것도 느끼지 못하고 있다는 점이다. 시간이 날 때마다 그녀는 무척 행복하며 만족스럽다고 스스로에게 타일렀다. 하지만 그것을 진정으로 느끼지 못하고 있다는 것이 딜레마였다. 그녀는 점점 더 신경질적이 되었고, 점점 더 조급해졌다. 적극적인 생활 태도가 점점 사라지고 모든 일이 시들해졌다. 그래도 그녀는 행복했다! 도대체 인생을 그렇듯 우울하게 하는, 이 갑작스러운 언짢음의 정체는 무엇일까?

그녀는 남편과 아이들에게 도움을 청했다. 그들은 행복한 가족이었고, 이제 그녀에게는 가족이 필요했다. 그녀는 '이야기를 하고' 싶었다.

즉, 자신의 마음 상태에 대한 걱정을 털어놓고 싶었던 것이다. 남편과 아이들은 그런 그녀를 이해하지 못하고 빤히 쳐다보았다. 그녀에게 무슨 일이 있었나? 아팠던 걸까? 아무도 그녀를 이해하지 못했다. 자비네는 당황했다. 그녀는 화목한 가족이라면 서로 이해하고 함께 문제를 해결할 거라고 믿어왔다. 그녀는 여러 번 더 시도해보았지만 아무 일도 일어나지 않았다. 행복한 가족 안에서 그녀는 계속 낯선 존재였을 뿐이다. 항상 다른 이들의 문제에 대해 책임지고, 연대를 굳건히 할 준비가 되어 있었지만, 정작 그녀는 인정받지도 못하고 이해받지도 못한 상태였던 것이다. 어느 누구도 그녀의 존재, 그녀의 내면을 알려는 노력을 하지 않았다. 그녀는 자신을 위해 아무것도 요구한 적이 없었다. 갑자기 미몽에서 깨어난 느낌이 들었다. 해를 거듭하면서 그녀는 자신과 자신의 감정에 대해 거리를 더 많이 두게 되었고, 그러면서 스스로를 점점 더 잊어버렸던 것이다. 그녀는 가족이라는 울타리에서 '딸'의 위치에 있었던 것이다.

그동안 그녀는 그런 식으로 감정에 시달림을 받지 않고 가족에게 헌신할 수 있었다. 요구하는 것도 없고, 그저 감정을 단절한 채 모든 상처들을 무시해왔다. 남편이 공격적이 되면 그녀는 그의 분노가 아무것도 아닌 것처럼 무시했고 달래는 말로 무마시켰다. 그녀는 모든 감정을 멀리함으로써 스스로를 보호하려고 했다. 이렇듯 그녀가 취한 방법은 보호하기였다. 그녀는 어린 시절뿐만 아니라 현재까지도 보호했던 것이다.

고상하고, 남을 잘 돕고 착하게 행동함으로써 그녀는 어른들에게서 인정을 받았다. 그리고 '너 참 착하구나, 우리는 너를 사랑한단다'라고 누군가가 말해주면 그걸로 충분히 인정받았다고 생각했다. 칭찬 한마디로도 금세 만족했기 때문에 굳이 지나친 행동을 하지 않아도 되었다. 소박하게도 그녀는 주어진 것에 만족했다. 그러는 사이 그녀 자신은 빈

곤해졌다. 때때로 찾아오는 두통만이 그녀가 잘못된 생각, 과거의 딸로 서 가졌던 생각에 머물고 있다는 신호를 보내면서 그녀를 멈추게 했다. 상담을 통해 아버지와의 관계가 아직도 영향을 미치고 있다는 것을 인 식하게 되었다. 그녀는 자기 자신을 더 이상 느낄 수 없는 파파걸의 상 태에 머물러 있었으며, 자신의 감정과 전혀 접촉이 없었다는 것을 깨닫 게 되었다. 결국 그런 식으로 그녀는 남편이 바라는 아내의 모습을 가 꿔나간 것이다. 하지만 그것으로는 충분하지 않았다. 그녀의 노력은 헛 된 것이 되고 말았다. 언제나 그녀는 모든 것을 제대로 하려고 노력했 다. 그녀는 고상한 태도를 취했고, 대개 모든 사람들에 대해 공감의 마 음을 가지고 있었다. 그 점에 대해 그녀는 자긍심이 느꼈다. 하지만 자 기 부정의 덫에 사로잡히고 말아, 그 결과 낯선 존재로 머물러 있었던 것이다.

그런 식으로 또는 그와 비슷한 방식으로 여성들은 자비네처럼 자신 에게 비밀스러운 거리가 존재하고 있다는 것을 발견할 수 있다. 그 거 리는 '고상하고, 남을 잘 도와주며, 착한 태도'로 위장되어 있다. 틀림 없이 그런 위장은 오랫동안 성공적으로 잘 유지할 수 있다. 하지만 영 원히는 아니다. 그 이유는 방향 설정이 기본적으로 잘못 되었을 뿐만 아니라, 사랑에 실패하면 아버지에게서 받은 치유되지 못한 상처를 향 해 자꾸만 다시 돌아가기 때문이다.

여성들은 왠지 자신에게 친밀감을 보여주는 남자를 선택한다. 그들 의 사랑, 아니 더 솔직하게 표현하자면 그들의 순응은 순식간에 전면적 이면서도 모두를 포괄하는 방식으로 이루어진다. "마치 평생 동안 그 사람을 알고 있었던 것 같았어요. 그는 나에게 맞는 유일한 사람이에 요. 정말 운이 좋았어요." 여성들 스스로가 임의성의 원리를 부정하고 유일무이성의 감정으로 대치한다. 어떤 여성도 사랑을 시작할 때 자신에게 맞는 유일한 사람이었던 그 남자가 유일하게 맞지 않는 사람으로 변할 수도 있다는 생각은 절대로 하지 않는다. 정작 달라지는 쪽은 남자들이 아닌 경우가 많다. 대체로 남성들이 일관된 태도를 유지한다는 점은 누구나 안다. 오히려 여성이 남성을 갑자기 완전히 다른 시각으로 바라본다. 그녀가 예전에 사랑했던 것, 지금 현재 그녀의 마음을 끄는 것, 자신의 파트너를 자신에게 유일하게 맞는 사람으로 만든 것, 바로 그런 것을 어느 틈엔가 그녀는 단호하게 거부한다. 이유가 무엇일까? 주위 사람들이 이상하게 볼 정도로 감정의 격변이 일어나는 이유는 무엇인가?

초기에는 아버지에게 느끼고 싶었던 친밀함에 대한 갈망이 지배적이다. 아버지에 대한 사랑이 마침내 이루어지리라고 기대하고 있는 것이다. 비록 의식하고 있지는 않지만, 그녀는 이제 아버지의 딸이라는 역사를 새로이, 해피엔딩으로 쓰고 싶은 것이다. 이 목표에 들뜬 나머지 그녀는 눈뜬장님이 된다. 한동안 그녀는 자신의 현실과 남자의 현실을 속일 수 있지만, 시간이 흐를수록 예전과 마찬가지로 실망하기 시작한다. 그녀가 어린 시절의 갈망에 사로잡혀 그렇게도 사랑하는 남자가 어떤 사람인지 알아보려는 노력을 하지 않은 탓이다.

처음에는 '모든 것을 이해한다는 것은 모든 것을 용서한다는 뜻이다'라는 원칙이 상대방의 실체에 대한 무지를 가장 잘, 그리고 가장 안전하게 커버해준다. 어떤 부당한 대접을 받든, 그것으로부터 그리고 자기 자신에 대해 상당한 거리를 두고 있는 여성들이 궁극적으로 이해하지 못할 것은 없다. 가끔 약간의 노력이 필요하기는 해도 말이다. 여성들은 그 모든 것을 다 용서하기 위해 오랫동안 생각보고, 자신의 욕구와 소망이 완전히 사라질 때까지 마음속에 있는 감정을 애써 이리저리 옮겨놓는다. 그리고 자기 자신을 철저하게 논외로 하면 할수록 더욱더 쉽게 감정을 조절할 수 있다.

일찍부터 딸들은 자신의 감정을 제거하기 시작한다. 이렇게 훈련된 태도는 자신으로부터 거리를 두려고 할 때 진가가 나타난다. "감정이란 왠지 불유쾌한 것들이야. 방해가 될 뿐이지. 그러니 아무런 감정도 가지지 않는 게 최고야." 이는 자기 자신을 더 이상 느끼지 못하는 여성들의 진술이다. 겉으로 보기에 그 여성들은 자기 역할을 잘 수행하며, 유능하고 일상적인 요구들을 이뤄나가면서 친절하고 고상하며 남을 잘 돕는다. 때때로 나타나는 분노의 감정이나 짜증은 가급적 무시한다. 그런 것들은 인생관에 전혀 어울리지 않는다. 이 여성들은 자신의 감정을 쫓아내 겨울잠을 자게 한다. 그들 영혼의 거실은 항상 깨끗하게 정돈되어 있고, 먼지라고는 찾아볼 수 없으며 모든 것이 제자리에 질서정연하게 놓여 있다.

회의, 짜증과 분노를 억누르지 못할 때, 자신에게 거리를 두고 있는 여성들은 그 감정에 방해를 받지 않으려고 영리한 해결책을 찾아냈다. 그저 그 감정을 말로 표현하는 것이다. 그 말은 어떤 느낌도 전해지지 않을 정도로 아주 순식간에 이루어진다.

"난 왜 이렇게 말도 안 되는 짜증을 내지?"

"난 정말 너무 예민해."

"그 사람은 전혀 그런 뜻이 아니었어."

"난 아무래도 공상을 하고 있나 봐. 자꾸 그러고 있어."

"난 확실히 샘이 많아."

"어느 누구도 나를 악의로 대하지 않아."

"왜 항상 화가 울컥 치미는 거지?"

이러한 반응들은 보통 다음과 같은 확신으로 끝을 맺는다. "나는 그 누구와도 그다지 잘 지내지 못해. 사람들은 나 때문에 정말 애를 먹고 있어." 여기에 덧붙이지 않았지만, 반드시 덧붙일 말은 아마도 "우리 아버지도 항상 그렇게 주장하셨거든"이 아닐까.

은연중에 여성들은 아버지의 말을 반복하고 있다. "애야, 그러면 안 된단다"라는 엄격한 목소리가 들려오고, 그들은 스스로에게 상처를 준다. 그것은 바로 아버지가 내리는 명령이다.

처음에 여성들은 이렇게 순응함으로써 얻는 이점을 사랑의 능력으로 해석한다. 이들만큼 마음이 넓고, 감정 이입의 능력이 있는 사람이 누가 있겠는가? 그들은 기꺼이 순응하려는 마음을 자제할 수 없는 이유가 딸이었을 때부터 두고 있던 거리에서 비롯되었다는 것, 자기 자신을 잊어버리고 부정했기 때문에 할 수 있는 일이라곤 이것밖에 없다는 것을 짐작도 하지 못한다. 다른 세계와 거리를 두지 않고 완전히 자신의 것으로 만들려면 자신의 감정, 욕구와 소망 모두가 몹시 불쾌한 장애물이 되기 때문에 섣불리 덤벼들지 않는다.

물론 열심히 순응할 때 여성들은 자신에 대해 거리를 두고 있다는 사실을 느끼지 못한다. 오히려 정반대로 애정이 넘치며 온 세상에 대해 열려 있다고 느낀다. 하지만 그들은 근본적으로 주변의 작은 세계에 대해서만 열려 있으며, 그곳에서조차 그녀 자신은 배제시킨다. 그들은 의식적으로 파트너를 고르려고 애쓰지만 놀랍게도 자신이 '어느 누군가의 더 나은 반쪽'이라는 것을 또다시 발견할 뿐이다. 이렇듯 자율성이 부족한 것은 자기 감정에 대해 거리를 두고 있기 때문이다.

자신에 대해 거리를 두는 대가로 여성들은 활력과 쾌활함을 잃게 된다. 비록 내면으로부터 분리되어 있지만 그들은 쓸모가 있기 때문에 사람들에게 인기가 있고 찾는 사람들도 많다. 그러나 그들은 스스로를 속이고 억누르는 일에도 능숙하다. 그렇기에 그 보답으로 바라던 관심을 결코 얻지 못한다. 그들이 자신에게 주는 의미를 다른 사람들로부터 그대로 되돌려받는 셈이다.

여성의 순응, 다시 말해 얌전함이라는 것은 여성들이 생각하는 것보다 훨씬 더 그들의 거리와 연관되어 있다. 겉으로 볼 때 그들의 순응은 사랑처럼 보인다. 그리고 그 순응은 재치와 매력 뒤에 감춰져 있는 경우도 많은데, 사실 거기에는 "난 당신에게 상처받고 싶지 않아요. 그러니 나에게 너무 가까이 다가오지 마세요"라는 요청이 들어 있다. 그들의 순응하는 태도를 보며 남성들은 온화해진다. 그러는 사이에 여성들은 비밀리에 자신만의 세계로 물러난다. 여성들은 파트너와, 모든 대립을 피해 달아난다.

스스로에게 거리를 두는 여성들은 과거에 사랑의 무의미함을 경험한 적이 있어 그 기억으로부터 벗어나려고 끊임없이 노력한다. 이제 파트너와의 관계를 통해 여성들은 자신과의 거리가 좁혀지고 동시에 세상이 더 가까이 다가오기를 기대한다. 하지만 어린 시절에 상처를 입은 딸들은 파트너에게 진실로 마음을 여는 데 어려움을 겪는다. 그들은 모든 것을 하지만, 너무 많은 것을 한다. 그들의 삶의 방향은 변함없지만, 이미 그 당시에 잘못된 곳으로 향하고 있다. 오로지 아버지에게만 향하고 있는 것이다.

여성들은 자신에 대해 느끼는 것이 워낙 없기 때문에 오히려 상대방이 무엇을 느끼고 생각하고 믿는지에 대해서는 정확하게 파악한다. 그들은 아무런 이행 단계도 없이 상대방의 감정에 금세 몰두할 수 있다. 이때 어릴 적에 아버지 곁에서 배웠던 직관이 많은 도움을 준다. 상처받는 것을 미리 예방하기 위해, 아버지의 행복과 불행에 대해서 육감이 고도로 예민해졌다. 그리고 이렇게 습득한 지식 덕택에 굳이 거리를 두지 않고도 다른 사람과 관계를 맺을 수 있게 되었다. 하지만 그 지식은 그때나 지금이나 여성으로 하여금 너무나 쉽게 자신의 위치를 포기하도록 부추긴다. 남성들의 눈에는 대단한 장점으로 보일 테지만.

그 과정에서 그들은 모든 것을 느끼고 안다. 단지 그 모든 것에 어떤 의미도, 어떤 가치도 부여할 수 없을 뿐이다. 그들은 자신의 감정이 존재하는 것을 용납하지 않는다.

사랑을 하면 자신과의 거리가 줄어들 것이라고 믿는 탓에 그들은 사랑을 절대로 포기하지 않는다. 너무나 절박하게 사랑이 필요하다. 그들은 진실로 "나는 너를 사랑해"라는 말을 믿고 싶어 한다. 스스로를 속이고 있지만, 현실에 자신을 내보이고 싶은 마음은 없다. 그들의 삶과 사랑은 상당 부분이 환상 속에서 이루어진다. 자기 자신에게 그리고 파트너에게 끝없이 소리 없는 독백을 한다. 그러나 아무 대답이 없는 파트너를 보며 이내 침울한 기분으로 골똘히 생각에 잠기게 된다.

아직도 딸들은 아버지의 대답이 무엇인지 모른다. 단지 그 대답은 머릿속에서만 윙윙거리면서 분별력을 잃게 할 뿐이다. "애야, 네가 상냥하지 않아서 그런 거야." 이 말을 듣는 순간 자기 기만의 악순환이 새로운 자양분과 정당성을 얻게 된다. 친절하게 미소 지으며 화해하려는 마음으로 그들은 새로운 사랑을 시도한다.

친절한 여성들이 사랑을 하면 점점 더 말수가 줄어든다. 게다가 벌컥 화를 내지 않는다. 안락의자 뒤에 숨어 있는 그 어린 소녀를 잊어버린 탓이다. 어린 시절의 채워지지 않은 갈망과 억눌러 있던 희망은 평생 동안 영향을 끼친다. 여성들은 사랑의 능력이 손상되었다는 것을 감지하고 있다. 따라서 진정한 삶, 진정한 사랑 그리고 진정한 자아를 지치도록 찾아다닌다. 그 보물이 어디에 숨겨져 있는지 전혀 모른다. 그 보물은 아버지나 남자들이 아닌, 바로 자신 속에 있는데도 말이다.

여성들이 '네가 알아차려서는 안 돼'라는 아버지의 내면화된 명령에 따라 살아가는 한 그 보물을 발견할 수 없다. 어린 딸이었을 때는 알아차리는 것이 '금지'되었지만, 어른이 된 지금은 더 이상 알아차릴 '능력'이 없다. 어릴 적 자신의 분노, 화 그리고 실망을 인정할 수 없었다. 그 감정들은 금지된 것이었으므로.

딸로서 그들은 고독했다. 적당한 시점이 되었을 때 책과 꿈들로 가득 찬 혼자만의 세계에 빠져들었다. 환상 속의 인물들, 호의적이고 선한 사람들로 가득 차 있는 완전히 혼자만의 세계다. 그곳에 사는 사람들은 조화를 이루려면 어떻게 노력해야 할지만을 생각한다.

"좋은 게 좋은 거야." 어린 소녀는 바로 이것을 강렬하게 바란다. 어른이 되어서도 흔들림 없이 그것을 위해 노력한다. 어린 시절에 실망을 느꼈지만, 당시 그 감정은 금지된 것이었다. 그래서 지금은 불협화음 때문에 그토록 좋아하는 조화를 깨뜨리고 싶지 않다. 그녀는 자신을 속이기 위해 모든 것을 다 한다.

예전에 그녀는 아버지의 마음에 들기를 바랐지만, 이제는 모든 사람의 마음에 들기를 바란다. 자기 자신, 자신의 감정에 대해 거리 두기는 완벽하다. 이런 여성은 마음의 방향을 잡아주는 기관을 잃어버리고 대신 다른 사람에게 그것을 내맡긴 것처럼 보일 정도다. 그들은 이제 아버지를 대신하는 사람에게 의존한다.

그들은 자꾸 경고음을 울리는 자신의 지각과 감정을 신뢰하지 않는다. 그저 성급하게 이 사랑에서 저 사랑으로 옮겨갈 뿐이다. 언제나 처음에 신이 나는 것은 똑같다. 그리고 끝에 가서 실망하는 것도.

상담을 하다 보면, 여성들에게 순응하려는 열성을 포기하는 것이 얼마나 힘든 일인지를 알 수 있다. 그들은 지난날 아버지 곁에서 체득한 도식을 굳게 믿고 있다. "네가 아주 상냥하기만 하면 모든 게 잘될 거야." 이 도식은 부인하기가 매우 힘들며, 벌써 여러 번 실패했음에도 자꾸 반복적으로 나타난다. 이는 이성을 넘어서 있기 때문에 교정하기가 힘든 감정적 태도다. 분별력도 아무런 도움이 되지 못한다. 겉으로는 파파걸이 새롭고 더 풍부하게 경험하는 것처럼 보일 수 있다. 성공만 한다면 그들의 감정은 교정될 것이다. 다시 말해 아버지가 정해놓은 경계선들만 벗어난다면 모든 감정, 심지어 나쁜 감정조차도 '허용'되기 때문이다. 그리고 딸에게는 바로 이 허용이 중요하다. 어린 딸이었던 시절, 아버지는 그들에게 허용해준 적이 없었지만, 어른이 된 지금, 그들에게 허용해줄 사람은 자기 자신이다. 이제 자신의 감정에 익숙해져야 한다. 금지되기만 한 감정은 변화할 수 없을 뿐만 아니라 고통을 느낄 수 없다. 모든 감정이 허용되면 비록 고통스럽지만 자기 자신과의 대화가 비로소 시작된다.

아버지에 대한 꿈들

_나는 마음에 든다. 그러므로 나는 존재한다.

 생각이란 것을 하게 되었을 때부터 나는 당신에게 사랑받는 꿈을 꾸어왔습니다. 정말 제대로 그리고 완전히 사랑을 받는 꿈 말입니다. 당신을 위해 나는 당신이 바라는 이미지에 맞는 빛나는 딸이 되고 싶었습니다. 자긍심과 착하고 따뜻한 마음을 가지고 싶었으며, 인류애와 존경심의 가치를 아는 여성이 되고 싶었습니다. 용감하고 두려움이 없이 이런 것들을 해낼 수 있는 여성 말이에요. 나는 용감하고 싶었습니다. 어떤 고통도 용납하고 싶지 않았습니다. 그리고 무엇보다도 당신의 마음에 들고 싶었습니다. 잠을 이루지 못하는 밤이나 당신이 나를 쫓아버려 혼자 있게 될 때 나는 이런 꿈을 꾸어왔습니다. 그 꿈은 찬란했습니다. 온갖 색으로 빛났죠. 이 꿈속에는 언제나 내가 되고 싶어 하던 멋진 여자가 있었습니다. 그리고 깊이 생각에 잠겨, 나, 즉 당신의 딸을 바라보고 있는 당신의 온화한 시선이 있었습니다.
 꿈은 꿈일 뿐이었습니다.
 나는 아주 천천히 잠에서 깨어났습니다. 눈은 아직도 잠에 취해 있었죠. 나는 볼 수 없었습니다. 당신을 볼 수 없었습니다. 그리고 나를 보았습니다. 실망하고 화가 난 나 자신을 말입니다. 내 결혼이 깨졌을 때 아버지 꿈도 깨졌습니다. 나는 파트너가 사실 아버지였다는 것을 더 이상 부인할 수가 없었습니다. 이 생각을 하기만 해도 심장이 멎었습니다. 그건 절대로 사실이어서는 안 되는 일이었습니다. 그때 나는 최대한의 노력을 기울였고 여러 해 동안 애를 썼습니다. 그럼에도 그 생각이 맞았습니다. 파트너와의 사이에서 벌어지던 상황은 섬뜩할 정도로 내 어린 시절과 닮아 있었습니다.

어린 시절이 절대로 반복되지 않기를 바랐는데 어떻게 난 그 사실을 알아차리지 못했던 걸까요?

아주 간단합니다. 나의 아버지 꿈이 나를 혼란스럽게 만들었던 것입니다. 인생의 다양한 점들을 제대로 볼 수 없도록 내 눈을 흐리게 한 것은 바로 그 꿈이었습니다. 그 꿈은 진실을 가리고 있었고, 계속되는 동화童話에 결국 현실은 동화의 세상으로 가라앉고 말았습니다. 생각에 잠긴 온화한 시선, 나는 그 기대에 헛된 시간을 보냈습니다. 그 시선을 받고 싶었거든요. 그리고 그 시선이 나에게 떠난 순간 나의 꿈이 시작되었습니다. 나는 어떤 남자의 눈에서 그 시선을 다시 찾아냈고, 그런 후에 아주 확고하게 믿었습니다. 나는 방해가 되는 것들은 과감하게 무시했습니다. 나의 꿈은 바로 그런 것이었습니다. 하지만 이제 그걸로 됐어요.

아버지 꿈의 결과는 무엇이었습니까?

나의 인생은 역할놀이로 변질되었고, 연출하는 감독의 자리도 다른 이에게 넘겨주었습니다. 나는 모든 사람들의 마음에 들도록 닥치는 대로 움직였습니다. 성급한 마음으로 날마다 미친 듯이 뛰어다녔습니다. 빨리, 빨리, 싸게, 비싸지 않게, 유리하게⋯⋯. 나의 초조한 마음은 한계를 몰랐습니다. 마치 내가 참을성 없이 그리고 숨돌릴 겨를도 없이 한 목표를 향해 내달리는 것 같았습니다. 그것은 바로 지금까지도 위력을 잃지 않고 계속 무언가를 기대하게 하는 아버지 꿈입니다.

나의 꿈속의 여자는 과연 행복할까요? 아닙니다, 나는 그렇게 생각하지 않아요. 내 행동 속에 당신의 가치가, 나의 말속에 당신의 감정이 도사리고 있다는 것을 나는 점점 더 확실하게 깨닫고 있습니다. 당신 곁에 있었을 때처럼 나는 누군가의 마음에 들기 위해 그때그때마다 그들이 원하는 역할을 합니다. 아무도 내가 그러리라고는 눈치채지 못하죠. 하지만 나는 행복하지 않습니다. 그러는 사이 나 자신과 사랑이 점점 더 멀어져만 갑니다.

나는 오늘도 생각에 잠긴 온화한 시선을 기다리고 있으며, 따뜻하게 내 위에 머물기를 바랍니다. 그냥 그러기를 바라는 겁니다. 어느 누구든 반드시 한 사람만큼은 나를 진정으로 사랑해야만 합니다. 정말로 그리고 완전히. 하지만 무엇 때문일까요? 내가 마음에 들기를 바라기 때문에, 내가 그때그때마다 남들이 바라는 역할을 수행하기 위해서일까요?

나는 나 자신의 것, 더 나은 것을 생각해야 되지 않나요?

첫사랑, 첫 남자

꿈은 물거품과 같다. 특히 아버지 꿈이 그렇다. 어른이 된 여성이 나중에 아버지를 어떻게 보느냐, 아버지를 사랑하느냐, 미워하느냐 아니면 그에게 냉담한 입장을 취하느냐와는 상관없이, 어린 소녀였던 시절의 그녀는 아버지를 열렬하게 사랑했으며 그의 사랑을 간절히 원했다. 그것은 인생의 첫사랑이었으며 자기 자신과 자신의 인생관을 이해하려 한다면 이 사랑을 연구해볼 가치가 있다. 파파걸은 자신에게 최선의 것이 아님에도 사랑의 흔적 속에 머물러 있다.

어린 딸에게는 '아버지를 사랑해야 한다. 바로 아버지이기 때문에'

라는 불문율이 통용된다. 딸은 아버지를 사랑하기 위해 태어난다. 그리고 어린 시절 아버지가 자신을 사랑한다는 확신 속에서 고집스럽게, 그리고 지치지도 않고 아버지를 사랑한다. 어린 시절에는 그 마음이 진심이다. 세월이 흐르면 아버지의 사랑에 대한 의구심이 슬그머니 고개를 들지만 아버지를 사랑하라는, 노력해서 그의 사랑을 얻어내라는 어린 시절의 요구는 계속 효력을 발휘한다. 아버지가 아무리 거부와 경멸, 심지어는 무시하는 태도를 보인다 해도 아버지라는 크기에는 변함이 없다. 오히려 아버지의 그런 태도는 그 의미를 강화시킴과 동시에 딸의 자기 회의를 확대시키는 작용을 한다.

딸은 실망으로 얼룩진 어린 시절을 끝내기 위해 다양한 방법들을 선택한다. 그녀는 사랑하고, 미워하고 아니면 냉담해진다. 모두가 나름의 방식을 택한다. 하지만 모두에게 공통점이 하나 있다. 아버지의 의미는 결코 의문시될 수 없다는 점이다.

딸들은 "나는 아버지를 사랑해요", "나는 아버지를 미워해요", "아버지는 나한테 아무 상관없는 사람이에요"라는 말들을 내뱉는다. 이 표현들은 동일한 문제의 각기 다른 단면일 뿐이다. 이 표현들은 잔여의식으로서 빙산의 일각에 해당된다. 사실 이 말들에는 어린 시절의 희망과 감정이 담겨 있으며, 아버지와 딸의 관계라는 미로를 헤쳐 나가도록 해주는 길잡이가 된다.

위의 세 가지 표현은 아버지의 사랑에 대한 '믿음'이라는 측면에서만 구별이 가능하다. 사랑받으며 자란 딸들은 아버지가 자기를 무척 사랑했다고 확신하며 살고 있다. 어느 누구도 그 믿음을 흔들 수 없다. 온순한 딸로 성장한 뒤에도 마음 한구석에 의심이 있기는 하지만 그래도 아버지에 대한 사랑으로 그 의심을 물리친다. 그들은 그 상태에 머물고 있지만 "나는 아버지를 사랑해요"라고 말하는 것이 힘들다.

화가 난 여성들은 알고 있다. "아버지는 결코 나를 사랑하지 않았어요." 그들의 경우 분노가 실망한 사랑을 앞지른다. 가장 고집스럽게 아버지의 문제를 인정하지 않으려는 부류는 바로 냉담한 딸들이다. 그들은 아버지에 대한 사랑과 미움의 감정을 일찌감치 기억 속에서 내몰아 버렸다. 감히 그런 시선을 바란 적도 없었던 것처럼, 그런 것을 바랄 용기도 부족했던 것처럼 보인다. 그들은 자신이 해방되었다고 느끼고, 경우에 따라서는 아버지에 대해 중립적이거나 유화적이기까지 한 감정을 가지고 있으며 스스로 강인하고 독립적이라고 믿고 있다. "아버지? 아니요, 아버지는 나에게 별로 중요한 역할을 하지 않아요. 그런 역할을 해본 적도 없고요. 내게 아버지는 중요한 인물이 아니에요."

지적인 여성들도 이런 주장을 펴며 일생일대의 문제를 슬며시 덮어 버리려고 한다. 하지만 그들에게 놀랍고 이해가 되지 않는 일들이 일어난다. 그 문제를 이후의 애정관계에게 자꾸 반복해서 경험하게 되는 것이다. 그들은 아버지를 아주 멀리 떨어진 곳에서 냉담한 시선으로 바라보고 있지만, 정작 애정관계에서는 '딸의' 감정에 대해 '아버지와 같은' 반응을 보이는 아버지 타입의 남성들을 더 선호하기 때문이다. 만약 그들이 그 기억의 바리케이드를 걷어내고, 내면에서 아버지와 그 어린 소녀가 함께했던 시간을 되살아나게 한다면 어떻게 될까? 그러면 사랑과 미움이 드러나게 되어 그들 안에도 실망한 어린 소녀가 존재한다는 것을 깨닫게 될 것이다.

온순한 딸들은 사실 사랑을 받지 못했지만 엄청나게 노력하여 사랑이라는 미덕을 행하는 반면, 화가 난 딸들은 계속해서 미움을 고집하고 과거에 받은 상처에 머물려고 한다. 이 두 가지의 행동 유형 사이를 오가는 것은 쉬운 일이다. 여성들은 성장한 후에도 생활 속에서 과거에 효과를 보았던 생존 전략을 그대로 유지하려고 한다. 온순한 딸들은 배려하는 마음에서 모든 모욕을 무시한다. 그들은 오랫동안 자신과 조화를 이루며 산다. 그리고 모든 것을 다른 사람들의 마음에 들게 하려고 애를 쓴다. 반면에 화가 난 딸들은 감추기가 힘든 실망과 상처로 항상 분노 상태에 있다. 짜증을 부리면서 그들은 스스로가 해방되었고 자유롭다는 망상에 빠진다.

아버지와의 관계는 여성들의 애정관계와 인생 행로에 중대한 영향을 미친다. 특히 파파걸이 사랑을 할 때 순응적인 태도가 도드라지게 나타난다. 온순한 딸들은 온마음을 다해 순응하며 화가 난 딸들은 어느 정도 순응한다. 그들은 불신하는 태도를 유지하며 항상 경계한다. 이 두 경우의 공통점은 '생각에 잠긴 온화한 시선'을 바라고 있다는 것이다.

이루지 못한 어린 소녀의 꿈은 어른이 된 후에도 자기 자신과 대결하려고 할 때마다 방해를 한다. 이 꿈이 아직 깨지지 않아 영향력을 발휘하는 동안 여성들은 사랑을 베풀기보다 사랑을 얻기 위한 투쟁에 휘말린다. 그리고 남에게 기대고 싶어 할 뿐 독립적으로 될 수 없는 어린 소녀로 남아 있고 싶어 한다.

_ **온순한 딸**

온순한 딸들은 아버지에 대해 관대한 자세를 가지는 법을 일찌감치 터득했다. 그들은 항상 아버지의 사랑을 얻으려고 노력하며 아버지의 온화한 시선을 기다린다. 그들은 '나는 아버지를 사랑해'라고 스스로를 속이며 살아가고 있고, 그 아버지가 어떤 사람인지를 인식하는 대신에 차라리 자기 자신을 부인한다. 온순한 딸들의 어린 시절은 비스킷과 채찍 사이에서 이루어졌다. 어린 소녀였을 때 온순한 딸은 결코 진실과 거짓을 구별하는 데 성공한 적이 없으며, 아직도 현실의 왜곡을 고집스럽게 뒤쫓고 있다.

크리스티네(교사, 28세)는 '온순한 딸'이 되어가는 과정을 다음과 같이 대략적으로 묘사해주었다.

"나는 아버지에게서 사랑을 받아야만 한다는 것을 일찌감치 파악하고 받아들였어요. 그렇지 않으면 내가 살 수 없다는 것을요. 나는 아주 간단하다고 생각했어요. 아버지가 말하는 대로 하고, 얌전한 소녀가 되는 거예요. 그러면 아버지가 나를 틀림없이 사랑할 거라고 생각했지요. 하지만 생각만큼 그렇게 간단하지 않았어요. 내가 항상 '예'라고 말하면서 공손하고 상냥하게 굴면, 아버지는 미소를 지으며 이렇게 말하셨지요. '너는 더 중요한 인물이 되어야 해. 그렇게 항상 〈예〉라고 말해서는 안 된단다.' 나는 확실하게 느꼈어요. 아버지는 내가 지겨웠던 거고, 나에 대한 흥미를 잃었던 거죠. 내가 나의 생각과 희망 사항을 말하면 아버지는 이렇게 말했어요. '그렇게 이기적으로 굴지 마라.' 그때 아버지의 눈에 거부하는 감정이 담겨 있었죠.

이 두 가지 말 사이에서 나는 오락가락했고, 언제나 아버지의 마음에 들 방법을 찾으려고 필사적으로 노력했어요. 이 과정에는 수많은 고통과 근심으로 얼룩진 단계들이 있었죠. 아버지의 눈에 나타나는 거절의 뜻뿐만 아니라 아버지의 비웃음도 견디기가 무척 힘들었어요. 지옥 같았죠. 아버지는 내 마음속 어딘가에 올바른 길이 있을 거라는, 하지만 내가 아버지의 뜻에 맞는 딸이 아니라는 믿음을 일깨워주었어요. 결국 문제는 나였어요. 나에겐 아버지의 사랑을 얻을 능력이 없었던 거예요. 이것이 내 의식 속에 분명하게 각인되어 있어요."

크리스티네는 자신이 부족하기 때문이라고 생각하며 아버지의 사랑에 대한 의심을 재빨리 가라앉혔다. 어린 시절부터 아버지의 부당함을 느꼈음에도, 자신이 중요하지 않다는 것을 그의 눈빛에서 깨달았음에도 그녀는 아버지를 용서했다. 아버지의 행동은 예측할 수 없었다. 내키는 대로 분노와 사랑 사이를 왔다갔다했다. 아버지는 사실 크리스티네에 대해 전혀 아는 것이 없었다. 더 심각한 것은 그녀에 대해 제대로 알아보지 않았을 뿐만 아니라, 그녀에게 관심이 없었다는 점이다. 최악의 상황이었다. 이 사실을 아는 것, 이 진실을 느끼는 것은 대단히 고통스러운 일이었다. 크리스티네는 이 진실을 의식에서 밀어내기 위해, 그 진실을 깨닫지 않으려고 무엇이든 다 했다. 어린 시절부터 그녀는 현실을 부인하려고 애썼다. 그녀는 생활 속에서 안정을 얻으려고 그 부당함과 상처를 인식하지 않기 위해 그것들을 즉시 기억으로부터 떨쳐내야 했다. 결정적으로 가장 중요한 것은 그녀가 아버지를 용서하느냐 마느냐였다. 그녀는 아버지를 보호하기 위해 그의 행동에 그럴듯한 이유를 항상 그리고 즉시 찾아냈다. 아버지가 피곤하고, 스트레스를 받았기 때문이거나 자신이 아버지를 그토록 화나게 만든 것이라고, 아주 신속하게 그런 결론을 내렸다. 이렇게 해명을 하고 나면 긴장이 풀리고 안심이 되었다. 일상은 다시 정상을 되찾았다. 이런 식으로 그녀는 하루하루 그리고 한 해 한 해 자신의 갈등을 해결했다. 그녀는 옳고 그름에 대한 자신의 분별력을 아버지에게 유리한 방향으로 훈련했다. 아버지는 옳다. 문제가 있는 것은 그녀였다.

지금도 그녀는 동일한 원칙에 따라 살고 있다. 종합학교 교사로, 매일 동료 선생이나 아이들과의 실랑이를 견뎌내야 한다. 따라서 그녀는 자신과 자신의 확신에 대해 책임질 수 있는 나름의 입장을 가져야 하고, 지켜나가는 것이 필요했다. 하지만 결코 쉬운 일이 아니다. 그녀는 자의적으로 반응하며 항상 다른 사람이 옳다고 인정한다. 무슨 일이 있어도 다른 사람의 마음에 들어야만 한다는 아버지 꿈 때문에 그녀의 모든 결정은 무의식적으로 방해받고 있다. 그녀는 무슨 일이 있어도, 다시 말해 자신의 소망을 희생하더라도 사람들의 마음에 들어야만 한다. 그녀는 바라는 것을 얻을 수 있으리라는 희망에서 순응하는 것이며, 그 과정에서 자신을 비롯해 다른 사람과 제대로 된 관계들을 맺을 수 있는 기회를 놓치게 된다. 의심스러운 경우가 있으면 스스로를 의심하지, 다른 사람을 의심하지 않는다. 차라리 자신의 능력 부족에 대해 고민하는 쪽을 택하는 것이다. 그녀는 이렇게 하는 법을 아버지 곁에 있을 때 이미 체득했다.

좋은 딸이 아니라는, 아버지를 만족시키지 못했다는 감정이 확장되어 "좋고, 올바른 선생님이 아니다"라는 생각에까지 이르렀던 것이다. 이 감정의 지배를 받은 크리스티네는 안정을 잃어버렸고 자신의 직무를 독자적으로 수행할 수 없게 되었다. 그녀는 반사작용처럼 자신이 원하지 않는 순간에도 순응을 택해야만 했다. 아버지의 외침이 그녀를 놓아주지 않는다. 지금까지도 그녀는 아버지의 입장에서 스스로를 벌함으로써 갈등을 해결하지 않고 방치하고 있다. 아버지는 옳고, 그녀는 틀렸다. 이러한 확신 때문에 크리스티네는 그 누구의 말에도 쉽게 설복당해 자신의 생각을 즉시 고친다. 갈등 상황에서 동료들이나 친구들이 확신을 가지고 의견을 주장하면, 그녀는 기꺼이 굴복하면서 자기 생각이 잘못되었다고 인정한다. 사실 다른 이들의 주장이 옳다고 확신하지도 않으면서 그렇게 한다. 다른 사람의 마음에 들기 위해, 다른 사람의 분노를 사지 않기 위해서다. 그녀는 상냥한 동료로 남는 것을 원할 뿐, 대립하고 싶지 않다.

그럼 이 모든 것이 단지 그녀가 아버지를 사랑한다고 믿기 때문일까? 모든 여성들이 오로지 과거의 사랑을 위해 자신을 포기하는 것이 가능한 걸까?

왜 딸은 아버지를 사랑하는 걸까? 이 사랑이 실제로 이루어졌던 것도 아니잖은가? 왜 고집스럽게 자신의 어린 시절에 대해 착각하고 있는 걸까? 왜 아버지의 무덤가에서 서서, 용서할 수 없이 깊은 상처를 안겨주었던 그 남자 때문에 비통과 절망의 눈물을 흘리고 있는 걸까?

대답은 단 하나, 아버지를 사랑하기 때문이다. 그렇게 함으로써 가치 없는 딸로 머물지 않고 아버지가 원하듯이 좋은 사람이 되고 싶었기 때문이다. 하지만 아버지는, 딸이 이제는 좋은 사람이 되었다는 확증조차 주길 거부했기 때문에, 딸은 스스로 문제를 해결하려고 한다. 이 과정에서도 파파걸은 무에서 유를 만드는 우수한 능력을 발휘한다. 그들은 스스로를 돕는다. 하지만 자신에게 유리한 것이 아닌, 아버지를 방해하지 않기 위해 그리고 전혀 눈에 띄지 않게 그의 인정을 더 받을 수 있는 쪽으로만 한다.

아버지의 눈으로 볼 때 딸은 영리하거나 멍청하고, 유능하거나 게을렀으며 사랑스럽거나 미웠다. 어쨌든 딸의 모습 자체가 정상이 아니었다. 딸로서 아버지의 기대에 전혀 부응하지 못했다. 만약 딸이 아버지의 이 같은 판단을 인정한다면 살아갈 수가 없다. 오히려 아버지에 대한 사랑을 표현하며 스스로 좋은 사람인 척한다. 사랑하는 사람은 절대 나쁜 사람일 리가 없기 때문이다. 게다가 아버지를 더 많이 사랑하면 할수록 아버지의 눈에 들 거라고 믿고 있다. 아버지도 딸의 이런 태도가 마음에 든다. 그는 아무런 노력도 하지 않고 사랑을 얻는 것이다.

바로 그것이 "나는 아버지를 사랑해요"라는 말의 비밀이다. 필사적인 노력과 이루 말할 수 없는 노고로써 과거에 경험했던 사랑의 결핍을 채우고, 사랑받지 못하는 고통을 다른 사람을 사랑한다는 미덕으로 변화시킨 것이다.

크리스티네의 이야기를 계속 듣다 보면, 그녀의 인생관이 전혀 달라지지 않았음을 알 수 있었다. 그녀는 '사랑한다'는 미덕을 내면화했고, 스스로가 사랑하는 사람으로 보이기를 원했지만 실제로 그녀는 배신당한 사람이었다. 열일곱의 나이에 그녀는 자유롭고 독립적이라고 느끼고 싶어 부모님 곁을 떠났다. 당시 그녀는 '나는 아버지를 사랑해'라는 문장을 의심하기 시작했지만, 그런 상황을 끝까지 견딜 수가 없었다. 그래도 아버지의 가치, 옳고 그름에 대한 아버지의 생각을 받아들었다. 그녀는 뭔가를 실패하면 그 책임은 자신에게 있다고 생각했다. '사랑을 해야만 한다', '좋은 여자가 되어야 한다'는 부자연스러운 인생관을 갖고 있던 그녀는 항상 모든 사람과 모든 것을 사랑해야 한다는 잘못된 생각에 빠져들었다. 일단 사랑에 빠지면 현실 왜곡이 시작되었다. '아버지가 맞았고, 그녀가 틀렸던 것이다.'

착해지려고 엄청나게 노력한 그녀는 남자로부터 점점 더 강하게 거부당하고 비판받았지만, 그때마다 더욱 강인해졌다. 남자 쪽에서는 "이것 봐, 당신. 그거 이해하지, 아닌가?"라는 신호만 보내면 충분했다. 그녀는 그 얘기만 들으면 무슨 일이라도 할 태세가 되어 있었다. 크리스티네에게 이 말은 어린 시절의 낙원으로 들어가는 입장권이자 가장 중요한 자극이었다. 그 시절의 느낌은 그녀에게 아주 익숙한 것이었다. 마치 물고기가 물을 만난 것 같았다. 그녀의 이해심과 관대함은 무한대였다. 물론 다른 사람들에 대해서만 그랬고, 결코 자기 자신에게 그런 이해심과 관대함을 가져본 적은 없었다. 자신에게는 무자비한 비판자였다. 끊임없는 독백 속에서 그녀는 자신의 행동에 대한 장점과 단점을 비교 검토했다. 잘못했는가 아닌가, 옳았는가 틀렸는가, 그렇게 행동해도 되는 건가 아닌가?

그리고 의심스러운 경우에는 상대방 편을 드는 쪽을 택했다. 그녀에게 기준이 되는 말은 "틀림없이 내가 너무 심했고 엄격했어"였다. 자기 자신에게 지독하게 엄격하다는 생각은 하지 못했다. 그 대신 이해심으로 가득 차 남을 도우려는 마음, 남을 사랑하는 호의를 가지고 있다는 것만으로도 만족스러웠다. 그녀는 좋은 사람이었던 것이다. 그렇게 함으로써 그녀는 어린 시절을 올바르게 만들어 아버지의 말들이 거짓이라는 걸 입증하고 싶었다. 아니, 더 솔직하게 표현하자면, 그것을 아버지에게 확신시키고 싶었던 것이다. 바로 그 점이 그녀가 그토록 애를 쓰는 이유였다.

물론 외부 세계는 이러한 고민에 대해 알지 못하기 때문에, 이 여성에게서 딸의 생존 전략이 계속 반복되고 있다는 것을 아무도 예상하지 못한다. 선량한 이해의 제스처 덕분에 크리스티네는 인기 있는 편이다. 하지만 그녀에게 진정으로 관심을 기울이고 소중하게 생각하는 사람은 극소수에 지나지 않는다. 대부분의 사람들은 "크리스티네라면 벌써 이해하고 있을 거야"라는 말로 정당화시키면서 다른 문제로 관심을 보인다. 이렇듯 크리스티네의 경우가, 아버지의 사랑을 감히 의심하면서도 어린 시절의 현실에 맞설 용기를 발휘하지 못하는 온순한 딸들의 운명이다. 그들은 책임을 자신에게 돌리고 아버지의 애정 부족을 자신의 사랑으로 채우는 쪽을 선호한다. 그들은 때때로 아버지가 줘야 했지만 주지 않은 사랑이 있다는 것을 느낀다.

그녀는 자신의 능력이 부족하다는 점을 지나치게 확신했고 아버지의 사랑에 대한 환상 속에 계속 머물러 있었다. 그녀는 아버지가 주는 비스킷을 아무 의심없이 받았지만, 어쩌면 그 비스킷은 아주 씁쓸할지도 모른다. 그리고 과거와 마찬가지로 결국에는 커다란 속임수임이 드러나게 될 것이다.

_ 화가 난 딸

사랑받지 못하는 고통을 사랑하는 미덕으로 재해석할 수 있는 능력이 모든 딸들에게 있는 것은 아니다. 아버지에게서 받은 상처들은 여전히 고통스럽고 아버지의 애정은 턱없이 부족하다. 체념한 상태에서 어린 딸은 미움의 감정에 사로잡힌다. 하지만 이런 딸 역시 아버지의 사랑은 아닐지라도 아버지의 관심을 끌어보려는 희망은 가지고 있다. 그 마음에도 아버지의 꿈이 살아 있다. 다른 사람의 마음에 든다, 그러므로 나는 존재한다는 것이 그들의 원칙이다. 그들은 매우 은폐된 형태로 그 꿈을 충족시킬 방법을 찾는다. 그들은 미워하는 척, 더 이상 어떤 사랑도 원하지 않는 척한다. 과거에 경험했던 아버지의 사랑에 대한 실망이 오히려 그 사랑에 대한 갈망을 더 강화시키는 것이다.

한나(판화가, 44세)는 아버지를 미워하는 화가 난 딸에 속한다. 그녀는 모든 사람들에게 이야기한다. 나는 죄책감을 느끼지 않아, 아버지는 나를 사랑하지 않았어, 그게 바로 내 운명이야, 난 그걸 감수하면서 살아야 해.

그녀는 아버지에게 아무 말도 하지 않는다. 그와 함께 있으면 그녀는 침묵한다. 아버지에 대한 두려움 때문에 침묵하지만, 그 침묵이 아버지의 마음에 들기를 바란다. 아버지는 그녀에게 온갖 거친 말을 퍼붓지만 그녀는 아버지의 무자비한 행동을 무시한다. 아버지에 대해 비판할 능력이 없다고 생각하기 때문이다. 혼자 있을 때만 미움으로 속을 끓인다. 그녀는 아버지가 부당하다는 것을 알지만, 그렇다고 도움이 되는 것은 아무것도 없다. 어린 시절이 아직도 그녀 안에 숨쉬고 있어 평온함을 허락하지 않는다. 그녀는 그 두려움과 아버지에게서 벗어나기 위한 전략에 대해 다음과 같이 말한다.

"나는 아버지를 내가 생각할 수 있는 한도에서 미워했어요. 아버지는 주변에 있는 그 어떤 것도, 당신만 제외하고 어느 누구도 참지 못할 정로 아주 성질이 급했죠. 어린 시절에 나는 아버지를 피할 좋을 방법을 찾았어요. 겉으로 얌전하고 조용하게 행동하는 거죠. 실제로 나는 아버지가 무척 두려웠어요. 아버지의 커다란 목소리, 경멸의 눈빛 그리고 냉혹함이 두려웠지요. 아버지가 날 만지는 것조차 무섭고 싫었어요. 내가 진로를 결정할 때가 되었을 때, 아버지는 내가 얼마나 무의미한 존재인지를 아주 분명하게 보여주었어요. 아버지는 내 진로에는 전혀 관심을 보이지 않았어요. 내가 미술 공부를 하겠다고 하니까 아주 시니컬한 미소를 짓더군요. 그리고 이렇게 말하는 거예요. '넌 할 수 없을 거다.' 아버지의 그 말이 공부하는 내내 나를 따라다녔어요.

내가 대학 입학시험에 합격하자 아버지는 거의 경악에 가까울 정도로 놀라더군요. 나도 경악했죠. 그 사건과 더불어 나의 어린 시절이 끝나버렸어요. 정말 그렇다고 생각했죠."

실제로 그녀의 어린 시절은 변함없이 계속되고 있었다. 한나가 아버지의 역할을 대신하고 있다는 것만 다르다. 이제 그녀는 자신이 옳다고 느낀다. 그녀는 자신의 의미를 얻으려고 아버지처럼 그리고 그의 방법에 따라 투쟁한다. 지금도 아버지가 그녀에게 내렸던 평가가 아주 중요하게 작용한다. 아마 그녀는 그녀에 대한 아버지의 생각을 바꾸라고 강력하게 요구하고 싶을지도 모른다. 입으로는 아버지를 항상 미워했다고 말하지만. 그녀의 개인적인 목표, 사랑에 대한 생각 그리고 인생관에 굳이 이름을 붙이자면 '갈등 회피'라고 할 수 있지만, 세부적인 부분에서는 여전히 아버지에게 속박되어 있는 딸의 모습이다.

화해를 하는 대신 그녀는 미움에 몰두했고, 그 미움이 인생을 가득 채우고 있다. 그녀는 미움을 버릴 수 없으며 그러고 싶지도 않는다. 그 미움은 그녀를 완전히 사로잡고 있으며, 병이라고 진단받은 적은 없지만 사실 그녀를 고통스럽게 하고 비참하게 하는 영혼의 병이다.

그녀는 "너는 아버지를 존경해야 한다"라는 신성한 명령을 깰 용기와 반항심은 있지만, 이 명령을 거스른 것이 오히려 그녀를 구속한 셈이다. 저항을 통해 그녀는 그 사랑을 얻으려고 하기 때문이다. 화가 난 딸들은 자기 안의 실망한 딸을 잘못 판단하고 있다. 그 어린 소녀에 대해 아무 상관없다며 그 소녀를 거부하고, 자신의 분노가 강하다고 믿고 있는 면에서 그들은 아버지와 완전히 똑같다.

유감스럽게도 큰 소리로 아버지를 고발하는 대신 스스로도 납득할 수 없는 분노 뒤에 남는 공허함만을 껴안고 살아간다. 결국 납득할 수 없는 상태에서 그 공허함을 다른 사람들에게 옮길 수밖에 없다.

여기에 억압된 기억의 위험한 특성이 있다. 공허함을 그저 다른 사람에게 옮길 수밖에 없다는 점에서 그렇다. 마치 그렇게 함으로써 그 공허함에서 벗어날 수 있을 것처럼. 하지만 그 누구도 공허함을 다른 사람에게 옮긴다고 자신의 과거에서 해방될 수는 없다. 정반대로, 그런 행위는 오히려 강화하는 작용을 한다. 예전에는 의심스럽던 것이 더욱 더 확실한 것으로 된다. 화가 난 딸들은 바로 아버지처럼 온 세상을 향한 자신의 분노를 정당화시킨다. 아버지 역시 이미 이런 행동 표본에 따라 행동했고, 그 때문에 그녀는 상처받은 어린 딸이었는데도 말이다.

분노하고 있는 딸들의 심리분석을 하다 보면 인정을 받으려는 갈망이 숨겨져 있음을 발견할 수 있다. 하지만 그런 갈망은 대개 간접적으로만 표현되며, 여성들은 그 존재를 단호하게 부인한다. 한나는 지금도 아버지의 잘못을 비난하면서 그녀에게 부당한 일을 저질렀다는 것, 그녀는 잘못이 없으며 착하다는 것을 그에게 입증하고 싶어 한다. 어른이 된 지금, 아버지에게 무언가를 증명하는 것은 가망 없는 일이란 점을 알지 못한다. 그녀는 자신의 분노 때문에 파괴되는 것이 아버지가 아니라 오히려 자기 자신이라는 것을 알지 못한다. 어린 시절의 딸을 어떤 이유에서든 사랑하지 않았던 아버지는 나중에도 그녀를 사랑하지 않을 것이기 때문이다.

한나는 이런 현실을 인정하지 않는다. 어린 시절은 이미 지나갔고, 딸로서의 시간도 끝났다는 사실을 받아들이지 않는다. 이제 한나가 해야 할 것은 감정적으로 죽음을 당했던 것을 되살려내는 일이다. 그리고 예전에 경험했던 '애야, 난 네가 탐탁지 않아'라는 그 상처를 없었던 일로 해야 한다.

하지만 상처를 받으면 결코 사라지지 않는다. 그 상처는 마치 가시처럼 영혼 속에 자리 잡고, 상처를 안겨주었던 그 사람과 정확히 결부

된다. 상처 입은 자존심, 손상된 인간적 존엄성을 회복해야 한다는 강박관념이 끈질기게 따라붙는다. 그 때문에 평온함은 어디에도 발을 붙일 수가 없다. 상처 입은 영혼은 감싸 안아줄 붕대를 갈망한다. 역설적이게도 상처에 붕대를 감아줄, 반드시 그렇게 해줘야 할 사람은 다름아닌 그 상처를 준 사람이다. 그 사람이 상처를 준 말이나 행동을 거둬들일 때 비로소 고통이 잦아든다. 상처 입은 사람은 철석같이 이렇게 확신하고 있다. 이 희망만이 그들을 치료할 명약이다. 딸들은 아버지에게서 받은 상처뿐 아니라 그 일을 없었던 것으로 하고 싶다는, 고통스럽고 비밀스러운 소망을 간직하며 살고 있다. 아버지가 당신의 부족한 사랑, 당신이 준 상처를 거둬들이기를, 말하자면 아버지가 이 모든 상황을 이해할 수 있기를 바라는 것이다. 아버지가 그렇게 하지 못하면 그들은 또 다른 희망으로 '대리 아버지', 즉 연인에게 향한다. 아버지가 해줄 수 없다면 이제 연인이 그 불가능한 일을 해주기를 기대하는 것이다.

한나는 어린 시절에 아버지 곁에서 갈등에 대해 회피적인 태도를 가지도록 훈련받았다. 그녀는 아버지의 기분을 풀어주려고 순응하면서 분노와 실망을 억눌렀다. 언제나 아버지는 어린 소녀에게 세상을 의미했지만, 세상으로부터 그녀는 소외되어 있었다. 이러한 토대 위에 그녀는 분열된 인생관을 쌓아올렸다. 이성적으로 그녀는 부모의 모든 명령에 반항하지만, 감정적인 면에서 여전히 어린 시절의 분노에 아직도 사로잡혀 있다. 그래서 그녀는 자신의 고유한 감정을 부인할 수밖에 없으며, 그 태도는 사랑할 때 비극적인 결과를 가져온다. 온순한 딸과 마찬가지로, 그녀는 자신을 부인하면 사랑을 얻을 수 있다는 잘못된 근거를 가지고 있다.

한나는 사랑에 빠지자마자 분노의 감정을 영혼의 가장 외진 구석으로 쫓아냈다. 매번 남자들을 만날 때마다 아버지와 정반대의 성격을 가지고 있는지 탐색했다. 그녀의 이상형은 관용적이고 교양이 있는 남자였다. 그녀는 그에게서 따뜻한 마음을 얻기를 바랐다. 드디어 그런 사람을 발견했다. 잠시 동안 그녀는 행복했다. 그러던 어느 날 그녀는 그에게 거리를 두기 시작했다. 관계가 잘 진행되는 중에 이렇듯 갑작스럽게 감정이 바뀌는 일이 빈번하게 벌어졌다. 한나는 거리를 두고 싶은 욕구를 느낄 때마다 당황스러웠다. 왜 갑작스럽게 감정이 식어버리는지 납득할 수가 없었다.

그녀는 근본적으로 자신이 두 개의 인생을 살고 있다는 것을 모른다. 겉으로는 친절하고 상냥하다. 하지만 내적으로는 분노가 부글부글 끓어오르고 있다. 이렇듯 두 개의 인생을 살아가는 것으로써 갈등에서 도망치고 대결을 피하려는 것이다. 그녀는 분노의 감정만은 버리고 싶다. 자주 기분이 나쁘고 언짢지만, 왜 그런지는 결코 모른다. 그냥 잘 지내는 동안에 그녀는 나쁜 감정을 감춘다. 대개 이런 자기 통제는 아주 잘된다. 그러는 동안에도 마음속에서는 결코 드러낼 수 없는 싸움이 미친 듯이 벌어지고 있다. 예전과 마찬가지로 그 싸움을 부인하고 내면에서 싸움이 벌어지고 있다는 것을 감추려고 시치미를 뗀다. 가끔 자기 통제가 실패할 때도 있다. 그럴 때면 급격한 흥분, 갑작스러운 분노의 표출, 점점 커지는 목소리로 그녀 안에서 어떤 일이 일어나고 있는지를 폭로한다. 발걸음이 요란해지고, 손놀림은 매몰차 한치의 양보도 없다. 그녀는 온몸으로 큰 소리를 내며 떠든다. 마음이 표현할 수 없는 것을 몸짓이 폭로를 대신한다.

화가 난 딸들은 항상 사랑할 때 스스로를 통제하려고 고심한다. 그들은 감정적으로 통제하길 바라며 그렇게 해야만 한다. 실제로 어떻게 느끼는지와는 상관없이 무슨 일이 있어도 친절한 태도를 유지한다. 이렇게 통제된 상태를 유지하면서 그들은 아버지에 대한 고착을 억지로 은폐하려고 노력하는 것이다. 실제로 그 때문에 사랑을 하면서도 거기에만 몰두할 수가 없다. 그들은 자신의 분노로부터 헤어나올 수가 없는 것이다.

억압되고 은폐된 분노의 결과, 그들은 곧바로 모든 것으로부터 거리를 두게 된다. 진짜인지 가짜인지 의문을 품지 않아도 되는 '이미지의 세계'로 들어가는 것이다. 모든 사람들은 그들이 얼마나 친절하려고 애를 쓰는지, 겉으로는 빛나고 있지만 속으로는 얼마나 팽팽한 긴장으로 가득 차 있는지를 느낀다. 본인만 모르고 있다. 그들은 항상 경계하고 있으며, 적대적이고 남을 믿지 못한다.

그녀는 현재가 아니라 과거에 살고 있으며 모든 연애 상대를 아버지와 혼동한다. 그래서 자신의 의미, 사랑의 능력을 놓고 아버지와 투쟁을 벌인다. 연인이 어린 시절 그녀가 받았던 그 모욕을 없었던 일로 해주기를, 그녀에게 아버지가 틀렸다는 것을 증명해주기를 기대한다. 그러나 이 희망이 실현될 가능성이 없다는 것을 느끼면, 과거와 마찬가지로 연인에게 거리를 두고 도망친다. 그녀는 사랑에 응하는 대신 일찌감치 포기하는 쪽을 택한다. 이것이 감정이 갑자기 식어버리는, 갑자기 사랑에서 등을 돌리는 이유다.

한나의 정당한 분노와 끓어오르는 미움은 해방감을 안겨주기는커녕 더욱더 아버지에게 종속되도록 이끌었다. 사랑을 할 때 그녀는 아버지가 옳다고 인정한다. 그렇게 생각하지도, 그러길 바라지도 않으면서. 아버지는 분노를 조심스럽게 감추고 순응하는 얌전한 딸을 원했다. 말하자면 아버지는 어린 딸의 영혼과는 아무런 관계도 맺고 싶지 않았던 것이다. 그는 자신의 독선을 방해받기가 싫었던 것이다.

지금 한나는 분노를 보이지 않으려고 노력하고 있지만, 그 행동에는 분노가 교묘하게 섞여 있다. 정확하게 표현되지 않은 분노가 결국 그녀가 사랑하고 싶은 그 남자에게서 등을 돌리게 했다. 그녀가 분노하며 거부하고 싶었던 대상은 아버지였지만, 정작 거부의 대상은 연인들이었다. 물론 그녀는 그 사실을 공개적으로 드러내지 않았다. 그녀는 실망에서 비롯된 분노를 이해하지 못한 채 그 감정을 다른 사람에게 옮기고 있으며, 계속 그런 식으로 사랑이 방해받고 있다.

사실 아버지에 대한 분노는 스스로를 다르게 평가하는 동기가 되었어야 한다. '지금 당장'이라는 감정이 발전되어 아버지로부터의 분리를 가속화해야만 했던 것이다. 하지만 이 지점에서 화가 난 딸들은 버거워하며 단념한다. 그들이 아버지에게 구속되어 있음이 바로 여기에서 증명된다. 그들의 정신적 에너지는 아버지에 대한 미움에 묶여 있고, 정당한 비난을 하는 데에만 머물고 있을 뿐 자기 해방에는 기여하지 못한다.

파파걸은 잘못된 지점에서 체념한다. 그들은 아버지에게서 인정받기를 포기하지 않고 오히려 자기 자신을 포기한다. 분노의 폭발과 정당한 비난도 이 사실을 덮어버릴 수 없다. 이때, 사랑을 주지 않은 아버지가 여성들의 인생에서 왜 그런 식의 의미를 가지고 있을까라는 의문이 남게 된다. 그것은 그들의 미움 뒤에 사랑과 인정에 대한 갈망이 존재하고 있기 때문이다. 사랑과 미움은 동전의 양면일 뿐이다. 사랑과 미움의 공존, 즉 애증에 관해 수많은 옛이야기들이 전해오는 것도 다 이유가 있다. 사랑을 받음과 동시에 미움의 대상이 되는 아버지의 경우처럼 사랑과 미움은 서로 강하게 결합되어 있다. 하지만 아버지의 경우에는 미움과 분노가 더 강하게 작용한다.

미워하는 법을 배운 거부당한 딸들은 아버지에 대한 딜레마에 갇혀 있다. 미움을 뛰어넘어 해방되는 것이 불가능하다. 특히 분노하는 딸들은 본인이 인정하고 싶지 않아도 항상 귓전에 아버지의 경고가 따라다닌다. "너는 나를 사랑하지 않는구나, 딸아. 그렇게 하면 혼난다." 그들은 필사적으로 위협적인 아버지의 말에 저항하지만 그로부터 벗어날 가능성은 아주 희박하다. 그들은 마음속 그 어디에도 자기 자신을 가치 있다고 느낀다거나 자신의 문제를 해결할 능력이 없다.

그들은 아버지와의 싸움에 참여했지만 이 싸움에서 패배자일 수밖에 없다. 그들은 아버지가 결코 해주지 않을 인정을 받으려고 미움의 감정을 내세워 투쟁하고 있다. 미워함으로써 사실 자신들이 거부하고 있는 아버지를 중요한 존재로 만들고 있는 것이다. 그들은 미움에 사로잡힌 채 아버지에게 변함없이 엄청난 의미를 부여해준다. 아버지의 의미에 스스로를 속박시키고 어른이 된 자신에게 아버지가 더 이상 행사해서는 안 되는 권위까지 부여해준다. 분노와 미움은 결국 실망한 사랑에 다름이 아니다. 하지만 더 이상 사랑으로 정의될 수 없는 사랑이다. 진정으로 무시하는 것만이 아버지와 관계를 끊을 수 있다. 그렇게 해야만 그들은 속박되거나 집착하지 않게 될 것이다.

딸들이 미움을 극복해야만 비로소 아버지라는 존재가 그들의 인생에서 무의미하게 될 것이고, (이 세상의 많은 아버지들처럼) 아버지로서 실패한 남자로 여길 수 있을 것이다. 이런 방식을 따라야만 한나는 아버지에 대한 의존성, 분노하는 딸의 모습으로부터 해방될 수 있다. 미움이 무관심으로 되었을 때, 사랑이 없는 아버지가 자신에게 무의미한 존재라는 것을 인정하고 느끼게 될 때 비로소 딸에게 도움이 되는 힘의 균형이 이루어질 수 있다. 이때 비로소 딸은 자신의 정신적 에너지를 자신을 위해 사용할 수 있게 된다.

남성들의 미움이 상대방을 파괴하고 싶어 하는 반면, 여성과 딸의 미움은 공격적이면서도 자기 파괴적이다. 부담스러운 상황이 되면 상대방을 보호하기 위해 미움의 화살을 자신에게로 돌린다는 것이다. 딸은 미움을 자신에게 유리한 방향으로, 즉 건설적인 동기를 부여해주는 감정으로 전환시킬 수가 없다. 아직도 아버지의 명령에 순종하고 있는 것이다. "다른 사람들에게 화를 내면 안 된다. 그러지 말고 너 자신이 문제라고 생각해라. 그래야만 진정한 여자야."

화를 내는 여성들은 사회에서 비판의 대상이 된다. 어느 누구도 그 분노가, 예를 들어 모욕을 받은 것에 대한 정당한 반응인지를 묻지 않는다. 오히려 화를 내는 여성들은 여자답지 못한 것으로 평가된다. 분노한 여성들 대부분은 정당한 비난을 하면서도 정작 자신에게 도움이 되는 결과를 얻지 못한다.

크리스티네나 한나와 같은 여성들은 공격성을 피하고 화를 억누르는 법을 배웠다. 그리고 그렇게 사는 것이 아직도 아버지가 옳다고 인정하는 것임을 거의 모르고 있다.

그들은 마음에 들기를 원하며, 어떤 대가를 치르더라도 언제나 그렇듯이 반드시 그래야만 한다. 그런 식으로 그들은 스스로를 약자의 위치에 서도록 이끌고 있으며, 진정한 자신의 모습을 찾지 못하고 있다. 그리고 그들이 그래야 할 의무도 없다.

그것을 원하는 것은 남성 중심의 문화다. 이 문화에서는 여성들이 감정적으로 어린 소녀에 머물러 있는 것이 오히려 실용적이다. 이성적으로 독립적이지만 감정적으로는 남자에게 종속적인 상태에 있는 여성이 가부장제 문화에 가장 잘 어울린다.

이때 남성들은 여성들에게 이성적인 요구로 속박하면서도 감정적으로는 거리를 유지한다. 나는 『사랑에서의 통신두절』이라는 책에서 이에 관한 상황을 묘사했다. 아주 독립적인 여성과 하룻밤을 지내고 싶다면 그 여성을 저녁식사에 초대하기만 하면 된다. 이성적으로 독립적인 여성은 오늘밤 어떻게 할 것이냐에 대해 스스로 자유롭게 결정할 수 있기 때문이다. 게다가 그 밤에 대해 책임을 져야 할 일이 생겨도 그건 그녀의 문제다. 그러니 남성들은 이런 여성들과 자유롭게 즐기고 난 후에 문제가 생겨도 여성들에게 전가하고 자기는 아무것도 달라질 게 없으니, 이들과의 연애는 남성들에게 유리한 기회가 아닐 수 없다.

온순한 그리고 화가 난 딸들은 사랑에 대한 유아기적 꿈에 갇혀 있다. 그들은 끊임없이 위대하고 강한 남자, 즉 자신을 보호해줄 남자를 꿈꾼다. 하지만 현실에서 그들을 보호할 사람은 바로 그들 자신이다.

어린 시절의 사랑은 인생에서 첫 번째 남자, 즉 아버지에 의해서만 실현될 수 있었다. 그러나 그 사랑은 이루어지지 않았다.

그때 얻은 고통을 기억에서 밀어내기만 할 뿐 해명되지 않은 어린 시절의 영향에 사로잡히게 된다. 그리고 그 어린 딸은 살아남기 위해 선택했던 그 잘못된 태도를 어른이 된 뒤에도 계속 유지함으로써 스스로를 소외시키고 세상으로부터 도피하여 안전한 장소만을 찾게 되는 것이다.

귀염둥이 딸, 아니었나?

> 나를 불태워버리는 것을 나는 흠모한다.
> _막스 프리쉬

딸들의 환상, 그들의 고향은 바로 아버지의 사랑이다. 그 사랑은 세상에 대한 소속감을 가지게 하는 매개체이며, 여성으로서의 정체성을 부여해준다. 귀염둥이 딸들은, 온순한 딸들이 "난 아버지를 사랑해요"라고 말하면, 거기에 "아버지도 날 무척 사랑하셨죠"라는 말을 덧붙인다. 그들은 자기 말이 옳다는 것과 그 중요성에 대해 확신하고 있다. 충분히 이해가 된다. 우리 중 누가 아버지의 귀염둥이 딸로 있고 싶지 않겠는가? 누가 아버지의 귀염둥이라는 그 아늑한 감정의 마법에 굴복하지 않겠는가? 그 감정은 영원히 마음에 평화로움과 안정감을 준다.

그렇기 때문에 수많은 파파걸은 귀염둥이 딸이라는 생각에서 벗어나지 못하고 차라리 현실을 속이는 쪽을 택한다. 여기에 문제가 있다. 가부장제 질서 안에서는 결코 사랑받은 딸들이 존재하지 않으며, 오로지 아버지의 가치를 높이는 자랑스런 딸만이 존재한다는 것이다.

"내 인생의 빛나는 중심점", "찬란히 빛나는 나의 별", "이 세상에서 나를 위해 존재하는 가장 아름다운 것." 많은 여성들이 이렇게 미화하는 말들로 인생의 첫 번째이자 위대한 사랑을 묘사한다. 그 사랑은 바로 아버지다. 아버지를 우상으로 선택한 여성들은 그를 본받으려고 애쓰며, 한평생 아버지에게 충실하게 남아 있는 경우도 가끔 있다. 그들이 언제나 아버지의 작은 귀염둥이였던 것은 아니다. 물론 어린 시절에 가끔 그 점이 의심스럽기는 했지만 어쨌든 확고하게 아버지의 인정을 얻어냈던 여성들이다.

따라서 '아버지의 귀염둥이고 싶은' 모든 딸의 소망이 성취되는 경우가 극히 드물다. 아니, 어쩌면 전혀 없을지도 모른다. 여성들이 아버지의 귀염둥이였다고 주장하지만 좀더 자세히 들여다보면, '아버지의 사랑'이 직업 훈련을 받으라고 격려하는 말이었거나, 어떤 성과를 내라든가 또는 경쟁에 뛰어들라고 부추기는 말, 바로 남성적인 가치들로 접근시키려는 언어인 경우가 대부분이다.

아버지의 사랑은 딸의 인생을 힘겹게 하고 황무지로 내모는 언짢은 지참금이다. 그 이유는 딸이 자라면 여자가 되지, 남자가 되는 것이 아니기 때문이다. 딸의 성공으로 자신을 치장하고 싶어 하는 아버지의 겉치레 사랑 때문에 딸은 뛰어난 능력을 보여주기도 하지만, 그와 동시에 투쟁과 경쟁이라는 남성적인 세계로 어쩔 수 없이 뛰어들어야 한다. 아버지의 귀염둥이 딸이라는 믿음 속에서 딸들은 스스로를 포기하고 아버지의 뜻에 따라 되기를 원한다. 귀염둥이 딸들은 황무지에서 살고 있다. 하지만 그들은 황무지에 살고 있다는 것을 부인하고, 사랑의 땅으로 바꾸려는 데에 모든 정신적 에너지를 쏟아붓고 있다.

잉그리트(광고사진작가, 28세)는 꾸어다놓은 안정, 귀염둥이 딸이라는 자신의 위치에 대한 의구심을 털어놓았다. 그러면서 자신이 느낄 실망과 그 결과들을 예감하고 있었다. 그녀는 귀염둥이 딸이었다. 모든 사람들, 친척들과 지인들 그리고 어머니가 그 사실을 확인해주었다. 그녀는 분노와 실망이 불끈 솟아오름에도 언제나 그렇게 믿었다. "그래도 아버지는 나를 사랑해." 지금까지도 그녀는 이렇게 확신하고 있으며 아버지, 아버지의 사랑방식, 아버지의 생활방식, 그녀에 대한 아버지의 판단에 묶여 있다. 자신이 귀염둥이 딸이라고 느끼는 것은 끔찍한 집착이다. 사실이 아니기 때문이다. 그 확신은 이미 어린 소녀의 가장 내적인 중심을 파괴해버려 그녀는 스스로를 속여야만 했다. 그녀는 인격과 관련된 중요하고 생동하는 부분을 파괴했기 때문에 언제나 아버지가 바라고 아버지가 요구하는 어린 소녀로 살고 있을 뿐이다.

"귀염둥이 딸이었던 나는 아버지를 언제나 미화해왔어요. 아주 일찍부터 나는 아버지가 갑자기 화를 내거나 공격적이 될 때마다 그 행동을 용서할 변명들을 생각해냈지요. '아버지는 그런 뜻이 아니었어'라고 말이에요."

잉그리트는 아버지를 미화했으며 나중에는 모든 남자를 미화했다. 하지만 자신에겐 결코 그렇게 한 적이 없다. 항상 그녀가 잘못이었고, 자신의 결점은 언제나 분명했다.

"나에 대해서는 거침없이 비판을 했어요. 그렇게 하면 남자들은 착한 존재로 남아 있을 테니까요. 나는 아버지처럼 도와주는 척하는 남자들이나 실제로 그렇게 하는 남자들의 품으로 항상 뛰어들었어요. 내가 나의 소망과 생각을 내세우기 바로 직전까지만요. 그러나 내 생각을 내세우면 유쾌한 도움은 어김없이 끝나버리더군요. 갑자기 이런 소리를 듣게 되는 거예요. '아, 넌 정말 그런 여자구나. 감사할 줄 모르고 이기적이고. 네가 그런 줄 난 이미 알고 있었어.'

그럴 때마다 잉그리트는 순식간에 어린 시절로 돌아간 자신을 발견했다. 그녀는 아버지의 딸로 돌아가 있었다. 아버지도 언제나 그런 말을 했지 않은가. 물론 화가 났을 때에만 그러기는 했지만. 어쨌든 아버지가 그런 말을 했던 것은 사실이고, 그녀는 그 말을 거의 다 잊어버렸다. "그래도 나는 귀염둥이 딸이었어. 아니었나?"

귀염둥이 딸들은 여전히 자신이 가지고 있는 생각의 희생자다. 그들은 과거 자신의 모습, 즉 마음속으로는 울면서 겉으로는 웃는 기만당한 어린 소녀 그대로다. 사실 속은 연약하지만 겉은 강해 보이고, 모든 것을 이해하고 용서하려는 모습으로 가장함으로써 남자를 한평생 미화하면서 일찌감치 자기 자신을 파괴한다. 이렇듯 아버지의 판단에서 놓여나는 것, 귀염둥이 딸이라는 새장에서 도망치는 것, 스스로를 해방하는 것은 상상할 수 없을 정도로 힘든 일이다.

귀염둥이 딸들의 이 노력은 아무 문제없이 잘 작동하고 있는 것처럼 보인다. 그러나 그 배후에서 감정이 극적으로 요동치고 있다. 아버지의 권위를 결코 문제시할 수 없을 뿐만 아니라 아버지가 발산하는 빛에 사로잡혀 있기 때문에 더욱 그렇다. 많은 능력이 있음에도 그들은 아버지보다 더 열등한 위치에 있으려고 한다. 아버지는 끊임없이 딸 인생의 길잡이 역할을 하며, 강인함과 권력의 화신으로서의 위치를 고수한다. 그들은 아버지를 보기만 하면 거의 반사적으로 속마음을 털어놓는다. 그런 식으로 귀염둥이 딸들은 능력과 지성을 갖췄음에도 착한 파파걸로 머물러 있기를 주저하지 않는다. 그들은 감정적으로 항상 남자로서의 아버지에게 고착된 상태다. 그들은 자기 위치를 그보다 아래에 놓는다. 아버지에게서 사랑받고 있지만 계속 아버지의 사랑을 얻으려고 애쓴다. 그들은 자신의 환상이 진실이 되도록 끈질기게 노력하면서 투쟁한다.

그들이 정말 귀염둥이 딸이 맞다면 투쟁은 필요하지 않다. 하지만 그들은 '원래' 그럴 뿐이다. 그들은 오로지 그 사랑을 소유하는 데에만 집착하고 있으며, 그 때문에 그들의 행동에서 어떤 결핍을 경험했음이 드러난다. 그러나 사랑받은 딸이라는 생각은 감정 속에 확고하게 뿌리를 내리고 있다. 따라서 그들은 진실에 다가가는 것을 힘겨워한다. 항의와 반항심, 그리고 매우 지적인 주장을 내세우는 경우도 많지만, 그 어떤 경우에도 아버지는 보호받는다.

이런 과정에서 귀염둥이 딸의 영혼은 달팽이집 속에 갇혀 있게 된다. 다정다감한 달팽이와는 달리, 그 집은 그녀를 보호해주지 않는다. 그 집은 한쪽으로만 통하는 벽으로 되어 있다. 그 벽으로 상처는 들어올 수 있지만 받은 상처가 밖으로 나갈 수는 없다. 다시 말해, 귀염둥이 딸들은 반투과성의 심장을 가졌다. 그 심장은 그녀가 기능을 제대로 발휘하지 못할 때 그녀를 지탱해주는 코르셋 역할을 한다. 귀염둥이 딸들은 이미 오래전에 내적으로 기가 꺾여 낙담하고 있을지라도 겉으로는 항상 빛을 발산하는 잔혹한 광채로 둘러싸여 있다.

잉그리트는 자신을 내적으로 점점 더 파괴시키고, 결국 귀염둥이 딸이라는 위치를 의심하게 해주었던 이 광채에 대해 이렇게 말했다.

"나에게 능력이란 언제나 강점과 힘으로 해석되었지요. 남성 심리치료사들 중에서 여기에 어떤 메커니즘이 효력을 발휘하고 있는지를 조금이라도 파악하고 예감했던 사람은 아무도 없었어요. 정말 잔혹한 아이러니예요. 겉으로는 밝게 빛나고 있을지라도 그 광채가 사실은 내적인 자기 파괴의 과정과 연관되어 있을 뿐인데, 그것을 강점으로 해석하니까요."

딸의 영혼을 둘러싸고 있는 달팽이집은 딸이 아니라 아버지를 보호하기 위해 어린 시절에 생겨난 것이다.

물론, 그녀는 재능을 인정받았다. 그래서 더 많이 배우도록 아버지가 격려했지만, 그것은 오로지 아버지의 영광을 위한 것이었다. 딸의 교육에 투자를 많이 함으로써 아버지로서의 능력을 과시하고 싶었던 것이다. 하지만 딸이 제 능력을 발휘하지 못하면 아버지는 그만큼 더 우악스럽게 딸을 밀쳐냈다. 귀염둥이 딸이 부리는 재주는 곧 아버지의 뜻, 아버지에 대한 굴복이며, 남성적인 의미에서 여성적인 여성으로 귀결된다. 심리적인 과정을 전혀 알지 못한 탓으로 이런 연관관계는 어둠 속에서, '귀염둥이 딸'이라는 미화된 어구로 된 위안의 공간 속에 감춰져 있다. 귀염둥이 딸들의 과거를 들춰보면 사실 아버지의 사랑에 대한 이야기가 별로 많지 않다. 오히려 자신이 받은 상처의 고통을 대수롭지 않게 여기고 그 고통을 인식하지 못한다는 것만이 드러날 뿐이다. 심리 치료의 초기에 귀염둥이 딸들은, 아버지를 마음이 따뜻하고 자신에게 관심을 기울여주는 사람으로 묘사한다. 그리고 아버지에게 자신이 차지하고 있는 특별한 위치를 강조한다. 하지만 집중적인 대화를 통해 기억이 활성화되면 이런 이미지는 산산조각이 난다. 곧이어 그와 정반대되는 아버지의 모습이 나타난다. 귀염둥이 딸들의 마음을 지배하는 정서적 황무지가 모습을 드러내는 셈이다.

귀염둥이 딸들은 아버지에 대해 가지고 있는 이미지에 맞게 자신의 인생을 적응시켜왔다. 그들은 귀염둥이 딸이라고 생각하지만, 사실은 거부당한 아이였다고 느끼고 있다. 그 까닭은 마음 깊숙한 곳에서 어린 시절과 아버지의 실체, 그리고 그와 함께 자신의 현재의 실체를 기억에서 몰아내고 재해석하는 것을 느끼기 때문이다.

잉그리트의 아버지도 결코 '좋은' 아버지가 아니었다. 그녀는 귀염둥이 딸이 아니었다. 오히려 특별히 노력한 딸이었다. 처음에 과거를 돌아보았을 때 그녀는 아버지를 이상적인 모습으로 묘사했다.

"아버지는 마음이 따뜻하고, 영리하셨어요. 노력파였고 부지런하셨고, 가족을 사랑하셨어요. 무엇보다도 중요한 것은 아버지가 나를 열렬히 사랑해주셨다는 거예요. 나는 아버지의 귀염둥이였어요."

그후 회상이 더 진행되자, 그 내용 또한 더 진실해졌다. 어린 소녀의 끔찍한 두려움이 말로 표현되기 시작한 것이다.

"아버지는 사람들을 몹시 불신했고 툭하면 싸우셨어요. 집에 있을 때 아버지는 대체로 기분이 안 좋았어요. 술에 취해 있을 때도 많았는데, 그때마다 구슬피 울면서 아이에 대한 권리는 아버지에게 있다고 위협적으로 말하셨어요. 나는 아버지가 무서웠어요. 당시 나는 늘 하나님께 아버지로부터 나를 보호해달라고 기도했어요."

귀염둥이 딸들은 아버지의 말을 진실로 받아들이고 신뢰하기 때문에 두려움과 분노를 억압한다. 그들로서는 이런 감정을 해결할 수 없기 때문이다. 아버지는 자기 멋대로 휘두를 수 있는 권리와 자발성을 좋아했다. 두려움과 사랑이라는 해결되지 않은 모순이 한평생 귀염둥이 딸들을 따라다닌다. 어른이 되어서도 어린 시절과 마찬가지로 두려움과 공포의 감정들을 인식하지 않도록 스스로를 억누르면서, 아버지의 행동을 가능하면 소박하게 사랑의 증거로 에둘러 해석한다.

'사랑받은' 딸들은 특히 아버지의 동의와 인정을 얻기 위해 그에 맞춰 자신을 순응시킨다. 그 결과 어른이 되어서도 남자의 동의에 상당히 고착되어 있다.

그들은 애정관계의 초기부터 연인에게 자신의 행동 전반에 대해 간섭할 권리를 기꺼이 부여해준다. 남성들이 이런 여성적인 태도를 일반적으로 아주 높이 평가하기 때문에 행복에 걸림돌이 되는 것은 아무것도 없다. 하지만 이만저만 잘못된 생각이 아니다. 바로 이 지점에서 귀염둥이 딸들이 아버지와 맺은 억압된 관계가 애정생활에 얼마나 결정적인 역할을 하는지가 나타난다.

귀염둥이 딸들은 겉으로만 애정관계에 관여하고 있으며 남자가 내세우는 조건에 순응할 뿐이다. 어른이 되어 더 이상 기억을 하지 못할 뿐, 사실 어린 시절의 실망을 너무나도 정확하게 기억 속에 간직하고 있다. 그리고 연인이 가한 상처 역시 아주 정확하게 인식한다. 그들은 비밀리에 연인에게 거리를 두고 자기만의 인생을 살며 진실에 대한 두려움 때문에 환상의 세계로 도망친다.

모든 귀염둥이 딸들은 남자들이 자신에게 고통을 준다는 것을 느끼지만, 그 감정을 표현할 수 없다. 그렇게 하지 못하는 이유는 모든 '정상적인' 여성은 '정상적인' 애정관계를 가져야 하기 때문이다. 그것은 가부장제 세계에서 최고의 지상명령이다. 그 명령에 따라 과거에 사랑하는 딸인 척했듯이 지금은 사랑하는 여성인 척하고 있다. 이렇듯 자아상을 파괴하는 것은 현명치 못하다. 자아상을 굳건히 가지려면 근심에 신경써서는 안 되며, 남자에게서 상처받을지도 모른다는 두려움을 느껴서도 안 된다.

사랑을 하기 전에 먼저 치유해야 할 것은 그녀가 받은 상처다. 그녀에게 상처를 준 것은 인생에서 첫 번째 남자인 아버지였고, 그것은 사실이다. 그녀가 부인한다고 해도 그 사실은 변하지 않는다. 아버지가 준 상처를 순순히 받아들이고, 더욱더 순응하는 자세로써 없었던 일로 하려는 것은 아무런 도움이 되지 않는다. 이미 받은 상처는 분노와 짜증을 일으킨다. 그것이 정상이다. 오히려 그 상처를 간과하고 저항하지 않는 것이 비정상이다.

하지만 그들은 바로 귀염둥이 딸이기 때문에 상처에 저항할 능력이 없다. 무기력하게 그 상처를 받아들인다. 오로지 보호 장치는 아버지에게 사랑을 받았다는 기만적인 확신이다. 그 확신은 생각까지 보호해주지 않으며, 그저 조정할 뿐이다. 그래서 사랑스런 순응이라는 수단이 동원되는데, 이것마저도 결점투성이다.

'사랑받은' 딸들은 아버지의 경우처럼 남성들이 때때로 주는 암시를 확실한 사랑의 증거로 혼동하여 그 사랑을 실망시키지 않으려고 노력한다. 자신의 감정은 이미 다른 언어로 말하고 있을지라도, 오래전에 자기 스스로를 한 남자에게서 소외시켰음에도 그들은 여전히 '그의' 사랑을 얻으려고 투쟁한다. 그들은 스스로 승자인 척하지만 사실은 패자다. 이러한 자기 기만의 대가는 엄청나다. '사랑을 받는다'는 안도감을 주는 환상 때문에 언제나 자신의 능력 한계에까지 내몰려 살아간다. 친밀한 관계를 맺을 때 그들은 모욕을 사랑의 증거로 재해석하라는 압박을 받는다. 그들에게는 맹점이 있어 자기 생각의 희생자로 머물 뿐이며, 이따금씩 주어지는 사랑의 증거들에 만족하는 척한다.

이런 조화로운 전체 이미지를 방해하는 것은 오직 산발적인 분노의 발작, 즉 영혼의 폭발뿐이다. 하지만 언제나 그들은 아주 친절하며 매력적이다. 그 결과 지금은? 어느 누구도 세심한 여성에게 무슨 문제가 있는지 제대로 이해하지 못한다. 귀염둥이 딸의 내부 메커니즘을 들여다보는 사람도 거의 없다. 그녀의 마음은 쓰레기 처리기의 원리에 따라 작동한다. 즉 꽉 찰 때까지 쓰레기를 삼키고 꽉 차면 다 쏟아내고, 그리고 다른 곳으로 옮겨 다시 쓰레기를 삼키기 시작한다. 진정한 '아버지 사랑'에 맞서려는 용기를 가질 때까지 이 악순환은 계속된다. 일단 맞서게 되면 귀염둥이 딸은 더 이상 사랑에 관한 이야기를 하지 않는다. 이제 그녀는 아버지가 준 상처를 이겨내려고 얼마나 처절하게 노력했는지에 대해서만 이야기한다. 귀염둥이 딸이라는 그 생각과 더불어 아버지가 딸에게 눈가리개를 씌워주었기 때문이다. 그녀는 봐서는 안 되었다. "너는 내 귀염둥이 딸이다"라는 말은 특히 "너는 깨달아서는 안 된다"는 뜻이다.

_ **맹점**

귀염둥이 딸들은 유난히 자신에게 상처를 주는 사람을 사랑한다. 그러나 그렇다는 것을 깨닫는 것은 금지되어 있다. 이미 어린 시절에 그렇게 하도록 훈련을 받았으며 거기에 익숙하다. 게다가 어린 시절에 겪었던 '사랑의 조합'을 반복하라는 압박을 받는다. 사랑이라고 여기는 이 감정은 사실 상처를 주는 환경에서 비롯된 것으로, 여기에서 딸은 아버지에게 고착된다. 아버지의 마음에 드는 것, 아버지에게서 받은 상처를 인식하지 않고 자기 포기를 통해 그 사랑을 획득하는 것이 모든 행동의 원동력이 되었다. "아버지는 그런 뜻으로 하시는 게 아니야"라는 말은 어린 시절 그녀가 잊어서는 안 되는 문장이다. 그녀는 아버지를 맹목적으로 신뢰한다. 아버지는 그녀를 진실에 대해 장님이 되게 했다. "그런 뜻으로 하시는 게 아니야"라는 식의 상투어는 순식간에 가정을 평화롭게 하는 데 도움이 되었다. 그것은 모든 구성원을 위해, 특히 아버지를 위해 좋았다. 그러나 이것이 딸의 애정관계에 위험스러운 결과를 가져다줄지 누가 짐작이나 했겠는가. 딸은 그 엄청난 첫 번째 기만으로는 충분하지 않았던 것처럼, 앞으로의 애정관계에서도 계속 재해석을 해야 하고 현실을 기만해야만 했다.

그녀의 영혼에 이런 맹점이 존재하고 있는 것이다. 그 맹점은 어른이 된 지금에 이르러서도 현실을 인식하는 것을 방해한다. 바로 이 맹점 때문에 여성은 사랑할 때 종속적인 위치에 서게 되며, 언제든지 남성을 불신할 자세를 가지게 된다. 이런 여성의 사랑은 한탄과 비난 그리고 끈질기게 요구하는 '울먹이는 사랑'으로 변할 가능성이 있다. 그 사랑은, 자신에게서 출발하여 힘과 강함을 전해주면서 동등한 권리로 상대와 관계를 맺는 강인한 사랑이 결코 될 수 없다.

잉그리트는 자신의 연애에 대해 이야기했다. 귀염둥이 딸이었던 그녀는 지금 사랑스런 여성으로서 모든 이들의 사랑을 받는다고 느낀다. 그리고 그 느낌은 모든 것이 정반대로 진행되는 결혼생활에서도 변치 않고 있다. 그녀의 '맹점'이 현실에 대한 통찰을 방해하고 있는 것이다.

그녀는 10년 동안, 자신을 옥박지르고 자신에게 거의 신경을 쓰지 않고, 자신을 혼자 내버려두면서 어떤 이해심도 보여주지 않는 그런 남자를 사랑했다. 그는 그녀의 마음에 대해 거의 관심이 없었다. 그가 이해할 수 없는 이유로 분노를 폭발하거나 온갖 욕설을 퍼부으면 그녀는 항상 자신의 행동을 탓했다. 그녀는 불만이 많았고 잘못된 남성 이미지를 가지고 있었으며, 사람을 믿지 못하고 감정 이입의 능력도 턱없이 부족했다. 오로지 '그는 정상이고, 내가 복잡하다'는 단호한 확신만이 있었다. 결혼생활에서 빚어지는 온갖 갈등을 겪으면서도 귀염둥이 딸이라는 생각으로 스스로를 구원했다. "내가 마법의 주문을 발견하기만 하면 결혼생활은 성공할 거야." 그녀는 가족소설을 새로 쓰기 위해 멋진 구상을 가지고 있다. 이번에는 이 가족소설을 더 행복하게, 더 성공적으로 쓰고 싶었다. 이런 터무니없는 희망으로 그녀는 분별력을 발휘하기 시작했다. 남편에게 그 효과가 나타났다. 그는 자신이 점점 더 강인하며 안전하다고 느꼈다. 반면, 그녀는 기분이 나쁘고 이해받지 못한다고 느끼면 느낄수록 더 고집스럽게 자신에게 잘못이 있다고 믿었다. 막바지에 이르러 자기 때문에 남편이 저렇게 분통을 터뜨리는 것이라고 생각했다. 하지만 그녀의 태도는 결국 자신을 더 황폐화시키는 결과만 가져올 뿐이라는 것을 잉그리트는 도저히 지나칠 수가 없었다.

"나에 대한 그의 비판은 점점 더 포괄적으로 되었어요. 그는 모든 이야기들을 다르게 표현했지요. 그는 항상 옳았어요. 잘못을 한 것은 그가 아니었어요. 아니, 책임이 있는 사람은 항상 나였죠. 나는 잘못된 인간상을 가지고 있었고, 친절하지도 않았으며, 항상 싸우기를 좋아하고…… 온갖 수단을 다 동원한 후에도 별 소용이 없으면, 이를테면 나를 확신시키지 못하면 그는 자신의 행동에 대해 잊어버린 척했어요. 참 편리한 방법이었죠. 그는 언제나 자신에게 맞는 쪽으로 사실을 왜곡했어요. 그는 어떤 상황이 벌어지든 그 상황을 찰흙처럼 다루었어요. 자기가 원하는 대로 모양을 만들 수 있는 찰흙처럼 말이에요."

잉그리트는 이런 현실 앞에서 어찌할 줄을 몰랐다. 그녀는 자신의 인식 능력을 더 이상 믿지 않았으며 '그가 그런 뜻으로 한 게 아닐 거야. 그의 행동을 나쁘게 여기지 말고, 선의로 받아들이려고 노력해봐!' 라는 식으로 생각을 고쳤다.

그렇게 해서 표면적으로는 그녀의 세계가 다시 조화를 이루었다. "그 남자는 날 사랑해. 그러니 내가 노력만 하면 되는 거야." 뒤늦게, 너무나 뒤늦게 그녀는 이 모든 일이 과거에 자신이 경험한 것과 무척 똑같다는 것을 깨닫기 시작했다. 그 당시에도 그녀는 숨 돌릴 겨를 없이 노력했다. 하지만 유감스럽게도 성공을 거두지는 못했다. 그녀의 결혼생활 이야기를 들어보면 사랑에 대한 이야기는 거의 없고, 받은 상처를 인식하지 않고 마치 아무 일도 없었던 것처럼 하려고 얼마나 노력했는지가 대부분이다. 그녀는 무슨 일이 일어나든 끊임없이 사랑받는 여성이어야 했다. 그녀 자신과 감정은 중요하지 않았다. 그러나 언젠가는 귀염둥이 딸들도 어린 시절의 진실, 억압된 분노와 실망에 직면하게 된다. 그때 그들은 폭발하고, 자신이 전력을 다해 지어놓은 그 완전한 세계를 도망치듯이 떠나버린다. 귀염둥이 딸들에게 "남자들은 상처를 줄 뿐이다." 이 말은 줄기차게 옳은 것으로 입증되는 악몽이다.

_ 갑작스런 분노의 표출

귀염둥이 딸이 사랑에 빠진다. 그 남자가 그녀에게 눈짓으로 관심을 보였던 것이다. 그는 때로는 그녀에게 커피 한잔하자고 초대하기도 한다. 때로는 그녀의 뺨을 만지고, 가끔 전화도 하며 그녀에게 관심을 쏟는다. 이렇게 이따금씩 보여주는 표현을 이 여성은 사랑으로 해석한다. 그녀는 확신하게 되고, 이제 해야 할 일은 모든 것을 올바르게 만드는 것(말하자면 순응하는 것)뿐이다. 모든 것이 잘될 거라는 확신이 든다.

유감스럽게도 그녀는 이 연애 사건이 일시적인 것이라는 사실을 깨닫지 못한다. 약간의 시간이 흘러 그것을 정확히 감지해내고, 마음속에 분노를 담아 스쳐가는 애정에 반응을 보인다. 물론 그녀는 그 분노를 인정하지 않는다. 예전과 마찬가지로 갑작스럽게 회의가 치밀어도 그녀는 늘 그의 사랑에 대해 확신을 가졌다. 마음속 깊은 곳에서 혼자만의 생각으로 그녀는 파트너의 역할이 되기도 한다. 결과는 언제나 "그래도 그는 날 사랑하잖아"다. 예전과 마찬가지로 그녀는 몽상에 잠겨 현실을 지나쳐 버리는 데 성공한다. 아직까지 그녀의 동경과 희망이 너무나 크기 때문이다.

아주 갑작스럽게, 주변에 있는 그 누구도 예상치 못하고 있을 때 그녀는 아주 사소한 일로 폭발한다. 비록 분노하고 있지만, 언제나 그렇듯이 분노를 드러내고 싶지 않다. 그녀 자신도 그토록 격렬하게 감정을 표출한 것에 대해 놀란다. 이 분노는 도대체 어디에서 나온 걸까? 오늘 아침에는 무척 기분이 좋았잖아?

대부분의 남자는 평소에는 그렇게도 매력적이던 여자가 예상치 못한 행동을 하자 무척 놀란다. 그는 그녀의 분노를 도무지 납득할 수 없다. "당신 무슨 일이야? 별 것도 아닌 일에 말야." 그는 그녀를 진정시키려고 애쓴다. 순간 놀랍게도 흥분 상태는 유령처럼 사라져버린다. 그 여성은 감쪽같이 예전처럼 친절하고 너그러운 모습이 된다. 그러나 이번이 끝이 아니다. 이 유령의 출몰은 반복되고, 점차 연인관계의 근본적인 구조가 뚜렷해진다. 그 여자는 괴팍하고, 남자는 차분하다는 것.

어떻게 해야 여성의 이런 행동을 이해할 수 있을까? 그녀도 이해하지 못한다. 그녀는 죄책감 때문에 남자가 내리는 판단이 옳다고 인정하는 경향이 있다. 그녀는 현재의 행동이 성공적으로 기억 속에 억압해둔 어린 시절과 얼마나 관련이 있는지 의식하지 못한다. 그녀는 어린 시절에 자신이 사랑받았다고 느낌으로써 자신의 감정을 속인다. 하지만 사실은 그렇지 않았고, 그 때문에 가지게 된 분노와 고통스러운 실망을 그 당시에는 받아들일 수 없었다. 그리고 지금도 여전히 그렇다. 실망의 감정은 분명히 존재한다. 결국 그녀는 자신의 생각 속으로 도피한다. 한 남자의 사랑을 확실한 것으로 설정함으로써 그의 사랑을 확인하는 것이다. 그녀는 때때로 나타나는 의심을 설득하고 달랜다.

이 같은 방식으로 과거에 그녀는 자신을 거부하고 실망시켰던 아버지에 맞서는 대신 좋은 아버지의 이미지를 만들어냈다. 이런 식으로 아버지와의 관계를 받아들였고, 아버지에게서 자신이 사랑받고 이해받는다고 느꼈던 것이다. 그녀는 일부러 아버지의 무뚝뚝한 태도, 아버지가 주는 상처 그리고 아주 가끔씩 보여주는 애정을 못 본 척했다. 똑같은 일이 어른이 되어서도 벌어진다. 지금 그녀는 파트너가 그저 일시적으로 그녀에게 애정을 보여준다는 것, 그가 좀 거리를 두고 있고 냉정하게 대하는 것을 못 본 척한다. 그녀는 아버지와의 관계를 위장했기 때문에 진정한 관심을 거짓된 호의와 구별할 수 없게 되었다. 그녀는 실제로 존재하지 않는 파트너를 꿈속에서 그리워한다. 이러한 유희는 상황에 따라 연애의 아주 초기부터 시작되기도 한다. 상대방의 일시적인 애정을 더 이상 참을 수 없을 때면 그녀는 언제나 꿈의 세계로 들어간다. 그리고 곧장 사랑의 감정으로 빠져든다. 그렇다. 심지어 남성들의 거리 두기가 오히려 귀염둥이 딸들로 하여금 특별한 사랑의 성과를 이루도록 이끄는 것이 아닌가 하는 생각이 들 정도다. 그 거리 두기로 그녀가 그에게 홀딱 빠졌다는 생각을 유인하는 요소가 아닐까.

귀염둥이 딸들은 너무 오랫동안 꿈을 꾸고, 너무 오랫동안 삼킨다. 그에 따라 분노는 커져만 간다. 애석하게도 그 분노를 자신에게 유리한 방향으로 사용할 수 없다. 순식간에 격분해서 드러난 감정은 죄책감과 우울로 변하기 때문이다.

다음의 안나와 카를의 이야기는 그들 관계가 시작된 초기부터 이런 심리적 메커니즘을 확실하게 보여준다. 물론 이 메커니즘은 이후의 인생에 해당될 수 있다.

_ 안나와 카를

안나는 카를과 약속을 한다. 그들은 함께 연주회를 보러간다. 연주회가 끝나고 어디로 갈지 약간 실랑이를 벌이다가 술집에 가자는 카를의 뜻에 따르기로 한다. 하지만 '그의' 술집에 빈자리가 없어 결국 그녀가 제안한 레스토랑에 자리를 잡게 된다. 카를은 그녀가 주문을 하기 전에 그녀를 잠깐 쳐다본 후 말한다. "자기에게 간단한 식사를 대접하고 싶었어." 감동을 받은 그녀는 동시에 부끄러움을 느끼며 그의 푸른 눈을 쳐다보면서 "고마워"라고 속삭인다. '간단한 식사'라는 말이 좀 마음에 걸렸고, 음식을 고르는 데 제약을 받는다고 느낀다. 그 생각을 그녀는 마음속으로만 담아둔다. '아니, 그가 인색한 게 아니야. 그럴 리가 없어.'

'간단한 식사'가 나왔고, 그녀는 복잡한 감정으로 와인 한 잔을 주문한다. 대화는 흥미로워진다. 그들은 온갖 인생에 대해 이야기를 하고 경험과 감정을 서로 나눈다. 제임스 조이스부터 시작하여 거트루드 슈타인에 이르기까지의 문학의 연관관계에 대해서도 이야기한다. '대화가 재미있네. 어떤 남자와 이렇게 재미있는 대화를 나눌 수가 있을까?' 그녀는 이 남자에 대한 고마움의 감정이 솟아오르는 것을 발견한다. 그녀 역시 그가 직업에 대해 이야기할 때 주저하지 않고 그가 옳다고 인정해주며 겉치레 말을 한다. 그러면서 그녀는 그에게 물어보지 않고 광천수 한 병을 주문한다.

그녀는 끊임없이 두 가지 차원에서 움직인다. 한편으로 실제로 벌어지는 대화를 따라가고 있지만, 다른 한편으로는 자신의 생각과 감정 속에서 움직이고 있는 것이다. 그녀는 그가 지금 그녀에게 정말로 원하는 게 무엇인지를 알아내려고 애를 쓴다.

갑자기 제임스 조이스, 헤밍웨이 그리고 거트루드 슈타인은 관심 밖으로 밀려난다. 아주 진지하고 태연한 목소리로 카를이 묻는다. "자기랑 만나는 게 왜 이렇게 힘든 거야? 아예 스케줄 표를 들여다봐야 할 정도라니까." 자신의 감정이 시키는 대로 그녀는 그의 말이 옳다고 동의해준다(그녀는 자신이 힘든 사람이라는 것을 알고 있다). 그녀는 방어적으로 해야 할 일이 얼마나 많은지를 이야기한다. "그래도……" 그는 천천히 몸을 뒤로 기댄다. "설마 상냥한 남자와 와인 한잔 마실 시간이 없다고 말하려는 건 아니겠지. 아니면 말고."

아주 환하게 그리고 유난스러워 보이지 않게 미소를 지으면서 그녀는 그가 무슨 뜻으로 이런 말을 하는지 필사적으로 생각해본다. 자기를 자랑하는 건가, 아니면 날 비난하는 건가? 그가 마음에 들지 않은 상황을 확실하게 언급했다는 것이 안나에게 깊은 인상을 준다. 그저 희미하게 그녀는 그의 단어 선택, 제스처 그리고 말의 단호함 속에 무언가 훈계하는 뜻이 담겨 있음을 알아차린다. 그의 제안은 소박하지만 나름대로 괜찮다. 그녀는 확신에 이른다. 아마 그녀가 너무 복잡하고, 너무 힘든지도 모른다. 그리고 그저 와인 한잔 마시자는 간단한 약속이 어느덧 연애 사건으로 확대된다. 어쨌거나 그녀의 잘못이다.

이렇게 한 차원에서 다른 차원으로 이리저리 튀느라, 친절한 행동을 확대 해석하면서 심사숙고하느라 안나는 완전히 지쳐버렸다. 그저 집에 가고 싶을 뿐이다.

차 안에서 그녀는 자신도 모르게 그에게 다시 한 번 혼자 사는 것의 장점을 설명하고, 자신이 거둔 직업적인 성공에 대해 자세히 이야기한다. 그는 자기가 만들어놓은 그녀의 이미지를 다음과 같은 말로 완성한다. "세상에, 안나! 당신이 일을 그토록 사랑한다면 거기에서 사는 보람을 찾으면 되겠네." 그는 그녀를 집 앞에 얼른 내려놓는다. 그녀는 예의 바르게 인사하고 헤어진다. 그리고 그녀는 사라지는 그의 뒷모습을 바라본다.

그녀는 카를이 자신에게 아무 관심이 없다는 것을 감정적으로 잘 알고 있다. 하지만 그녀의 이성은 그가 완전히 다른 빛을 발하고 있다고 느낀다. 오늘 만나기 전까지 그는 전혀 그녀의 타입이 아니었지만, 진심으로 그에게 열중하는 마음이 생기기 시작한다. 그는 모든 헤드라이트를 받으며 거울 위에 서 있다. 그녀에게 그는 새로운 광채 속에서 빛을 발하기 시작한다. 바야흐로 그녀의 꿈이 시작된 것이다.

안나는 밤새 뒤척이느라 제대로 잠을 이루지 못했지만 겨우 눈을 뜬다. 순간 침대에서 벌떡 일어나 들뜬 기분으로 하루를 시작한다. 그러나 기분이 차츰 진정된다. 그 다음날, 시간이 흘러감에 따라 천천히 그녀의 삶의 전망이 사라진다. 그녀가 그토록 좋아하던 일은 뒤로 물러나 있다. 고객과 대화를 할 때 자신의 태도가 뭔가 이상해졌다는 것을 깨닫는다.

카를은 연락하지 않았다. 그녀는 화가 났지만 이 분노를 억누르기로 한다. 그가 전화해주기를 바라는 건 그녀이기 때문이다. 바라는 마음과 분노는 서로 어울리지 않는다. 분노를 억누르고 있어 안나의 기분은 우울하고 언짢다. 그녀는 일주일 동안 은밀하게 기다렸고, 다음과 같은 결론에 이르렀다. "나한테 뭔가 문제가 있어. 난 정상이 아니야. 아무래도 혼자 살 수밖에 없나 봐. 내가 그렇게도 이상하고, 남자들한테 그렇게도 끔찍한 태도를 가지고 있으니까 말이야."

아버지 곁에 있었을 때와 마찬가지로 안나는 지금도 자신은 사랑받을 가치가 없다고 믿고 있다. 예나 지금이나 그 이미지가 언짢은 방식으로 일치하고 있는 셈이다.

안나의 이야기를 정리해보자. 안나는 결코 특별한 것을 별로 느낀 적이 없는, '자기 타입'이 아닌 카를을 만났다. 그러나 그의 독특하면서 비판적인 태도를 보자 그녀는 사랑이 넘치는 것 같은 기분을 느꼈다.

"어쩌면 그가 내가 찾는 그 사람일지도 몰라." 그날 만남이 그저 어쩌다 있는 그런 만남이라는 것을 감정적으로 잘 인식하고 있지만, 그녀는 애써 외면하고 사랑의 감정으로 빠져든다. 이런 방식은 어린 시절 그녀가 수없이 연습했던 감정적 방식이 틀림없다. 평소라면 그녀가 그렇듯 이행 단계도 거치지 않고 그런 감정에 빠질 리가 없기 때문이다.

어린 시절에 안나는 아버지를 자신의 위대한 사랑이라고 선언했다. 아버지가 집에 있을 때면 그녀는 시종일관 순응적인 자세를 보여 아버지의 관심을 끌려고 시도했다. 아버지가 그녀에게 애정을 쏟도록 하려고 그녀는 모든 수단을 동원해 자신을 이리저리 구부리고 돌려 맞추려고 노력했다. 아버지에게 그녀는 대화의 상대로는 쓸모가 있긴 해도, 아버지의 욕구와 기분에 따라 달랐다. 언짢으면 아버지는 아주 엄격하고 날카로워지기도 했다. 그녀와 즐거운 시간을 보내기도 했지만, 그녀를 밀쳐내기도 했다. 마치 인형에게 하는 것처럼. 그때 아버지의 사랑도 일시적으로 존재하는 사랑이었지만, 안나는 그 사랑을 자기 인생의 사랑으로 선언했던 것이다.

안나가 카를과의 만남에서 사랑의 감정에 빠지게 된 이유는 바로 이러한 착각으로 설명할 수 있다. 아버지의 곁에 있을 때와 마찬가지로 그녀는 마음에 들지 않는 모든 것을 못 본 척한다. 이제 그녀가 해야 할 일은 그 남자를 근사하게 변형시키는 것뿐이다. 그렇게 함으로써 그녀는 어린 시절을 재구성한다. 키 큰 남자와 어린 소녀의 이야기로. 하지만 그녀는 현실을 잘못 보고 있다. 그 어린 소녀는 진짜이지만, 그 키 큰 남자는 거짓이다. 그런 식으로 그녀는 감정적으로 화를 내는 어린 소녀의 역할에 머물고 있다.

그녀는 실제로 존재하는 분노가 사실은 자기 한탄과 비난이라고 강변한다. 그녀의 인생의 철학에서 남자들에 대해 부정적인 감정들을 가지는 것을 금지하기 때문이다. 결국 아버지에 대한 속박이 그녀에게 진실을 입 밖으로 내어 말하는 것은 물론이고, 그것을 느끼는 것까지도 금지하고 있는 것이다.

여기에서 아버지에 대한 속박이 가져온 쓰라린 결과가 드러난다. 그 남자를 더 잘 알고, 그를 현실적으로 인식하고 그에게 반응을 보여줄 수 있는 모든 기회를 활용하는 대신, 귀염둥이 딸들은 매력적인 순응적 자세에 사로잡힌 채로 머물러 있으며, 결국 남자에게 핀트가 어긋나는 사랑을 한다. 그들은 사랑을 얻으려고 투쟁하지만, 그 투쟁이 자신의 힘과 가치를 파괴하고 특권을 가진 남자를 높여주는 가망 없는 투쟁이라는 점은 알지 못한다. 그들은 상처를 받아들이면서도 얼굴에 미소를 띤다. 그들은 스스로 약하다고 느끼고 있어도 강해야만 한다.

귀염둥이 딸들이 실제로 겨냥하는 것은 바로 사랑에서의 완벽한 성취다. 그들은 능숙하게 모욕감을 감추고 미소 짓는 얼굴을 보여준다. 그렇게 해야만 자신에게 상처를 준 그 사람을 사랑할 수 있게 된다. 그들은 어린 시절에 받은 깊은 상처를 결코 다시는 경험하고 싶지 않다. 그들은 자신의 두려움으로부터 보호받고 싶은 것이다. '귀염둥이 딸'이라는 말만으로도 성공적으로 그렇게 할 수 있다. 어린 시절의 진실에 맞서기보다는 차라리 사랑받은 딸이라고 꿈을 꾸는 것을 더 좋아한다. 귀염둥이 딸들은 고집스럽게 이 해석에 저항한다. 그들이 가장 하고 싶은 것은 발을 구르고 다시 한 번 "그래도 아버지는 날 사랑하셨단 말이에요"라고 주장하는 것이다. 그러나 유감스럽게도, 언제 어디서 어떻게 이 사랑이 이루어졌는지를 절대로 분명하게 이야기할 수 없다. 그저 호숫가를 산책할 때라든가 초콜릿 하나를 받는 등의 사소한 이야기일 뿐이다. 귀염둥이 딸들은 아버지의 사랑을 증명하기가 힘들다. 그녀의 그런 모습을 보면 어른이 된 후의 애정생활에서도 언제나 사랑이 부족해서 문제가 되었다는 것을 알 수 있다. 귀염둥이 딸들은 자신을 진심으로 사랑하는 남자를 선택하는 경우가 거의 없기 때문이다. 예전과 마찬가지로 사랑을 환상으로 키우지만 자신의 굶주림은 너무 늦게 깨닫는다. 어린 시절 그들은 꿈속에서 완벽한 성취에 이르는 훈련을 받았다. 그 방식을 포기하는 것은 정말 어쩔 수 없는 처지에 처했을 때뿐이다. 그들은 회의를 품고 있지만, 그래도 자신의 두려움을 달래준다고 생각하기 때문에 그 귀염둥이 딸이라는 환상에 매달린다. 하지만 이런 태도는 기분 좋을 때만 귀염둥이 딸로 여겨준 아버지의 의견에 동의하는 것에 지나지 않는다. 그럼에도 이 점을 깨닫는 경우는 극히 드물다.

_ "당신의 사랑을 받지 못해 난 굶고 있어요……"

어떤 분야에서든 완벽한 성취를 이루려는 것은 귀염둥이 딸들의 특징이다. 아주 어린 시절부터 그들은 업적을 성취하도록 엄한 훈련을 받았으며, 모든 것을 항상 최고로 잘해야 한다는 압박감에 시달려왔다. 특별한 성공만이 중요하며, 그래야만 아버지의 눈에 딸이 비로소 인간이 된다. 이런 목표를 설정하는 것은 귀염둥이 딸들의 인생에 어떤 극적인 영향을 끼치는가? 이는 신경성 무식욕증에 시달리는 많은 여성들의 인생을 살펴보면 알 수 있다.

"나는 당신의 사랑을 얻지 못하기 때문에, 그리고 그 사랑을 얻으려고 굶고 있어요"라는 것이 신경성 무식욕증에 걸린 소녀의 감춰진 사랑의 꿈이다. 이 꿈을 위해 자신의 건강, 매력 그리고 활력을 위험 속에 방치한다. 이 꿈을 위해 평생 동안 굶는다. 그들은 아버지의 귀염둥이라고 느끼지만, 그들의 몸이 다른 진실의 신호를 보내는 것이다.

신경성 무식욕증은 지난 10년 동안 엄청나게 늘어났다. 신경성 무식욕증의 생성, 원인 그리고 발전을 설명하려는 많은 시도들이 있어왔다. 최근에 이르러 신경성 무식욕증의 원인을 설명할 때 가족 내의 가부장적 기본 구조가 함께 포함된다. 최근 연구에서는 아버지의 의미를 강조한다. 한 예로, 신경성 무식욕증은 어린 소녀가 되고 싶은, 아버지를 중심으로 한 가부장제의 기호에 맞추고 싶은 소망의 표현이라는 연구가 있다. 도대체 어린 소녀가 어떤 궁지에 몰려 어떤 압박을 받으면서 살기에 이런 자기 파괴적인 원리가 희망이 되었단 말인가?

"나는 당신의 사랑을 얻지 못해 굶고 있어요." 이 말은 한때 아버지의 귀염둥이 딸이었다가 이제 신경성 무식욕증에 걸린 소녀가 아버지에게 하는 조용한 비난의 일부다. 느닷없이 그녀는 이 '낙원'에서 쫓겨났다. 그녀에게 그 일은 예상치 못한 운명의 충격처럼 느껴졌다. 하지만 그것은 운명이 아니었다. 그녀에게 충격적으로 느껴졌던 것은 심술궂은 아버지의 시선, 퉁명스러운 태도, 거부, 그리고 딸이 성장하기 시작할 때 아버지가 보여주는 여성에 대한 은밀한 경멸이었다. 딸은 이렇게 아버지의 감정이 급변한 이유를 이해할 수가 없다. 처음에 그녀는 '귀여웠고' 사랑받았는데 말이다.

신경성 무식욕증의 증상을 통해 딸은 자신의 영혼이 굶주리고 있다는 것, 즉 그들에게 중요한 것이 결핍되어 있음을 암시하고 싶은 것이다. 얼마나 많은 아버지들이 이런 신호를 이해할까?

나는, 딸에 대한 자신의 사랑을 확신을 가지고 이야기하며 딸의 모든 결점을 단호히 부인하는, 신경성 무식욕증에 걸린 딸의 아버지를 잘 알고 있다. 누군가 책임이 있다면, 그건 당연히 지배적인 어머니다. 어머니의 결점을 나열하자면 끝이 없다. 이런 방식으로 아버지는 자신의 책임에서 슬쩍 벗어난다. 아버지는 여전히 자신에겐 잘못이 없다고 생각한다. 비록 딸의 불행이 그의 주장과 반대되는 현실을 보여주고 있을지라도. 대개 아버지는 주위 사람들에게서 쉽게 동정을 얻는다. 단지 그런 '증상'을 가진 딸이 있다는 것만으로도 대단히 불행한 아버지이기 때문이다.

"나는 참 불쌍하고 괴롭습니다. 나는 딸을 위해 모든 일을 다 했어요. 그런데 지금 딸이 굶고 있습니다. 게다가 모든 사람들에게 그 사실이 알려져 누구나 쇠약해진 내 딸에 대해 이야기를 하고 있는 상황이 아닙니까. 내가 왜 이런 일을 당해야 합니까? 나는 항상 어떤 구실을 생각해내야 합니다. 다른 사람들에게 내 딸은 지극히 정상이고, 특히 우리는 정상적인 가정이라는 것을 설명하는 것이 정말 고통스럽습니다. 게다가 내가 아주 정상적인, 아주 좋은 아버지라는 것을 알아듣도록 설명하려니 너무 힘들군요.

　나의 딸, 아니 비쩍 마른 딸의 외모 때문에 어쩔 수 없이 이런 대화를 해야 한단 말입니다. 딸 때문에 이런 일을 겪어야 한다는 게 기분이 언짢아요. 내가 다른 사람들과 무슨 관계가 있단 말입니까? 난 그 사람들에게 별로 관심이 없어요. 그저 그들이 나를 높이 평가하고 중요하게 여기면 그걸로 충분하단 말입니다. 교만하다고요? 나는 교만하지 않습니다. 많은 사람들이 내가 그렇다고 합디다만, 내 아내와 아이들은 나를 사랑해요. 그게 가장 중요한 것 아닙니까. 지금 딸에 대해 걱정하고 있지만, 나는 이 모든 게 그 아이의 기묘한 버릇이라고 생각합니다. 시간이 흐르면 괜찮아질 거예요."

　어린 소녀의 관점에서 아버지는 완전히 다른 모습이다.
　아버지는 크고, 당당한 체구의 남자다. 어린 딸은 감탄의 눈빛으로 아버지를 바라본다. 그녀는 아버지의 말이 가족 내에서 효력을 가지고 있다는 것을 정확하게 느낀다. 그는 강력하다. 모든 사람들은 그가 생각하는 것을 생각하고, 그가 느끼는 것을 느껴야만 한다. 종종 그녀는 이런 가족의 규범을 따르는 데 어려움을 겪기도 한다. 그녀는 뭔가 다른 것을 느끼는 것이다. 뭔가 금지된 것을. 예를 들어 아버지의 교만함이나, 아버지가 자신이 중요한 인물임을 강조하기 위해 중요하지 않다고 낙인찍은 사람들을 대하는 태도가 건방지다고 느끼는 것이다. 그녀는 그의 위트와 예리한 아이러니 뒤에는 사실 인간을 경시하는 거드름이 숨어 있다는 것을 제대로 파악하지만, 그것은 그녀에게 근본적으로 금지되는 일이었다. 그녀는 자신이 느끼는 것이 무엇인지 알아서는 안 된다. 그렇게 그녀는 비밀리에 자신의 세계로 물러나 은거하며, 아버지의 인정을 받기 위해 자신의 감정을 말하지 않는다. 궁극적으로 그녀는 아버지와 같은 사람이 되고 싶으니까.

딸이 어리고 귀여운 아이일 때는 아버지의 귀염둥이였다. 그녀의 땋은 금발 머리가 아버지의 마음에 들었고, 딸이 보내는 감탄의 시선이 특히 마음에 들었다. 그녀는 조용했으며, 무언가를 말할 때에도 잘 생각한 후에 말하기 때문에 아버지의 마음에 들었다. 그는 그 점에 대해 그녀를 칭찬했다. 소녀는 언제나 심사숙고한 후에 무언가를 정확하게 말하는 데에 익숙해졌다. 그녀는 자신이 영리하고 지적이라고 느꼈다. 아버지도 딸이 상급학교에 진학해서 더 이상 자신의 성취 요구에 따르지 않기 전까지는 그렇게 말했다.

갑자기 아버지는 그녀가 더 이상 영리하지 않다고 한다. 게다가 그녀가 게으르다고 말한다. 이제 그는 어린 딸을 사랑스러운 눈길로 내려다보지 않는다. 그의 시선에는 위협이 담겨 있다. 딸은 낙담한다. 한동안 그녀는 더 나은 것을 성취하려고 노력한다. 하지만 이미 확고하게 내적으로 순응하려는 자세를 가지고 있었기 때문에 더 이상 공부에 집중할 수 없었다. 그녀는 아버지의 눈에서 느껴지는 경멸을 참을 수 없었다. 학교 성적은 점점 더 떨어지고, 아버지는 게으르다고 여기고 있던 딸에게 점점 더 격한 반응을 보인다. 대부분의 아버지와 마찬가지로 그에게 중요한 것은 오직 성취이며, 특별한 성취를 이뤄야만 인간 대접을 받을 수 있다고 생각한다.

아버지의 이런 인생관을 딸이 이성적으로 간파할 수는 없지만, 그것을 정확하게 느끼기 시작한다. 아버지의 귀염둥이라는 위치에서 그녀는 잔인하게 추방당했다. 그녀는 도대체 그 이유를 이해할 수 없다. 그녀는 어리고 귀엽고 금발이었던 시절, 자신을 사랑해주었던 그 당시의 아버지에게 여전히 매달린다. 그녀의 금발은 자라면서 짙은 색이 되어버렸다. 그녀는 성장했던 것이다. 사춘기에 접어들자 아버지는 그녀에게 아주 노골적으로 "허벅지가 너무 굵구나. 조심해야지"라고 말한다. 훗날 딸이 무식욕증을 앓으면 그 말을 했던 바로 그 아버지는 이렇게 말할 것이다. "그건 그저 아무 의미도 없이 그냥 한 말이었다. 나는 그런 뜻으로 말한 게 아니야."

그러나 딸은 그 말뜻을 정확하게 이해했다. 여성적인 특징을 보이는 사춘기의 딸이 아버지의 마음에 들지 않는다는 것으로 이해했던 것이다. 이번에 그녀는 아버지의 선전포고에 응한다. 아버지에게 당신이 바라는 것을 자신이 성취할 수 있다는 것을 보여주고 싶다. 그녀는 굶을 것이다. 그것도 아버지의 마음에 들 때까지 아주 오랫동안. 그것이 그녀의 희망이자 목표다.

이 딸은 육체적인 차원에서 아버지와 싸우고 있지만, 곧 이 싸움을 통제할 수 없게 된다. 그녀가 굶는 것을 좋다고 여기는 한 그만둘 수가 없다. 아버지의 인정을 얻으려는 싸움에서 굶는 것이 딸을 지배하게 되었던 것이다. 이제 그녀는 아버지 대신 굶는 것에 의존한다. 더 이상 자신에게서 남아 있는 것이 없을 때까지 굶는다.

이 딸 역시 비인간적인 아버지와의 관계의 희생자다. 그녀는 성취를 하도록 길들여져 있다. 따라서 성취를 이룰 수 없으면, 자신이 아무것도 아니라고 느낀다. 그녀에게는 완벽함이 가장 중요하며, 약점들과 어리석음은 허용되지 않는 인생이 사전에 프로그래밍되어 있다.

그녀는 먹어야만 하는 평범한 인간들과는 달리 자신이 나약하지 않다고 믿는다. 그녀는 특별한 성취를 이루기 위해 양분의 공급을 차단할 수도 있다. 여기서 그녀는 승리한다. 그녀는 그것을 해낼 수 있으며, 실제로로 해낸다. 대개 이런 성취가 자신에게 짐이 된다는 것, 이 완벽함에 대한 대가로 자기 자신을 지불해야만 한다는 것, 아버지가 이런 성취를 높이 평가하지 않는다는 것을 파악하지 못한다.

이렇듯 신경성 무식욕증에 걸린 딸들은 곧 자신의 완벽한 성취가 가져다주는 끔찍한 결과에 직면한다. 즉 그 결과란 아버지의 거부다. 허벅지는 더 이상 너무 굵지 않고 오히려 무척 말랐다.

나는 신경성 무식욕증에 걸린 딸들이 아버지에게 가지는 고착에 대해 아직도 충분한 연구가 이루어지지 않고 있다는 인상을 받는다. 희망 상실과 체념의 신호로서의 신경성 무식욕증은 대개 어머니에게서 비롯된 문제로 여긴다. 무식욕증에 걸린 딸들의 아버지가 가진 권위주의적인 권력 구조는 논의에서 배제되고 있는데, 이는 우리의 가부장제 사회에서 보호해야 할 대상이기 때문이다. 구체적인 사례들을 보면, 아버지들은 표면적으로 대단히 노력한 것 같은 인상을 주고, 여러 근거를 제시하며 정당화시킴으로써 자기 자신도 그렇다고 확신하고 있는 경우가 대부분이다.

아버지와 신경성 무식욕증에 걸린 딸의 관계에서의 특징은 아주 일찍부터 강인함과 권력에 가치를 두는 몰인정한 성취 압박이다. 이러한 사례들을 보면, 아버지가 주려고 마음먹은 약간의 사랑과 인정은 업적의 성취와 완벽함에 연관되어 있다. 그 딸들이 무식욕증을 이용해 아버지의 인정을 얻으려고 노력한다는 것을 알지 못하는 한, 스스로 선택한 굴레에서 빠져나올 길이 없다.

신경성 무식욕증에 걸린 딸들은 아버지가 그들을 사랑하려는 마음을 가진 적도, 그럴 능력도 없다는 현실과 싸워야 한다. 또한 아버지를 이런 방향으로 해석하려는 모든 시도가 사실 가망 없는 일이며 앞으로도 그럴 거라는 현실과 끊임없이 싸워야 한다.

아버지의 언어에 깔보는 듯한 약간 빈정거림 같은 것이 섞여 있는 경우도 종종 있다. 이 말투 때문에 딸은 그의 인정을 얻으려는 절망적인 노력을 계속 시도한다. 심리상담을 할 때 이런 소녀들 또는 여성들에게 대안적인 행동방식을 제시해주는 것이 가장 중요하다. 그들은 아버지가 실제로는 사랑이 없는 사람이라는 것을 확실하게 눈으로 확인하는 것 이상의 도움이 필요하다는 것을 이해해야만 한다. 그래야만 헛된 희망을 멈출 수 있을 것이고, 스스로를 인정하면서 궁극적으로 '날씬해야 한다'는 무의미한 완벽함의 추구에서 차츰 벗어날 수 있기 때문이다.

그렇게 된다면 신경성 무식욕증에 걸린 딸들이 가지고 있는 엄청난 정신적 에너지를 자신의 발전과 자주적으로 결정한 욕구, 그리고 소망을 위해 자유롭게 사용할 수 있을 것이다. 하지만 무식욕증에 걸린 딸들은 이런 일을 혼자서는 절대로 할 수 없다. 그들은 희망을 포기할 수 없다. 아버지를 위해 미소 짓고, 아버지에게 감탄의 시선을 보내는 어린 소녀에 머물러 있기 때문이다.

사람들이 신경성 무식욕증에 걸린 딸이 사랑에 대해 어떤 생각을 가지고 있는지 과연 상상이나 할 수 있을까? 어떤 사랑이 있어야 그들은 만족할까?

아버지의 인정을 얻으려는 계속적인 노력은 결국 무식욕증으로 이어졌고, 거기에 시달리다 보니 그녀의 전의는 꺾어졌다. 그녀는 딸과 여자로서 무능력하다고 생각한다. 이러한 무능력을 자신과 아버지 앞에서 감추려고 온갖 일을 다하고 있는데도 말이다. 그들은 사랑과 보살핌을 동경하며, 궁극적으로는 아버지가 평생 동안 그녀에게 주길 거부했던 바로 그것을 얻길 바란다.

이제 그녀는 누구에게로 마음을 돌리며, 누가 그녀의 이상적인 파트너가 될 것인가?

거의 필연적으로 그녀는 자기에게 과감히 대시하는 남자를 찾는다. 그녀는 선택에서 진정한 자유를 가지고 있지 않다. 그 남자가 상냥하기만 하다면, 신뢰할 수 있고 자신을 보호해줄 거라는 느낌을 조금이라도 주면 그녀는 사랑에 빠진다. 사랑에 대한 그녀의 요구는 소박하다. 이미 어린 시절부터 스스로 결정할 수 있는 여지가 아주 적은 상태에서 그저 만족하는 것이 무엇인지를 경험했기 때문이다.

신경성 무식욕증에 걸린 딸들은 파트너를 고를 때 십중팔구 아버지와의 관계를 반복한다. 사랑에서도 성취와 완벽함이 중요하다. 이런 여성들 대부분은 자신의 애정관에서 비롯된 잔인한 결과에 직면할 가능성이 높다. 그들 대부분은 자신의 인격을 있는 그대로 받아들이지 못하는 이해심 없는 파트너를 선택한다. 인정받으려는 애절한 노력은 또다시 실망을 겪게 되는 것이다.

저주받은 파트너 선택

아버지가 흔들림 없이 고수하는 꿈은 바로 딸이 결혼을 잘 하는 것이다. 비록 시간이 흐르면서 아버지가 딸들이 모두 다 결혼할 준비가 되어 있는 건 아니라는 사실을 알게 되지만 그래도 미련은 남아 있다. 딸들은 아주 일찍부터 아버지가 이런 꿈을 가지고 있다는 것을 느낀다. 그것은 곧 딸들의 꿈이 되어버린다. 어린 소녀였을 때부터 그들은 주부이자 엄마가 되는 꿈을 꾸며, 자신이 일찍부터 이런 역할을 한다고 느낀다. 행복은 결혼생활에 있다는 말을 따라서 인생의 방향을 여기에 맞춘다.

왜 남자를 사귀지 못하는지, 아니면 다른 이유가 있든지 간에 결혼 상대가 없는 딸에게 퍼붓는 아버지의 비난은 그칠 줄 모른다. 아버지가 그 비난을 말로 하든 속으로만 담고 있든 마찬가지다. 딸에게 그 비난은 순식간에 '……내가 별로 매력적이지 않기 때문이야'라는 자책감으로 바뀐다. 그 때문에 많은 여성들은 독신으로 사느니 이혼하는 쪽을 선호한다. 이혼을 했다는 것은 적어도 한 번 결혼했다는 것, 남편 얻을 능력이 있었다는 것을 증명하는 것이기 때문이다.

어떤 애정관계든, 아버지의 꿈만 충족시키는 것이라면 실패할 것이 분명하다. 그 관계는 어린 시절의 연장일 수밖에 없으며, 그 바탕은 어린 시절에 매일 반복되던 일들과 같다. 그 당시의 장점과 단점을 그대로 재현할 뿐만 아니라 쓰라린 결말을 맺는 것까지도 똑같다. 어린 시절의 장점은 아버지에게 보호받는 존재라는 친숙한 상황이고, 단점은 아버지의 생각과 요구사항의 범위가 좁다는 것이다. 그 범위는 보호와 동시에 구속하는 아주 좁은 공간이다.

그러므로 아버지는 딸을 위해 한 남자를 원한다. 그 남자는 자신을 보충하는 존재가 아니라 딸을 보호해줄 수 있는 사람이어야 한다. 하지만 딸은 다음과 같은 원칙에 따라 선택해야 한다. '너는 나 외에 어떤 신도 섬겨서는 안 된다.' 아버지는 딸의 마음속에서 첫 번째 남자로 남고 싶은 것이다. 그리고 얌전한 딸들은 이 명령을 따른다. 자, 파파걸은 어떤 남자를 선택할까?

파트너 선택에 대한 문제는 심리학 저술에서 논쟁이 아주 뜨겁게 벌어지고 있는 주제다. 신경증적인, 건강한, 병든, 정상적인 그리고 저주받은 파트너 선택이 있다. 그런 식으로는 어느 누구도 옳은 입장을 정할 수도, 정하고 싶지도 않다. 이 문제에 대한 의견과 감정은 무척 다르다. 평생 동안 아니면 적어도 오랫동안 영향을 끼치는 이 파트너 선택이라는 것은 실제로 무엇인가?

심리학 연구를 하면서 나는 다음과 같은 확신에 이르렀다. 파트너 선택에는 단 하나의 유형, 즉 개인적인 선택만이 있다는 것이다. 그것으로 충분하다. 문제는 여성들이 이러한 '선택'에서 어떤 결과를 얻느냐다. 즉 그들이 파트너를 선택할 때 어린 시절의 법칙을 맹목적으로 따르느냐, 아니면 어른스러운 입장을 선택하느냐인 것이다. 선택은 병들었거나 건강한 것이 아니다. 선택은 선택일 뿐이다. 또한 개개인의 어린 시절의 연장이다. 하지만 이 어린 시절이 억압되어 있는 한, 딸들은 아버지의 원리에 속박된다. 이 과정에서 나타나는 신경증적인 것, 병적인 것은 단지 무지, 즉 이런 구조를 깨닫고 싶지 않은 마음이며 딸의 역할에 그대로 머물려는 태도뿐이다. 파트너 선택에 대해 분석한 후 나는 모두 동일한 결과에 이르렀다. 딸은 아버지와 다른 남자를 원한다. 하지만 그들이 바라는 것은 잃어버린 어린 시절을 다시 시작하게 해줄 그리고 그들이 바라는 대로 그것을 성공적으로 완성시켜줄 수 있는 그런 남자다.

딸들이 아버지와 똑같은 남자를 찾아내어 행복하게 살고 싶은 목표를 가지게 된 과정은 그리 단순하지 않다. 상황은 오히려 복잡하다. 그들은 아버지와 정반대가 되는 사람을 찾아나선다. 하지만 그들이 발견하는 것은 아버지와 같은 사람이며, 그들은 곧 친숙한 관계 구조에 다시 들어가게 된다.

파트너 선택에서 문제가 되는 것은 외적인 특징이 아니다. 파트너의 성격이나 세계관이 중요한 것도 아니다. 얼마나 많은 여성들이 오랫동안 사랑에 빠져 있다가 전혀 예측하지 못했던 파트너의 성격적 특성, 세계관에 직면하는가. 사람들은 자신을 안다고 믿고 또 그러길 희망한다. 그럼에도 이혼에 이르게 되면 어느 누구도 알고 싶지 않은 쓰라린 진실이 드러난다. 그 진실이란 자신에 대해 아무것도 몰랐다는 것이다! 그리고 이 점에 대해 세월이 작용한 것은 아무것도 없다. 무의식적인 감정적 장애물로 서로를 올바르게 평가하는 것이 불가능했기 때문이다. 아버지의 꿈은 현실을 인식하는 것을 방해한다. "그는(그녀는) 정말 누구인가"라는 질문은 파트너를 선택할 때에는 가볍게 지나치게 되며, 의심스러운 점이 있어도 희망으로 가득 찬 질문 밑에 묻혀버린다. 그저 중요한 것은 "그가 나를 사랑하는가?"일 뿐이다.

파트너를 선택할 때 파파걸에게 중요한 것은 남자의 사랑에 대한 능력이다. 또한 그가 기꺼이 사랑할까. 0에서 10단계로 나누어 그의 애정점수를 매겼을 때 그 점수는 아버지의 사랑의 능력과 일치해야 한다. 여기에서 어느 정도로까지 억압된 현실이 나타나는지, 다시 말해 현실이 망각될지라도 얼마나 지속적으로 효력을 발휘하는지가 드러난다. 파파걸은 파트너를 선택할 때 자신의 경험에 따르기 때문이다. 그들은 친숙하고 잘 아는 것을 선택한다. 마치 그것을 '좋아한다'고 생각한다. 꿈과 환상이 아니라 실제로 경험한 적이 있는 아버지의 애정이 선택을 규정한다. 아버지의 사랑이 얼마나 확실했든 아니면 얼마나 결점투성이였든 중요한 것은 바로 애정의 정도임이 틀림없다. 그녀가 사랑하는 그 남자는 애정 단계에서 아버지와 똑같은 평점을 받아야만 한다. 여성들이 모르고 있는 것이 바로 이 점이다. 그들은 파트너를 선택하는 동기에서 자신을 기만한다. 어쨌든 초기에는 파트너가 온화하며, 헌신적이고 이해심이 많은 사람이라고 단호하게 확신한다. 아버지와는 완전히 다른 사람이라는 것이다. 파파걸은 뚜렷한 목표의식으로 이 남자를 향해 나아간다. 그가 바로 그녀 인생의 남자이며 꿈꿔온 바로 그 사람이었던 것이다.

그녀가 그 남자를 얻으면, 즉 행복해지면 이제 자신의 역사를 새로이 쓰기 시작한다. 그 역사가 더없이 행복하게 이루어지기를 희망한다. '이번에는 이 남자가 틀림없이 날 사랑할 거야!' 이것이 그녀의 가장 간절한 소망이다. 유감스럽게도 그 소망은 여성들에게 가시밭길이다. 그들이 선택한 이 남자는 과거의 아버지와 똑같은 방식으로 그들을 사랑할 것이기 때문이다. 그리고 그는 그녀에게 아버지와 똑같은 판단을 내릴 테고, 아버지와 똑같이 그녀를 대할 것이다.

가끔 여성들이 이 사실을 인식하는 데에 시간이 오래 걸리기도 한다. 우선 여성들은 파트너와의 관계에서 곧 자기 오류의 결과들을 직면하게 된다. 그들은 어린 시절과 아주 똑같이 적은 또는 똑같이 많은 사랑과 애정을 받고 있다고 깨닫기 때문이다.

마리안네의 이야기를 살펴보자. 그녀의 이야기는 파파걸의 전형적인 이야기다. 마리안네는 20년의 결혼생활이 파경에 이를 지경이 되었을 때 상담을 받으러 나에게 왔다. 그녀는 45세로, 현재 간호사로 일하고 있다. 그녀는 자신의 결혼을 구제하고 싶었다. 우리는 그녀의 결혼생활의 구조적인 문제를 찾기 위해 예전에 그녀가 파트너를 선택했던 과정을 분석하는 데에 몰두했다. 인식되지 않고 의식되지 않은 파트너의 선택이 결과적으로 이렇듯 이상한 방식으로 사랑을 방해하기 때문이다. 왜 이런 방해가 일어나는지는 아무도 정확하게 납득할 수 없다.

_ **사랑에 빠지고, 약혼하고, 결혼하고**

마리안네는 아버지와 완전히 다른 남자와 사랑에 빠졌다. 그 남자와 결혼함으로써 아버지의 꿈이 실현되었다는 것을 그녀는 느끼지 못했다. 그 남자와의 관계는 자신을 위해서 실현시킨 꿈이었으며, 그 방식도 아버지에게서 배운 그대로였다. 그녀는 사랑할 준비가 되어 있고 사랑할 능력도 있었다. 그는 그녀의 보호자, 말하자면 강인한 남자였다. 지금도 변함없이 그녀가 아버지의 실제 모습을 회피해왔던 것처럼 그녀는 남편의 모습을 있는 그대로 볼 수도 없었고 보고 싶지도 않았다. 그는 그녀가 바라던 대로 검약하고 조심성이 있는 남편이었다. 그리고 두 남자들 사이에서 그녀는 끊임없이 사랑받는다고 느끼려고 노력했다. 하지만 마리안네는 아무것도 느끼지 못했다. 그저 핑크빛 구름 위에 떠 있는 것 같은 느낌뿐이었다. 여자친구들의 방해, 즉 "그 남자 너무 늙은 거 아니니? 그 남자, 어쩜 그렇게 점잔을 빼니?"라는 말이 마음에 걸리기는 했다. 하지만 그녀는 그런 말들을 주도면밀하게 무시했고, 모든 의구심들을 누그러뜨렸다. 어머니는 그녀에게 감사해야 한다고 말했고, 아버지는 그를 받아들였다. 그것으로 그녀는 충분했다. "그는 내가 오매불망 기다려온 나의 꿈속의 왕자님이었어요."

그녀는 그와 함께 사는 삶이 어떨까 궁금했다. 그 당시 그녀를 좋아하고 높이 평가하는 남자친구들도 많았다. 하지만 마리안네는 이 단 한 사람을 선택하기로 마음을 굳혔다. 영리한 그 남자가 자신에게 관심을 가지고 있다는 사실에 그녀는 감사했다. 그녀는 그의 입술에 매달렸다. 오로지 그의 마음에만 들고 싶었다.

사랑에 빠지고, 약혼하고, 결혼했다. 그녀는 모든 점에서 나무랄 데가 없는 진짜 여자가 되었다. 그녀는 꿈을 꿨고, 소망했던 모든 것을 꿈꿨다. 사랑, 애정, 배려. 그녀는, 그가 자신에 대해서만 이야기하고, 자신의 관심사만 중요하게 여기는 사람이라는 것을 조금도 알아차리지 못했다. 그래도 뭔가 이미 눈치채고 있었던 것은 없을까? 그의 구애는 아주 소박했으며, 모든 면에서 그는 상당히 소극적인 태도를 보였다. 가끔 그녀는 슬펐지만, 왜 그런지는 알지 못했다. 그녀는 모든 것을 가지고 있었다. 우러러볼 수 있고 관대하며 상냥한 남편이 있지 않은가. 아닌가? 그의 목표는 차츰 그녀의 목표가 되었다. 그의 생각은 당연히 항상 그녀의 생각이기도 했다. 그녀에게는 그렇게 느껴졌다. 그의 친구들은 그녀의 친구들이었고, 그녀는 예전의 친구들과의 만남을 포기했다. 그 대신 그녀는 남편이 있지 않은가. 그녀에게 부족한 것이 뭐가 있는가?

점차 그녀의 생활방식이 바뀌었다. 그녀는 지금처럼 동전 한 푼까지 지출 내용을 다 기록하는 가계부를 써본 적이 없었다. 갑자기 그녀는 몰래 무언가를 사들이기 시작했다. 치마와 블라우스를 사서 남편이 그

지출에 대해 절대로 알지 못하도록 가격표를 떼어버렸고, 부득이한 경우에는 세일 가격을 적어넣었다. 이런 '사건'에 대해 그녀는 심각하게 생각하지 않았다. 단지 여자들의 수완과 외교술로 여겼다. 하지만 이 비밀은 이미 남편에 대한 두려움과 자신에게 하찮은 가치만 부여하는 그녀의 감정에 대한 신호였다.

여러 해 동안 마리안네는 얼마나 자신이 구속받고 있는지, 자신을 위한 것이 얼마나 적은지 제대로 파악하지 못했다. 남편에게는 언제나 최고의 것이 제공되었다. 물론 그녀도 무언가를 얻었는데, 기억나지 않을 정도로 사소한 것들뿐이었다. 생기 넘치고 발랄한 젊은 여성이 결혼생활을 하면서 어느덧 자신을 괴롭히는 여성이 되어버린 것이다. 그녀는 물론 행복하고 싶었지만, 아무리 애를 써도 행복의 감정이 생기질 않았다. 마리안네는 점점 더 불행해졌다. 어찌된 일인지 늘 허전했다. 차츰 자신이 행복하다고 느끼는 것이 불가능해졌다. 겉보기에는 그럴듯한 가족은 완벽하게 잘 굴러가고 있었지만, 그녀가 춤을 추고 있는 그곳은 살얼음판이었을 뿐이다. 모든 것을 가지고 있다고 생각했기 때문에 그녀는 아무것도 요구하지 않았다. 그녀는 남편이 있었고, 그걸로 충분했던 것이다.

_ 섹스여, 안녕

그러면 사랑은? 마리안네는 확신하고 있었다. "물론 우리는 서로를 '사랑했어요.' 우리는 항상 의견이 일치했거든요. 말다툼이오? 그게 뭐죠? 사랑하겠다고 맹세했잖아요. 우리의 행복한 결혼생활에는 모든 것이 조화를 이루고 있었어요." 그러나 표면적으로 나타나는 조화로운 모습 밑에서 부글부글 거품이 일기 시작했다. 그녀는 그 징후들을 무시했다. 차라리 아무것도 깨닫지 못하는 것이 더 나았다. 그녀는 점점 더 자신의 감정을 하찮게 여겼다.

그러는 사이 그녀는 때때로 어린 소녀가 되었다. 혼자이고, 고독하며, 구속당하면서 사랑받지 못하던 그 소녀가. 얼마나 친숙한 모습인가! 그럼 그 당시에 도움이 되었던 것이 뭐였지? 그렇다, 꿈꾸면서 소망하고, 기다리면서 사랑하는 것. 그러니 많이 노력하라, 포기하지만 마라, 곧 앞으로……

결혼생활에서 남편과 아내는 의례적인 역할을 했다. 그녀는 모든 현실적인 일들을 도맡았고, 그는 모든 지적인 일을 담당했다. 말하자면, 그녀는 모든 일을 하고 그는 생각만 하면서 그녀와 함께했다는 뜻이다. 두 사람은 서로가 알지 못하는, 하지만 그들이 의지하는 규칙에 따라서 살았다. 마리안네는 곁에 있는 이 남자가 강인하며 그녀를 사랑한다는 신성불가침의 확신 속에서 살았다. 그녀는 남편이 바라는 대로 유능하고, 명랑하며 친절했다. 하지만 성관계에서는 남편이 원하는 만큼 그렇게 유능하질 못했다. 그녀는 점점 더 마음이 내키지 않았다. 남편은 그 점에 대해 대단히 화를 냈고 이혼하자고 위협했다.

마리안네의 마음속에서 이미 충분히 잘 알고 있는 두려움이 치밀어 올랐다. 그녀는 자신에게 말했다. "그냥 아무 일도 저지르지 않으면 돼. 더 상냥해지고…… 더 좋은 것은…… 아무것도 깨닫지 않는 거야." 헤어지자고 위협하는 남편이 어떤 사람인지 그녀는 알고 싶지 않았던 것이다. 그러느니 그의 분노를 못 본 척하는 것이 더 좋았다.

그의 위협에도 아랑곳없이 마리안네는 사랑에 대한 욕구가 점점 더 줄어들었다. 따라서 거부하는 횟수도 점점 더 많아졌다. 처음에 그녀는 마음이 내키지 않는 것에 대한 핑계를 생각해냈다. 너무 피곤하다, 아이들 때문에 너무나 지쳤다라고. 그녀는 함께 휴가를 갈 때까지 기다려 달라고 남편을 설득하기도 했다. 그렇게 되면 욕구가 다시 생겨날 것이라고……. 하지만 욕구는 생기지 않았다. 더 이상 속일 수가 없었다. 마리안네는 남편과 잠자리를 함께 하고 싶지 않았다. 남편의 반응은 점점 더 분노로 바뀌어갔다. 그녀의 무언의 거부에 더욱 화가 났던 것이다. 남편은 예상밖의 모습을 보이기 시작했다. 마리안네가 보고 싶지 않았지만 볼 수밖에 없는 모습을. 그녀가 그런 모습을 보는 것이 현실이 되어서는 안 되는데.

"남편은 아이들 앞에서 나를 모욕했고 친구들 앞에서 나를 웃음거리로 만들었어요. 그는 아이들의 자존심을 상하게 했고, 비참할 정도로 나를 여자로서 무시했어요. 하지만 나는 그 남자를 보지 않으려고 계속해서 노력했죠. 그에게는 다른 면도 있으니까요. 나는 계속해서 열심히 사랑했죠."

마리안네는 어린 시절의 태도로 도피했다. "아무런 요구도 하지 않으면 돼. 눈에 띄지 말고, 나 자신을 낮추는 거야."

이러는 과정에서 그녀는 점점 더 경직되었고 생기를 잃어갔다. 하지만 그녀 안에서 무언가가 고개를 들기 시작했다. 마침내 두려움과 분노가 표면에 드러났다.

미소를 짓고 있던 여성이 불만족스럽고 불평에 가득 찬 여성으로 바뀌었다. 그녀는 이런 사랑을 선택했다는 것을 더 이상 이해할 수 없었다. 도대체 남편을 꿈속의 왕자님으로 보다니 눈이 삐었던 것은 아닐까? 눈이 멀었던 게 틀림없다. 그녀는 그 실망은 남편 때문이라고 생각했고, 그래서 그에게 점점 더 분노했다. 그는 그녀가 기대했던 것을 지킬 수 없던 것이다. 처음에 느꼈던 그 행복은 어디에 있는 걸까? 그 두 사람은 낯설기는 하지만 친숙하게 서로를 마주보고 서 있었다.

마리안네의 꿈은 깨졌고, 그와 더불어 아버지의 대리인, 즉 남편을 통해 소녀 시절을 치유하려는 희망도 깨졌다. 사랑을 받으려는, 자신이 사랑받는 여자라고 느끼려는 노력은 실패로 돌아갔다. 전력을 다해 기억되지 않은, 그러나 분명히 겪었던 상처를 치료하고 싶었던 것이다.

그녀는 자신이 능동적으로 어린 시절을 결혼생활에까지 연장시켰으며, 아버지 꿈을 이루었고, 남편의 입술에 매달리는 얌전한 딸의 역할을 했다는 것을 알지 못했다. 그리고 너무나 사랑스럽고 친숙해진 이 꿈과 헤어지는 게 힘들었다. 오랫동안 그녀는 결혼생활의 실패의 원인을 제공한 어린 시절의 감정에 쫓길 것이다. '내가 더 노력하는 건데'라는 것이 바로 그 감정이다. 어린 시절을 원상회복하고 싶은 생각이 끈질기게 그녀의 감정과 생각을 방해하고 있다.

아주 느리게 그리고 점차적으로 그녀는 현실을 인정하기로 마음먹었다. 사실 남편은 아버지였으며, 그녀는 자유 의지로 그 남자를 찾았다. 그녀는 아버지처럼 검약하고 조심성 있는 남자와 사랑에 빠졌던 것이다. 남편이 더 지적이고 더 매력적인 것은 사실이지만 그녀는 아버지를 보듯 남편을 보고 있다는 생각은 결코 한 적이 없었다. 그 두 사람은 완전히 달랐다. 하지만 그녀가 두 사람과 맺고 있는 관계의 방식과 동일했다. 두 남자는 모두 그녀에 대해 같은 의견을 가지고 있었다. 그녀는 강인하고, 무감각하며, 고집쟁이에다 반항적이라는 것이다. 두 남자 다 그녀를 사랑하지 않으면서 그녀의 사랑을 요구했다. 거기에 두 남자의 유사성이 있었던 것이다.

마리안네의 결혼은 그녀가 자신의 감정에 더 정당함을 부여하고, 딸의 위치에 머물면서 안정감을 얻으려고 하지 않았다면 성공했을 수도 있다. 그녀는 오히려 남편의 검약함을 문제시하고 그와 그의 판단을 전적으로 따르지 말았어야 했다. 그러나 그녀가 딸의 입장에 머물고 있었기에 남편과 맞붙어 싸워야 할 때도 비굴한 태도를 가질 수밖에 없었던 것이다. "그래도 남편은 나를 틀림없이 사랑할 거야." 이렇게 생각하면서 그녀는 그에게 아버지의 역할을 떠맡겼다.

그러나 아들인 그는 그 역할을 감당할 수 없었다. 그는 원래 어머니, 즉 강한 여자를 찾았다. 한동안 마리안네가 그런 여자였다. 그들의 결혼생활은 그녀의 어린 시절의 꿈 때문에, 그녀를 지배하고 있던 환상에 부딪혀 실패했다. 그들의 결혼생활은 상대방과 자신에 대한 비난으로 뒤범벅이 되어버렸고, 어느 것이 상대방에 대한 비난이고 어느 것이 자신에 대한 비난인지도 구별할 수 없게 되었다. 그녀는 자존심을 상실함으로써 무능력에 대한 대가를 톡톡히 치렀다. 자존심을 상실한 그녀는 딸의 특성을 점점 더 많이 보여주게 되었다. 다 자란 여성이 그 어린, 모든 것을 불신하는 소녀가 되었던 것이다.

그런 식으로 마리안네는 기회를 놓쳤고, 사랑이라는 모험에 참여하지 않았다. 그녀는 동등한 가치를 지닌 남자가 아닌 '대리 아버지'로 만족함으로써 공동의 작업을 거부했던 것이다.

마리안네는 이 저주받은 파트너 선택의 희생자다. 그녀는 자유롭다고 착각했지만, 사실은 자발적으로 딸의 감옥으로 돌아간 것이었다. 그녀는 안정과 보호받는 느낌을 원했고, 자아를 실현하기보다는 소녀 적 꿈이 이루어지기를 바랐다. 바로 그 점이 그녀의 결혼에 존재하는 근본적인 문제였다.

훼방꾼이 된 어머니

아버지와의 관계를 극복하지 못한 딸들이 어머니가 되면 무슨 일이 일어날까? 그들은 자신이 받은 교육으로 어쩌면 병들었을지도 모르지만, 선한 믿음과 좋은 의도로 그저 일부만 기억하고 있는 그 가르침을 아이들에게 전해준다. 물론 딸들뿐 아니라 아들에게도. 어머니가 자신의 어린 시절을 '잊어버리고' 있는 동안에는, "아버지는 그래도 좋은 분이셨어. 아버지는 그런 뜻으로 하신 게 아닐 거야. 때린 것도 말이야"라는 말로 구실을 삼는 동안에는 자신의 어린 시절을 반복할 수밖에 없다. 그들은 아버지의 인정을 얻으려고 애쓰는 어머니가 될 뿐이다.

딸 역할을 그만두지 않은 여성들은 아이들과 진정한 관계를 구축하는 것을 아주 힘겹게 느낀다. 자신의 감정을 다시 부인해야 하기 때문이다. 아이들에 대한 원초적이고 강렬한 사랑은 아버지를 보호하라는 사회적 요구 뒤로 물러난다. 이것이 그들의 첫 번째 의무다. 어머니이자 딸인 그들은 그렇게 믿는다. 그것이 그들의 어린 시절의 유산이다.

어린 시절에 교육받은 '아버지는 좋은 분이다'라는 명제를 그녀는 아이들의 아버지, 즉 남편에게로 옮겨놓으며 이제 어머니로서 아이들에게 무조건적이며 검증되지 않은 아버지에 대한 사랑을 요구한다. 그렇게 함으로써 우리의 가부장제 문화의 사슬고리가 연결되는 것이다. 이때 어머니의 역할은 별로 칭찬할 부분이 없는 것이 대부분이다. 그들은 자신을 포기하며 아버지의 하수인이 되어 어머니로서의 역할을 제대로 수행하지 않기 때문이다.

아버지의 역할이 공개적으로 비판적인 논의의 대상이 되고 있는 지금도, 어머니가 예전과 마찬가지로 아버지를 가족 최고의 대표자로 내세우는 전통을 수호하는 역할을 수행하는 경우가 흔하다. 어머니의 의도는 아버지를 잘 이해하자는 뜻이다. 아이들을 위해 가족을 보존하는 것은 틀림없이 영예로운 일이기는 하다. 하지만 여기에서도 '신성한 가족'의 가치를 평가하고, 그 값을 치를 사람을 보호하는 것이 중요하다. 여성들이 '깨닫는 것이 금지된' 한에서만 보호받을 수 있다면 여기에서 중요한 것은 보호가 아니라 안정을 얻을 수 있는 방책인 것이다.

이런 상황은, 어머니가 성폭행을 당한 딸이 곤경에 처했다는 것을 알고 싶지 않을 때 가장 극단적으로 드러난다. "어머니가 알려고만 했다면 알 수도 있었을 거예요"라고 말하는 딸들의 진술을 들어보면, 실제로 지금도 이런 일이 벌어지고 있다는 것을 알 수 있다.

하지만 마음의 밑바닥에서부터 아버지의 딸로 남아서, 여전히 아버지의 인정을 얻으려고 애쓰는 어머니는 현실을 인정할 수 없다. 그들의 관점은 아버지에게서 배워 습득했던 교육관으로 제한되어 있다. 그런 어머니는 자기 아버지가 좋다고 생각하는 것이 바람직하다고 여기는 경향이 있다.

항상 스스로 좋은 어머니라고 믿고 있던 나의 친구와 아버지의 교육 철학에 대해 여러 차례 대화를 나눈 적이 있었는데, 어느 날 대화를 하던 중 갑자기 친구는 다음과 같은 상황을 기억해냈다.

"아들 녀석이 두 살 때 일이었어. 우리는 해변가에 있었는데, 나는 아들에게 차양이 있는 모자를 씌우려고 헛된 노력을 하고 있었지. 모자를 써야 하는 이유를 아무리 설명해줘도 아들 녀석이 말을 듣지 않는 거야. 얼마나 단호하게 저항하던지. 그렇게 어린 녀석이 몸을 똑바로 일으키더니 자그마한 다리로 버티고 서서 계속 '싫어, 싫어, 싫어' 소리치니까 놀랍기만 하더라. 그냥 보고만 있던 내 아버지가 그때 끼어드셨지. 크게 두세 마디 말씀하셨는데, 그 말속에서 아버지의 권위가 폭발했어. '모자를 머리에 써야지.' 그걸로 충분했어. 그리고 모자는 아들 머리에 씌워졌지.

아들 녀석은 화가 나서 얼굴이 붉어졌고, 온 힘을 다해 고함을 질렀어. 하지만 아버지는 다시 한 번 반복하셨어. 그리고 모자는 그대로 머리 위에 있었지. 아들 녀석은 이내 조용해지더니 체념하더라. 아들 녀석은 자신이 패배했다는 것 때문에 창피해하는 것 같았어. 약간 몸을 구부리고 있는 것처럼 보였지.

나는 좋은 엄마로서 그 일이 벌어지는 동안 아이 곁에 서 있었어. 사실 내가 위협당하는 것처럼 느꼈어. 심장이 거칠게 뛰었지만, 그래도 나는 아무 말도 하지 않았지. 나는 내 아들이 패배했을 때 그저 지켜봤어. 그래, 나는 아버지가 옳다고 인정했던 거야. '달리 방법이 없다면 아이들은 강제로라도 무엇이 좋은지를 배워야만 해.'"

좋은 어머니로서, 아버지의 딸로서 그녀는 곤경에 처한 아들을 내버려두었다. 그 당시 그녀는 자신의 태도가 어떤 영향을 미칠지에 대해선 마음속으로만 어림짐작할 뿐이었다. 어찌된 일인지 기분이 좋지 않았고, 그 상황은 여러 해 동안 그녀에게서 떠나지 않았다. 그러나 당시 그녀는 자신이 아버지와 함께한 어린 시절을 억압해왔으며, 이제는 아들에게 똑같은 일이 일어나도록 도와주었다는 사실을 미처 깨닫지 못했다.

이 이야기처럼 억압이 다음 세대에 어떤 결과를 가져오는지 여기서 극명하게 드러난다. 자신의 상처가 인식되지 않고 억압된 채로 줄기차게 다른 이들에게 전해진다. 이때 특히 아이들에게 전해진다.

어머니가 된 우리는 아버지와의 역사와 우리의 생각과 감정을 서로 연관시킬 수 있어야 한다. 그래야만 비로소 우리는 이런 강박에서 해방되며, 아버지가 저지른 잘못을 되풀이하지 않는다. 그리고 우리의 아이들을 이러한 '패배'로부터 지켜낼 수 있다.

나의 친구는 좋은 엄마로서 그리고 걱정하는 마음으로 아들을 햇빛에서 보호해주고 싶었다. 그러나 그녀는 아버지로부터(아이의 할아버지), 가부장적 교육의 영향으로부터는 아이를 지켜주지 않았다. 이 교육에서는 더 강한 자(아버지)가 승리하고 더 약한 자(아이)는 패배한다. 승리한 자가 옳으며, 패배한 자는 틀렸으니 당연히 복종해야 한다.

그녀는 아무 행동도 하지 않고 그저 지켜봄으로써 아들에게 이 원칙을 전수해준 셈이 되고 말았다. 비록 좋은 마음에서 우러나오는 행동이겠지만, 나의 친구와 비슷하게 행동하는 어머니/딸들은 우리 사회의 가부장적 폭력을 배후에 숨겨주는 단단한 요새다.

어머니는 요구받은 억압의 작업을 그대로 수행한다. 이때 목표가 되는 것은 최고의 가치들이며, 그에 대한 대가로 남성들의 세계로부터 칭찬을 얻는다. 그 칭찬을 얻기 위해 어머니들은 비싼 대가를 치러야 한다. 그들은 아이들에 대한 사랑을 포기하고 아버지에게 아이들을 내맡기는 것이나 마찬가지다. 그렇게 하는 것으로 어머니로서의 책임을 회피하는 것이다.

아버지의 충실한 대변자로 행동하는 어머니는 가부장적 교육을 지탱해주는 버팀목이며, 항상 아버지의 권력과 선의를 강조한다. 어머니는 중재자의 위치에 서서 '아버지가 그런 식으로 사랑을 표현할 리가 없어. 아버지의 뜻은 그게 아니야' 같은 온순한 말로 딸에게 자기 기만의 길을 터준다. 이렇게 어머니와 딸이 맺은 동맹은 전통적인 여성성 교육에 현실적인 토대를 마련해주고 있는 셈이다.

딸에게 여성스러운 여성이 되라고 훈계하는 어머니는 아버지가 해야 할 역할을 강화함으로써 여성해방을 방해한다. 진정한 여성이 무엇인지에 대해 올바르게 아는 사람은 아무도 없다. 확실한 것은 여성스러운 여성이 남자들의 마음에 든다는 것이다. 그 때문에 어머니의 경우에서처럼 여성들의 존재방식은 아주 제한된다. 한마디로, 좁은 한계선이 그어져 있는 것이다. 의심할 나위 없이 바로 이 점이 전통적인 순응을 지속하는 데에 여성들이 기여하는 몫이다. 이런 방식으로 여성들은 그토록 고통을 안겨주는 그 남성적 문화를 지탱하고 있다.

하이디(교사, 44세)는 어린 딸에 대해 걱정하게 되면서 지나온 삶에 대해 곰곰이 생각해보기 시작했다. 그녀는 절대로 어머니처럼 되고 싶지 않았지만, 서서히 의아심이 들기 시작했다. 그녀는 딸이 궂은 일을 당하지 않도록 항상 지켜주려고 했지만, 지금 생각해보면 도대체 어느 정도까지 딸을 지켜줄 수 있는지 확신이 서질 않았다. 지난날 어머니는 그녀와 한편이 되기를 거부하고 그녀를 아버지에게 내맡겼다. 그런 어머니의 태도가 그녀를 순종하는 딸로 자라는 데 일조했다. "애야, 도가 지나치면 안 돼." 하이디가 게임의 규칙을 어기고, 반항적이고 고집 세게 행동할 때면 항상 어머니가 그녀에게 주었던 만병통치약이 바로 이 말이었다.

그리고 물론 이제 하이디도 알고 있듯이, 그 모든 것은 아버지의 입 장에서 그리고 아버지의 위임을 받아서 이루어진 것이었다. 원래 어머 니는 그리 말이 많지 않았고, 중요한 문제들은 언제나 아버지가 결정을 내렸다. 하지만 어머니는 언짢은 기분을 드러냄으로써, 즉 고통스러운 표정을 지음으로써 딸의 감정에 끈질기게 영향을 주었다. 오랫동안 하 이디 역시 아버지의 영향을 과소평가해왔다. 그녀의 생각은 어머니에 게만 집중되어 있었고, 모든 문제의 원인이 어머니에게만 있다고 생각 했다. 두 사람, 즉 어머니와 딸은 암암리에 아버지를 보호하고 있었던 셈이다. 결과적으로 두 여성은 동일한 방식에 따라 살고 있었다. 즉 말 을 많이 하지 않고 생각은 속에만 담고 있는 방식으로 말이다.

목소리만이 그때그때 감정을 드러냈다. 목소리를 바꾸는 것만으로 도 숨기고 싶은 감정을 드러낼 수 있었다. 이는 어머니와 딸이 아버지 를 보호하기 위해 찾아낸 가장 이상적인 수단이었다. 그들은 그런 식으 로 감정을 드러내면서도 그 결과를 책임질 필요가 없었던 것이다. 사실 어머니와 딸은 어떤 것에 대해서도 결코 책임진 적이 없으며, 설령 문 제가 벌어져도 "하지만 난 절대로 아무 말도 하지 않았는걸요"라고 말 하면 그것으로 끝이었다. 그리고 정말로 그들은 아무 말도 한 적이 없 었다.

무의식적으로 하이디는 어머니에게서 이 방법을 전수받았다. 그녀 는 모든 면에서 어머니가 되어갔던 것이다. 그래서 그녀는 위험에 처하 지 않을 수 있었고, 언제나 최소한의 말만 했다. 문제가 되는 것은 어머 니가 이런 태도로 하이디를 아버지에게, 아버지와 아버지의 판단에 내 맡겼다는 점이다. 어린 시절 하이디는 그 때문에 대단히 고통받았다. 어머니가 진정으로 그녀의 말이 옳다고 인정해주는 경우에도 오로지

'온화한 방식'으로만 표현해야 했다. 이런 어머니의 태도는 하이디에게 아무런 도움이 되지 않았다. 어머니 스스로가 아버지에 대해 두려움을 가지고 있었던 것이다. 그녀에게는 딸을 책임지는 것이 허락되지 않았을뿐더러, 그렇게 하면 가정의 평화가 완전히 깨졌을 것이다. 어머니는 감히 그런 일을 할 엄두도 내지 않았고, 그저 아버지의 의견에 따르는 쪽을 택했다. 하이디에 대한 부모의 생각이 일치되는 순간이다. 아버지에 대한 두려움 때문에 어머니는 그녀를 배반한 셈이다. 어머니는 아버지에 대해 절대로 부정적인 이야기를 하지 않았고, 차라리 하이디의 불평불만을 자기에게 쏟아붓도록 가르쳤다. 아버지는 항상 그리고 무슨 일이 있어도 보호해야 할 존재였다.

하이디처럼 어머니에 의해 아버지에게 속박당한 딸들은 훗날 자기가 느끼는 것이 무엇인지 더 이상 생각하면 안 되는, 말하자면 한계를 뛰어넘는 것을 여전히 거부하는 그런 어머니가 된다.

하지만 딸에 대한 염려로 하이디는 그런 명령에 저항할 힘을 주기로 결정했다. 자신이 딸로서 겪은 경험과 어머니로서의 태도 사이의 연관성을 인식하고 난 후 그녀는 어떤 경우에도 이런 전통을 되물림하고 싶지 않았다. 그녀는 자신의 억압을 차근차근 해소하기 시작했고, 자신, 자신의 과거 그리고 남편과의 갈등을 과감히 딛고 일어섰다.

딸은 하이디가 남편과 이혼한 뒤 제 아버지와 함께 살고 있었다. 남편이 너그럽고 평화롭게 생활할 준비를 갖췄으리라 믿었기 때문에 하이디는 딸이 그동안 살아왔던 익숙한 환경에서 계속 사는 것이 더 좋다고 생각했다. 이 부부는 이혼한 후에도 딸을 함께 키우는 것이 가능하리라 생각하고 계획을 세웠다. 하지만 그 계획은 실패했다. 시간이 지나면서 남편이 하이디에 대해 반감을 가지도록 딸에게 영향을 끼쳤다는 사실과 딸이 행복하지 않다는 사실이 점차 드러났다. 딸은 정기적으로 하이디를 방문했다. 그때마다 하이디는 딸에게 뭔가 모를 찜찜한 의심이 들기 시작했지만, 처음에는 그 의심을 생각에서 떨쳐버리려고 애썼다. 마침내 그 의심은 더 이상 부정할 수 없을 지경이 되었다. 딸이 자기 아버지에게 성폭행을 당했던 것이다. 결국 하이디는 자신의 감정을 믿고서, 법원의 모든 지시와 명령을 어기고 딸을 데려왔다.

그녀는 훼방꾼이 되었고, 아버지 꿈을 뒤로 한 채 자신의 딸을 구했다. 하이디는 그러잖아도 몸과 마음이 온통 상처투성이인 딸을 법원의 심문과 의학적 진단에 맡기지 않고서도 강하게 해줄 방법을 발견했다. 비슷한 상황에 있는 어머니들이라면 하이디의 이야기를 매우 진지하게 받아들이고 딸을 위한 그녀의 감정을 믿을 것이다.

하이디는 딸이 더 나쁜 상황에 처하지 않도록 막았다. 하이디와 비슷한 상황에 처한 어머니에게 첫 번째로 그리고 가장 중요한 전제는 자신의 아버지와의 과거에 맞서고, 스스로 억압된 과거에서 벗어나는 것이다. 하이디는 자꾸만 다시 되돌려놓고 싶은 장애물을 마침내 극복하려는 이 힘겨운 길을 선택했던 것이다.

_ 의심

"손에 땀이 나더군요. 뇌리에서 의심이 떠나질 않았어요. 그런 것은 생각해서도 안 되는 일이잖아요. 나의 변호사도 난감한 문제라며 단호히 거절하더군요. '그런 것은 입증할 수 없는 문제입니다. 그러다가 남편에게서 명예훼손 소송이나 당하게 될 겁니다.'

그때가 8주 전이었습니다. 나는 애써 그 생각을 물리쳤어요. 나는 아주 드문 일이기는 하지만, 완전히 아무것도 하지 않을 때에만 먼 곳을 응시합니다. 그때 딸 눈밑에 있는 다크 서클이 떠오르는 거예요. 딸애를 만질 때, 그애를 품에 안으려고 할 때 아무 말도 하지 않는 아이의 황량하고 슬픈 시선을 느꼈어요. 나는 내 아이의 불행을 참을 수가 없어요. 하지만 그때까지 무슨 일을 어떻게 해야 할지 정말 몰랐어요.

다만 누군가를 부당하게 의심한다는 죄의식만 자꾸 들었어요. 그 사람이 그럴 리가 없어요. 남편은 명망 있는 가문 출신이거든요.

아니, 그건 사실이 아니야. 여러 시간, 여러 날들 그리고 여러 주가 흘러가는데, 나는 그저 그 생각을 마음속으로 누르고만 있었죠. 성이라는 것 자체에 대해서요. 딸을 만나면 나는 객관적이고 엄격해져요. 아이는 금방 그것을 느끼고 무척 조용해지지요. 딸애는 자신의 공격적인 행동에 내가 동의하지 않는다는 것을 느끼는 거죠. 하지만 아이는 스스로를 도울 수는 없잖아요. 딸애는 이성을 잃을 정도로 떠들어대다가 갑자기 고함을 질렀어요. 무슨 이유인지 알 수 없는 상태에서 말이에요. 절망 속에서 내 아이는 나에게 아주 가까이 있었고, 내 아이의 무기력함 때문에 줄곧 억압하는 일에만 몰두하던 나는 더 이상 그러고만 있을 수가 없었어요.

그리고 그것이 정말 사실이라면……

나는 딸애와 함께 고통을 받았어요. 어머니와 주부라는 나의 역할에 무기력하게 속박되어 있었죠. 결혼생활을 하면서 나 역시 그 남자에게서 더 끔찍한 일을 당했는데도, 여전히 그런 상태였던 거예요. 가족을 떠날 때 나는 딸이 그의 곁에서 잘 클 거라고 확신하고 있었어요. 어떻게 보면 나는 아버지가 옳다고 인정했던 거예요. 남편은 착한 사람이고, 딸은 아버지를 사랑한다고, 아버지 옆에 있으면 딸이 잘 지낼 거라고 생각했던 거죠.

멀리서 나는 딸을 관찰했어요. 그애가 불행하다는 것이 너무나 확연해서 감출 수가 없을 정도였죠. 주말에 나를 방문하러올 때 딸애는 문으로 들어오면서 나를 바라보았죠. 수척해지고 눈밑의 다크 서클은 더욱 짙어져 있었어요. 아이는 왠지 황폐해진 것처럼 느껴졌고 나의 품으로 들어와 울고 또 울었어요.

나의 마음은 찢어졌지만, 위로해줄 수도 없었어요. 질문을 하면 아이는 대답하지 않거나 그저 '몰라요'라고만 했어요. 처음부터 그 점이 내 마음에 걸렸어요. 내 아이가 겪는 불행에 대해서는 어떤 것도 위안이 될 수 없을 것 같았어요. 아이도 그걸 아는 것 같았고, 나도 그렇게 느꼈죠. 사랑, 따뜻한 마음만으로는 도움이 될 수 없었죠.

지난 2년 동안 나는 눈을 질끈 감고 있었어요. 그동안 점점 사실로 끈질기게 다가오는 그것을 차마 보고 싶지 않았어요. 나의 억압 작업은 정말 끝이 없었어요.

나는 교사로서 성폭행의 경우, 정황은 확실한데도 그걸 저지른 사람의 행위를 나중에 입증하는 것이 매우 어렵다는 것을 여러 번 경험한 적이 있었어요. 여가 시간에 나는 상상도 못할 일을 서서히 기억해내기 시작하는 여성들과 함께 일했지요. 그들은 그런 엄청난 일을 꾸밀 사람들이 아니었어요. 다만 그 때문에 그들은 인생에서 어디로 가야 할지 알지 못했고, 그 때문에 자신의 한계가 어디까지인지 모르는 것 같았어요. 이성적으로는 그러니까 나는 아주 오랫동안 성폭행이라는 문제에 몰두하고 있었던 거죠.

하지만 어찌된 일인지 나의 감정이 침묵하고 있더군요. 감정이 반응을 하지 않는 거예요. 서로가 멀리 떨어져 있으면서 나는 딸과 함께 고통을 받고 있었고 항상 걱정과 불안에 싸여 있었죠. 분명히 나의 감정은 내가 인식하고 싶지 않은 것을 잘 알고 있었어요. 내가 고통을 받지 않는다면 그건 딸이 잘 지내고 있기 때문이라는 것을 경험적으로 알고 있었거든요. 나의 죄의식은 무한대로 커졌어요. 전남편도 나의 죄의식을 확인시켜주더군요. '당신은 딸을 떠났어. 그래서 그애가 지금 고통받는 거고, 그애 상태가 좋지 않은 거야.'

그의 말을 핑계삼아 나는 그 상상도 못할 일, 생각도 할 수 없는 그 일을 결국 알 수 없는 일로 몰아내려고 했어요. 하지만 무자비하게 나의 기만의 베일을 찢고 나의 생각을 무너뜨리며 잠시 동안 완전한 진실이 확연하게 모습을 드러내는 상황이 벌어졌죠. 나는 지금도 그 일을 생생하게 기억하고 있어요.

딸 학교 앞에 있는 주차장에 세워둔 차 안에 앉아 있는데 눈앞에서 불꽃이 튀었어요. 그러고 나서 아주 빠르게 편두통이 시작되었고 은총이 가득한 망각이 내 위로 내려앉았어요. 딸의 담임선생님과 면담을 끝내고 돌아온 참이었거든요. 선생님은 내 어린 딸의 눈에 띄는 성적인 행동에 대해, 그애가 남자애들이나 남자 어른들에게 성적인 느낌을 보여주는 천박한 표현에 대해 이야기를 해주었던 거예요. 이런 행동 때문에 학급 내에서 딸애는 따돌림을 받았고 이상한 아이로 취급받고 있었어요. 담임선생님과 나는 이렇게 기묘한 행동을 도저히 설명할 수 없었어요. 딸애는 아버지 곁에서 편안하고 도덕적으로 나무랄 데 없는 상황에서 살고 있었단 말이에요. 물론 아무 일도 아닐 수 있었어요. 아니면? 더 이상 의혹을 부인할 수 없었어요. 그러자 그 안개가 드리우기 시작하더군요.

나는 전남편과 그 문제에 대해 이야기했어요. 남편은 얼굴이 몹시 붉어지더니 엄청나게 화를 냈어요. 그리고 그는 내가 딸애를 자유롭게 만나는 것을 금지했어요.

밤에 전화가 왔어요. 지금까지도 내 딸의 애처로운 목소리가 귓가에 쟁쟁하게 들려요, '엄마, 나 너무 무서워. 엄마, 나 너무 외로워.' 어떤 때 딸애는 횡설수설하기도 했어요. 어쩌다가 딸애에게서 몇 마디의 말을 캐낸 적도 있었어요. 하지만 대부분 딸은 내 질문에 아무 대답을 하지 않았어요. 수화기를 통해 끔찍한 고통이 전해지더군요. 나는 그 고통을 느꼈고, 나의 처절한 무기력함이 내 마음을 갈가리 찢어버리는 것 같았어요. 나는 아무것도 할 수가 없었어요. 내 딸은 아버지와 함께 살고 있었고, 법적으로 나는 개입하는 것이 금지되어 있었죠. 법은 아버지의 편이었어요. 우리가 법적으로는 공동의 보호 양육권을 가지고 있었지만 실제로 그가 혼자 행사하고 있었죠.

그 당시 이성적으로 나는 이미 알고 있었어요. 훌륭한 시민으로 살아가기에 나무랄 데 없는 남성의 모습 뒤에서 아이는 거의 무방비 상태였다는 것을요. 아버지는 자신이 원하는 것을 할 수 있고 허용할 수 있었죠. 어느 누구도, 이 세상의 어떤 판사도 내 말이 옳다고 인정해주지 않을 거예요. 질서를 방해하려는 어머니의 감정이 옳다고 누가 인정해주겠어요? 나는 이런 대결이 두려웠고 계속해서 눈을 질끈 감았어요. 어떤 경우에도 그렇게 하려고 노력했죠.

그후 내 집에 온 딸이 몽상에 빠진 모습으로 앉아 다리 사이를 움켜쥐었어요. 딸애는 자신이 무슨 행동을 하는지 전혀 깨닫지 못하더군요. 내가 주의를 주니까 딸애는 손을 치우더군요. 하지만 도저히 거부할 수 없는 것처럼 자꾸 그애의 손이 바로 그곳으로 가는 거예요. 그때 그애의 눈에 욕망이 아니라 순수한 고통이 어리더군요. 그것은 자위가 아니라 오히려 그곳을 보호하려는 동작이었어요.

성폭행을 뚜렷이 암시하는 행동들이 자주 일어났어요. 나는 더 이상 간과할 수 없었어요. 직시해야만 했죠. 내 딸은 야뇨증 환자가 되었고, 명확한 신경성 무식욕증의 증상을 보였으며, 거짓말을 하고 도둑질을 했어요. 아이는 공격적이 되었고 무시무시한 신경쇠약에 시달렸어요. 어디에 가든, 언제나 그애는 통제가 되지 않는 돌출 행동으로 사람들의 이목을 끌었어요.

그런 행동은 남자가 가까이 오기만 하면 더 심해졌어요. 딸애는 싸우고 화를 냈어요. 그럴 때면 아이는 완전히 냉정을 잃었고 극도로 흥분했어요. 아주 사소한 일에도 그런 모습을 보이더군요.

결국 나는 남편 집으로 가서 딸을 차에 태우고 내가 사는 집으로 데려왔어요. 나는 그 상황을 더 이상 참을 수 없었고, 그래서 나의 감정이

시키는 대로 했죠. 나는 딸을 구해 내 곁으로 데려온 거예요.

딸을 돌려달라고 끈질기게 요구하던 남편은 곧 법원에서 잠정적인 가처분 신청을 얻어냈고, 나에게 통고가 왔어요. 그는 즉시 가정법원 판사와 만나기로 약속을 했던 거예요. 참 이상한 일이었어요. 그럴 만한 계기나 서두를 필요가 전혀 없었거든요.

심리가 시작되자마자 판사는 내 행동이 위법행위라는 것을 강조하더군요. 그 판사는 딸에 대한 권한이 아버지에게 귀속되는 것으로 규정하고 싶은 것이 분명해 보였어요. 하지만 딸애가 분명하게 내 곁에 있고 싶다고 주장했고, 판사는 그에 따른 결정을 내릴 수밖에 없었지요.. 하지만 딸의 진술을 내가 영향을 끼친 것으로 해석하더군요. 법원에선 딸에 대한 권한을 일시적으로 나에게 주겠다고 판결을 내렸어요. 판사가 남편에게 부당한 처분을 내리고 싶지 않았기 때문인 게 분명했어요.. 어쨌거나 판사의 결정에 따라 딸은 잠정적으로 내 곁에서 살게 되었지요. 우리 중 누구도 이런 상태가 얼마나 계속될지 정확하게 알 수 없었어요.

판사가 나와 딸에 대한 심리학적 소견서를 제출할 것이며, 우리는 공동으로 아동복지국에 신고를 해야 한다는 통지를 받았어요. 처음에 사회복지사는 나에 대해, 나의 교육철학에 대해 이야기를 나누었고 그 다음에는 딸에 대해 이야기를 했어요. 상담을 계속 하다가 사회복지사가 그냥 덧붙여 물어보는 것처럼 나에게 성폭행에 대해 의심하고 있느냐고 질문하더군요. 별안간 땀이 마구 흐르기 시작했어요. 물론 나는 언제나 그 문제를 생각했지요. 나는 그 문제를 다룬 모든 문헌을 다 읽었고, 이 문제로 딸이 고통스럽게 살게 하진 않겠노라는 결론에 도달했어요. 딸이 내 곁에서 살면서 심신을 회복하고, 끔찍한 경험을 잊기를 바랐어요. 하지만 내가 무슨 결심을 한 건지 정확히 인식하지 못하고 있었어요. 그저 모든 것을 은폐하려고 결심했던 거지요. 사회복지사의 질문으로 비로소 나는 깨어났고, 어머니로서의 책임을 새로이 자각하게 되었어요.

그러나 나는 그냥 덮어두는 쪽으로 결정하는 데 충분한 이유가 있다고 생각했어요. 첫 번째로, 그건 의심에 지나지 않았고, 두 번째로 나는 딸이 다시 심문받는 걸 보고 싶지도 않고 그렇게 할 수도 없었거든요.

어쩌면 내 자신이 진실에 두려움을 가지고 있었는지 몰라요. 여러 가지 이야기를 하다가 사회복지사는 '아내이자 어머니로서 당신도 피해자입니다'라는 말을 잠깐 한 적이 있었어요. 처음엔 그 말을 그냥 흘려들었는데 시간이 흐르자 점점 뚜렷하게 떠오르더군요. 그 말을 듣는 순간에는 아무런 느낌도 들지 않았어요. 나는 그 남자와 이혼했으니 진짜 피해자는 아니라고 생각했어요. 그저 내 딸로 인해 피해를 입은 것뿐이라고 말이지요. 하지만 잘못된 생각이었어요. 나 역시 피해자였던 거예요. 자신의 딸에게 이런 불의를 저지르는 아버지가, 어린 딸의 인격조차 지켜주지 않은 그런 아버지가, 남편으로서 아내인 나의 인격은 또 얼마나 무시하고 존중하지 않았는지, 비로소 깨닫게 되었지요.

그 사회복지사는 딸을 위해 읽어보라며 나에게 『비밀인데 나는 기분이 나빠요』라는 책을 주더군요. 이 책에 대한 딸의 반응을 보면, 어떤 식으로든 그 아이가 성폭력에 대해 잘 알거나 또는 그런 일에 익숙한지 아닌지를 알 수 있을 거라고 했어요. 나는 그 책을 일단 내 방으로 가져와 침대 옆 테이블에 두었어요. 그리고 앞의 몇 페이지를 읽고…… 치워버렸죠. 처음에 나는 시간이 없다고, 마음이 안정되지 않았다고, 나중에 읽으면 될 거라며 내 자신을 설득했죠. 사실 솔직히 말해, 그 책을 내 딸과 함께 읽고 싶지 않았어요. 내가 그 테스트를 두려워하고 있는 게 분명했어요. 평소에 잠자는 개는 건드리지 않는 게 최고라는 게 나의 지론이었는데, 자꾸만 그 생각이 떠오르더군요.

하지만 나와 딸 사이에는 분명히 뭔가가 있었어요. 딸은 나를 사랑했고, 나도 딸을 사랑한다는 건 분명했어요.

그럼에도 우리 사이를 연결해주는 진정한 다리가 없었던 거예요. 딸이 날 이해하고 싶지 않은 것처럼 보일 때가 많았죠. 나와 이야기를 하고 싶지 않은 것 같기도 했어요. 딸애가 아주 사소한 일로 거짓말을 하는 횟수가 점점 늘었고, 어떨 때는 내 소지품들을 망가뜨리기까지 했어요. 어떤 방식으로든 딸은 계속해서 신호를 보내고 있었는데, 그 신호를 이해하는 게 난 참 어렵게 느껴졌어요. 딸이 행복하지 않다는 것은 분명하지만, 왜 그런지에 대해서 이야기를 할 수 없었던 거예요.

14일 만에 딸이 남편을 방문해야 할 주말이 왔어요. 토요일에 남편이 데리러올 예정이었는데, 금요일 밤에 딸애가 침대에 오줌을 쌌어요. 딸은 입고 자던 바지와 침대보를 집 어딘가에 숨겼죠. 내가 아버지에게 가고 싶냐고 물었더니 그렇다고 했지만, 그러면서도 무섭다고 말했어요. 무엇이 무서운지를 딸은 말하지 못했어요. 매번 나는 딸을 남편 집으로 보냈어요. 내 변호사가 분명히 지시했거든요. 판사의 명령에 따르지 않고 남편에게 방문의 권리를 허락하지 않으면 내가 양육권을 잃게 될 거라고 말이에요. 사회복지사도 아버지가 딸을 규칙적으로 보는 것이 중요하다고 나에게 주의를 주었고요. 사회복지사와 의논하면서 나는 고발당할 일을 굳이 하지 않기로 결정을 내렸어요. 마지막으로 그 복지사와 함께 이야기할 때 우리 두 사람은 점점 더 나의 의심이 별로 심각하지 않은 것 같다는 결론을 내렸어요. 어쩌면 우리 둘 다 약간 감정적으로 뭔가에 빠져들었던 것은 아닐까 하면서 말이에요.

그러고 난 어느 날 오후, 아버지를 방문하러 갔던 딸애가 완전히 제정신이 아닌 상태로 돌아왔어요. 눈밑의 다크 서클은 더 진해졌고, 목소리는 크고 날카로웠어요. 그 작은 아이의 존재 전체가 혼란에 휩싸여 있었고, 그애 가슴 깊이 있는 외로움이 사무치게 느껴지더군요.

나는 딸애를 침대로 데려가 마주보고 앉아 이야기를 시작했어요. 나는 어떻게 지내다 왔냐고 물었어요. 딸은 총알이 발사된 것처럼 즉시 '좋았어, 아주 좋았어'라고 대답하더군요. '아빠랑 둘이 뭘 했니?' 딸에 는 이런저런 이야기를 했어요. '하지만 뭔가 네 마음을 우울하게 하는 게 있는데?'라고 내가 물어보니까 딸애는 억지로 미소를 지었어요. 목소리는 침착함을 유지하고 있었지만 눈에 눈물이 가득 고이더군요.

그리고 나서 딸은 학교에 대해 말하기 시작했어요. 학교에서 누가 자기의 마음을 상하게 했는지에 대해서요. 나는 속으로 갈등했어요. 나는 딸의 고통이 남편과 연관되어 있다는 것을 알고 있었지만, 딸에게 그것에 대해 물어보는 건 안 될 일이었기 때문이에요. 내가 이런 질문을 하면 나중에 판사는 내가 딸에게 다시 영향력을 행사한 것으로 해석할 테니까요. 하지만 이번에 나는 판사의 결정에 불복종하기로 결심했어요. 누가 내 딸을 이런 상황에 처하게 할 권리가 있단 말인가, 그리고 누가 내 의사결정의 자유를 제한할 권리가 있단 말인가? 끝없는 분노와 엄청난 노여움이 내 마음 깊은 곳에서 솟구쳐 올랐어요. 나는 오직 이 아이를, 바로 내 딸을 불행에서 구해줄 책임만을 가지고 있었어요. 그리고 어느 누구도 나를 제지할 수 없을 거예요. 판사의 결정은 엿이나 먹으라지!

나는 딸에게 대놓고 물었어요. '아빠가 너를 아프게 했니?' 딸은 잠시 망설이더니 갑자기 마구 울기 시작했어요. 말을 하지 않아도 딸은 나에게 자신의 진심을 전해줄 수 있었고, 처음으로 나는 그애를 이해할 수 있었어요. 그때까지 나는 항상 못 본 척할 수밖에 없었거든요. 차마 직시할 수가 없어서요. 이제 우리는 서로를 이해한 거예요. 그리고 그것은 딸에게도 해방을 의미했어요. 딸은 이제야 도와줄 사람을 찾아냈다는 것, 더 이상 혼자가 아니라는 것을 알았지요. 그날은 아주 중요한 순간이었고, 딸의 두려움이 점차 수그러드는 것을 느꼈어요."

하이디는 자신의 의심을 인정하기까지 오랫동안 자신과 싸웠다. 마침내 그녀는 이 한 걸음을 내딛게 되었다. 그리고 비로소 그녀는 해방되었다. 자신의 감정에 대한 신뢰가 그녀를 더욱 강하게 해주었고, 딸의 입장에 설 수 있었다. 이 어머니는 과감하게 딸의 행복만을 염두에 두는 진정한 훼방꾼이 되었던 것이다. 그녀는 맹목적인 아버지 미화라는 원리에서 해방되었다. 천천히 그녀는 딸의 영혼 속으로 더듬으며 나아갔으며, 그 과정을 통해 자신의 침묵으로부터 해방될 수 있었다. 그녀는 자신의 감정에 대한 신뢰를 되찾는 데 성공했다. 그것은 감정을 원래의 감정 그 자체로 보는 것을 의미한다. 감정은 행동의 나침반이기 때문이다. 바로 그 점을 그녀는 딸에게 가르쳤다. 하이디는 딸을 두려움에서 구해주었으며, 어머니와 딸 모두 용기 있고 강해졌다.

딸의 입장에 서 있다는 것을 성찰한 어머니라야 이런 생각을 할 수 있다. 그런 어머니만이 진정으로 자신의 감정에 귀를 기울이고 자신의 권리를 인정할 수 있는 용기를 가지고 있기 때문이다. 딸은 맹목적이다. 그리고 모든 실망에 취약하다. 딸들은 선한 것(사랑하는 아버지)을 믿는다. 바로 눈앞에 악마가 서 있을지라도. 하지만 그때의 불쾌한 감정은 곧 스쳐지나가고 선한 의지와 '언제나 그래왔단다'라는 허울좋은 전통에 파묻힌다. 그들이 언제나 그래왔다는 것은 그것이 무엇인지 알지 못할 뿐만 아니라 알려고도 하지 않기 때문이다. 언제나 그래왔다는 것은 '신과 비슷한 존재인 아버지가 옳다. 무슨 일이 일어나든지'였을까?

여성들은 어머니의 위치일 때 특히 아무 저항 없이 아버지 미화의 법칙에 굴복한다. 수많은 의무와 부담이 어머니에게 주어졌다. 그러니 적어도 이런 전선에서는 상황이 그나마 견딜 만해서 이럴 때 평화를 누리고 싶은 것도 이해가 된다. 여성들은 자신의 감정과 의심에 귀를 기울일 수 없을 정도로 고되고 고통스러운 인생을 산다. 그들은 직시하는 대신 외면하면서 스스로를 진정시킨다. 필요하다면 약까지 동원한다. 그래도 공포를 완전히 누그러뜨릴 수는 없다.

『비정한 어머니라고? 그래서 어떻단 말이야』라는 책에는 비정한 어머니를 위한 변론이 전개되고 있다. 나는 이런 식으로 페미니즘 진영에서 전개되는 논의에 의구심을 가지고 있다. 물론 이런 주장이 여성들의 마음을 가볍게 해주는 것은 사실이다. 말하자면, 여성들은 비정한 어머니가 되어도 괜찮다는 것이다. 그렇다고 그 문제가 정말로 해결될까? 여성들은 자꾸만 자신의 원초적이고 자연적인 감정, 즉 온갖 걱정과 아이에 대한 책임감으로 되돌아오게 된다. 이런 감정은 절대로 여성들을 떠나지 않는다. 그런 감정을 단순히 억압하는 것도 보통 힘든 일이 아니다. 또한 내키지 않는 감정을 그저 억압해버리려는 태도는 특히 여성들의 경우, 절대 성공을 거둘 수 없다. 남성을 위해 억압해야 한다면 여성들은 주저하지 않고 잘 해낸다. 하지만 아이들이 문제가 될 때에는 이 능력이 갑자기 사라진다. 마치 더 이상 통제할 수 없는 어떤 감정이 그들에게서 벗어나 독립적으로 존재하는 것처럼 보인다. 바로 '어머니의 본능'이다. 그러나 애석하게도 이 감정에 굴복하지 않는 어머니들이 있다. 나는 무의식적으로 여전히 딸의 입장에 머물러 있음으로써 자신의 아이에게 등을 돌렸던 불행한 어머니들을 알고 있다. 그들은 계속 자신을 속여야 했지만, 그 일을 제대로 해낼 수 없었고 자신에 대해 절망했다.

감정적으로 어머니들은 결코 아이들을 포기할 수 없다. 그들은 아이의 입장에 서게 된다. 이렇게 함으로써 그들은 자연의 법칙을 따르는 것이다. 그리고 꼭 그래야만 한다면, 아버지에게 대항할 수도 있다.

여기서 소개한 하이디라는 여성은 자신의 감정, 그리고 더 정확히 말하자면, 자신의 의심에 대해 두려움을 가졌다. 처음에 그녀는 자신을 믿지 않았고 적극적으로 대처하지도 않았다. 그러나 딸과의 관계를 확인하는 순간 용기와 반항심을 발휘했다. 그녀는 '신성한 가족'의 평화를 훼방놓았고, 자신의 감정을 신뢰했으며 딸을 침묵에서 벗어나도록 도와주었다. 이런 어머니와 딸 사이의 친밀한 관계를 통해 두 사람 모두 자신들이 강하다는 확신과 자존감을 얻을 수 있었다. 어느 누구도 오로지 신뢰감과 자율성에 기초한 그들의 관계를 무너뜨릴 수 없었던 것이다. 그들 관계의 토대에는 고통만 주는 아버지의 미화가 아닌, 인간다움과 상호 협조가 공통분모를 이루고 있었기 때문이다.

파파걸이 사랑을 할 때

__모든 것을 이해한다는 것은 모든 것을 용서한다는 뜻이다.

아버지에 대한 속박에서 풀려나지 못한 여성들은 사랑을 할 때 불안하다. 그 까닭은 아버지와의 개별적인 관계에서 접한 현실에 익숙하기 때문이다. 그들이 과거에 경험한 첫 번째 사랑은 실패의 본보기일 뿐이다. 어린 시절 그들은 항상 용서했지만 자신과 그 남자를 이해할 수 없었다. 자신의 행동뿐 아니라 그 남자의 행동은 더더욱 풀리지 않는 수수께끼로 남아 있다. 그들은 결코 자기 자신의 욕구와 그의 욕구 사이에서 정확히 균형잡을 수 있는 방법을 발견하지 못한다. 그들은 실향민들처럼 이 강둑에서 저 강둑으로 왔다갔다한다. 사실 그들에게는 고향이 없다. 이유는 단순하다. 자신의 중심을 발견하지 못했으니까.

그들 삶의 중심은 여전히 아버지다. 모든 애정관계에서 그들은 실패했던 아버지와의 관계를 흉내내 다시 반복하려고 한다.

아버지에 의해 '사랑스러운' 모습을 보이도록 길들여진 그들은 남들이 요구한 감정을 보여주는 데 익숙하다. 하지만 자신이 그렇다는 것은 전혀 깨닫지 못한다. "제대로 되지 않을 거야. 아무것도 바뀔 수 없어.

난 너무 복잡하거든" 또는 "남자들은 다 똑같아. 내가 누구랑 살든 다 마찬가지야"라고 말한다. 이는 아버지에게서 받은 상처가 치유되지 않았고 딸로서의 감정을 어른이 된 후에도 여전히 붙들고 있으며, 자신의 치유를 자꾸만 다른 사람에게 떠넘기는 여성들이 하는 말이다.

그렇듯 내면적으로 방향을 상실한 상태에서 그들은 파트너를 만나고, 오로지 그의 곁에서만 평화와 안정감을 얻고 싶어 한다. 그들은 자신을 독립적이 아닌 다시 종속적으로 몰아가고, 그 남자를 위해 자신을 한없이 축소시킨다. 전혀 눈에 띄지 않는 방식으로.

사랑을 얻기 위해 딸이 걷는 우회로는 복잡하다. 그리고 그 우회로가 잘못된 길이라는 것, 지금 그들은 아버지의 흔적들을 좇고 있음이 밝혀지는 경우도 허다하다.

조건 없는 사랑이란 자신의 꿈을 충족시키기 위해 그들은 스스로를 아주 부자연스럽게 낮춘다. 이렇듯 부자연스럽게 자신을 낮춤으로써 나약해지고 슬프고 불행해진다. 여성들은 파트너가 그들이 괜찮은 존재라는 느낌을 주길 바라며, 그의 사랑으로 성장하길 원한다. 하지만 이룰 수 없는 꿈이다. 이 세상에 어떤 남자가 여성에게 자존심을 높여 줄 수 있단 말인가?

이제 파파걸은 다시 순응을 통해 자신이 원하는 것을 이루려고 시도한다. 그러는 동안 그들은 너무나 작아져버린다. 그들은 모욕당하고 상처를 입으며 진지하게 받아들이지도 않는다. 이때 탄식하고 눈물을 흘린다 한들 해결될 게 뭐가 있을까. 이런 상황이 벌어지는 이유는, 아버지 꿈이 영향력을 발휘하는 동안에는 자신의 애정 조건과 파트너의 애정 조건을 제대로 평가할 수 없기 때문이다. 바로 이 무지가 사랑을 할 때 고통스러운 휩쓸림으로 이어진다.

이 딜레마에서 벗어나기 위한 탈출구는 헌신이다. 이는 여성들 사이에 매우 인기가 있지만, 사실 인기 있는 만큼 쓸모없는 탈출구다. 이 방법은 겉으로 보기에는 안정감과 '진정한 여성'이라는 느낌을 준다. 아주 잠시 동안. 이때만큼은 꽤 괜찮은 존재가 되기 때문이다. 그리고 적극적으로 헌신함으로써, 사랑에 빠진 여성들에게 바이러스처럼 엄습하는 수동적인 의존성이 은폐될 수 있으리라고 생각하기 때문이다. 파파걸이 모든 것을 이해하고 모든 것을 용서하는 경향이 강한 것은 이 의존성 때문이다. 그리고 그 어떤 평화도 누리지 못하고, 어린 시절의 결핍을 채워줄 관계를 병적으로 찾아 헤매는 것은 바로 아버지 꿈 때문이다.

오로지 이 꿈을 이루기 위해 언제든지 기꺼이 헌신하려는 태도를 취하지만, 성공적인 결과로 이어지는 경우는 극히 드물다. 사랑을 얻으려는 투쟁이 그들을 정면으로 방해하기 때문이다. 결국 파파걸은 독신으로 사는 것에 만족한다. 그들은 자신의 경험에서 다음과 같은 결론을 이끌어낸다. '난 남자들하고는 잘되질 않아.' 곧이어 새로운 남자를 바라고, 새로운 관계를 시작한다. 하지만 여전히 자신에게 충실하고 딸의 위치에 있는 것을 포기하지 않는다면 다음의 남자를 만나도 똑같은 상황이 되풀이될 것이다. 모든 것이 옛날 그대로라는 것을 알기까지엔 그리 오래 걸리지 않는다.

사랑을 할 때 이렇게 안간힘을 쓰는 고난의 길에는 육체적인 고통이 뒤따르는 경우가 빈번하다. 영혼이 침묵할 수밖에 없는 것을 몸이 표현하는 까닭이다. 여성들은 무기력하고 나약한 상태지만 억지로라도 사랑을 얻으려고 한다. 이 모든 노력도 무의미해 보인다. 그 노력은 대단히 불행하게 사랑에서 혐오로, 좌절된 욕망으로 귀결되기 때문이다. 여기까지 이르고 싶은 여성은 아무도 없지만 말이다.

확고부동한 헌신적 자세

많은 여성들은 그동안 사랑을 얻으려고 얼마나 노력했는지에 대해 한탄한다. 그토록 한탄하는데도 자꾸 그 일을 되풀이하려는, 그걸 위해 헌신할 준비가 되어 있는 자신에 대해 또 한탄한다.

어떤 상황에서도 확고부동하게 헌신하려는 그들의 자세는 제어하기가 거의 불가능한 감정이며, 다람쥐 쳇바퀴 돌듯, 오랫동안 잘못된 장소를 맴돌며 사랑을 찾아 헤맨다. 그들은 그곳에 너무 오래 머물러 있고 너무 오래 기다린다. 그리고 그들은 너무나 많이 이해한다. 변함없는 사랑의 증거로 보여주는 자발적인 헌신을 통해 딸로서 가지고 있는 약점, 즉 의존성이 은폐되기를 바란다.

특히 인생을 살아나가는 요령을 누구보다 잘 아는 것처럼 보이는 여성들은 의존성의 심연에서 끊임없이 고통받고 있다. 그들은 남자가 관계를 끝내자고 하면 절망적이 되어 심리상담을 하러온다. 그때 그들의 세계는 무너지고, 무기력한 어린 소녀의 모습으로 내 앞에 앉는다. 실망과 두려움에 가득 차 있으며 절망적인 회의에 빠진 소녀의 모습으로.

대부분의 경우에는 아름답게 치장되고 은폐되어 있는 딸의 의존성은 이별의 위기가 찾아오면 강력하게 전면에 등장한다. 하지만 예전부터 의존성은 존재하고 있었다! 별 문제가 없는 동안에는 여성들은 자신의 의존성을 부인하려고 노력한다. 종종 나는 이런 질문을 받는다. "어떤 사랑을 하든, 사랑은 날 의존적으로 만들어요. 어쩌면 사랑이 아니었을지도 몰라요. 어떻게 해야 의존성을 버릴 수 있죠?"

물론 서로에 대한 의존은 사랑의 일부다. 하지만 이때의 강조점은 의존이 아니라 상호성에 있다. 관계가 진전되면 여성들은 자신의 의존성을 강화시키고 언제 남자가 뒤로 물러나거나 등을 돌리기 시작했는지를 기억하지 못한다는 것은 이미 충분히 밝힌 바가 있다. 그들에겐 상호성에 대한 인식이 흔적조차 없는 경우가 많다.

　이렇게 일방적인 사랑을 하면 오랜 기다림의 시간이 뒤따른다. 그 시간 동안 여성들은 자신에게로 파고들고, 꿈을 꾸면서 희망한다. 물론 그 희망은 언제나 어떤 남자에게로 향하고 있다. 이미 이때부터 하면 할수록 점점 더 괴로워질 뿐인 헌신이 시작되고 있지만, 그들은 예감하지 못한다. 그들은 전화벨이 울리지 않는 것, 즉 연인의 부재에 대해 적당한 이유들을 찾아낸다. "그 사람이 너무 바쁜 거야. 그래서 전화가 없나 봐." 일상생활에서는 영리하고 현실적인 여성들이 이렇게 빤히 들여다보이는 이유에 대해선 스스로 합리화를 시킨다. 왜 그럴까?

　그들은 진실을 두려워하는 것이다. 그들은 그 모욕(사랑받지 못한다는 모욕)과 자신의 의존성('나는 너무나도 그가 필요해')을 인정하고 싶지 않은 것이다. 그들에게 중요한 것은 자신의 꿈, 즉 아버지 꿈이다. 이미 상실된 적이 있는 이 꿈이 이제는 무슨 일이 있어도 제대로 실현되기만을 바란다. 그들은 어린 시절에 겪었던 고통을 두려워하고, 그 버림받은 어린 소녀에 대해 알고 싶지 않다. 차라리 기다리는 쪽을 택하면 진실에 현혹되지 않을 수 있다. 하지만 문제는 그토록 기다리는 그 남자가 별로 관심이 없다는 데에 있다. 그것을 그녀들도 안다. 아버지 꿈을 꾸고 있지만 않다면 말이다. 모든 여성들은 여자친구들이 이런 문제로 고민하고 있다면 진실을 얘기해줄 수도 있고, 도와줄 수도 있다. 그러나 자기 자신은 돕지 못한다.

　여성들이 인생에서 보낸 그 기다림의 시간을 합하면, 아마 어느 누군가가 살아갈 인생의 시간과 똑같을 것이다. 기다림의 시간이란, 예전에 아버지와 함께 있을 때처럼, 관심이 없고 사랑이 없는 남자의 행동을 정당화시키느라고 헛되이 보낸 시간을 의미한다.

　아버지의 꿈을 실현시키려고, 즉 생각에 잠긴 온화한 시선을 받으려는 기다림을 계속하는 이유는 아직 그 꿈이 너무나 매력적이기 때문이다. 그 시선만 받을 수 있다면 삭막했던 어린 시절이 새로운 광채로 빛날 수 있을 텐데. 그리고 어린 시절의 불행은 잊혀질 것이고 그저 아름다운 순간들만 기억날 텐데. 그 오래된 꿈만 생각하면 마음이 안정되며, 긴장이 풀어진다. 손쉽게 조화와 행복으로 가득 찬 인생으로 도피할 수 있는 것이다.

문제는 그 꿈이 현실이 아니라는 것이다. 이 꿈에서 유일하게 거슬리는 부분이다. 이는 딸이 어른이 되면, 즉 첫 번째 사랑의 경험을 뒤로하면 곧바로 드러난다. 다른 사랑의 경험들이 점점 쌓이지만, 바라던 그 위대한 사랑을 발견할 수 없으면 깊은 실망이 찾아온다. 그 오랜 꿈의 결과로 여성들은 화가 나거나 참을성이 더욱 커진다. 화가 난 여성들은 자신의 운명에 대해 분노하며 '모 아니면 도'라는 원칙을 고수하면서 결국에는 그 어느 것에도 만족하지 못한다. 참을성 있는 여성들은 모든 것을 받아들인다. 그들은 눈앞에 벌어지는 모든 것을 수용하며, 어떤 식으로든 순응할 준비도 되어 있다. 그 과정에서 평생 자신을 속여야 하지만 그래도 그 꿈은 버젓이 존재한다.

이 위대한 사랑에 대한 꿈은 참을성 있는 여성들뿐 아니라 화난 여성들에게도 결코 끝이 없을 것 같은 헌신적 태도를 가지게 할 뿐이다. 그들의 기다림은 결국 어린 시절의 연장일 뿐이다. 여성들은 사람들로 가득 찬 위대한 사랑의 대기실에 앉아 어린 시절에 그랬듯이 하염없이 기다린다.

그들은 이렇게 무의미한 수동성에 사로잡혀 있다. 다른 사람들에게 행동을 맡긴 채 인생 극장을 구경하는 관객으로 머물러 있다. 그들은 아무리 오래 걸리더라도 한 남자가 나타나기만을 기다린다. 그가 자신을 갉아먹는 의심을 진정시켜주고 마침내 '사랑할 만한 가치가 있는 여자'라고 확증해주기를 기다리고 있는 것이다. 그들은 이 부분을 오랫동안 동경해왔다. 그리고 그 희망 때문에 의존적이 되었다. 그래서 그들은 항상 남자들의 아주 작은 몸짓까지도 즉각 자신에게 유리한 방향으로 재해석하려는 감정적인 태도를 가지게 된다.

모든 딸들은 사랑에 넘쳐 어린 딸의 손을 따뜻하게 어루만져주는 위대한 아버지를 꿈꾼다. 하지만 아버지는 그렇지 않았고, 이제는 파트너가 이루어야 할 사랑의 꿈이다. 여성해방 의식을 가진 여성들에게도 이 꿈은 아주 확실히 뿌리를 내리고 있으며, 그들 인생의 목표 역시 크고 강인한 남자의 가슴에 기대어 위안과 보살핌을 받는 것이다. 희망으로 가득 찬 꿈 때문에 훗날 그들은 어떻게 손을 쓸 수 없을 정도로 의존적이 된다. 이 모든 것은 여성들의 운명은 이미 어린 소녀 시절부터 기다리고, 바라도록 되어 있기 때문이다.

이 과정에서 어머니의 역할은 딸들이 이 기나긴 기다림의 시간을 견뎌낼 수 있도록 돕는 것이다. 이때 어머니가 항상 준비해두고 있는 해석은 "아버지는 널 사랑한단다. 단지 제대로 보여주지 못할 뿐이야. 네가 그걸 이해해야지"다. 그러면 어린 딸은 정말 진심으로 이해하고, 있지도 않은 사랑이 오기를 참을성 있게 기다린다. 이렇게 해서 사랑에 대한 꿈에 굳건한 토대가 형성된다. "남자들은 사랑을 보여줄 줄 몰라. 참을성 있게 기다려야만 해." 그리고 그것은 그들이 원하지 않을 때에도 영향력을 발휘한다.

사귀기 시작할 때부터 이미 여성들은 남성이 거리를 두고 무관심하다는 것을 알아차리는 경우가 많다. 하지만 사랑에 대한 꿈 때문에 헛된 희망으로 끈질기게 헌신하면서 참을성 있게 기다린다. 어린 시절부터 여성들은 어떻게 하면 기다림에 대한 욕구 불만을 조화로움이라는 가식으로 급변시키는지, 그리고 생각에 잠긴 온화한 시선을 참을성 있게 기다리는지를 배웠다. 그러나 과거에 약속된 사랑에 대한 그 기다림은 헛된 것이다.

과거에 약속된 그 사랑이 존재하지 않아서가 아니다. 설마 그럴 리가! 하지만 실망한 파파걸이 상상하는 사랑은 그 어떤 경우에도 존재하지 않는다. 그들이 꿈꾸는 사랑은 '찾아와서 행복하게 해주고 구원해주는' 그런 사랑이기 때문이다.

운이 좋으면 사랑이 오기는 하지만, 구원을 해주는 경우는 거의 없다. 사랑은 예상치 못한 수많은 갈등을 가져오며 모든 사람의 눈앞에 자신의 과거 거울을 들이댄다. 사랑을 하면 누구나 자신을 진정으로 알게 되는 기회를 가진다. 그러나 자신을 알게 되는 것이 꼭 기쁜 것만은 아니다.

따라서 사랑을 피할 충분한 이유가 있지만, 그런 만큼 사랑을 찾을 충분한 이유 역시 존재한다. 어린 시절의 상처에 대한 위안이 아닌, 하나의 욕구로서 이해된다면 사랑은 여성을 어린아이의 관점에서 해방시킬 수 있고 아버지 꿈에서 구원할 수 있다. 바로 사랑만이 그렇게 할 수 있는 것이다. 하지만 어떤 관계를 위대한 사랑으로 이상화시키고 나면 맹목성이라는 잘못된 결과가 기다리고 있을 뿐이다. 꿈은 커지고, 사랑의 현실은 시들어버린다.

아버지 꿈이 사랑에 대한 관념 속에서 작용하는 어린 시절은 우리 곁에 가까이 있다. 딸들이 예전에 아버지를 이해하지 못했던 것처럼, 어른이 된 그들은 파트너를 이해하지 못한다. 그들은 그가 진짜 누구인지 올바로 알지 못하며, 이 상황 역시 자신이 해결해야 할 과제로 여긴다. 파트너는 남자이고, 보이는 모습 그대로가 그란 존재다. 이제 그들의 과제는 그의 마음에 드는 것이다. 그러나 이 과제는 그들의 사랑의 꿈과 조화를 잘 이루지 못한다. 그 꿈은 의존성이라는 잘못된 결과로 이어지며, 여성들에게 자신이 꿈꾸지 않는 인생을 살도록 강요한다. 어린 소녀는 진정으로 사랑을 하는 사람이 되고 싶었지만, 훗날 그들의 모습은 모든 가능성을 무의미하게 희생시켜버리고 만족하지 못하는 여성으로 될 뿐이다.

_ 그녀는 가까이 있기를 원하고, 그는 조용히 내버려두기를 바란다

브리기테(대학생, 29세)는 사랑에 대한 꿈의 실체, 즉 자신의 의존성을 힘겹게 은폐하는 고통스러운 헌신적 태도에 대해 이야기했다. 그녀는 참을성 있고, 이해심 많으며 끈기 있게 사랑을 기다렸다. 그녀는 그에게 가까이 있고 싶었다. 하지만 그는 조용히 내버려두길 바랐다. 그녀는 그와 가까이 있으려고 애를 썼지만, 도무지 그럴 여지가 보이질 않는다. 그녀는 모든 것을 주었고, 사랑의 꿈을 위해, '언젠가 그도 날 틀림없이 사랑할 거야'라는 희망을 위해 최선을 다했다.

하지만 그는 그렇지 않았다. 그녀가 원하는 방식으로 해주질 않았던 것이다. 남편이 갑자기 분노를 표출해도 참았고, 때때로 그녀에게 욕을 해도 내버려두었으며, 언제나 그렇듯이 이해하고 용서했지만 그들의 관계에서 달라지는 것은 아무것도 없었다. "그 사람이 욕하고 날뛰는 경우는 아주 드물잖아." 그녀는 이 변명거리로 자신을 안심시켰다. 항상 그녀는 깊은 상처를 받았지만 그가 조금이라도 사랑에 가득 찬 몸짓을 하면 재빨리 응어리진 마음을 풀었다.

이제 그녀는 심신을 지치게 하는 결혼생활의 작은 다툼을 견딜 수 없는 상태가 되었다. 그녀는 피곤하고 의기소침했으며, 언제라도 화해하려는 태도와 계속되는 자기 기만이 무척 힘겨웠다. 그녀는 그렇게 가까이 접근하려고 했지만 얼마나 헛된 노력이었던가에 대해 이야기했고, 점차 성욕을 잃어가고 있다고 말했다.

"나는 남편에게 더 가까이 다가가려고 끈질기게 노력했어요. 그와 함께 이야기하려고 노력하는 거죠. 가끔 우리를 세상이 갈라놓는다는 생각이 들어요. 우리는 서로를 이해하지 못해요. 이런 상황인데도, 나에겐 그가 필요하다는 느낌을 떨칠 수가 없더군요. 그가 없으면 나는 아무런 가치가 없으니까요. 일단 그를 비난하고 나면 물러섭니다. 그 사람이 언젠가는 나를 이해할 수 있으리라는 희망을 포기하지 않지만,

그와 함께 잠자리를 하고 싶은 마음이 차츰 시들어가네요."

그래도 브리기테는 남편과 이혼하고 싶지 않다. 그녀는 참고 견디면서 자신의 입장을 계속해서 설명한다. 동시에 그녀는 이러저러한 상황이라면 언제든 다시 그것을 위해 노력할 준비가 되어 있다는 신호를 보낸다. 그녀는 그가 그녀를 충분히 사랑하지 않으니 바뀌어야 한다는 점을 혼신의 힘으로 그에게 이해시키려고 한다. 겉으로 남편은 이해하는 듯한 표정을 지으며 그녀가 옳다고 인정한다. 하지만 그는 바뀌지 않는다. 그는 어떤 일이든 자신을 성가시게 하지 않기만을 바란다. 그래서 그는 매번 그녀를 안심시켰고, 그녀는 그대로 받아들인다. 반면 브리기테는 그의 기만술을 너무도 잘 알고 있었다.

"되도록 그는 나를 피하려고 해요. 그러면 나는 그에게 애정을 더 보여줘야 한다고 오랫동안 그에게 설명하죠. 대부분 그는 이해하고, 내 말에 동의합니다. 하지만 나는 단 한 번도 그 마음이 진심이라고 느껴 본 적이 없어요. 그러고 날 때마다 나는 갑절로 더 노력했어요."

브리기테는 가까이 가려고 애를 쓰다가 점점 무기력해졌다. 그녀는 자신을 변화시킬 수 없을뿐더러 남편도 변화시킬 수 없었다. 이렇듯 가망 없는 상황이 계속되자 그녀는 신경질적이 되었고 분노했다. 그녀는 어떠한 상황에서도 그리고 어떤 대가를 치르더라도 구해내고 싶은 자신의 사랑의 꿈이 깨어질까 봐 지나치게 염려했던 것이다.

아마 그녀는 남편을 강제로라도 가까이 오게 하고 싶었을 것이다. 그렇게 할 수 없었기에 점점 더 그에게 휘둘렸다. 하루도 거르지 않고 그녀는 그의 결점을 지적했다. 그는 배려가 부족하며, 그녀를 혼자 있게 하는 일이 너무 잦다고 말이다. 그녀는 행동을 바꾸라고 그를 설득하는 데에 지나치게 몰두했다. 그녀는 이런 공존을 참기가 힘들었다. '분위기 좋을 때'에는 그가 가까이 있고 싶다고 말했고, 그때마다 그녀는 자신이 사랑받는다고 느끼고 긴장을 풀었다. 하지만 그런 순간들은 짧고 일시적이며, 오래 가지 않았다. 그리고 나면 브리기테는 다시 경직되었다. 그녀는 그런 상황을 혼자서 힘겹게 버텼다. 그녀는 회의가 들어 견딜 수가 없었다. 그 회의는 파트너가 진정시켜주어야 한다. 바로 이것이 그녀가 바라는 그의 존재 이유였으며, 바로 이 때문에 그녀는 멈추지를 못한 것이다.

이러한 의존성, 끊임없이 헌신하려는 태도로 브리기테는 결국 어린 시절의 피난처로 돌아갔다. 이는 단지 딸로서 받았던 사랑으로 돌아간 것뿐이지 파트너와의 올바른 관계를 정립하기 위함이 아니었다. 그녀는 사랑에 대한 자신의 정당한 생각에 동참하도록 아주 잠시 동안 남편을 설득했다. 하지만 그것을 위해 그녀가 치른 대가는 무엇이었던가?

그녀는 오로지 둘의 관계에만 몰두하면서 아침부터 저녁까지 남편 주변을 맴돌고 있다. 다른 관심은 아주 잠깐뿐이며, 학업조차도 그녀의 머릿속에선 사소한 자리를 차지하고 있을 뿐이다. 자신의 일에 몰두하고 싶어도 마음속에서 엄청난 싸움이 벌어진다. 의존성에서 비롯된 두려움을 그녀는 이렇게 표현했다.

"나는 남편을 잃을까 봐 두려워요. 사실 난 그의 곁에서 그림자처럼 살고 있어요. 나는 뒤에 있는 사람이고 새도 복싱을 하죠. 불필요하고 중요하지 않은 존재란 뜻이지요. 나는 내가 바라는 목표를 절대로 달성하지 못해요."

정말 그럴까? 브리기테가 목표를 달성하지 못한 이유는 목표 지점을 잘못 설정했기 때문이다. 그녀에게는 남편이 목표다. 즉 그를 변화시키는 것이 목표다. 그러려면 그녀가 버려야 할 것이 있다. 항상 상대방을 위해 헌신하려는 딸로서의 태도와, 그녀를 이렇듯 무기력한 위치로 세워놓은 사랑의 꿈이다. 그러나 그녀는 무턱대고 기다린다. 너무나 오래 그 자리에 머물러 있고, 너무나 많은 꿈을 꾼다.

사랑을 얻으려고 끊임없이 투쟁하는 그녀의 모습을 보면, 그녀가 생각하고 느끼는 그 모든 것이 오로지 남자를 통제하고 변화하도록 하는 데에 있음을 쉽게 발견할 수 있다. 그녀의 정신적인 빈곤함이 어느 정도인지 아마 누구나 알 수 있을 것이다.

"사랑은 자유의 산물이다." 이 말은 남자는 물론 여자에게도 해당된다. 그녀도 그런 말을 들은 적이 있으며, 틀림없이 그런 꿈을 예전에 꾼 적도 있을 것이다. 그러나 그녀는 헌신적인 태도를 버리지 못하고 어린 시절로 휩쓸려 들어가 있다.

현재 그녀가 휩쓸려 들어가 있는 곳은 그런 식으로는 결코 얻을 수 없는 사랑의 투쟁이다. 이런 투쟁에 매몰되어 있는 여성의 표정은 경직되어 있다. 그녀는 언제나 "잘못된 건 남자예요"라는 비난을 입에 달고 사는데, 어린 소녀 때부터 줄곧 해오던 비난이다. 물론 그런 말로 남 탓만 하고 싶은 것은 아니겠지만, 지금까지 그렇게 살다 보니 점점 더 종속성이라는 곤경에 빠져들었던 것이다. 바로 이런 곤경 탓에 남자들은 지금의 모습 그대로, 변하지 않고 있는 것이다. 즉 언제나 거리를 두는 모습으로 말이다.

상황은 시작할 때와 똑같다. 그녀는 원하지만, 그는 원하지 않는다. 어떤 관계에서 한쪽이 일방적으로 양보하는 헌신적 태도는 커다란 영향을 끼치며 절대 지나칠 수 없는 결과를 가져온다. 결코 끝날 줄 모르는 다툼, 끊임없이 이어지는 오해와 경멸 그리고 화해할 여지가 없는 분위기.

종속적인 여성이 남자를 비난하는 동안, 즉 남자에게 자신의 유아기적 감정의 책임을 돌리는 동안, 파트너는 옥죄고 정복당한다고 느낀다. 남자는 전혀 이해하지 못하고 있는 것이다. 그가 느끼는 것은 오로지 그가 바뀌지 않으면 안 된다는 것이다. 하지만 그는 그럴 마음이 전혀 없다. 그리고 자신에게 의존적인 그 여성이 그에게는 별로 중요한 인물도 아닐뿐더러 그렇다고 걸림돌도 아니다.

여성들도 이 점을 매우 정확하게 느끼고 있지만 포기할 수 없다. 브리기테는 남편에 대한 비난의 수위를 높임으로써 자신을 구제하려고 노력했다. 그녀는 그를 변화시키려는 싸움에 점점 더 깊이 말려들고 있었던 것이다. 결국 그녀는 남편에게서 인정받기를 포기하고, 뒤로 물러나 더 이상 '상냥하게' 대하지 않았다. 그것도 그를 변화시키려는 한 방법이었고 최후의 수단이었다.

남성에게 의존적인 여성들은 그런 방식으로 남성들의 영혼에 접근할 수 있는 방법을 정확하게 찾아낸다. 잠자고 있던 남성들의 죄책감을 짧은 시간 동안이라도 깨어나게 만드는 것이다. 그녀는 거기에 그를 굴복하게 만들려고 한다. 하지만 이런 식의 보조 수단은 그 효과가 오래 지속되지 않는다. 아니, 오히려 아주 잠깐만 효과가 있을 뿐이다. 남자들의 사랑은 그런 식이 아니기 때문이다. 오히려 죄책감은 그 상황에 처한 피조물의 주인, 즉 남자의 마음에 위안을 준다. 남자들은 자신이 '착하고 노력하는' 남편이라고 자화자찬한다. 그들은 "나는 아내가 말하는 것은 뭐든지 합니다"라고 주장한다. 그 밖에는 여전히 아무 생각이 없는 상태 그대로다.

남편을 바꾸고 싶어 하는 여성들은 처음에는 자신의 희망을 위해 참고 이해심으로 헌신하다가 나중에는 은근슬쩍 강요한다. 그들은 자유가 사랑의 근본 원리라는 것을 인정하지 않는다. 아무것도 얻지 못할까 봐 두렵기 때문이다. 실제로 그들은 사랑에 대한 꿈에 종속되어 있음으로써 사랑으로부터 배제되어 있다. 그리고 그들은 당연히 그 점에 대해 불평을 늘어놓는다. 어떤 경우엔 평생 그 상태에 머물러 있기도 한다. 어느 누구에게도 행복하라고 강요할 수는 없으며, 남성들에겐 특히 그럴 수가 없다. 하지만 파파걸은 그 사실을 받아들이지 않는다. 자존심이 결핍된 탓에 이미 시야가 흐려진 것이다.

어떤 여성도 남성의 저항을 이겨낼 수 없다. 그걸 이겨내려고 노력하다 보면 여성들 자신이 결국 종속적이고 절망적인 전략으로 휩쓸려 들어갈 뿐이다. 결과는 무자비하다. '나는 이 사람에게 어울리는 여자가 아니야.' 결국 그동안의 노력은 무의미한 것이 되고 말았다. 여성에 대한 저항을 이겨낼 수 있는 사람은 남성뿐이다. 그만이 두 사람 사이에 놓인 거리를 좁힐 수 있다. 여성들은 차라리 자신의 발전, 자신의 개인적인 강점과 약점에 관심을 쏟는 것이 현명하다. 남성과 동등한 가치를 가진 파트너가 되기 위해 그들이 특별히 배워야 할 점이 있다. 어찌 보면 병적 욕구라고 할 수 있는 자신의 내적 성향, 즉 어린 소녀로 머물러 있으려는 성향을 극복하는 방법이다. 사랑을 할 때 여성들은 요구하고 요청함으로써만, 즉 시종일관된 태도를 유지함으로써만 남성들을 변화하도록 움직일 수 있다. 파파걸이 믿고 있는 것과는 달리, 참을성 있고 이해심 있는 헌신, 그에 상응한 보답을 받지 못하면 쉽게 비난으로 변해버리는 그런 헌신은 결코 바라는 결과에 이르지 못한다.

선택의 자유는 분명히 남성도 책임져야 할 부분이다. 여성들은 이런 자유를 관대하게 남성에게 넘겨주고 자기 행동에 대한 책임을 반드시 그가 지게 해야 한다. "하지만 그래도 그가 변해야죠." 여성들이 이런 식의 강박적인 욕구들을 버리지 못하고 있기 때문에 수많은 소모적 논쟁들이 벌어지고 있는 것이다.

여성들은 자신의 의존성 때문에 잘못된 지점을 목표로 하고 있다. 여성들은 남자만 변화시키려고 하지, 자기가 바뀌어야 한다는 생각은 하지 않는다. 이러한 깨달음을 파파걸은 애써 피한다. 그들은 이미 아버지와 함께했던 어린 시절에 다른 사랑의 모델에 따르도록 훈련받았기 때문이다. 브리기테의 경우도 그랬다. 어린 시절 그녀는 언제나 아버지의 관심을 끌기 위해서는 내키지 않는 굴욕적인 찬사를 보내야 했고 언제라도 아버지의 입맛에 맞출 수 있는 존재가 되어야 했다. 겨우 그녀가 받았던 것은, 아버지가 집에 있을 때에만 잠깐 응석을 받아주는 듯한 제스처와 표면적인 호의뿐이었다. 아버지의 이런 태도는 궁극적으로 아버지의 사랑에 대한 확신을 그녀에게 심어준 것이 아니라 마음속에 강한 불신을 안겨주었다. 그래도 그녀는 어린아이와 같은 의존성을 버릴 수 없었다. 그런 태도를 보여줄 때만 아버지의 시선을 끌 수 있었기 때문이다. 이미 그녀의 어린 시절은 끊임없는 투쟁이었다. 아버지의 태도에서 그녀가 배운 것이라면, '종속적인 것처럼 행동해야만 남자들에게 사랑받을 수 있다. 그러고 나면 적어도 뭔가 얻는 것이 있다. 충분하지는 않더라도'였다.

많은 여성들이 브리기테와 똑같은 처지에 있다. 의존성이라는 것은 숨쉬는 공기와 같다. 우리는 공기를 직접적으로 느끼지는 못하지만, 살기 위해서는 반드시 필요하다. 파파걸은 대부분 자신의 감정에 접근하는 통로를 상실했다. 이렇게 소통이 단절된 자기 내부의 감정이 결정적인 역할을 한다는 사실을 그들은 모르고 있다. 강한 남자에게 의존할 수 있다면 그들의 인생관에 아무 문제가 없는 것처럼 보인다.

과연 남자들은 종속적인 여성을 사랑하는가? 아버지는 부성애의 존재를 확증해줄 때에만 어린 딸을 사랑했다. 남자들은? 처음에는 기분이 나쁘지 않다. 여성이 의존해오면 마치 자신이 크고 강인한 것처럼 느끼기 때문이다. 여성의 이런 매력은 의존성이 헌신 속에서 고갈되면 완전히 사라져버린다. 그러고 나면 처음에는 욕망을 자극하던 아내의 충성스러운 태도가 서서히 거슬리게 되어 결국 먼 곳으로 시선을 돌리게 된다.

종속적인 여성들은 남자가 떠나면 완전히 혼란에 빠져 무너진다. 능동적인 헌신과 사랑을 주려는 마음이 그 대상을 잃어버렸기 때문이다. 파파걸은 절망한다. 이때 비로소 그들의 진정한 모습이 나타난다. 다시 말해 그들은 자신을 충분히 사랑하지 못하고, 영혼에는 온통 실망과 분노로 가득 찬 어린 소녀가 되는 것이다.

의존성이 충족되는 동안에는 일시적으로 이런 정신적인 실체가 나타나지 않기 때문에 그들은 그것을 변화시킬 수 없었다. 이런 상황에 깔려 있는 심리적인 메커니즘을 몰라서 여성들은 실패한 사랑의 고통으로 주저앉아버린다. 그들은 자신이 너무나 지나치게 사랑했다고 믿는다. 하지만 이 경우 문제가 되는 것은 사랑의 능력이라기보다는 의존성의 어떤 현상, 즉 오랫동안 잊혀져왔던 어린 시절의 정신 상태와 연관된 게 아닌가 하는 추측을 버릴 수 없다. 성취되지 않은 사랑은 힘들게 할 수는 있지만 파괴할 수는 없기 때문이다.

여성의 온전한 인격, 견고한 자존심은 결코 남자가 사랑에 응해주지 않았다는 이유만으로 파괴되지 않는다. 만일 사랑을 하면서 겪는 고통이 아버지 꿈에 대한 종속성과 연관되어 있다는 것을 인식하게 된다면, 깨진 사랑으로 겪는 고통은 해소될 수 있을 것이다. 그리고 나면 여성들은 어린 시절, 즉 아버지와의 경험에 시선을 돌리게 된다. 바로 여기에 변화의 가능성이 있다. 아버지의 판단이 틀렸기 때문이다.

다음 남자를 만나도 모든 것이 옛날 그대로다

사랑에 실패한 모든 여성의 위대한 희망은 이런 것이다. 다음번 남자와는 모든 것이 완전히 다를 거야. 더 사랑이 넘치고, 더 자극적이고…….

구하면, 찾는다. 그리고 가끔 잘되는 경우도 있다. 하지만 정말 신기하게도 역사는 반복된다. 완전히 똑같지는 않더라도 아주 비슷한 상황이 벌어진다. 우리가 똑같은 타입을 찾는 걸까, 아니면 똑같은 실수를 하는 걸까, 아니면 둘 다?

상담을 하면서, 새로운 파트너를 만나 몇 년 동안 노력을 했는데도 결국 예전 관계와 비슷한 상황에 꼼짝없이 '붙잡혀 있다'고 느꼈을 때, 얼마나 실망하고 분노했는지에 대해 이야기하는 여성들이 많다. 모든 것이 처음에는 희망적이었다. 깊이 사랑에 빠졌고, 이번 관계는 특별히 강렬했으며, 어둠은 점점 사라졌다. 그리고 나서 얼마 후, 어떤 경우에는 몇 분 후에 곧, 예전의 탄식이 슬그머니 고개를 든다. '저 사람은 내 말에 귀 기울이지 않아. 나에게 신경쓰지 않고 있어. 우리 사이는 끝없이 멀기만 한가 봐.'

왜 그런지, 이 과정에 어린 시절의 꿈들이 어떤 결정적인 역할을 하는지를 카렌(치료체조 교사, 33세)의 이야기가 보여준다. 사랑의 이야기 책을 자꾸만 다시 새로 쓰고 싶어 하는 여성의 이야기다. 그녀는 아버지의 덫이 어떻게 효력을 발휘하는지를 보여준다. 어린 시절의 경험들은 잘 기억되지 않거나 잘못 해석되지만, 딸로서 느꼈던 실망은 그대로 남아 있다.

카렌은 항상 새로운 사랑을 시도했다. 이 남자라면 이젠 잘될 거라는 확신을 느끼는 매력적인 여러 남성들과 사귀었다. 용감하게 그녀는 매번 새로운 기대로 관계를 시작했다. 하지만 언제나 끝에는 체념한 채 뒤로 물러났다. 모든 관계가 실패로 끝나자 희망을 포기하기 시작했다. 관계의 끝은 그녀에게 '작은 죽음'을 의미했다. 그녀는 의연하려고 애썼지만, 모든 남자와 결국 같은 경험을 했다는 것을 깨달을 수밖에 없었다. 남자들은 모두 달랐을 뿐만 아니라 각각의 사랑 또한 멜로디가 달랐지만, 그럼에도 이별은 숙명적이라 할 정도로 서로 닮아 있었다.

아무리 해도 메울 수 없는 거리가 존재하고 있었다. 그리고 매번 그녀는 이 모든 일을 전에도 해본 적이 있다는 느낌이 들었다. 이 거리, 즉 결코 도달할 수 없는 사랑에 이르려던 경험을 분명히 해본 적이 있는 것 같았다.

카렌은 성취될 수 없는 저 위대한 사랑의 꿈, 진정한 사랑이라고 여기고 있는 그 꿈속의 사랑을 이루려고 얼마나 노력해왔는지 이야기했다. 하지만 그녀의 사랑의 역사를 되짚어보면, 카렌이 절대로 사랑을 포기할 수 없었던 이유는 남성의 저항을 극복하는 것이 무척 매력적으로 느꼈기 때문이다.

충족되지 않은 동경과 억압된 희망을 가진 파파걸은 거부하는 사람을 유난히 사랑한다. 그들은 정복했을 때 만족을 얻으며, 무언가를 성취할 때 자신이 강하다고 느낀다. 표면적으로 그들은 가벼운 호의로 남자를 만나는 것 같지만, 실제로 끈질기게 승리를 쟁취하기 위해 애쓴다. 어떤 감정도 이런 파파걸에게 승리를 가져다줄 경우에만 옳은 것으로 인정된다. 그녀는 하늘을 찌를 듯이 기뻐하며 환호하든가 아니면 슬퍼서 미칠 지경이다.

정복을 하는 데에 온 신경을 쓰느라 그녀는 자신을 잊는다. 종종 그녀는 자신이 무엇을 위해 이러고 있는지 분간하지 못하기도 한다. 그 남자가 정말 그녀의 마음에 드는 건지 아니면 그저 그를 정복한다는 생각에 도취되어 있는 것인지를. 어쨌거나 그 남자의 마음이야 상관없이 그녀는 자신의 전부를 건다.

이런 목표에는 '아무것도 깨닫지 못하는' 파파걸의 능력이 커다란 도움이 된다. 자신의 감정에 대해 제대로 알지 못하는 파파걸의 무지함은 생활뿐 아니라 사랑의 방식에 관통한다. 상대방이 자신의 기대와 다른 반응을 보이면 처음에는 그저 사소한 문제로 치부한다. 파트너에게 사소한, 사랑스러운 성격적 기복이 있나 보다 하고 별 중요하지 않은 문제로 여기는 것이다. "그는 틀림없이 변할 거야. 내가 그렇게 만들어야지"라고 어리석은 확신을 한다. 그러나 훗날 그 '사소한 것들'이 중대한 결점으로 드러나게 된다.

파파걸은 여기에서도 타의추종을 불허하는 능력, 즉 사실을 인식하기는 하지만 진지하게 여기지 않는 능력을 발휘한다. 그들은 꿈을 꿔야 한다. 다시 말해 그 남자를 아버지처럼 이상화시켜야만 한다. 그래야만 상대방 남성을 자신의 꿈에 끼워넣을 수 있다.

오랜 방황 끝에 카렌은 마침내 이상형을 발견했다. "우리는 회사에서 알게 되었어요. 그 사람은 처음에는 피하는 것 같았고, 지루하고 괴짜 같았지만 무관심한 것 같지는 않았어요. 그런 그에게 끌렸지요. 그래서 나는 그의 유별난 행동을 무시했고, 나의 온갖 매력을 동원해 명랑함과 생기발랄함으로 그를 무장해제시키려고 노력했어요. 결국 성공했죠."

카렌은 운이 좋았다. 그녀는 그 남자의 마음을 사로잡았고, 그의 관심을 자신에게로 돌릴 수 있었다. 그는 그녀를 식사에 초대했고, 그 자리에서 서로를 더 자세히 알게 되었다. 카렌은 완전히 딴 사람이 된 것처럼 활발하고 생기에 넘쳤다. 그녀가 늘 상상했던 남자가 바로 그였다. 대화를 나누면서 그녀는 매혹되었다. 그는 아는 것이 아주 많았고 자기 의견이 뚜렷했다. 그는 조용하고, 친절하며 단호했다. 그는 말을 거의 하지 않았지만, 그가 말을 하면 듣기가 좋았다. 그의 침묵이 길어지면 그녀가 이야기를 했다. 두 사람은 잘 어울렸다. 그녀는 성격이 과격한 편이라 그 점을 보완하기 위해 조용하고 신중한 남자가 필요했다. 이미 아버지에게서 그래야 한다고 배웠고.

카렌은 자신에게 부족한 것을 가진 한 남자와 사랑에 빠졌다. 그 남자의 성격적 특성이 그녀를 자극했던 것이다. 그는 신데렐라가 왕자님에게 가지고 있던 생각과 정확하게 일치했다. 그는 원하는 것이 무엇인지를 정확하게 아는, 정 많고 부드러운 남자였다. 바로 이런 남자를 만나려고 얼마나 찾아 헤맸던가. 만나기 시작한 지 얼마 되지 않아 그녀는 영원히 지속되어야 할 관계라고 결론내렸다. 즉흥적으로 카렌은 전혀 예상하지 않던 기만의 기술을 연마하기 시작했다.

"그렇게 멋진 남자가 정말로 나와 사랑에 빠지게 될까? 여태까지 그런 일은 일어난 적이 없었어요. 그저 내가 일방적이거나 남자가 일방적이었고, 아니면 상대가 유부남이었죠. 어떤 경우든 지금까지 진지하게 나에게 관심을 가진 남자는 없었어요. 나는 이미 그런 것은 거의 포기한 상태였고 대충 적당한 남자로 그저 만족하려고 했죠. 살면서 모든 것을 다 가질 수는 없으니까요. 그런데 이제 내가 꿈꾸던 천국이 지상으로 내려오고 있었던 거예요."

두 사람은 점점 더 자주 만났고, 연인관계로 서서히 나아가기 시작했다. 두 사람 모두 천천히 상대방을 향해 다가갔다. 카렌은 이미 그를 아주 가깝게 느꼈고, 만날 때마다 전에 없이 흥분되었다. 그녀는 그 흥분을 강렬한 연애 감정이라고 해석했다.

"시내 공원을 산책하면서 우리는 핵심적인 이야기를 꺼내지 못하고 빙빙 돌려가며 말하다가 서로의 감정을 털어놓게 되었어요. 그리고 나서 우리 둘은 침묵했어요. 행복해서 말이에요. 내 생각에는 그랬던 것 같아요. 갑자기 서로 아무런 할 말이 없었어요. 불시에 그 모든 사랑의 게임과 꿈에서 벗어나 진지한 순간이 찾아온 거죠. 그래서 나는 그가 단지 게임만 할 상대가 아니라는 것을 알았죠. 나는 너무나 기뻐서 그의 품에서 가볍게 미소를 지었어요. 하지만 말은 하지 않았어요. 서로가 입을 꾹 다물고 그 공원을 떠났어요. 나는 마침내 꿈의 실현을 눈앞에 둔 어린 소녀가 되어 있었던 거예요."

그녀가 느꼈던 흥분, 냉정함을 잃은 상태, 아니 더 정확하게 표현하자면 고마움이란 감정은 그녀의 감정과 왠지 맞지 않는다는 신호를 보냈을지도 모른다. 그녀는 생각보다 일찍 두려움이 퍼져나가고 있다는 것을 알아차릴 수도 있었다. 하지만 그녀는 그 남자를 세밀하게 알지 못하면서도 그를 정복하고 싶었던 것이다. 그녀의 감정은 그녀에게 최초로 정복에 실패했던 사람, 즉 그녀의 아버지를 기억나게 할 수도 있었을 것이다. 그녀는 그것을 깨닫지 못했다. 오히려 그녀는 모든 어려움을 극복하리라고 결심했다. 그녀가 원하는 것은 오직 하나였다. 이 남자. 그를 얻기 위해 모든 것을 다 쏟아붓고 싶었고, 그렇게 하리라고 스스로에게 맹세했다.

그들은 주말을 함께 보냈다. 사실 그녀는 그렇게 진도가 빨리 나가길 원치 않았다. 그녀는 이 사랑만큼은 시간적인 여유를 가지고 싶었다. 그러나 그녀는 자신이 부끄러움을 잘 타지 않으며, 자신이 원하는 것이 무엇인지를 아는 자유로운, 해방된 여성으로 보이고 싶었다. 그래서 그녀는 과감하게 동의했다. 하지만 그녀가 느낀 감정에는 그 모든 것이 기록되어 있었다. 그가 잠자리에서 실패하자 그녀는 실망했지만, 순식간에 그 상황을 그 남자에게 비상한 감정이입의 능력이 있기 때문이라고 바꿔서 해석해버렸다. 그녀는 그의 실패에 대한 보상으로, 그리고 그를 위로해주려고 자신의 성적 문제에 대해 이야기해주었다. 그녀의 포기는 완벽했다.

"다행히, 언제라도 할 준비가 되어 있지 않고 그럴 능력도 없는 남자를 만난 거예요. 나는 안심하고 신뢰에 가득 차서 그 남자에게 성생활에서 겪는 어려움에 대해 모두 이야기를 해주었어요. 그는, 내가 항상 어떤 이야기라도 하고 싶은 나의 가장 친한 친구가 되어야 한다고 생각했거든요. 결코 우리 사이에 거리가 있어서는 안 된다고 생각했지요. 그는 나를 부드럽게 위로해주었고, 나는 바짝 마른 스펀지처럼 그의 위로를 남김없이 빨아들였어요."

카렌은 압도되었다. 성생활은 전혀 문제가 되지 않았다. 다른 남자들과의 관계에서는 약간 차갑고 냉정한 편이었지만 이제는 정열이 넘쳤다. 이번에는 특별히 부드럽고 감정이입 능력이 있는 남자를 사귀게 되었다는 것을 위안 삼으며 그녀는 자신의 성적 욕망을 진정시켰다.

사실 관계를 처음 시작할 때부터 그가 취한 거리에서 그녀는 성적인 흥분을 느꼈다. 숨막힐 정도의 정복욕이 일어났던 것이다. 그들은 그의 뇌리에 떠오르는 모든 것을 다 시도해보았다. 그의 눈을 한 번 쳐다보기만 해도 그녀는 욕망을 느꼈다. "이런 식으로 계속 간다면, 자기와 결혼할 거야" 그리고 "자기와 함께라면 나는 아이를 가지는 상상도 할 수 있을 것 같아"라는 말들이 뒤따랐다. 그녀는 그 상황이 믿기 힘들었다. 마침내 어린 소녀의 동경이 가득 채워지는 것처럼 보였다. 그 남자는 그녀와 결혼하고 싶어 했고, 그녀는 그런 그가 고마웠다. 그래서 그녀는 모든 면에서 그의 마음에 들고 싶었다.

그럼에도 그들 관계에 약간의 불화가 끼어들었다. 카렌이 실망하는 일이 잦아졌고, 차츰 감당하기 힘들어졌다. 그럴수록 그녀는 그의 비범함을 믿으려고 더욱 애썼다. 무엇보다도 그녀는 그저 깊이 생각하지 않으려고 노력했다. 반면, 그는 아주 미묘한 방식으로 그녀에 대해 불평했고 중요한 물건들에 대해 트집을 잡아 기분을 상하게 했다. 그러면서도 항상 좋은 인상을 주려고 했다. 그녀는 그가 자신을 비난한다는 것을 느꼈지만, 우정으로 바꿔 해석했다. "그가 나를 비난하는 것은 나를 돕고 싶어서, 나를 사랑해서일 뿐이야."

일 년 후 그들 사이의 갈등은 더 이상 해결할 수 없는 상태가 되어버렸다. 그들은 별거 직전의 상황이었다. 카렌은 공황 상태에 빠졌다. 그 남자를 잃고 싶지 않았던 것이다. 예전에 의견 차이가 있을 때, 때때로 말다툼이 벌어지기 전에 문제는 곧 해결되었다. 그녀가 모든 면에서 양보했던 것이다. 그렇게 함으로써 표면적으로는 갈등이 제거되었고, 겉보기에는 문제가 없었다. 마침내 그들은 결혼을 약속했고, 카렌은 목표를 이루었다. 하지만 그녀는 그 남자에게 이르지는 못했다.

그녀는 파트너의 사소한 결점들, 공감한다든가 사랑스러운 약점들을 변화시킬 수가 없었던 것이다. 완전히 그 반대였다. 그의 결점들은 점점 더 두 사람의 관계에 깊이 파고들었다. 하지만 그 사실을 그녀는 너무 뒤늦게, 도저히 돌이킬 수 없을 정도로 뒤늦게 깨달았다. 결혼신고를 하러 가면서 그녀는 아주 작지만 아주 행복하다고 느꼈다.

그녀의 감정은 옆에 앉아 있는 그 남자와는 거의 상관없었다. 그녀는 그 남자가 어떤 사람인지를 여전히 모르고 있었기 때문이다. 남자에 대한 이상적인 이미지에 그가 들어맞기만 하면 그걸로 충분했던 것이다. 그녀는 그 이상도 바라지 않았다. 그녀는 자신의 인격을 대가로 치르는, 그녀에게 어울리지 않는, 그녀를 사랑하지 않는 남자와 막 결혼하려는 참이었다. 그때까지도 그녀는 그것을 알지 못했다. 정복욕으로 그녀는 맹목적이 되어 있었다.

시간이 흐르면서 예전에 생활에서 가장 중요했던 부분, 친구들, 직업 교육, 음악, 여행, 자신의 생각과 관점, 이 모든 것을 그녀는 포기했다. 이제 그녀는 아이만을 낳고 싶었다. 그 생각을 하면서 불쾌한 감정들을 잊었다.

유감스럽게도 그녀는 차츰 떨쳐낼 수 없는 압박을 받고 있는 것처럼 느꼈다. 그녀는 순응해야만 했다. 매력적이고 생기 넘치던 여성에서 인형이 되어버렸다. 그녀는 아름다웠지만, 생기는 사라지고 없었다. 게다가 세상을 남편의 눈으로 보는 여성들의 나쁜 버릇을 가지게 되었고, 그럼으로써 남편을 지루하게 만들었다.

그녀의 결혼생활은 결국 이혼으로 끝이 났다. 모든 것이 과거와 변함이 없었다. 이렇게 '다음번의 남자와는 모든 것이 다를 거야'라는 카렌의 희망은 급격한 결말을 맞았다. 완전한 승리에의 욕구와 감격에 도취되어 그녀는 스스로를 포기했고, 생기를 잃고 경직되어버렸던 것이다.

그녀의 모든 관계들은 항상 이런 결말을 맺었다. 그녀는 흥분하고 감격에 젖어 사랑을 시작했다. 잠시 커다란 행복에 잠겨 공중에 둥둥

떠 있었지만, 시간이 흐를수록 잔인하게 땅 위로 떠밀려 내려왔다. 정말 왜 그런지 그녀는 도무지 알 수가 없었다.

사랑에 빠졌을 때 그녀에게 무슨 일이 일어났던 걸까? 그녀는 자신의 사랑의 능력에 대해 확신을 갖고 있었다. 자신의 능력에 대해 일말의 의심도 없었다. 그녀는 천성적으로 그런 능력을 타고났다고 믿었다.

어떤 남자를 사랑하게 되면 처음에 그녀는 격렬하게 반응했고 금방 수그러들지 않았다. 그녀는 사랑했고, 다시 사랑받기를 원했다. 카렌이 알지 못한 점은 자신이 사랑한 것은 상대방이 아니라 희망이었다는 것이다. 즉 사랑받고 싶다는 갈망이 비로소 충족될 수 있으리라는 희망. 그녀는 그것을 사랑이라고 생각했다. 자신이 진짜 사랑하고 있다고 확신했지만, 사랑에 대한 갈망과 사랑을 하는 능력을 혼동하고 있었기 때문에 그 확신은 착각일 뿐이었다.

카렌은 그녀 앞에 서 있는 남자와 사랑에 빠진 것이 아니었다. 그녀는 이 남자를 아주 부정확하게 알고 있었을 뿐이며, 그저 희미하게만 인식할 수 있을 뿐이었다. 어느 틈엔가 그녀는 어린 시절로 되돌아가버렸기 때문이다.

그녀 안에 있는 어린 그녀가 지배권을 넘겨받아 그녀를 망설임없이 곧장 어린 시절로 데려간다. 그리고 그녀가 쓰던 그 방으로, 오래전부터 친근했던 그 분위기로 이끌고 간다. 그곳에서는 아버지의 경직된 법칙들이 지배한다. 그곳을 규정하는 것은 말 그대로 사느냐 죽느냐에 대한 아버지의 욕망과 기분뿐이다. 그래서 카렌은 친숙한 것의 마법에 굴복하고 만다. 그녀는 너무나 오랫동안 그리워하던 고향에 온 기분이다. 잠시 동안 그녀는 행복하다는 착각에 사로잡혀 있다. 오랫동안 갈망하던 것이 마침내 눈앞에 나타났다고 믿는 것이다.

그러나 카렌뿐 아니라 많은 파파걸에게 대단히 유감스러운 일이지만, 사랑은 그 어디에도 없다. 그들은 이런 의문이 들 것이다. "하지만 왜? 시작은 좋았잖아?"

사실 시작된 것은 아무것도 없었다. 예를 들어 카렌의 경우에 그저 약간 친근한 것을 재발견했을 뿐이다. 어린 시절에 그녀가 가질 수 없었던 것, 즉 아버지의 사랑을 이제 무슨 일이 있어도 가져야겠다는 소망을 다시 느낀 것에 지나지 않았다.

마치 그녀가 재도전을 하는 것처럼 보이는데, 그 까닭은 거리를 두는 남자와의 새 출발은 어린 시절의 경험과 출발점이 동일하기 때문이다. 즉, 한 남자를 정복하고 자신의 것으로 만드는 것이 목표라는 점에서 출발점이 동일하다는 뜻이다. 정복하려면 마음에 들어야만 한다. 그리고 이번에는 꼭 이뤄야 한다는 강박관념이 순응을 강요한다. 순응하려고 할 때 딸들은 가장 먼저 자신을 포기한다. 그렇게 하는 것이 간단하기 때문이다. 그리고 그들은 그 덕에 사랑받는다고 생각한다. 그건 임시변통의 해결책일 뿐이다. 포기하는 것으로 순응이 이루어질 때 자기 인식을 위해 반드시 필요한 파트너와의 대립과 생산적인 갈등이 방해를 받는다.

카렌이 성공한 단 한 가지는 일시적으로 '좋은 여자', '사랑할 만한 놀이 친구'라고 인정받은 것뿐이다. 이는 곧 좋은 딸이라는 뜻에 다름 아니다. 결코 그녀는 동등한 가치를 지닌 여성으로서 인정받지 못했다. 동등한 가치를 인정해달라고 요구한 적도 없었다. 좋은 딸이었던 그녀는 그럴 생각을 전혀 하지 않았다.

카렌은 깊이 인정받는다는 것이 무엇인지 모르는 게 분명했다. 그녀가 사랑을 얻으려고 투쟁하기는 했지만, 그녀가 택한 방식은 여성으로서의 자신의 존엄과 존중에 오히려 해가 되었다. 그녀는 그러한 것이 자신에게 주어져야 한다고 생각해본 적도 없었다. 차츰 그녀는 자신의 생각을 포기했고, 어린 시절부터 간직해온 소망은 비난의 대상이 되고 말았다. 많은 파파걸과 똑같은 상황이 카렌에게도 벌어졌다. 사랑을 할 때면 그들은 자신의 해방을 포기해버리는 것이다. 사랑을 할 때 이 여성들은 스스로가 모욕당하고, 상처받고, 무시당하고 기만당하도록 방치한다. 그저 이 모든 일들을 감수하면 사랑받게 되리라고 상상하기 때문이다.

그들은 자신이 받은 상처를 이해하기도 전에 용서한다. 남자가 원하는 대로 관용을 베풀 준비가 되어 있다. 그들은 자신이 왜 그러는지 이해하지 못한 채 저 우람한 아버지 앞에서 무기력하게 서 있었던 그 어린 딸처럼 행동한다. 이미 그 당시 그녀는 두려움에 뒷걸음치며 거리를 두었다. 그렇게 하면 효과가 있었다. 지금도 그녀는 그때 방식에 매몰되어 있는 것이다. 카렌은 자신의 거리를 대수롭지 않게 생각했다. 그녀는 사랑하고 있다고 느꼈지만, 정복욕과 순응 뒤에 자신이 취하고 있는 거리, 즉 사랑에 대한 두려움이 숨어 있다는 것을 미처 깨닫지 못하고 있었다.

최면에 걸린 듯이 그녀는 사랑을 찾아 헤맸다. 그리고 사랑을 찾자마자 사랑과 갈등으로부터 자신을 보호하려고 거리를 둔다. 실망에 가득 찬 어린 시절에 카렌은 조화로운 세계, 즉 감정과 갈등이 금지되어 있는 세계에서 살도록 강요받았다. 이런 식의 조화로운 사랑은 거리를 두지 않으면 결코 얻을 수 없다. 거리를 두면 그녀는 안전한 공간으로 피신할 수 있었다. 그곳에 그녀의 진정한 감정이 존재했지만, 온통 자물쇠로 꽁꽁 채워져 있었다. 결국 그녀는 안전할지는 몰라도 비참한 인생을 살 수밖에 없게 된 것이다.

사랑에 대한 능력이 더 개발되어야 했지만, 연약한 어린아이의 영혼이 아직도 더 성장해야 할 그곳에서 그녀가 경험했던 것은 폭풍우처럼 몰아닥친 쓰디쓴 실망뿐이었다. 그녀의 모든 가능성들은 고갈되어버리고 말았다. 그녀에게 유일한 탈출구이자 살아남을 수 있는 방법은 오로지 꿈의 세계로 물러나는 것이었다. 그 꿈속에서는 아버지 역시 꿈일 뿐이었다.

그녀는 어린 시절 아버지의 사랑에 실망했다. 아버지는 신뢰와 헌신에 대한 소망을 일깨워주지 않았다. 오히려 첫 번째 사랑에서 그녀가 배운 것은 언제나 아버지 마음에 들어야만 한다는 것, 하지만 자신을 다 내주어서는 안 된다는 것, 방해가 될 말은 절대로 하면 안 된다는 것이었다. 갈등과 대립은 금지되었다. 진정한 자신의 모습을 보여서도 안 된다. 꿈을 꾸면서 거리를 두어야만 자신을 보호할 수 있다.

현재 카렌은 아직도 성취되지 않은 사랑에 대한 동경을 가지고 있다. 내적인 거리, 세상에서 물러나 있는 한, 그녀는 있는 그대로의 현실 속에서 남자를 파악하지 못할 뿐만 아니라 자신을 남자와 동등한 자격을 가진 존재로 내세울 수 없다. 그녀 역시 아버지에 대한 개념의 희생자다.

카렌은 아버지에게 승리하는 삶의 방식을 배웠다. 아버지의 눈에는 정복만이 의미가 있었으며, 가질 수 없는 것만이 특별한 가치를 지녔다. 그래서 이상형의 남자는 그녀가 결코 가질 수 없기 때문에 가치 있는 존재였던 것이다. 그녀는 승리에 집착하여 자신을 포기했다. 그리고 그것을 사랑이라고 여겼다.

파파걸의 경우 일단 한 남자를 정복하면 완전한 굴복으로 이어지는 경우가 허다하다. 처음에는 남성적인 적극성을 발휘하여 정복하지만, 곧 희생자라는 여성의 위치로 내려앉고 그 때문에 실패한다. 파파걸은 사랑하기보다는 정복하고 싶기 때문에 사랑하며, 그래서 거리를 두는 남자를 사랑한다. 이런 식으로 그들은 사랑을 왜곡시켜 결코 진정한 사랑을 만날 수 없다.

하지만 자신에 대해 거리를 두는 한 진정으로 상대방을 사랑하기가 어렵다. 여성들이 딸이었던 시절에 체험한 사랑의 모델로 사랑을 찾는

한, 제아무리 고집스럽게 찾아 헤매더라도 마음의 반만 진심인 사랑을 할 수 있을 뿐이다.

그 이유는 간단하다. 일단 정복이 시작되면 그녀는 즉시 순응이라는 방식을 택함으로써 남자가 두는 거리에 자신의 거리를 더하기 때문이다. 서로가 유지하고 있는 거리가 더해져 기만적인 조화가 이루어진다. 모든 갈등은 회피하고 조화를 이루려는 노력만 이루어진다면, 어떻게 온전한 사랑이 생기겠는가?

따라서 우리가 언제나 똑같은 타입을 발견하는 건지 아니면 똑같은 실수를 반복하고 있는 건지를 알고 싶다면 우리가 어린 시절에 깊이 뿌리박고 있는지를 파악하면 된다. 어린 시절은 우리가 알지 못하는 상태로 있다. 감정적으로 우리는 과거와 현재를 구별하지 못한다. 그 감정은 우리와 함께 성장하지 않았기 때문이다. 지금 현재를 살고 있어도 자신과 상대방 남자를 그 당시의 경험 속에서 받아들일 뿐이다. 물론 어린 시절 딸로서 살아남으려고 택했던 전략을 우리는 잊어버렸다. 하지만 우리는 감정에 너무 소홀하다. 자신의 감정을 여전히 어린 시절의 감정 모델에서 해방시키지 못하고 있다. 우리는 예전에 아버지에게서 스스로를 보호하던 습관을 버리지 못하고 있으며, 이제 파트너와의 관계에서도 그대로 적용한다. 우리가 기억하지 못하는 한 우리를 결코 사랑할 수 없게 하는 아버지의 이미지들을…….

우리의 아킬레스건은 잃어버린 어린 시절이며, 그것과 더불어 잃어버린 경험들이다. 그 사실을 알게 된다면, 어떤 특정한 유형의 남자를 선택할지언정 적어도 우리 자신을 억지로 숨기지는 않을 것이다. 그리고 사랑을 할 때 상대방과 우리 자신이 누구인지 알려는 용기를 가질 수 있을 것이다.

함께 있으면서 외로운 것보다는 차라리 혼자인 것이 낫다

여러 번의 실패를 경험한 후 많은 파파걸이 결국 독신으로 살기로 결심하는 이유는 다음과 같다. 고통스럽게 헌신했지만 바라던 성공은 얻지 못했고, 새로운 남자를 찾는다 해도 지나간 실패의 경험이 되풀이될 뿐이라고 확신하기 때문이다. 싱글로 살면 자신의 문제에서 해방될수 있으며, 더 강해지면 강해졌지 약해지지는 않을 것이라고 믿기 때문이다.

하지만 이런 해결책은 임시방편에 지나지 않는다는 것이 드러나는경우가 많다. 유감스럽게도 아버지는 싱글로 사는 여성의 곁을 끈질기게 따라다니기 때문이다. 그녀는 속을 알 수 없는 남자들과 갈등을 겪지 않고, 그와 더불어 자신과의 문제로 골머리를 앓지 않는다고 자신한다. 가끔 그녀는 자신감에 넘쳐 남성들을 무시하기도 하며, 자신의 의견을 당당하게 내세우며 남성들보다 자신이 우월하다고 느끼기도 한다. 하지만 그녀는 아버지와의 유사성 때문에 사랑과 남성들에게서 등을 돌릴 수밖에 없었다는 것과, 여전히 아버지가 정한 규범을 그대로따르는 얌전한 딸로 머물러 있다는 것을 예감하지 못한다.

왜 딸들은 아버지와 비슷해지는 걸까? 누가 또는 무엇이 그들로 하여금 마음속 가장 깊숙한 곳에서 거부할 수밖에 없는 그런 행동을 모방하도록 강요하는가?

이미 어린 시절부터 아버지와 심각한 갈등을 겪었으며 아버지와 계속 싸우면서 살아온 딸이 훗날 아버지와 비슷해진다. '아버지처럼 되려는' 충동 속에서 그들은 많은 것을 아버지에게서 보고 배웠으며 물려받는다. 하지만 아버지와 완전히 똑같으면 아버지에게 꾸지람을 들을것이다. 아버지 피를 물려받은 딸이니 비슷한 거야 당연하겠지만, 그래도 한계가 있다. 바로 딸이기 때문에 주어지는 한계다. 아버지는 자신의 남성적 특성들이 딸에게 있음을 보고, 딸이 그 특성을 드러낼 때 가장 날카로운 반응을 보인다. 딸이 아버지에게 당연한 요구를 하더라도, 아버지란 사람들은 원래 요구를 좋아하지 않는다. 아버지는 자신을 똑같이 닮은 딸이 아니라 자신을 존경하는 딸을 원한다. 아버지는 가장 위대하며 이 세상에서 유일무이한 존재다. 그러므로 제2의 자아가 존재해서는 안 된다. 그렇게 되면 그는 더 이상 유일무이한 존재가 아니기 때문이다.

아버지와 줄기차게 싸우면서 살아온 딸은 잘못된 생각에 빠져 있는 경우가 많다. 즉 자신이 아버지와의 이별을 이미 시작했으며, 아버지와 확고한 거리를 두고 있다는 생각이다. 그건 틀린 생각이다. 싸우고 있다는 것은 그 정반대의 사실을 입증한다. 딸은 여전히 아버지에게 종속되어 있다는 것, 또한 끊임없이 아버지의 호의를 얻으려고 노력하고 있다는 것을 말이다. 사람들은 자신에게 중요한 사람과 싸운다. 그렇지 않으면 그리 애쓸 가치가 없다.

아버지와 딸이 닮는 이유는 딸이 아버지의 호의를 얻으려고 노력하는 것과 직접적인 관계가 있다. 거부당한다고 느끼면 느낄수록 그녀는 그의 호의를 얻으려고 더욱더 아버지처럼 행동한다. 그녀가 노력하는 이유이자 큰 착각은 "나는 아버지를 사랑하니까, 아버지에게서 사랑, 즉 인정받기를 원하니까 아버지처럼 될 거야"다. 아버지의 사랑을 얻으려고 노력하다 보니 딸은 아버지와 비슷해졌던 것이다. 그리고 거부당한다고 느낄수록 더욱더 노력한다.

어린 소녀에게 거부는 감당하기에 너무 벅차기 때문이다. 그래서 어린 소녀는 즉시 아버지를 본받으려 하고, 아버지 마음에 들려고 하며 아버지의 잣대로 이 세상과 사람들을 판단하려고 노력한다. 아버지가 말을 꺼내기도 전에, 아버지의 생각과 똑같이 세상과 사람들을 판단하면 딸은 자신이 강하고 모든 것을 다 안다고 느낀다. 딸은 아버지의 생각과 감정을 빨리 파악했다는 데에 자부심을 느끼는 것이다.

그러나 아뿔싸, 어느 순간 그 어린 소녀는 아버지 마음에 들지 않는 존재가 되어버리고, 무자비하게 무가치의 왕국으로 쫓겨나버린다. 모든 딸들에게는 아버지의 변덕스럽고 제멋대로인 기분을 감지하는 지진 예측기에 버금가는 안테나들이 발달되어 있다. 신기하게도 딸들은 아버지가 원하는 게 무엇인지 안다. 그래서 감히 아버지의 뜻을 거스르는 일은 극히 드물다. 그럼에도 아버지의 뜻을 거스를 수밖에 없다면, 죄책감이라는 가혹한 벌을 스스로에게 내린다. 그들은 자신을 아버지의 관점에서 판단한다. 아버지의 말에 따르자면, 자신이 용감하고 잘 훈련되어 있다는 것을 의미한다. 어느 파파걸이 상담 중에 다음과 같은 일을 기억해냈다.

"아버지는 저에게 이렇게 가르치셨어요. 인생을 사는 동안 무슨 일이 있어도 아버지의 가치를 원칙적으로 그리고 강인하게 지켜야 한다고 말이에요. 모든 사람들이 그와 반대되는 이야기를 하더라도 당신의 가치를 삶에 적용할 용기를 가져야 한다고 하셨죠."

이 여성의 아버지는 때로 자신의 충고에 다음의 말을 덧붙이기도 했다. "절대로 거짓말로 나를 속이지 마라. 속이려면 차라리 다른 사람을 속여." 아버지의 말대로 그녀는 절대로 아버지를 속이지는 않았지만, 그만큼 더 자신을 속였다. 아버지의 소망을 따르기 위해 자신의 약점을 부인했다. 아버지와 비슷하게 행동할 때만 그녀는 아버지의 칭찬을 받았고 아버지의 따뜻한 시선을 얻을 수 있었다.

누구나 아버지와 똑같이 '용감'하고 아버지처럼 모든 일에 초연한 태도를 취할 때 아버지에게서 칭찬받은 경험이 있을 것이다. 비록 극히 드문 일이기는 하지만 말이다. 마침내 아버지는 만족했고, 그 어린 소녀는 행복했다. 차츰 그녀는 모든 감정, 특히 아버지에게서 거부당했던 감정까지도 다 잊게 되었다. "겁먹지 마라! 부끄러움 타지 마라! 징징거리지 말란 말이다! 그래봤자 소용없어! 그런데도 넌 너무 예민해!"라는 말이 그 어린 인격의 발전에 최고의 원리가 된 아버지의 지침서였다. 되도록 그녀는 마음속의 민감한 감정을 부인했고, 깊은 인상을 받거나 상처를 받지 않은 척했다.

훗날 그녀는 스스로 둔감하다고, 즉 냉정하다고 믿으며 아버지와 똑같이 어린 시절의 나약한 감정을 경멸하기에 이른다. 권력을 옹호하며 일부러 거친 말투를 사용하고, 냉정함과 거리감을 거리낌없이 드러내는 여성들을 자주 만나게 된다. 그들은 자신의 여성성을 부인하고, 여성으로서의 자신을 부인한다. 그래야만 가끔이라도 아버지에게 인정받을 수 있기 때문이다. 그렇듯 절박하게 노력을 했음에도 그들은 결국 남성의 태도를 모방하는 데 그칠 뿐이며, 그런 식으로는 어느 누구도 진심으로 납득시키지 못한다. 사실 그녀는 여전히 아버지의, 남자의 호의를 얻으려고 노력할 뿐이며, 그녀의 거친 표현에는 절망이 담겨 있다. 그래서 남성적인 여성들은 목석 같고 경직된 것 같은 느낌을 주는 경우가 많다. 그들은 웃음을 잃어버린 것이다.

그런 여성들은 다른 여성을 경시하는 태도를 보이는 데에 주저하지 않는다. 그들은 동일한 성性을 가진 동료들을 무시함으로써 자신 역시 무시하고 있는 것이다. 남성적인 여성들이 무슨 일이 있어도 자신과 다른 사람에게 숨기고 싶어 하는 것이 바로 이 점이다. 그들은 여자여서는 안 되는데도 여자의 역할을 할 수밖에 없다. 그들은 일반 여성들이 훌륭히 해내는 여성적인 역할을 나약함이라고 생각하기 때문에 그런 여성들을 경멸한다. 오히려 '남성적인' 여성들이 사랑의 갈등을 겪게 될 때 제대로 해결하지 못한다. 그리고 여러 번 관계에서 실패한 후 다음의 원칙에 따라 살아가는 경우도 아주 흔하다. 즉, 남자들은 그저 방해가 될 뿐이다. 여자는 혼자 있을 때에만 행복할 수 있으며, 진정한 여성해방은 싱글로 살아갈 때에만 실현될 수 있다.

제니퍼(비서, 34세)는 아버지의 가르침을 기억하면 마음이 침울해진다. "아버지는 내가 아버지의 가치들을 익히도록 엄격하게 그리고 전력을 다해 훈련시키셨어요. 아버지의 가치란 타인에 대한 무시, 불신, 낯가리기, 위선이었고, 결국에는 권위에 대한 욕망과 맹목성에 이르는 순종과 복종이었어요. 그리고 겉으로는 친절함과 배려의 가면을 쓰고 있지만, 속으로는 자신과 다른 사람들에 대해 지나치게 가혹한 태도를 취하며 규율을 지키는 것이었죠."

　그녀가 아버지와 닮았다는 것은 아버지에게 선물과 같은 것이었다. 아버지와 비슷하게 행동하여 사랑을 얻고 싶었던 것이다. 지금 그녀는 이렇게 물려받은 행동방식으로 고통을 받고 있다. 그리고 이제 그것이 청하지 않은 선물이었음을 받아들여야 하기 때문에 고통은 더욱 크다. 아버지가 원하지도 높이 평가하지도 않는 그런 선물이었던 것이다.

　이혼 후 제니퍼는 호화로운 방에서 혼자 살고 있었다. 그녀는 늘 기분이 좋지 않았고 자신의 운명을 원망하며 지냈다. 한편으로는 예전과 마찬가지로 아버지의 가치를 지켰는데, 탁월함과 강인함이 바로 그것이었다. 또 한편으로 그녀는 남자들과의 관계가 원만하지 않았다. 아버지의 가치가 사랑을 방해하고 있었던 것이다. 그녀는 언제나 애써 노력했지만 관계가 잘 진행되는 것은 잠시뿐이었다. 남자들에 대한 분노가 시간이 갈수록 점점 더 커졌기 때문이다. 그녀의 분노는 순식간에 남성에 대한 증오로 확대되기 일쑤였다. 그녀는 억지로라도 남자들로 하여금 자신을 인정하고 자신에 대해 경탄하게 만들고 싶었다. 이 세상 모든 남자들에게 복수를 하고 싶었던 것이다. 자신이 정말 남자들을 좋아하기는 하는 건지 헷갈릴 정도였다. 그녀는 많은 남자들을 주변에 거느리고 자신이 부는 피리 소리에 맞춰 춤추게 하고픈 환상을 가지고 있었다. 그렇게 하면 복수를 하고 싶은 욕구가 확실하게 충족될 것 같았다. 적어도 제니퍼는 그렇게 믿었다.

그녀가 이런 분노를 떨쳐버리려면 먼저 아버지에게서 벗어나야 한다. 그녀는 지금까지 아버지에게 계속 상처를 받는다고 느끼고 있었다. 현재 남자들을 만날 때마다 나타나는 그녀의 미움은 아버지와 관련이 있다. 그녀가 다른 남자들에게 투사하고 있는 것은 바로 아버지에 대한 억압된 분노인 것이다.

제니퍼는 스스로도 자신의 분노는 왠지 들어맞지 않다고 느꼈다. 그녀는 미움이 보호막이 되어줄 거라고 생각했다. "남자들에 대한 증오를 이용해 나는 상처받기 쉬운 나의 마음, 즉 두려움과 더불어 인정받고 사랑받고 싶은 커다란 갈망을 남몰래 간직하려고 애쓰고 있어요."

사실 그녀는 스스로를, 상처받기 쉬운 마음과 어린 소녀 같은 영혼을 자기 자신에게 감추고 싶은 것이다. 과거의 그녀였던 그 어린 소녀는 아직도 지하실로 쫓겨나 있는 상태다. 그녀는 그 어린 소녀에 대해 알고 싶지 않다. 또한 그 소녀가 도움을 요청하는 외침을 들을 수 없고, 들으려고 하지 않는다. 그녀는 그 말을 듣지 못하는 귀머거리가 되어버린 것이다. 아버지 앞으로 보내지만, 부치지 않은 편지에서 그녀는 이렇게 썼다.

내가 (그 어린 소녀를) 불러내서 그 소녀에게 실제로 아버지와의 관계 어땠는지, 어떤 감정을 느꼈는지, 그 어린 소녀가 어떻게 아버지를 감탄했으며 어떻게 아버지한테 무시당했는지를 듣는다면 아마 내가 가진 갈과 욕망은 더 이상 아버지와 상관없는 것이 될 거예요. 의미를 잃어버리되겠지요. 아버지를 미워하게 될 거예요. 하지만 난 그 일을 지금도 할 없어요. 그 어린 소녀가 모든 말을 다 털어놓을 때에야 비로소, 내가 그녀에게 진실을 말하도록 허락할 때에야 비로소 아버지의 진짜 얼굴이 드나게 되겠지요. 그리고 그건 어린 시절부터 간직해온 꿈의 종말을 의미는 거예요.

제니퍼는 아버지와의 관계가 불행했다는 것을 어렴풋이 느끼기는 했지만, 아직도 그 진실을 받아들이지 못했다. 아버지와 비슷해야 한다는 구속은 매우 강했다. 예전과 마찬가지로 그녀는 아버지에게 주려는 선물을 여전히 손에서 놓지 않고 있었다. 언젠가 틀림없이 아버지도 그 선물을 인정하고 가치를 인정하게 될 것이라고 희망하면서…….

제니퍼는 사랑을 할 때 아버지처럼 행동했다. 그녀는 사랑한다고 거짓말을 했지만, 그녀에겐 사랑은 해서는 안 되는 일이었다. 진짜 감정이 뭐냐는 질문을 받을 때면 항상 그녀는 가혹함과 규율 뒤로 스스로를 숨겨야만 했다. 그녀는 자신이 무엇을 느끼는지, 그리고 자기가 어떤 사람인지를 보여줄 수 없었다. 그녀의 자기 기만은 완벽했다. 사랑을 할 때 그녀는 온전히, 아니 더 솔직하게 표현하자면 인정사정없이 사랑을 한다. 그녀는 자신과 남자를 어떤 틀 속에 가둔다. 그 틀은 그녀를 보호해주고 영원한 안전을 보장해줄 뿐, 배려가 없는 곳이다. 특히 자신의 감정만큼은 절대로 안 된다. 그러면 어떻게 될까?

현재 그녀는 혼자이고, 고립되어 있다고 느끼고 있으며 그 불행에 대한 책임은 다른 사람들이라고 생각한다. "남자들은 나에게 충분히 신경을 써주지 않고 나에게 접근하지도 않아요. 여자들은 나를 피해 물러나고요. 내 생각에 여자들은 우정이란 걸 모르거나 그저 질투심으로 똘똘 뭉쳐 있는 존재들 같아요. 아이들은 내가 너무 엄격하다고 말하지만, 나는 아이들이 뻔뻔하다고 느껴요."

그러나 제니퍼는 그 모든 것이 아버지의 구상의 일부였다는 것, 여전히 자신은 아버지의 딸로 머물러 있다는 것, 자신이 평생 동안 아버지의 가치가 옳다는 것을 입증하려고 애쓰고 있다는 것을 어렴풋이 느끼기 시작했다.

"예전에는 철옹성 같은 아버지의 성벽 뒤에서 고유한 나 자신이 되는 것은 불가능한 일이었어요. 너무나 고통스러웠죠. 그래서 나는 그 감정을 다른 사람들에게 옮겨 해석하고 피해의식으로 발전시키는 법을 터득하게 된 거예요. 어느 누구도 나를 진정으로 사랑하지 않아, 어느 누구도 나를 이해하지 못해, 어느 누구도 나를 생각해주지 않아. 성벽 뒤에 갇혀 있던 나는 거리를 두는 것과 거리를 전혀 두지 않는 것을 구별할 줄 모르게 되었어요. 모든 것이 다 가깝고 또 다 멀었거든요. 이제 자유로운 삶을 살려면 아버지의, 아니 나의 성벽 밖으로 나와야만 한다는 것을 어렴풋이 느끼기 시작하고 있어요. 그렇지만 꼭두각시 인형에 묶인 끈을 아직 끊지 못하고 있어요."

그런 아버지를 둔 딸들이 대개 잊고 있으며 잊고 싶은 것은 실망, 즉 실망에서 나온 분노의 감정이다. 분노는 딸의 애정관계를 방해하며 파괴한다. 투사가 되거나, 아버지에 대한 억압된 분노를 그후에 다른 남자들이나 사람들에게 쏟아붓는 것은 별로 도움이 되지 않는다. 오히려 스스로를 고독하게 만들 뿐이다.

이 세상이 파파걸로 가득 차다 보니 여성들 사이에 연대감이 극히 부족한 것, 여성들이 서로를 무시하는 것은 그리 놀라운 일이 아니다. 놀라운 일이라면 남성들과 완전히 동일한 방식으로 같은 여성들끼리 서로를 빈틈을 메우는 충전물로 이용한다는 것이다. 사랑이 시작되면 여자들의 우정은 날이 갈수록 파괴된다.

이 모든 일은 오로지 어린 소녀는 아버지가 바라는 여성이 되어야 하기 때문에 벌어진다. 한편으로 그녀는 아버지와 비슷해야 하고, 즉 남성적인 가치들을 옹호해야 하고, 다른 한편으로는 항상 아버지를 찬미할 준비가 되어 있다는 신호를 보내야 한다. 아버지에게 딸이란, 자신이 꿈꿔왔지만 아직 발견하지 못했던 여성으로 키울 수 있는 기회로 여긴다. 그래서 성취되지 못한 아버지의 동경이 딸에게 무거운 짐으로 된다. 모든 딸들은 아버지의 동경을 이뤄줘야 한다는 책임감을 아주 일찍부터 느낀다.

딸들은 이 딜레마를 파악하거나 해결하는 것은 불가능하다. 많은 여성들이 이것이 아버지 때문에 생겨난 딜레마라는 것을 알지 못하고, 이 짐에서 해방되어야 할 유일한 사람이 바로 자신이라는 것을 예감하지 못한 채 이 무거운 짐을 여전히 질질 끌고 다니고 있다.

아버지의 실현되지 못한 소망을 위해 딸들은 무엇을 할 수 있을까? 아버지는 딸이 자유롭고 독립적인 인격이 되도록 도와주는 것이 지극히 정상이다. 그랬다면 그녀는 남자와 불필요하게 갈등을 겪을 필요도 없다. 하지만 아버지는 이 중요한 의무를 소홀히 했고, 그 결과 딸에게 매우 심각한 영향을 미쳤다. 아버지가 떠넘긴 이 의무에서 벗어나지 못한 딸은 끊임없는 내적인 갈등을 안고 살아가야 하기 때문이다. 딸은 자신이 왜 이런 갈등을 겪어야 하는지 그 원인을 알지 못한 채 사랑의 혼란 속에서 허우적거리게 된다.

어머니가 딸에게 "너는 아버지랑 닮았어"라고 말하는 경우가 많다. 무슨 뜻으로 그런 말을 하는 걸까? 비난인가 아니면 칭찬인가? 대부분의 딸들은 그 말을 칭찬으로 여기지만, 훗날 꼭 그런 뜻만은 아니라는 생각이 들기 시작한다. 아버지처럼 용감하고 자신의 생각을 관철시키는 능력이 있다는 뜻도 있겠지만, 일반적으로 어머니의 그 말에는 아버지처럼 딸 역시 다른 사람을 냉정하게 대하고 배려라고는 전혀 없으며 무시한다는 뜻이 숨어 있다. 어머니는 스스로든 남편 앞에서는 그 사실을 부인하지만, 아버지에게 없는 태도가 딸에게는 있다는 식으로 비난하고 있는 것이다. 여기서 어머니 역시 아버지를 미화하고 있음이 드러난다. 아버지는 미화의 대상이지만, 그와 닮은 딸은 냉정하게 비판받는다. 딸을 비판할 때는 아버지와 어머니의 의견이 대체로 일치한다.

딸은 '어떤 점에서 정말 내가 아버지와 닮았다는 거지?'라고 자문한다. 아버지와 닮았다는 것이 그리 좋지만은 않다는 것을 딸들도 알고 있다. 그렇다고 진짜 자신이 누구인지 전혀 알 수 없어 이 질문에 대한 해답을 찾지 못한다. 또한 딸은 어머니에게 둔감하다고 비난받는 경우도 많은데, 정말 어느 정도로 자신이 그런지도 판단하지 못한다. 그들이 판단하지 못하는 것 또 하나는 자신이 어느 정도로 순응적인 태도를 가지고 있느냐다.

아버지를 올바르게 평가함으로써만 딸들은 자신의 실체를 평가할 수 있다. 그러므로 누가 "너는 아버지랑 닮았다"라는 판단을 내리든 이는 신중하게 다루어야 할 문제. 딸들은 마음속 가장 깊은 곳에서는 아버지와 그다지 닮지 않았다. 아버지와 닮았다면 이미 어린 시절에 금지된 행동을 저지르고 아버지에게 저항했을 것이기 때문이다. 하지만 모든 딸은 그렇게 하면 가족에게서 소외된다는 것을 알고 있다. 그래서 그들이 보이는 반항도 표면적인 차원에 머물고 만다. 파파걸을 마음속 가장 깊은 곳에서 속박하고 있는 것은 남성적인 규범과 가치다. 그것은 가족 내에서 자리를 얻기 위해, 우리 사회로 편입되기 위해 딸들이 치르는 대가다.

아버지의 사랑에 대한 믿음이 확고한 딸들은 만족한다. 그들은 남성적인 여성이 되고 자신과 자신의 감정을 기만한다. 겉으로는 남자처럼 행동하면서 마음속의 연약한 어린 소녀의 영혼을 보호하고 싶어 한다. 동시에 그런 여성들은 전투태세를 갖추느라 여념이 없는 경우도 적지 않다. 그렇게 함으로써 아버지와 사회를 보호하지만 자기 자신은 보호하지 못한다. 비상시에 아버지의 도움을 바라지만, 그 도움은 영원히 오지 않는다. 그래도 딸들은 아버지를 기꺼이 용서해준다.

아버지는 당연하게 딸을 사랑한다고 주장하며 또 확신하는 경우도 적지 않다. "내가 한 일이 무엇이었든 간에 그렇게 한 것은 다 사랑하는 마음에서였다"라는 말은 속이 빤히 들여다보이는 아버지의 핑계다. 사랑을 사랑이 없는 것에 대한 알리바이로 사용하고 있는 셈이다. 어쨌거나 사랑하는 마음에서 그렇게 했다고 하면 다 좋게 받아들여지고, 어떠한 가치 판단도 면할 수 있기 때문이다. 모든 여성들이 이미 한 번쯤 들었을 법한 이 주장으로 아버지와 딸 관계의 실체가 은폐된다. 남자 같은 여자들은 이 주장이 통용되는 데 한몫 거들었다. 그들은 자신을 보호하는 데에만 열중해, 사랑한다고 거짓말을 한다. 사랑하는 마음에서 스스로와 파트너를 통제한다. 그들의 강박적인 행동방식 역시 모두 다 사랑 때문이라는 것이다.

이제 정황은 분명하다. 아버지와 딸은 닮았지만, 그 유사성은 서로에게 단단히 고정되어 있다. 딸은 아버지의 삶을 가치 있는 것으로 만들면서 자신을 사랑으로부터 배제시킨다.

딸이 굳이 이것을 바꾸고 싶지 않다면 이런 정황은 변하지 않는다. 겉으로 보기에만 아버지와 닮았을 뿐, 그 두 사람은 진짜로 닮은 것이 아니기 때문이다. 여성들은 사랑에 실패할 때, 자신의 인생관이 그 가치를 인정받지 못할 때 내부로부터 허물어져 버린다. 그러고 나면 처음에는 남성적이고 공격적으로 사랑을 얻으려던 그들이 사랑을 구걸하기 시작한다. 그들 안의 그 어린 소녀가 나타나는 순간이다. 그 소녀는 과거에 아버지의 사랑에 매달렸지만 끝내 얻지 못했다. 그 결과 그녀는 '나는 아버지처럼 될 거야. 그러면 아버지를 틀림없이 나를 사랑할 거야'라는 불가능하고 희망이 없는 탈출구를 선택한다.

자신을 보호하고 아버지를 존중하기 위해 마련된 딸의 이 생존 전략은 고독한 실존으로 끝맺는 경우가 많다. 어른이 된 여성이 이 상황에 처하면 사랑을 받지 못해 버림받았던 당시의 경험을 떠올리게 된다. "함께 있으면서 고독할 바에야 차라리 혼자 있으면서 고독한 것이 낫다"는 말은 거짓이며 심각한 정신적 결핍을 보여준다.

몸은 영혼이 침묵하는 것을 표현한다

파파걸의 여정에는 온갖 신체적인 증상들이 나타나는 경우가 흔하다. 방광, 심장과 폐질환 그리고 지독한 두통에 시달린다.

어린 시절 아버지의 사랑에 배신당했던 여성들은 끊임없이 사랑을 동경한다. 필사적으로 한 남자와 공생적인 관계를 이루어 결합하기를 갈망한다. 그렇게 되면 그들은 비로소 '완전한 존재'가 될 수 있다고 믿기 때문이다. 그들은 평생 동안 자신이 완전하게 되기를 기다리는 '반쪽'이라고 느낀다. 이런 생각으로 수많은 여성들은 지독한 자학적 고통을 감내하면서도 언제나 그리고 필사적으로 자신의 인생을 이끌어갈 새로운 지침을 찾는 데 몰두한다. 스스로에게는 결코 만족할 수 없고, 그렇다고 스스로를 방치하지도 않는다.

어린 시절 그들에게는 감정을 느끼는 것, 자신이 가치 있는 존재라는 것을 느끼는 것이 금지되었다. 사랑이 없는 아버지와의 경험이 그 자리를 대신했고, 그들은 언제 어디에서나 자신의 가치를 찾아 헤맬 수밖에 없게 된 것이다. 그리고 그 가치를 발견하기 위해 그들은 자신을 고통으로부터 해방시켜줄, 곁에 있으면 휴식을 취할 수 있는 남자를 찾아 헤맨다. 이러한 생각은 부조리하다는 느낌마저 주는데, 사랑을 하는 여성들의 고통스러운 행동을 관찰해보면 금세 알 수 있다.

그들은 자신의 가치를 찾고 있지만, 사랑 앞에서 어쩔 수 없는 두려움을 느낀다. 끝에 가서 전혀 사랑을 받지 못한다고 느낄 수도 있다. 이전에 거부당했던 딸들은 커서 소심한 여성이 된다. 그들은 강렬한 감정을 만나면 조심스러워진다. 또한 사랑을 불신하며, 실망할 것을 두려워한다. 그들의 사랑은 항상 두려움, 잃어버리는 것에 대한 두려움, 즉 자신을 잃어버리고 파트너를 잃어버릴지도 모른다는 두려움과 연관되어 있다.

아버지가 그녀를 사랑하지 않아서, 아버지가 그녀에게 그런 모습을 보여준 적이 없어서, 아버지가 그 어린 딸에게 보고 배울 만한 사랑의 모델을 보여준 적이 없어서 그 소녀는 자신이 사랑할 만한 가치가 있는 인간이라는 느낌을 가진 적이 없었다. 이러한 결핍은 평생 그녀의 뒤를 따라다닌다.

로라(교사, 36세)는 어느 워크숍에서 자신의 문제를 이렇게 표현했다.

"원래 나는 조건 없이 사랑받고 싶었습니다. 하지만 언제나 조건들을 충족시켜야만 했어요. 그냥 무언가를 선물로 얻는 것, 그저 내가 거기에 있어서, 그리고 아무 조건 없이 주어지는 그런 것을 얻고 싶다는 것이 나의 간절한 소원이었지요.

그러나 내가 더 이상 조건을 충족시킬 수 없으면, 가족 앞에서 더 이상 올바르게 행동하지 않으면 모든 것을 잃어버릴지도 모른다는 엄청난 두려움을 느꼈어요. 그래서 버림받는 상상을 해본 적도 있었어요. 그냥 아무 조건 없이 사랑받을 수도 있다는 것을 나는 도저히 믿지 못해요. 결국 나는 언제나 남편이 제시한 조건을 충족시키려 했고, 나의 감정은 포기해버렸어요."

이렇듯 자신의 감정을 포기하는 것은 로라의 경우, 거리 즉 자신에게 두고 있는 널찍한 거리 때문이다. 그녀는 있는 그대로 사랑받을 수 있다는 것을 믿지 못했다. 자신이 사랑할 만한 가치가 없다고 느끼고 있었던 것이다.

자신을 스스로 사랑할 수 없기에 사랑을 할 때 그렇게 무기력한 것이다. '사랑받을 만한 가치가 없다'는 감정은 그녀가 어떤 결정을 내리든 늘 따라다닌다. 자기 걱정거리에 대해 절대로 이야기하지 못하는 경우도 많다. 그 걱정거리가 무슨 비밀이라도 되는 것처럼 마음속에 꼭꼭 감춘다. 그러고 나면 육체만이 영혼이 침묵하는 것을 표현한다. 그래서 파파걸이 많은 시간을 병원의 대기실에서 보내며 심신상관의 고통에 시달리는 경우가 많다. 그들의 육체적 고통은 진단이 거의 불가능하다. 적어도 의료진에게는 별로 도움을 받지 못한다.

하지만 그들이 겪는 고통은 진짜다. 어린 시절에 겪은 실망이 신체적인 통증으로 나타나며, 만성적인 경우도 많다. 여성들은 인정을 얻으려고 안간힘을 쓰다가 이제는 몸까지 거기에 끌어들여 심각한 해를 끼친다. 그들은 질병을 이용해 내적인 갈등을 회피하려고 한다. 그렇게라도 하지 않으면 어린 소녀 시절과 마찬가지로 지금도 사랑을 받지 못한다는 사실이 드러나기 때문이다. 그 점이 두렵지만 굳이 인식하고 싶지는 않다. 파트너에게 말을 하느니 차라리 그들은 그 투쟁의 현장을 자기 안으로 옮겨놓는 것이다. 자신들이 겪는 신체상의 고통을 파트너와 연관시키지 않으려고 온갖 핑곗거리를 생각해낸다. 로라와의 짧은 상담 내용을 살펴보면 이런 내적 투쟁이 어떤 느낌을 주는지, 파트너와의 갈등에 맞서지 않으려고 그 영혼이 복잡하게 얽힌 미로를 왜 선택하는지 알 수 있다.

로라 : 나는 상당히 오랫동안 아팠어요. 언제나 안락의자에서 탕파를 끼고 누워 있었죠. 위경련이 일어나기도 했어요. 하지만 내가 사랑받으려고 병이 났다는 것을 굳이 깨닫고 싶지는 않았어요.
상담자 : 당신이 그렇게 아픈 이유는 뭘까요? 당신 생각은 어떻습니까?
로라 : 나는 서서히 아버지와 나의 관계를 인식하고 있어요. 나는 비로소 아버지에게서 받은 사랑이 정말 얼마 되지 않는다는 것을 알게 되었죠. 그래서 내 상태가 그렇게 안 좋았던 것 같아요. 그건 내 파트너와는 상관없는 일이에요. 내가 아주 적극적으로 어린 시절을 반복하고 있는 거니까요. 다만 그에게 내가 잘 아는 그것, 나에게 친숙한 그것이 투영

되고 있을 뿐이에요. 그를 이런 상황에 몰아넣은 것은 물론 나지만요.

상담자 : 그래서 정말 '자기에게 맞는 짝'을 정확하게 골라야죠. 모든 사람들이 어린 시절을 그렇게 '상냥하게' 투영시켜주지는 않으니까요. 당신은 맞는 짝과 사랑에 빠진 건가요?

로라 : 예, 물론이에요. 하지만 더 많이 사랑해줬으면 좋겠어요. 환자에게 보여주는 식의 관심을 바라는 게 아니에요. 지금은 내가 그런 모습이기는 하지만. 난 정말로 많이 아파요. 다른 식으로는 그 사람을 얻을 수 없어요. 나는 그 사람과 떨어질 수 없어요. 이제는 정말……. 그래서 내가 병이 난 거예요.

로라에게 무엇이 문제인지 분명해졌다. 그녀는 더 많이 사랑받기를 원하는 것이다. 물론 남편에게 바라는 것이니 정당한 기대라고 할 수 있다. 하지만 그런 기대가 이루어지기를 바라는 그녀는 남편을 보호하기 위해 그리고 어린 시절과 마찬가지로 대립을 회피하기 위해 아버지를 구실로 이용하고 있는 것이다.

어린 시절부터 로라는 자주 병이 났다. 그럴 때마다 아버지는 걱정스런 시선으로 그녀를 바라보았다. 그녀가 특별히 사랑과 보살핌이 필요할 때, 자신이 무기력하고 약하다고 느낄 때마다 항상 병이 났다. 그런 식으로 그녀는 그 당시부터 아버지가 자신을 하찮게 여긴다는 것을 느꼈지만 그 사실을 은폐하려고 했던 것이다. 그녀는 자신의 근심에 대해 침묵할 뿐이었다. 그런데 지금 결혼해서도 자주 병이 났다. 그녀는 이미 학습된 행동방식에 저항하고 싶었지만, 남편과의 관계에서 자신이 다시 병을 이용해 갈등을 회피하려고 한다는 것을 알지 못했다. 예전과 마찬가지로 그녀는 "날 비난하는 사람들이 있어서는 안 된다"라는 아버지의 지시에 순종하고 있는 것이었다. 지금 그녀는 이 지시사항을 남편에게 적용하면서, 남편의 소홀함에 정면으로 맞서는 대신 차라리 병이 나는 쪽을 택하고 있었다.

결혼생활에서 그녀는 다시금 자신이 인정받지 못한다는 것, 남편이 자신의 말에 귀 기울이지 않는다는 것을 느끼고 있었다. 모든 것은 예전과 같았다. 단지 그 말을 입 밖에 낼 수가 없을 뿐이었다. 그녀는 과거에 아버지가 두려웠듯이 남편의 분노가 두려웠다. 그녀는 남편이 자신의 말을 옳다고 인정해주지 않으며, 그녀를 귀찮아하고, 그녀의 감정에 반감을 느끼리라 확신했다. 그녀는 사랑하는 마음으로 선택했던 남편이 그녀가 내린 평가와 일치하지 않다는 것이 믿을 수 없었다. 그녀는 그가 자신을 사랑한다는 것을 믿지 못했다.

그러나 남편은 아버지가 아니다. 그녀는 두 사람을 혼동하고 있었으며, 그 둘을 분리시킬 수가 없었다. 이미지들이 뒤섞여 서로의 경계선이 희미해져 버린 것이다. 일단 그 두 사람을 구별할 수 있어야 그녀가 혼동하고 있다는 것을 납득하지 않겠는가. 그러나 여전히 그녀는 자신을 믿지 않았다. 결국 위의 통증은 줄어들지 않았다. 몸은 영혼이 침묵하는 것을 보여주기 때문이다.

딸은 고통에 시달리며 아버지에게서 받은 실망을 극복하려고 노력했으며, 이제는 남편에게 사랑을 받으려고 고통에 시달리며 노력한다. 그렇게 고통받는다면 그들은 아버지의 판단이 옳다는 것을 증명할 뿐이다. 그저 무기력한 방식으로 울먹이면서 자신의 욕구를 알릴 수밖에 없는 어린 딸인 것이다. 그들이 고통받고 웅크리고 있을 때에만 아버지는 그녀에게 귀 기울였고 공감해주었다. 지금도 그녀는 그렇게 함으로써 '내 아내는 너무나 연약하다'는 남편의 생각이 옳다는 것을 인정하고 있다. 여성들은 그 연관성을 잊어버린다. 사랑받고 싶은 소망 때문에 병이 난 거라고 말하면 여성들은 무척 불쾌해할 것이다. 그들은 사랑받으려고 아프다는 사실을 외면한다.

그러나 책임을 남에게 전가하는 것에도 한계가 있다. 딸이 아버지의 죄 없는 희생제물인 건 맞지만 지금은 스스로를 돌보아야만 한다. 자신에게 관심을 가져달라고 파트너에게 강요해도 소용없는 일이다.

어른이 된 여성들이 어린 시절의 수단을 다시 이용하는 것은 바로 그들이 정서적으로 곤경에 처했기 때문이다. 어린 시절처럼 병에 걸림으로써 두려움과 압박을 막아줄 안전막을 주변에 둘리쳐 그 누구에게도 공격받지 않는다. 병이 그들을 보호해주는 것은 분명하다. 단지 문제는 그 보호막이 무엇을 차단시키느냐다. 아마 기억을 차단시킬 테지만, 안타깝게도 사랑 역시 차단되어버린다.

누가 감히 항상 고통받는 여성에게 요구하고, 부담을 주며, 진정한 의미의 공동생활을 함께하겠는가? 누가 감히 그녀를 비판하겠는가? 그녀는 모든 사람에게서 보호받고, 해를 입지 않는다. 그렇다고 진지한 대상으로 받아들이지도 않는다.

이렇듯 고통받는 여성의 뒤에는 무슨 일이 있어도 사랑을 꼭 가져야만 하는 고집쟁이 꼬마 소녀가 숨어 있는 경우가 적지 않다. 갈등을 회피하고 말다툼을 피해야 할 상황이면 마치 준비한 듯이 작은 병을 앓기 시작한다. 이 고집쟁이 어린 소녀는 나약함을 통해 주위사람들을 지배한다. 사람들은 그 소녀의 전략을 조금도 눈치채지 못한다. 무척 지능적인 수단으로, 여성들은 절대로 자신이 진짜 누구인지를 보여주지 않는다. 그들은 바라는 것을 굳이 말로 표현할 필요가 없다. 단지 고통을 받으며 안락의자 위에 누워 있다. 바라는 것은 정말로 아무것도 없다. 그저 고통이 줄어들기만 바랄 뿐이다. 유감스럽게도 고통은 훨씬 더 오래 지속된다. 그녀의 작은 소망과 욕구가 자동적으로 이루어진다. 남편은 카밀레 차를 끓여주고 괜찮냐고 묻는다. 오직 하나, 사랑만이 이뤄지지 않는다. 그때도 역시(또는 바로 그 때문에) 남편은 사랑을 줄 준비가 되어 있지 않기 때문이다.

현실에 대한 잘못된 판단으로 여성은 자신이 강하고 자신감에 넘치는 여성이 아닌, 희생자이자 자신감 없는 존재라고 느낀다.

현실은 어린 시절 아버지를 통해 딸에게 전해진 것과는 다르다. 아버지는 "네가 연약하고 고통을 받으면 너를 사랑할 거다"라는 암시를 준다. 아버지는 변치 않은 희망을 딸의 영혼 속에 심어주었지만, 그 희망을 결코 이뤄주지는 않았다.

사랑은 강제적인 것이 아니다. 그리고 스스로를 희생제물로 여기는 것은 사랑을 얻는 데 별로 도움이 되지 않는다. 오히려 그런 생각은 여성들을 쓸데없이 나약하게 하고 때때로 자기 연민 속에서 옴짝달싹 못하게 한다.

고통받는 여성들은 도대체 그 근심과 고통의 대가로 무엇을 얻을까? 이 모든 것은 그저 최소한의 애정을 얻기 위함이다. 그들은 상대적으로 활동범위가 좁아도 만족하는 척하며, 감히 자신의 소망과 의견을 표현하려고 하지 않는다. 그러므로 몸이 고통스럽게, 점점 더 고집스럽게 영혼이 생각하는 것을 표현한다. 하지만 어느 누구도 몸의 언어를 이해하지 못하며 스스로도 마찬가지다. 그녀는 고통스러운 몸에 사로잡혀 있는 것처럼 느낀다. 이제 모든 관심은 몸 상태로만 향한다. 그렇게 함으로써 그녀는 주변 세계에 거리를 둔다.

병은 감당할 수 없다고 느끼는 모든 갈등으로부터 그녀를 안전하게 지켜주는 방편이다. 그녀는 어린 시절의 실망에 어느 정도 보상을 받고, 체념은 약간 상쇄된다. 하지만 그 방법이 성공적인 것 같아도 그저 잠시뿐이다. 김빠진 뒷맛만이 남을 뿐이다. 고통받는 여성들이 그토록 바라던 인정은 결코 받을 수 없기 때문에 진심으로 만족할 수 없다.

여성 스스로 공범이라는 것을 인식해야 건강하고 강인해질 것이다. 즉 어른이 된 딸이 인식해야 할 점은, 사랑을 하고 싶지만 제대로 된 방법을 모르고 있다는 사실이다.

정신적으로 어린 소녀로 머물러 있는 여성은 사랑의 위험을 감수하지 않는다. 그럴 용기가 없다. 그러므로 심리신체적인 고통은 거부의 표현으로 이해될 수도 있다. 어린 시절 아버지에 대한 거부에서 비롯된 것이다. 딸은 이런 방식으로 과거에 경험했던 실망을 표현하며, 실망에서 벗어나려고 그 감정을 자신의 신체로 전가시키는 것이다.

정신적인 갈등을 몸으로 옮겨놓는 것은 좋은 방법이 아니다. 신체에는 그것을 해소할 방법이 별로 없기 때문이다. 단지 신체에 가하는 억압의 한 형태일 뿐이다. 신체가 이 억압에 저항하는 방식은 병이 나거나 기능에 이상이 생기는 것이다.

심리신체적인 병을 가진 여성들은 갈등을 일으킨 진정한 원인을 인식하기가 힘들다. 그 옛날 어린 시절에 있었던 일이라 기억해내기도 쉽지 않다. 지나치게 엄격하고 완고한 아버지 때문에 딸은 아주 일찍부터 병이 들었다. 이미 그때 딸은 아버지의 엄격함을 피할 수 있는 안전한 공간을 어떻게든 마련하려고 노력했다. 나는 광범위한 심리신체적인 증상을 가진 여성들이 아버지에 맞선 생존투쟁을 일찌감치 확실하게 포기했다는 느낌을 받는다. 체념한 채 그들은 아픈 자신을 돌봐주는 병간호에 의지할 뿐이며, 그것을 사랑으로 재해석한다.

자신을 사랑하는 것, 이해하는 것, 자기 안에 있는 그 어린 소녀를 감싸안는 것이야말로 반쪽을 완전한 전체로 만드는 것이다. 그래야만 여성들은 공생관계에 대한 탐닉에서 해방될 수 있다. 하지만 어떻게 어린 시절에 사랑도 받지 못한 그녀가 자신을 사랑하는 법을 배울 수 있단 말인가?

딸의 역할에서 벗어나려면 다음의 방향으로 첫 걸음을 내디뎌야 한다. 여성들은 어린아이 그리고 딸로서의 권리가 아니라 어른으로서의 권리를 가진다. 그러려면 아버지와의 이별이 필수적이다. 이별을 함으로써 한숨 돌릴 수 있으며, 자신의 가능성을 볼 수 있게 된다. 여기에서 특히, 표면적인 이별은 안 된다는 것을 강조하고 싶다. 성급한 망각과 억압은 계속 구속된 상태에 머물게 할 뿐이며 어떤 자유도 허용하지 않기 때문이다. 이별 과정이 시작되면 처음에는 자꾸 어린 시절로 찾아 들어가게 되고, 진실과 함께 고통도 발견하게 된다. 그러나 모든 여성 안에 있는 이 어린 소녀를 느끼고 이해하며 공감하는 과정이 있어야만 비로소 궁극적인 이별이 가능하다. 그래야 갈등을 대면할 용기를 가질 수 있게 된다. 모든 갈등은 각각 인간에 대한 요청이자 과제이기 때문이다. 갈등은 말한다. "여기를 봐, 나 여기에 있어. 해결해줘."

심리신체적인 고통에 시달리는 여성들은 자기 내부의 목소리를 경청해야 하며 몸의 목소리를 이해하는 법을 배워야 한다. 더 중요한 것은 그 언어를 진지하게 받아들여야 한다. 몸에도 발언권이 있다. 몸은 해결되지 않은 인생의 문제를 비추는 거울이다. 그리고 몸이 고장 신호를 보내면 정말 고장이 난다. 로라의 경우처럼 고장 원인이 어린 소녀의 인생관일 수도 있다. 어른이 된 로라는 지금도 여전히 현실에 존재하지 않는, 착한 행동으로는 절대로 손에 넣을 수 없는 조건 없는 사랑을 꿈꾸고 있다. 그녀가 조건 없는 사랑을 추구하는 이유는 어린 시절부터 가지고 있던 꿈 때문이다. 그 꿈은 당시만 해도 정당했고, 전혀 이뤄지지 않았기 때문에 그 효력을 조금도 상실하지 않았다. 하지만 이제 그 꿈은 정당하지 않다. 우리 중 누구도 조건 없이 사랑하지 않기 때문이다. 하지만 아버지 꿈에 사로잡혀 있는 로라는 자신의 꿈을 결코 포기하지 못했다. 그저 체념할 뿐이다. 그녀는 분노하고 실망한 채 한 잔의 카밀레 차로, 병든 아내를 걱정하는 남편의 시선으로 만족하는 척하고 있는 것이다. 그 정도로는 부족하다. 이런 방식으로는 자기 가치가 생겨날 수 없다. 그 가치는 주어질 수 없는 것이며 남편이 아내에게 주는 선물도 아니다. 허락을 받지 못했더라도 아버지에게서 자기 가치를 얻어야 한다. 그러고 나서 그것을 모든 이로부터 보호해야만 한다.

섹스와 거짓말—좌절된 욕망

세상 어느 것도 섹스만큼 침묵의 대상이자 꿈을 꾸는 대상인 것도 없을 것이다. 그리고 섹스만큼 사람들이 기만하면서 거짓말을 하는 대상도 없을 것이다. 사람들은 섹스에 대해 자세히 설명하려 하지 않는다. 사랑하는 사람들 사이의 성생활은 바로 그들 사랑의 실체가 드러나고 투영되는 지점이지만, 버거운 침묵만이 흐르고 있다. 파파걸은 사랑을 할 때 좌절한다. 그리고 성적 욕망의 좌절을 숨긴다. 한동안 별 무리 없이 잘 진행된다. 그렇다고 언제나 잘되는 것은 아니다. 어느 틈엔가 여기에도 아버지가 꾸려놓은 현실이 존재한다.

사랑이 성공적으로 이루어지려면 반드시 답을 찾아내야 하는 갈등들 중 하나가 바로 성적 갈등이다.

누가 감히 답을 찾으려고 하는가? 누가 감히 자신의 좌절을 직시하고 고백하며 "왜"라는 질문에 응하겠는가? 여성운동이 시작된 직후 여성의 욕망이 아주 활발하게 논의가 된 적이 있었다. 여성해방은 여성에게 성적 자유를 마치 선물처럼 가져다주었고, 그렇게 하는 것이 여성의 평등을 실현하는 데 기여하리라고 생각했다. 옛말에, 거저 주는 물건의 흠을 잡아서는 안 된다고 하지 않았던가. 이 선물에 감사해하면서 여성들은 과감히 성적 욕망을 구현하려고 애썼다.

그 배후가 제대로 규명되지 않은 새로운 규범이 생겨났다. 즉 욕망을 지나치게 강조한 새로운 여성의 이미지가. 오늘날 여성적이라고 일컫는 여성의 이미지에는 성적 욕망이 지나치게 강조되어 있다. 아니, 거의 압도적이라고 해도 과언이 아니다. 처음에 여성들은 성적 자유를 갈망했지만 이내 성적 압박으로 뒤바뀌었고, 여성들에게 욕망은 가능성이 아니라 의무가 되어버렸다. 여성들은 원하는 것을 표현할 수 있으며 또 당연히 그래야만 한다. 그들은 오르가슴을 경험해야 하고 또 그래야만 한다.

여성들이 성생활에서 실제로 경험하는 것을 정확하게 아는 사람은 아무도 없다. 진실도 그 규범에 굴복했다. 여성들은 침묵하며 자신의 진정한 감정을 부인한다. 그 문제는 차라리 입에 올리지 않음으로써 해결되어야 한다고 생각한다. 그러나 성적 문제는 침묵을 통해서는 해결되지 않는다. 오히려 더 심각해지고 모든 욕망을 시들게 한다.

나는 오랫동안 상담을 해오면서 진정한 여성적 욕망을 발견한 적이 거의 없다. 내가 발견한 것은 거짓말, 자기 기만 그리고 한 남자에게 무슨 일이 있어도 사랑받기를 바라는 여성의 탐욕뿐이었다. 그것을 여성들은 성적 욕망으로 해석하고 있었다.

시대정신에 맞추기 위해 감정을 뒤바꿔버리는 것이 유행이 되었다. 자기 감정에 대한 낯설음이 크면 클수록 이렇게 하는 것이 더 쉽다.

사실 자기 감정의 언어를 제대로 이해하는 사람이 누가 있는가? 감정이 방향을 제시해줄 수도 있다는 것을, 감정이 성적 정체성이라는 광활한 영역에서 길을 안내하는 지도 역할을 한다는 것을 어렴풋이나마 느끼고 있는 사람이 누가 있단 말인가? 이 영역에서 가야 할 길을 안다는 것은 쉬운 일이 아니다. "처음에 그것은 아름답지요. 하지만 나중에는 공허해져요. 그리고 나서 그것은 사라져버려요." 아마 모든 여성이 이런 노래를 부를 수 있을 것이다. 감정은 명확하게 경고하고 욕망과 불쾌감을 알리는 신호를 보내지만, 이에 대해 신경쓰는 사람이 누가 있겠는가? 다시 말해 성생활과 관련된 자기 감정의 언어를 이해하는 사람이 누가 있는가?

하지만 여성들은 이런 인식의 과정을 회피한다. 그들은 자기가 감정적으로 이렇다 저렇다고 말하지만, 그 원인에 대해서는 의문을 품지 않는다. 그들은 자기 의식을 흐리게 하여 '아무것도 느끼지' 못하게끔 사고 차단장치를 개발해왔다.

"저는 사랑을 나눈 후에는 언제나 슬퍼져요. 내 감정을 이해할 수가 없어요. 펑펑 울기도 하지요. 욕망을 느끼고 싶어요. 어쩌면 내가 뭔가 잘못하고 있는 건지도 몰라요. 아무래도 불감증인가 봐요. 아니, 별로 여성적이지 못한가 봐요. 그렇게 부드럽지도 나긋나긋하지도 않고 연약하지도 않으니까요. 적극적으로 대시하지도 못하겠어요. 나에게 성적 욕망이 너무 부족하거나 아니면 너무 넘치든가. 항상 뭔가 잘못된 것 같은 느낌이에요."

그녀가 묘사한 상황은 마치 중단된 서곡 같다. 여성들은 사랑의 문 앞에 그냥 서 있는 것이다.

나는 상담을 하면서 이런 이야기들을 이런저런 함축된 형태로 듣고 있다. 이야기를 듣다 보면 항상 여기까지고, 그 이상을 넘어가는 법이 거의 없다. 경계선이 뚜렷하다. 자신이 불쾌하고 불만족스럽다는 것을 깨닫고, 묘사하는 정도까지만이다. 문제를 분석함으로써 최종적인 것에 이르려는 시도는 하지 않는다. 서로에 대한 입장 표명도 없다. 여성들은 그렇게 할 능력이 없다고 스스로 믿는다.

_ 불청객

여성들은 이렇게 사고의 장벽을 둘러치고 자신의 과거와 파트너에게 대립하기를 회피한다. 그들은 체념적인 감정 뒤에 숨어 있는 것이 무엇인지 보고 싶지도 않다. "나는 슬퍼요, 나는 만족하지 못해요, 나는 별로 부드럽지 않은가 봐요"라는 말 뒤에는 아버지가 자신의 문제를 해결해주리라는 희망으로 아버지를 쳐다보고 있는 그 어린 소녀가 서 있기 때문이다.

사랑을 나누는 잠자리는 많은 사람들이 뒹굴고 있는 딸의 놀이터로 변해버린다. 섹스를 할 때 여성의 곁에는 항상 딸과 아버지가 함께 있다. 물론, 가끔 거기에 어머니가 합세하는 경우도 있다. 남자의 가족 배경을 거기에 더한다면, 매번 사랑의 유희를 할 때마다 상당수의 사람들이 그곳에 모여 있는 셈이다. 부모들은 항상 곁에 있다. 그들의 목소리를 듣는다면 우리가 왜 회의하고 있는지를 알 수 있을 것이다. 그들은 우리가 누구인지, 우리가 무엇에 적합한지, 우리가 잠자리에서 잘하는지, 위축되어 있는지 아니면 방해받고 있는지, 너무 연약한지 아니면 너무 억센지, 그리고 파트너가 누구인지를 이야기해주기 때문이다. 물론 그들의 목소리를 들을 수 있다면 말이다.

더 이상 우리는 그 목소리를 듣지 못한다. 그럼에도 그들의 목소리는 우리 안에 있으며 우리의 감정 세계를 규정한다. 사랑을 나눌 때 느끼는 친밀함은 침대에 함께 누워 있는 수많은 사람들의 뺏고 빼앗기는 싸움으로 방해를 받는다.

그 사람들을 부인하지 말고(지금은 흔히 벌어지는 일이다) 오히려 명백한 경계설정을 해준다면 당사자들을 위해 더 좋을 것이다. 즉 누가 누구이며, 어떤 의견이 어떤 사람의 것이며, 특히 중요한 것은 우리 자신이 누구인지를 분명하게 구별해보라는 뜻이다. 그렇게 되어야만 비로소 친밀함이 생겨나고 진정으로 두 사람만의 생활이 가능해진다.

이 질문에 대한 대답이 정확하게 주어져 있지 않다면 성적 자유는 불가능하다. 그저 생각으로만 존재하고 감정에는 도달하지 못한다.

현재에 이르기까지 섹스에 관련된 문제들은 그저 겉모습만이 바뀌었을 뿐이다. 현실은 여전히 과거의 모습 그대로 남아 있다. 여성들은 성을 즐기는 것처럼 행동한다. 남자들도 그렇게 받아들이지만, 차츰 욕망이 시들어간다. 예전에 이루어지던 게임의 새로운 변형일 뿐이다.

파파걸은 즐기는 것처럼 그리고 해방된 것처럼 행동하며, 그렇지 않을 때도 그런 척한다. 그들은 자기 감정을 무시하고 남자들이 바라는 여성인 척한다. 하지만 그들이 모르는 것이 하나 있다. 그들의 육체가 겉으로만 그리고 일시적으로만 속고 있을 뿐이다. 그들의 육체는 끊임없이 분명하게 거부의사를 보여주며 자기 기만을 계속할 수 없도록 방해한다. 여성들이 어떻게 스스로를 기만하는지 자신도 깨닫지 못할 때에도, 여성들이 진실을 보고, 듣고, 느끼지 않으려고 할 때에도 그렇게 한다. 그러나 자기 기만, 즉 거짓은 화가 나고 긴장되고, 이상하게 들어맞지 않는 감정 속에서 드러난다. 감정이 수많은 신호를 보내지만 거기에 귀 기울이는 사람은 별로 없다.

자기 섹슈얼리티의 미지의 세계를 여행하는 에바를 따라가보기로 하자. 그녀는 자기 감정의 언어를 이해하는 법을 배우고 싶었다. 여태까지 그녀는 막연하게 힘겹게 노력하고 있다고 느꼈다. 그녀의 성적 태도에는 가볍거나 즐기려는 측면이 전혀 없었다. 항상 욕구를 느껴야 한다고 생각했지만 그녀는 지쳐 있었다. 너무나 오래 그리고 너무나 자주 그녀는 이런 게임을 해왔다. 이제 그만 하고 싶었다.

"솔직히 말해 괜찮은 어떤 남자가 애정을 보일 때, 즉 나와 잘 때 내가 여성이라는 사실에 우쭐해져요. 내가 바라는 것은 이것뿐이에요. 성적 욕망을 느끼는 경우는 아주 드물었고, 아예 느끼지 못하는 경우도 많았어요. 물론 그런 얘기는 아무에게도 하지 않았죠. 나 스스로도 오랫동안 그런 문제는 없는 걸로 치부해왔어요. 사실 내가 성적으로 무감각하면 여자로서 가치가 떨어진다고 생각했거든요. 그러면 아버지의 말이 더 옳은 게 될 거잖아요.

그래서 나는 차라리 나 자신을 보호하고 나 자신을 속이는 쪽을 택했던 거예요. 그래도 불쾌한 감정은 항상 남아 있었어요……."

에바는 자신의 거짓을 알고 있지만, 그다지 도움이 되지 않았다. 그녀가 할 일은 무엇인가? 더 이상 어떤 욕망도 느끼지 않는 것? 솔직한 것? 그녀는 여성으로서 자신의 외모 때문에 두려웠다. 32세인 그녀는 젊고 확신에 차 보였고 개방적인 여성이었다. 그녀의 직업은 사진작가였고, 상당히 성공한 편이었다. 그녀의 인생은 확신과 자신감으로 가득 차 있었다. 한동안 그녀는 자기 인생을 잘 꾸려왔다. 하지만 어느 날부터 이 매끈한 표면에 점차 균열이 일어나기 시작했다. 그녀는 왜 긴장되고 화가 나는지 스스로 납득할 수 없을 뿐만 아니라 그 상황을 해석할 수가 없었다.

그녀는 인생에서 처음으로 완전히 자신만을 위한 아름답고 큰 집에서 혼자 살고 있었다. 어렸을 때 그녀는 숨을 수 있는 장소를 열망했다. 이제 어른이 되어 바라던 모든 자유를 다 손에 넣었는데도, 그녀는 제대로 사용할 수가 없었다. 생각처럼 그녀는 혼자가 아니었기 때문이다. 그녀 곁에는 항상 아버지가 있었다. 에바는 자기 인생에 들어와 있는 그 불청객에 대해 이렇게 말했다.

"바로 여기에 아버지가 앉아 계세요. 항상 제 곁에요. 아버지는 엄격한 잣대로 나를 판단하시죠. 아버지는 식사를 할 때나 생각을 할 때도 저와 함께 해요. 오죽하면 아버지와 함께 잔다는 생각이 들겠어요? 물론 그건 말도 안 되는 생각이지만 말이에요. 나는 아버지의 눈으로 내 몸을 봐. 그 눈으로 볼 때 내 몸은 너무나 볼품없이 말랐어요. 말하자면 남자와의 섹스를 통해 정당화될 수 있고 여성성이 부여되는 그런 야윈 소녀의 몸이죠."

아버지의 목소리가 귓가에 울리고 있었다. '가슴이 너무 작구나, 너무 발달이 안 됐어. 네 엄마를 좀 봐라. 가슴이 크고 풍만하잖니. 그런데 너는? 너는 너무 말랐어. 몸매가 뭐 볼 게 있어야지.' 그녀는 아버지의 말이 옳다고 생각했다. 아버지에게 전적으로 종속되어 있었던 나이에, 자신이 무엇을 배웠는지 알 수 없었던 그때 아버지에게 받은 교육으로 그녀는 자기 몸에 대한 전적인 권한을 남자들에게 맡겨버리는 태도를 가지게 되었다.

"아버지는 내 돈을, 얼마 안 되는 나의 첫 번째 용돈을 장악했어요.

아버지는 나의 정신에 장악한 거예요. 아주 일찍부터 아버지는 기생충처럼 내 안에 자리를 잡았어요. 아버지는 결코 그 대가를 치른 적이 없고, 어느 것에 대해서도 책임을 느끼지 않았어요. 지금도 아버지는 내 인생에, 내 집에 자리를 잡고 있죠. 아버지는 머리에서가 아닌 감정 그리고 뱃속에서 나와요. 처음부터 내가 못생겼다는 것을 아버지에게 들어서 알게 되었어요. 내가 쓸모가 없다는 것을, 그리고 제대로 발육이 되지 않은 손가락으로 아버지를 잡아서는 안 된다는 것을 말이에요."

지금 그녀는 여성으로서의 가치를 '대가를 치르고 얻으'려면 자신의 육체를 제공해야 하고 보여야만 한다. 그녀는 무의식적으로 그렇게 한다. 그녀는 예쁘고 아름다운 소녀가 되고 싶다는 희망으로 아버지에게 자신의 몸을 내맡겼던 그 어린 시절의 모범에 따르고 있는 것이다.

"사랑에 빠질 때마다 나는 나의 이 유일한 가치를 즉시, 그리고 확실하게 전면에 내세웠어요. 그러고 나면 남자가 시점을 정했고, 남자가 나를 원할 때마다 나는 구원받는다는 느낌이 들었어요. 지금까지도 내가 가지고 있는 것 중 가장 귀중한 것을 아주 당연한 것처럼 즉시 제공해요. 게다가 그렇게 하는 것이 해방된 것이라고 여겨요. 요즘 여성들은 욕망을 가지고 있어야 한다니까요."

그런 식으로 에바는 아버지의 착한 딸로서 속임수, 즉 자기 기만에 전념했다. 그녀는 자기 감정의 실체에 대해 두려움을 가지고 있었다. 그녀는 자신이 아무런 욕망도 보여주지 않으면 여자로서 매력이 없는 존재가 될까 봐 두려워했다. 하지만 아버지의 '인생 입문'은 틀린 것이었고, 그녀를 잘못된 방향으로 이끌었다. 어찌 보면 아버지는, 남자들은 우롱할 수 있는 존재이며, 우롱해야만 한다고 딸에게 가르친 셈이나 다름없다. 아버지는 그냥 그러고 싶었는지도 모른다. 그러나 에바는 아버지의 가르침에 따라 성적 태도를 결정했다. 그것이 잘못이었다. 그녀는 순진하고 욕망이 넘치는 여성의 모습으로 남성에게 육체적으로 그리고 정신적으로 귀속되어야 한다고 믿었다. 자신이 그러고 싶지 않는데도.

가까이 있는 남자가 육체적으로 뭔가를 원하는 신호를 보내면 그녀는 즉시 자신에게서 멀어졌다. 자신이 원하지 않는 상태더라도 반응을 해야 하기 때문이다. 그냥 그런 일이 그녀에게 벌어졌다. 그러고 나면 절망적인 심정으로 그녀는 자기 영혼을 보호하려고 노력했다. 그럴 때 그녀의 영혼은 무슨 일이 있어도 아버지의 마음에 들기를 바랐고 결국 아버지에게 의존했던 그 어린 딸로 돌아갔다. 어떤 남자와 육체적으로 가까이 있으면 그녀는 최고 단계의 경보발령 상태로 돌입했다. 그녀는 통제력을 잃을까 봐 두려웠다. 그러는 동안 그녀는 자신을 잃어버리고 '원격 조종을 당하고 있는 것처럼' 느꼈다. 그녀는 아버지가 심어놓은 '네가 나를 사랑한다면, 너는 순진하고 내 마음에 드는 존재가 되어야 한다'라는 프로그램이 작동하는 겁 많은 어린 소녀가 되는 것이다.

이렇게 입력되어 있는 프로그램이 그녀의 인생에 대한 감정만 조종하는 것이 아니었다. 그것은 계속해서 효과를 입증받아 나중에는 자체적으로 작동하기 시작했다. 아버지가 프로그래밍해놓은 것이 지금은 여러 남자들이 그 덕을 보게 되었다. 에바가 어떤 남자와 사귀기 시작하면 그 도식이 기능을 발휘했다. "나를 사랑하고픈 남자 앞에서 나는 욕망이 넘치는 것처럼 보여야 해."

다른 말로 표현하자면, 한 남자를 얻으려면 순진한 척해야 하며 순응해야 한다는 도식이 그녀의 머릿속에 입력되어 있었던 것이다. 아무런 욕망을 느끼지 않더라도 그런 척해야 했다. 가끔 에바가 입력된 프로그램에 따라 행동하지 않으면 곧 에러가 발생했다. 그 에러는 다음과 같은 말로 손쉽게 해결되었다. "이기적으로 행동하지 마. 차갑게 굴지 마. 혹시 약간 불감증 아니야?" 이 말들은 강력한 경고 효과를 가지고 있었고, 이 말로써 성가신 모든 장애들이 제거되었다. 다시 에바는 무엇을 느껴야 할지 알게 되었다. 바로 욕망을 느껴야 했다.

여성들은 이런 원격 조종이 자기 감정, 섹스에 대한 태도, 자신과 자신의 육체에 대한 생각에 어떤 작용을 하고 있는지 살펴봐야 한다. 하지만 이런 노력을 과감히 시도한 여성들 중 아버지의 의견, 생각 그리고 특히 편견에 가끔 다양한 모습을 보이는 아버지의 여성상에 새로이 편입되는 여성도 있다. 자신이 해방되었고 자의식이 있다고 느끼는 여성들이 그러는 경우도 많다.

에바는 자신을 속이고 있었고, 성적인 욕망과 사랑을 받고 싶은 자신의 소망을 혼동하고 있었으며, 그 두 감정을 구별할 수 없었다. 그래서 그녀는 성적 욕망이 넘치는 것처럼, 경박한 것처럼 처신했던 것이다. 상대편 남자와 스스로를 위해 그녀는 끊임없이 느끼지 못하는 욕망을 느끼는 척해야 했다. 정말로 힘겨운 일이었다. 어리석게도 그런 자신을 남자들이 얼마나 좋아하는지를 판단할 때마다 아버지를 기준으로 삼고 있었기 때문에 그런 그녀의 태도는 더욱 심해졌다. 그녀는 욕망을 느끼는 것처럼 행동했고, 언제라도 그럴 준비되어 있는 것처럼 굴었다. 그러면 남자가 그녀의 성적 매력, 즉 이 분야에서의 그녀의 능력을 확증해주리라 기대했던 것이다. 결국 그녀는 상대방 남자의 욕망에 의존적이 될 수밖에 없었다. 하지만 자기 자신, 자신의 욕망은 느낄 수가 없었다.

에바는 어린 시절 여성적 정체성을 전혀 발전시키지 못한 여성 가운데 하나다. 아버지 때문에 그녀는 자신이 마르고, 어딘가 불완전하다고 느끼게 되었던 것이다. 그때나 지금이나 자신의 여성성에 대한 신뢰는 어린 시절에 아버지의 인정을 받았느냐 못 받았느냐, 얻었다면 얼마나 얻었느냐에 따라 크게 좌우되기 때문이다.

아버지는 딸의 성적인 면, 특히 육체적인 자아상을 본질적으로 규정한다. 가부장적 사회에서 생산되고 유지되어온 이미지란, 여성은 온화하고, 수용적이며, 따뜻하고 이해심이 많고, 호감을 주며 남을 잘 도와야 한다. 이런 이미지는 우리의 아버지들에 의해 창조된다.

만일 딸들이 그토록 순응하려고 노력했음에도 여성성을 확증받지 못한다면 어떻게 될까? 그들은 훗날 성애와 관련하여 어떤 '확실한 감정'도 발산할 수 없게 된다. 그들은 자신의 여성성을 한 남자에게서 확증받기를 원하고, 반드시 그렇게 해야 한다. 이제 연인이 딸로서 받았던 상처를 치료해주고, 별 볼일 없었던 딸을 사랑받는 여인으로 만들어주길 기대하는 것이다. 여기에서 문제가 되는 것은 다시 채워질 가능성이 거의 없는 어린 시절의 좌절된 꿈이다.

에바가 고통받는 이유는 서로 함께 성적 욕망을 느끼려면 여성의 순응만으로는 부족하기 때문이다. 그녀는 자신을 기만함으로써 욕망을 방해하고 있었다. 게다가 그녀의 육체는 시간이 흐름에 따라 원치 않은 '욕망 증명'과 더불어 성적 접촉 자체에 대해 반감을 보이기 시작했다. 아버지에게 사랑을 전혀 받지 못했거나 충분히 사랑을 받지 못한 딸들에게 욕망은 연약한 식물과도 같다. 그것은 소중히 다뤄지고 보살핌을 받아야 한다. 에바는 어떤 상황이든 순응하려고만 했지, 자기 감정의 언어를 결코 이해하지 않았다. 따라서 그녀가 욕망을 느끼지 않을 때는 육체의 경고에 따라야 하며, 단지 한 남자의 마음에 들기 위해서 성적 친밀함을 강요해서는 안 된다.

육체와 정신은 그때 비로소 강박에서 벗어나 서로 조화로운 소리를 낼 것이며 욕망의 노래를 부를 것이다. 섹스의 영역에서도 정신생활에서 벌어지는 것과 똑같은 투쟁이 벌어지고 있기 때문이다. 가끔 입술이 거짓말을 하고 머리가 이해하지 않으려고 하지만, 육체적인 기능들은 항상 진실을 이야기한다. 그 기능에 뭔가 부족한 부분이 있다면, 앞으로 두 사람 사이에는 더 이상 의견의 일치가 없을 거라는 뜻이다.

이런 의견일치는 남자들이 권력투쟁을 하고 여자들이 자신과 조화를 이루지 못할 때에는 존재하지 않는다. 어린 딸이 자신과 조화를 이루지 못하도록 방해를 한 사람은 바로 아버지다. 아버지는 일찌감치 딸이 남자의 마음에 들도록 준비시켜놓았던 것이다.

딸들이 이 버거운 짐에서 벗어나려면, 이 프로그램을 효과적으로 중단시켜야 한다. 에바의 문제로 돌아가보자. 그녀는 욕망을 느끼는 척하면 남자들 마음에 들 것이라는 딸의 착각에 사로잡혀 있었다. 하지만 남자의 마음은 그렇지 않다. 남자들은 '어찌어찌해서' 그것이 거짓이라고 느낀다. 그때 그들이 보이는 반응은 내적 도피다. 에바는 자기 감정이 보내는 신호를 이해하지 못했다. 그녀는 자신을 제지하려는 긴장된 감정을 이해하지 못했던 것이다. 그녀의 감정은 이런 신호를 보냈다. "그렇게 하지 마. 너 때문에 우리는 심하게 손상되고 있단 말이야." 하지만 에바는 전혀 듣지 못했다. 그녀는 마음의 경고들을 흘려듣고 있는 것이다.

지금까지 많은 심리학자들이 성적으로 문제를 가진 여성들에게 여성으로서의 역할과 타협하는 것이 도움이 된다고 생각해왔다. 어떤 근거로 그들이 이런 믿음을 가지게 되었는지는 불확실하다. 전통적인 여성의 역할과 타협하는 것이 언제나 순응의 냄새를 풍기기 때문이다. 여성들은 평생 동안 바로 그 냄새 때문에 고통받는다.

여성들이 수십 년 전부터 자신을 해방시키려고 고군분투해왔으나 이런 노력은 그저 직업과 관련된 분야에만 그치고 있다. 사랑과 섹스 분야에서는 여전히 케케묵은 구조들이 맹위를 떨치고 있다.

나는 이런 상황을 변화시킬 수 있으려면 여성들이 자기 자신과 화해하는 방법밖에 없다고 생각한다. 이때 가장 중요한 전제조건은 아버지와 관련된 문제를 종합적으로 고찰하는 것, 즉 자기가 누구이며 어디에서 왔고 어디로 가고 있느냐에 대해 정확하게 아는 것이다.

전통적인 여성의 역할과 타협하는 것이 도움이 된다는 식의 생각들은 결국 여성들이 자신에 대한 처분권을 남에게 맡기는, 순응하고 자발적인 인격체들이 되어야 한다는 뜻이다. 케이트 밀레트가 여성들을 '판매된 성'으로 묘사한 것도 다 이유가 있다. 밀레트는 성을 거울로, 여성을 억압하는 도구로 간주한다. "여기에서 여성들의 굴욕, 수치 그리고 굴복이 확실하게 드러난다. 이 때문에 남성은 권력을 가지고 여성은 무기력하다. ……(이것은) 사랑이 아니라 권력이 문제가 되는 섹슈얼리티의 요술 거울이며 최종 산물이다."

여성들은 자기 자신과 육체에 대한 처분권이 남에게 있다는 것을 깨닫는다면 대단히 불쾌하게 생각할 것이다. 그러느니 차라리 부인하고 억압하는 것이 더 간단하다. 사랑은 적어도 잠시 동안 아름다워 보인다. 그러나 그 순간은 우리가 생각하는 것보다 더 짧다.

양성 문제와 관련해 많은 변화가 있었음에도 섹스에서는 자신을 상대방의 처분에 맡기는 여성들이 여전히 존재한다. 그 까닭은 어느 날 더 이상 스스로에게 그것이 통하지 않게 되면, 여성들은 자기 몸을 더 이상 억압할 수 없게 된다. 몸이 협력을 거부하기 때문이다.

_ **수지타산이 맞지 않는 대가**

구트룬(음대생, 28세) 역시 잘못 이해된 여성해방의 희생자다. 그녀는 사고의 장벽들을 이용해 성공적으로 그 사실을 깨닫지 않으려고 보호해왔다. 그녀는 모든 것을 알지만, 자신이 무엇을 생각하는지 전혀 느끼지 못하는 여성들 중 하나다. 그녀의 사랑 경험들을 보면 이런 균열이 분명하게 드러나 있다. 그녀는 아주 일찍부터 자신에게 뭔가가 잘 들어맞지 않는다는 것을 어렴풋이 느끼고 있었다. 그러나 이런 씁쓸한 감정을 대수롭지 않게 행동했다. 아주 필사적으로 그녀는 한 남자의 사랑을 얻으려고 노력했지만 결국 얻지 못했다. 그녀는 자신의 모든 것,

그중에서도 특히 자신의 육체를 주었다. 처음에 이 육체는 그녀에게 아주 좋은 파트너였으며, 자발적인 동반자였다.

그녀는 좋은 여자의 모습이 어떤지, 남자들이 여자에게 무엇을 원하는지를 알고 있다고 생각했다. 그녀는 남자가 바라는 대로 완벽하게 해냈다. 그녀는 욕망을 가장했고, 자신과 남자 앞에서 자신의 진정한 소망을 감춘 채 육체를 주었다. 하지만 그녀가 얻은 것은 아무것도 없었다. 그녀가 이별 선물로 받은 것은 심각한 자존심의 손상이었다. 그것은 여성들이 사랑할 때 거짓을 가장함으로써 얻게 되는, 도무지 수지타산이 맞지 않는 대가다. 이렇듯 남자를 위해, 즉 '그가 즐길 수 있도록' 순응함으로써 구트룬은 여전히 딸의 감정에 사로잡혀 있다는 것을 증명하고 있었다. 이런 식으로 사랑을 하다 보면 그녀가 이미 알고 있던 것이 사실로 드러난다. 즉 그녀는 사랑받을 만한 가치가 없는 존재라는 것. 그녀가 그동안 엄청나게 노력해왔음에도 말이다. 그녀가 선택한 '어떻게든 사랑을 받기 위한 전략들'은 별로 도움이 되지 않았다. 그녀는 모든 것을 내놓았다. 하지만 얻은 것은 이별뿐이었다. 그녀는 근심에 싸여 홀로 뒤에 남겨졌고, 근심은 다시 깊은 자기 회의로 이어졌다.

사랑이 끝난 뒤에 남겨진 것은 고독하고, 혼란스러운 어린 소녀였다. 그 소녀는 이 모든 일을 어떻게 평가해야 할지 도무지 알 수 없었다.

구트룬은 오로지 음악 공부에 전념하던 중 로타를 알게 되었다. 음악 공부에 대한 열정이 점점 더 시들해졌고, 관심은 엉뚱한 곳으로 향했다. 그녀는 위대한 사랑을 꿈꾸고 있었고, 자신이 진정으로 사랑을 하고 있다고 느꼈다. 여자들이 사랑을 할 때 쌀쌀맞고, 내성적이 되어야 한다는 식의 오래된 선입견들을 그녀는 단호히 거부했다. 자유로운 여성으로서 스스로의 선택에 따라 그 남자에게 자신을 완전히 내맡겨버렸다. 그녀는 음악 교육을 포기했고 전적으로 그 남자에게 어울리는 여자가 되었다. 그녀는 자신의 목표를 이루었다고 믿었다.

"로타와의 성관계는 남자들에 대한 나의 관계를 핵심적으로 보여주는 본보기와 같아요. 지금 돌이켜보면 분명히 알 수 있죠. 당시 우리 사이의 관계는 어떤 면에서 나에게 무척 혁명적이라고 느껴졌어요. 밤새도록 열리는 축제가 끝난 뒤, 동이 틀 무렵 그가 나와 '섹스를 하고 싶은' 마음이 든다고 말했어요. 나는 내가 원하는 것과 원하지 않는 것을 표면적으로는 결정할 줄 아는 현대 여성이기 때문에 그런 식의 도발적인 말에 즉각 적절하게 대답해야 했죠. 그래서 나는 당장 '좋아, 우리 집에 가자!'라고 말했어요.

집에 도착하자 나는 침대에 누웠어요. 준비가 된 상태였거든요. 로타가 옷을 벗는데 시간이 약간 걸리더군요. 순간 받아들일 준비가 되어 먼저 침대에 누워 있다는 게 좀 불쾌하다는 생각이 들더군요. 그가 서둘러주면 좋겠다고 생각했죠. 그와 하고 싶은 욕망 때문이 아니라 그렇게 굼뜨는 게 너무나 불쾌하게 느껴졌기 때문이었어요. 기다리는 자세로는 어떤 것도 할 수가 없잖아요. 내 자신이 고통스러웠어요. 그리고 저 남자가 욕망으로 그 고통을 덮어주길 바랐죠. 마침내 그가 침대 속으로 들어왔어요. 일단 서로 바짝 끌어안고 있으면 모든 낯설음이 사라지리라고 기대했지요. 그런데 아무런 로맨틱한 준비단계 없이 곧장 시작하는 거예요. 그래서 나는 환상 속에서 낭만을 찾을 수밖에 없었죠. '우리 두 사람은 너무나 간절하게 가까운 관계를 찾고 있었던 거야. 이 세상은 우리에게 너무 냉정했고, 그 때문에 우리는 침울한 성격이 되어버린 거지. 순간적으로 불타오르는 서로에 대한 갈망을 일단 진정시켜야 하기 때문에 이런 식으로 하고 있는 거야. 우리는 둘 다 똑같이 고독에 사로잡혀 있었거든.'"

그녀는 자신의 환상이 너무나 크고 강렬해서 로타가 알까 봐 겁이 났다. 이미 드러나기 시작한 틈새는 그런 식으로 그녀의 환상으로 메워졌다. 그녀는 텔레파시 같은 것이 두 사람을 묶어주길 바랐다. 그가 그녀를 이해하고, 그녀가 그를 이해하게 되기를. 그녀가 그를 껴안았을 때 그리고 손으로 그의 등을 어루만졌을 때, 그녀는 몹시 고독했고 또한 행복해서 울음이 나오는 것을 참을 수가 없었다. "마침내, 마침내 우리는 서로를 찾아낸 거야."

그녀가 슬프고 행복해서 어쩔 수 없이 저절로 상냥한 마음이 되려던 바로 그때, 그녀가 '이제 우리는 가면을 벗어버릴 수 있어. 우리는 서로에게 더 이상 증명할 필요가 없어. 침대에서 너무나 멋지잖아'라고 생각한 바로 "그때, 로타가 내 허리를 잡고 등을 자기 쪽으로 돌려세우더니 무릎을 꿇게 한 후 암소 같은 자세를 취하라고 강요하더군요."

이런 행위까지 낭만적인 것으로 포장하기에, 그렇다고 그에게 자신이 느끼는 것을 보여주기에는 환상의 힘만으로는 부족했다. 로맨틱한 밤이 아니라 황홀경에 빠진 밤이 되었어야 했던 것이다. 곧 구드룬은 다시 상상을 시작했다.

"난 모든 것을 해주었어요. 그는 나를 넘어뜨리더군요. 나는 그의 상대가 되어주었어요. 내가 할 수 있고 알고 있던 모든 것을 그에게 보여주었어요. 마지막에 난 진심으로 이런 말을 했어요. '나는 아직까지 이런 일은 해본 적이 없어.' 이 말을 듣고 그는 기뻐했어요. 갑자기 드라마틱하게 나를 붙잡더니 그는 키스를 퍼붓고, 가쁘게 숨을 쉬면서 그렇게 많이 해준 것에 대해 최대의 경의를 표하더군요. 이해하시겠죠?"

그녀의 육체는 더 이상 그녀의 것이 아니었다. 그녀 육체의 모든 부분에 그의 손길이 닿았다. 이제 자신의 육체가 마침내 원래 목적에 맞는 것이 되었다고 느껴졌다. 그녀의 육체는 그를 위해 존재했고, 그렇지 않으면 존재할 이유가 없었기 때문이다. 그녀는 자신이 영화 속에 있는 것 같다고 느꼈다. 그 영화의 등장인물은 두 사람인데, 그들은 서로에 대해 환멸을 느끼고 겨우 관계를 이어가고 있으며, 그들 사이에 위대한 사랑이란 존재하지 않는다 걸 분명히 알고 있다. 각자 감성과 동경이 있었고, 황홀경에 가득 찬 밤까지 경험했다. 두 사람 모두 분명히 그날 밤 서로를 드러냈다. 그건 하루 밤일 뿐 그 이상은 아니었다. 하지만 그 두 사람이 그만둘 수 없는 무언가가 있었다.

구드룬은 그 밤에 그녀만이 그런 느낌을 받았지만 로타는 전혀 그렇지 않았다는 것을 느끼지 못했다. 그녀는 그 역시 자신과 똑같이 느꼈을 거라고 굳게 확신하고 있었다.

며칠 후 로타가 만나자고 하자 그녀는 무척 기뻤다. 그들은 다시 그녀의 집에서 만나기로 약속했다. 그녀는 그에게 자신에 대해, 자신의 음악과 자신의 계획과 의도에 대해 이야기하고 싶었다. 그녀는 영혼에 대해 많은 이야기를 하고 싶었지만, 로타는 귀기울이지 않았다. "우리는 내 침대 위에 앉아 있었어요. 아니, 나는 앉아 있었고 그는 누워 있었죠. 한참 내가 이야기를 하는데 그가 나를 뜨거운 눈빛으로 쳐다보고 있다는 걸 알게 되었어요. 그는 히죽히죽 웃더니 어느 틈엔가 내 팔을 붙잡아 자기 쪽으로 끌어당기고는 나에게 뭘 원하는지를 확실히 보여주더군요. 내가 방금 전에 그에게 했던 모든 말은 그 순간 배경음이, 무대장치가 되어버렸어요. 아무런 가치가 없었던 거죠."

구드룬은 자신의 모든 감정을 무시하고 사랑에 더욱더 빠져들어갔다. 그녀는 그를 얻으려면 언제나 모든 것을 줘야 한다는 생각에 얽매여 있었다.

일 년 후 그들의 관계는 원점에 있었다. 두 사람은 서로에게 더 이상할 말이 없었다. 함께 살고는 있었지만, 각자 자기 생활을 할 뿐이었다. 각자의 생활도 멀리 떨어져 있었다. 그들은 너무나 자주 텔레비전 앞에 앉아 있었다. 그녀는 이 갑갑한 생활에 질식할 것 같았다. 자유로운 공기가 그리웠다. 이 집에서 두 사람은 자신들의 공허함에 어쩔 줄을 몰랐다. '사람들 틈에 있으면 그렇게 눈에 띄지 않을 거야. 어쩌면 나아질지도 몰라'라고 그녀는 생각했다. 그녀는 산책을 가자고 제안했다. 두 사람은 함께 산책을 나갔다. 그녀의 마음은 흔들리고 있었다. 그녀는 이 관계가 끝나게 될지도 모른다는 두려움을 느꼈다. 하지만 신선한 공기를 마시자 긴장이 조금 풀리기 시작했다. 사람들의 목소리, 길 위의 생명이 그녀에게 생기를 불어넣어 주었다. 그들은 레퍼반(함부르크에 있는 유명한 환락가)에 이르렀다. 어느 쇼윈도에서 그들은 두 사람의 마음에 드는 옷을 하나 발견했다. 마네킹에 입혀놓은 그 옷은, 아주 꼭 끼는 디자인에 주름잡힌 천으로 되어 있었으며 등 부분이 아주 깊게 파여 있었다. 그녀는 그 옷을 한 번 입어보았다. 그 틈에 로타는 능숙한 솜씨로 가격을 흥정했다. 그녀가 그 옷을 입자 로타가 어울린다고 탄성을 질렀다. 그녀는 태국 아가씨와 너무나 비슷했다. 그녀는 밖으로 나왔고, 다른 사람들의 눈에서 마치 거울을 보는 것처럼 자신의 모습을 볼 수 있었다. 그녀는 아주 멋졌고, 완전히 다른 여자였다. 그들은 곧바로 집으로 돌아왔다. 예전에 그들은 각자 성적 환상에 대해 이야기를 한 적이 있었다. 그녀는 항상 치마를 입고 남자에게 유혹받는 성적 환상을 가지고 있었다. 로타의 환상도 완전히 똑같았다. 집에 오자 로타는 커튼을 달았다. 그들은 길에서 들여다보이는 일층에서 살고 있었기 때문이다. 그는 모든 것을 준비했다. 그녀는 처음에 어떻게 시작해야 할지 알지 못했지만, 그 모습을 감추려고 애썼다. 곧 그녀는 협력하기로 결정했고, 다시 최선을 다했다.

"나는 정말 노력했어요. 태국 아가씨의 역할에 맞추려고 말이에요. 나는 모든 것을 다시 끌어냈죠. 마침내 우리는 포개져서 누웠어요. 그

때 로타가 나를 보지 않는다 것, 그가 내 눈을 들여다보지 않는다는 것을 알아차렸어요. 그래서 나는 머리를 옆으로 돌리고 눈을 감았어요. 지금 눈앞에 벌어지고 있는 일을 보지 않으려고 말이에요. 그러고 나서 그에게 등을 돌리는 체위를 했는데, 차라리 그게 편했어요. 서로 눈을 보지 않아도 되니까요. 팔로 몸을 지탱하면서 내 등뒤에서 눈을 감고 있는 그의 모습, 끊임없는 신음소리, 끊어질 듯 이어지는 움직임, 우리 사이에 있는 이 공허함. 끔찍했어요. 강간이나 다름없었지만, 내가 모든 것을 다 투입해서 적극적으로 하는 척하고 있었기 때문에 그렇다고도 할 순 없었지요. 그건 사실 거의 강요나 마찬가지였어요. 나는 그렇게 해야 했고 협력해야 했어요. 그렇지 않으면 관계가 끝날 테니까요. 마치 원격조종 당하는 기분이 들더군요."

그럼에도 관계는 끝이 났다. 로타는 짧고 고통 없는 이별을 고했다. 최선을 다해 노력했지만 구드룬은 열망하던 사랑을 얻지 못했다.

순응은 때로 사랑처럼 느껴질 수는 있지만 결코 사랑이 아니다. 여기에서도 역시 문제가 되는 것은 감정에 대한 혼동이다.

구드룬은 자기 감정을 속였다. 그녀는 자신을 여성적이라고 증명하고 싶었고 그래서 그 욕망을 표현했던 것이다. 사랑이 정말로 그녀를 고독에서 해방시켜주고 그 무가치한 딸로서의 실존에서 구원해주길 기대했던 것이다. 열한 살 때 그녀는 막대기라고 불릴 정도였는데, 아버지 말에 따르자면, 그녀의 몸매에는 볼 것이 아무것도 없었다. 그녀는 학급 친구들의 조롱하는 듯한 시선 때문에 고통스러웠다. 그래서 그녀는 집에서 하던 것처럼 친구 역할을 떠맡기 시작했다. "나는 친구 역할을 자청했어요. 반 친구들이 가장 비밀스러운 소망을 털어놓을 수 있는 소녀 말이에요."

그렇게 함으로써 그녀는 아버지의 지시를 따랐다. 아버지와의 육체적인 접촉에 대한 기억들이 상담의 초기부터 뒤섞여 있었다. 잠자리에 들기 전 아버지에게 뽀뽀를 하는 게 역겨웠다고 했다. 하지만 그녀는 아버지에 대해 긍정적인 기억도 있었다. 그녀는 아버지와 바닷가로 여행가는 꿈을 꾸었다. 물속에서 아버지와 딸이 벌이는 친구 같은 놀이에 대해서도. 그녀는 무척 즐거웠고, 그 기억도 아주 뚜렷했다. 그녀는 언제나 그 놀이가 아주 신난다고 느꼈다. 하지만 그녀가 원하는 만큼 실컷 한 적은 없었다.

점차 구드룬은 더 구체적인 것들을 기억해냈다. 열네 살이었을 때, 그녀는 이미 '다 자랐다.' 아버지는 마치, 어린 시절에 대해 이별을 고하기라도 하듯 마지막으로 자기 품에 안기라고 했다. 그녀는 그의 품에 안겼다. 그녀는 손을 그의 다리 위에 올려놓았다. 순간 그녀는 느낌이 끔찍했다. 그녀는 어서 빨리 아버지의 품에서 벗어나고 싶었다. 하지만 그런 감정은 보여주면 큰일난다. 아버지는 당장 화를 낼 것이고, 그녀를 비웃고 조롱할 것이다. 게다가 그녀는 아버지의 동경을 충족시켜주는 이상형 여자가 아니게 된다. 그런 꼴은 정말 참을 수가 없었다. 그래서 예전과 마찬가지로 그녀는 매일 아침 아버지를 위해 넥타이를 꺼내놓았다. 아버지와 딸 사이의 의식이었다. 언젠가 그녀는 지긋지긋한 넥타이 매는 법도 배웠다. 어머니라면 그런 일은 절대로 하지 않았을 것이다. 그때마다 그녀는 결혼할 준비를 하는 것 같다고 생각했다. 동시에 그녀는 어머니보다 더 괜찮은 연인이라고 느끼기도 했다. 어머니는 아버지와의 섹스가 결코 멋지지 않다고 느끼면서 감수하고 있었기 때문이다. 어머니에게 아버지와의 잠자리는 그저 결혼생활의 의무였다. 그녀는 어린 나이에 무슨 일이 있어도 어머니보다는 더 괜찮은 여자가 되겠노라고 맹세했다.

몇 차례 상담을 한 뒤 그녀는 어머니가 여행을 갔을 때 부부 침대에서 아버지와 몇 번 함께 지낸 적이 있다는 것을 기억해냈다. 아버지가 없을 때에도 항상 어머니와 함께 잤기 때문에, 그녀는 아버지가 '공평함'을 내세워 같이 자자고 요구할 수도 있다고 생각했지만, 마음 한켠으로는 두려웠다. 그래서 그녀는 사실 원하지도 않으면서 아버지 곁에서 잤다.

그녀는 아버지가 그런 감정을 눈치채고 사랑해주지 않을까 봐 두려웠다. 어린 시절 그녀에게는 누구 옆에서 자고 싶은지 스스로 결정할 권리가 없었다. 그렇게 해서 그녀는 원하지 않았음에도 여러 번 자발적으로 아버지 옆에 잠을 자게 되었다. 그런 밤이면 그녀는 결코 깊이 잠들 수 없었다. 그녀는 모든 소리를 다 인식했다. 구드룬은 과거의 이 감정을 아주 선명하게 느낄 수 있었지만, 밤에 실제로 무슨 일이 일어났는지는 도무지 기억할 수 없었다. 그저 숨이 막힐 듯한 감정만이 남아 있었다. "질식할 것 같았어요. 우리 사이에 그 무언無言의 것이. 두려움과 고통이 그 상황을 지배했어요."

원하지 않는 자발성이라는 행동유형이 평생 동안 그녀를 따라다녔다. 그녀는 자발적으로 사랑에 몸을 바쳤고, 원하지 않았지만 자신을 기만했다.

구드룬도 자기 감정의 언어를 잘 알지 못했으며, 몸이 보내는 신호의 의미를 전혀 알지 못했다. 그녀의 감정은 분명한 언어로 이야기하고 있었다. 그녀가 로타와 지낸 첫날밤에 받았을 충격에 대해 생각해 보자. 그녀는 부드러움을 기대했지만 로타는 그녀에게 불쾌한 자세를 취하도록 강요했다. 주저없이 그녀는 이 신호를 무시했고 환상으로 탈출했다. 이런 식으로 안심하면서 그녀는 사랑에 대한 자신의 꿈이 계속되는 것만을 염두에 두었고, 만족하는 척했다. 경고 신호는 여러 차례 있었지만, 그녀는 신중을 기하기 위해 아예 모든 신호들을 흘려들었다. 그녀가 자신이 남성의 욕정을 채우기 위한 배경장치일 뿐이라는 것을 느꼈을 때도 다음번을 기다렸다. 그녀에게 환상보다 더 중요한 것은 없었다. 상황은 그녀와 로타 사이에 존재하는 위협적인 벽 같은 '공허함'이 눈앞에 나타날 때까지 진행되었다. 그러고 나서 비로소 그녀는 이해했다. 하지만 그녀의 자존심을 구원하기에는 이미 늦어버렸다. 그녀는 무분별하게 많은 것을 주었고, 이 연애에서 엄청난 상처를 받고 겨우 빠져나왔던 것이다.

아직도 그녀는 실망을 극복하지 못한, 아버지를 잊을 수 없어 환상으로 도피하는 어린 소녀다. 그녀가 도피한 곳은 어린 시절의 동경들이 이뤄지는 곳, 외로움이 잊혀질 수 있는 곳, 딸의 사랑이 응답을 받는 그런 곳이다. 그래서 그녀는 자신 안의 그 어린 소녀가 끊임없이 경고하는 외침을 이해하지 못한다.

그런 식으로는 어떠한 욕망도, 자신의 동경과 소망에 대한 진정한 느낌도 절대로 생겨날 수 없다. 구드룬은 남자가 원하는 것에만 초점을 맞추고 있었다. 욕망과 인식되지 않은 과거가 서로 갈등을 빚고 있다. 종합적으로 고찰되지 않은 어린 시절이 욕망을 지배하고 가장 예민한 부분을 방해한다.

구드룬에게는 어린 시절이 조금 부족했다. 그 부족한 것에 대한 동경 때문에 자신이 사랑할 때 그토록 필사적으로 노력한다는 것을 알지 못했다. 오랫동안 고통스럽게 정면으로 맞선 뒤에야 비로소 그녀는 그 사실을 겨우 알았다. 그녀는 힘겨운 길을 걸어왔고 고통으로 가득 찬 기억을 지나 비로소 새로운 자유를 누릴 수 있게 되었고 섹스도 즐길 수 있게 되었다.

자기 기만

_나는 할 수 없어.

　가부장적 전통에 따른 양육방식은 두려움과 사랑을 비극적으로 뒤섞어놓는다. 어린 딸은 자신이 두려워하는 바로 그 아버지를 사랑해야만 한다. 첫 번째 사랑을 할 때부터 이미 딸은 두려움이라는 뒷맛을 알게 된다. 그래서 딸은 언제부터인가 두려움과 사랑을 구분하지 못하게 된다.

　딸이 훗날 맺게 되는 애정관계도 이렇듯 서로 어울리지 않는 감정을 토대로 하고 있다. 그녀가 느끼는 감정 속에는 '잘되어야 하는데'라는 벌벌 떨릴 정도의 두려움이 항상 뒤섞여 있다. 이 좋지 않은 감정이 사실로 드러나는 경우도 많다.

　여성들은 아버지 또는 남자에 대한 두려움을 가지고 있다. 물론 언제나 모든 상황에서 그런 것은 아니지만 말이다. 모든 여성들은 각자 개인적인 경험의 모델에 따라 살아가는데, 그것이 무의식중에 두려움을 자극한다. 예를 들면 전화가 울릴 때 수화기를 들지 못하는 두려움, 혼자 집에 있을 때, 문을 열 때, 어떤 행사에서 크게 이야기할 때 느끼는 두려움 같은 것들이다. 겉보기에 그런 두려움은 특별한 이유가 없다. 그 두려움은 어린 시절에 이미 생겨나 현재까지 반복적으로 경험하게 되는 감정이다. 그것은 억압된 유년기의 두려움, 즉 아버지에 대한 두려움이다. 이 두려움의 원인을 딸이 잊어버리는 경우가 많다. 어떤 남자가 목소리를 높이거나 몸짓이 거칠어질 때 여성에게 이 감정적 반응이 무의식적으로 나타난다. 이런 반응에 여성들은 어쩔 수 없이 사로잡힌다.

여러 해 전 나는 아무 생각 없이 수영을 하다가 해안으로 밀려오는 파도에 휩쓸린 적이 있었다. 파도는 나를 높이 들어올리더니 내동댕이쳤고, 나는 바다의 밑바닥까지 휩쓸려 들어갔다. 갑자기 숨이 막히면서 눈앞이 빙글빙글 돌았다. 순간 심장이 미친 듯이 뛰었다. 나는 간신히 물 밖으로 머리를 내밀면서 자제력을 되찾으려고 노력했다. 나는 도망치듯 바다를 떠났다. 얼마 지나지 않아 이 사건은 곧 잊혀졌다. 하지만 몇 년이 지난 지금, 밀려오는 파도를 보기만 하면 무의식적으로 심장이 두근거리기 시작한다. 결국 나는 바다를 기피하게 되었다.

나는 남자에 대한 여성의 두려움을 이와 비슷하다고 생각한다. 시끄럽고, 예측할 수 없는 아버지의 분노, 엄격하고 경직된 지시사항들, 갑작스러운 거부, 아이러니한 미소, 가혹한 대우……. 그 모든 것이 어린 시절의 소녀를 당황하게 했고 어쩔 줄 모르는 두려움으로 떨게 한 그 시절의 파도들이다.

잊혀진 어린 시절의 파도 때문에 여성들은 두려움에 얽매인다. 두려움을 참고 견디는 것은 무척이나 힘들다. 어떻게든 이 불쾌한 감정을 다시는 느끼지 않으려고 안간힘을 쓴다. 경험적으로 그 어린 소녀는 두려움을 피하는 방법을 익히 알고 있었다. 가장 좋은 방법은 두려움을 느끼게 될 상황을 피하는 것이다. 두려움의 대상이 아버지라면 그의 기분을 좋게 하려고 노력해야 한다. 그런 식으로 어린 소녀들은 두려움을 미연에 방지할 수 있는 행동방식을 본능적으로 훈련한다. 그들은 두려움에서 벗어나기 위해 말을 잘 듣는다. 그렇지 않은 경우도 가끔 있지만 아주 드물다.

딸들이 말을 잘 듣는 이유는 두려움을 떨어버리려는 몸짓이다. 그래서 두려움을 느끼게 될 상황을 미연에 방지하려고 온갖 안전보장대책들을 짜내지만 별로 도움이 되지 않는다. 이미 마음속에 쌓여 있는 두려움이 사라지지 않기 때문이다. 두려움은 자신이 그 감정을 느끼고 있다는 것을 짐작 못하고 있을 때에도 작용하며, 결코 끝나길 원치 않는 자기 기만으로 귀결된다. 여성들의 '나는 할 수 없다는 태도'는 어린 시절의 두려움과 이를 회피하기 위해 그들이 택한 전략이 걸러지지 않고 표현된 것이다. 그런 태도는 의존성으로 직결된다. 스스로 할 수 없는 사람은 반드시 도와줄 사람이 필요하기 때문이다. 이런 사람들은 잘못을 해서가 아니라 아예 처음부터 의존적인 상태에 있는 것이다.

의존의 집

여성들은 마치 경비가 삼엄한 감옥에서 사는 것처럼 의존성 속에서 살아간다. 자신의 과거와 맞서 대결한 사람만이 이 절박한 상황을 인식할 수 있다. 그렇지 못한 여성들은 은폐되어 있는 이 상황을 깨닫지 못하고 의존성 속에서 삶을 그럭저럭 꾸려나간다. 그들은 인생을 가능한 한 아름답고 편하게 만들려고 노력한다. 그들은 가구, 카펫, 커튼을 장만한다. 의존성이 지배하고 있는 여성의 집은 대체로 화려하게 꾸며 있는 경우가 많다. 그러나 여성들이 피를 흘리며 머리를 벽에 부딪칠 수밖에 없는 감옥이라는 사실에는 변함이 없다. 아름다운 옷을 입고, 가장 좋아하는 장신구로 치장한 채 그들은 '어른'인 척한다. 그저 위장하고 있을 뿐이다. 안락하기는 하지만 의존적인 인생을 살아오면서 여성들은 자기 자신과 광채를 잃어버린다. 이에 대한 대가는 너무나 비싸다. 여성들은 '죽을 때까지 자신을 포기할 것인가 아니면 고통스럽지만 변화할 것인가?'라는 가차없는 질문에 정면으로 맞닥뜨리게 된다.

여성들이 의존성을 청산하고 싶을 때, 동등함과 독립성을 선택하기로 마음을 굳힐 때 언제나 예전부터 두려워하고 있던 어려움에 직면하게 된다. 다른 사람들이 그들을 차갑고 이기적으로 여기며, 자신만을 생각하고 사랑할 능력을 잃어버린 여성으로 취급하는 것이다. 그러고 나면 그들은 더 이상 남자들의 구애대상이 되지 못하는, 더 이상 사랑스럽지 않으며 버림받은 여자가 된다. 여성들은 이 메커니즘을 어린 시절부터 잘 알고 있다. 아버지는 나긋나긋하고 기꺼이 자기 기분과 감정에 맞추는 순종적인 딸만을 사랑했기 때문이다. 물론 아버지가 사랑을 했다면 말이다.

어린 시절 경험한 버림받은 것 같은 이런 느낌은 정말 고통스럽고 두려움의 대상이었다. 그런 감정에 대한 두려움 때문에 어린 딸은 아버지에게 의존적이 될 수밖에 없었고, 성장한 후에도 그 두려움에 사로잡혀 꼼짝도 못하게 된 것이다. 그들은 절대로 다시는 그런 고통을 겪고 싶지 않다고 간절히 바란다. 하지만 '버림받게 될 것'이라는 위협은 어디에나 존재하고 있어, 끊임없이 이것에 시달리느니 차라리 자신을 못 본 척하는 쪽을 택한다. 그들은 남성에게 의존함으로써 스스로를 버리는 것이다. 대부분의 여성들이 이런 행동의 모델을 마치 자동 현상처럼 지극히 분명하고, 문제가 없는 것으로 여기고 있다. 내 생각에는 그런 행동 모델의 기저에는 틀림없이 어린 시절의 어떤 경험이 작용하고 있는 것 같다. 그러나 그들은 감정적으로 어린 시절의 경험을 활용하지 못한다. 두려움이 학습능력을 방해하는 것이다. 그러므로 파파걸은 사랑을 할 때 언제나 예쁘고, 상냥하고, 말 잘 듣고, 다시 말해 의존적이

기만 하면 그것으로 충분하다고 생각하는 어린아이들처럼 행동한다. 그렇게 행동하면 남자들도 기꺼이 그들의 매력을 인정해주기 때문이다. 많은 남자들은 이때 그 '사랑'에 포함되어 있는 불신과 의존적인 두려움을 보지 못한다.

의존성을 버리려면 예나 지금이나 수많은 고통들이 도사리고 있는 과정을 거칠 수밖에 없다. 절대 도와달라고 말해선 안 된다고 했던 아버지의 침묵의 명령을 어기는 것이 중요하다. 여성들이 자기가 의존적이라는 것을 아주 정확하게 느끼는 경우도 많지만, 그래도 그 상태에서 쉽게 벗어나질 못한다. 그들은 사랑이 자기 자신과 두려움으로부터의 도피일 수도 있다는 것을 어렴풋이 느끼고 있다. 고독은 다모클레스의 단검*처럼 머리 위에 떠다닌다. 여성들은 의존적이 됨으로써 자기 자신을 회피하고 싶어 한다. 그들은 자신이 어떤 사람인지 알고 싶지 않기 때문에 중요하고 가장 의미 있는 만남, 즉 자신과의 만남을 소홀히 한다.

어쩌면 여성들은 그 어린 소녀와 마주치고 싶지 않은 건 아닐까? 어쩌면 과거에 하찮은 대접을 받았던 딸, 자신들 안에 있는 그 소녀를 잊고 싶은 건 아닐까? 바로 그들이 이런 식으로 만남을 회피하고 있기 때문에 줄곧 그 소녀와 마주치는 것은 아닐까?

그 소녀의 '비명' 소리가 여성들의 말문을 자꾸만 막고 있으며, 스스로 책임을 지지 않는 미성숙의 상태에서 벗어나지 못하게 막고 있다. 하지만 한 걸음을 과감하게 내디딘 여성들이 겪는 고통 뒤에는 마치

---

* 다모클레스는 그리스 신화 속의 인물이다. 도시국가 시라쿠사라의 왕인 디오니시오스는 다모클레스가 왕으로서의 행복을 과장하여 떠들어대자 그를 화려한 잔치에 초대해 천장에 실 한 올로 매달아놓은 칼 밑에 앉히고 권력자의 운명이 그만큼 위험하다는 것을 보여주었다고 한다. '다모클레스의 단검'은 환락 또는 권력을 누리는 것이 겉보기만큼 화려하고 편하기만 한 것이 아니라는 것을 비유하는 표현으로 사용된다. —옮긴이

그에 대한 보상인 것처럼 자유가 저절로 생겨난다.

_ 너는 두려움 속에 살아야 하지만, 그것을 부인해야 해

가비(심리학을 전공하는 대학원생, 30세)가 딸의 의존성에서 멀리 벗어
나는 과정을 함께 따라가보자. 그녀 역시 자신이 의존적이라는 점을 비
밀로 잘 간직해왔다. 그녀는 침묵하는 법을 배웠고, 특히 아버지에 대
한 것들은 일절 말하지 않았다. 그녀는 자신이 해방된 여성이라고 느꼈
으며, 삶의 여러 영역에서도 자신이 그렇다는 것을 증명하고 있었다.
그러나 그 의존적인 감정의 구조가 전혀 필요하지 않을 때에 별안간
나타나 곤혹스러웠다. 사랑을 할 때 그녀는 마비된 것처럼 느꼈다. 사
랑하는 사람과의 관계에서 이러한 마비가 계속되자 그녀는 결국 침묵
을 깨야겠다고 결심했다.

그녀는 성장 과정에서 두려움과 의존성을 가지도록 그리고 침묵하
도록 교육을 받았다고 설명했다. 지금까지 그녀는 그저 어린 시절을 잊
어버리고 모든 것을 뒤에 묻어두고 싶었다. 그녀는 누가 옳은지를 확신
할 수 없기에 아버지에 대해서는 결코 이야기하지 않았다. 그녀는 다른
사람들이 아버지가 옳다고 인정할까 봐 그리고 아버지처럼 자신을 판
단하게 될까 봐 두려웠다. 이제 그녀는 자신이 입을 다물고 있음으로써
어린 시절의 집을 평생토록 감옥으로 확장시켜놓았음을 깨닫게 되었
다. 그녀는 감히 자신의 의존적인 감정을 파악할 수 없었다. 그건 아버
지를 배신하는 것이었기 때문이다. 그래서 그런 감정을 비판하는 것
조차 대단한 용기가 필요했다. 그녀는 이런 과정이 자신을 얼마나 고
통스럽게 하는지를 자꾸만 강조했다. 차근차근 그녀는 자신의 과거와
맞설 수 있었다. 그녀는 어린 시절에 겪었던 고통을 아주 분명하게 표
현했다.

"나의 부모님의 집, 말하자면 나의 아버지의 집은 규칙과 금지사항,

숨막히는 멸시, 숨길 수 없는 불안과 완전히 복종하라는 아버지의 요구로 가득 찬 감옥이었어요. 집은 절대로 보호받을 수 없는 곳이었고 정의라고는 없었지요. 어머니는 그런 남자를 찾아낸 것을 감사했죠. 어머니는 아버지에게 복종했고, 아무 말도 하지 않으셨어요. 그리고 나도 어머니를 위해 아무 말도 하지 않았어요. 나는 얌전해졌어요. 아버지의 의견과 행동은 법이었어요. 아버지는 집밖으로만 나가면 친절한 사람의 가면을 쓰고 아내와 아이를 위해 무슨 일이든지 한다고 떠벌리고 다녔어요. 아버지는 모든 사람들을 자기편으로 만들었죠."

가비는 어린 시절 집에서 보낸 일상적인 하루를 묘사했다. 평소에 그녀가 잘 보여주지 않았던 감정이 나타났다. 그날은 공포스런 날이었다. 하지만 그날은 특별히 해롭지 않은 날, 보통의 날이기도 했다. 그것이 그녀의 일상이었던 것이다.

"새벽 6시가 되면 자명종이 울렸어요. 나는 벌떡 일어나 침대에 똑바로 앉았어요. 잠은 완전히 깨어 있었죠! 아버지가 깰까 봐 두려워하면서 재빨리 그리고 소리 없이 목욕탕으로 들어갔어요. 하지만 운이 좋았어요. 아버지가 전날 저녁에 술을 드셨거든요. 나는 한 가지 생각밖에 없었어요. 가능한 한 빨리 이 집에서 나가야 한다.

이미 책가방은 전날에 다 싸두었어요. 아버지가 오래전부터 그렇게 하라고 명령했거든요. 나는 언제나 아버지가 책가방을 검사할지도 모른다는 것을 염두에 두었어요. 도시락으로 먹을 빵도 냉장고 안에 들어 있었어요. 아마 틀림없이 내가 좋아하지 않는 것이겠죠. 나는 그걸 학교에 가자마자 버릴 생각이었어요.

마침내 나는 집밖으로 나왔어요. 가시거리에서 벗어나자 비로소 숨통이 트였죠. 하루 종일 밖에만 있으면 정말 좋을 것 같았어요. 적어도 아버지한테서 벗어날 수 있으니까 말이에요.

수업 중에도 나는 끊임없이 집으로 돌아가면 상황이 어떨지 생각했어요. 머릿속으로 계속 모든 것을 꼼꼼하게 점검했어요. 혹 내가 어딘가에 잘못을 한 건 아닌지 아니면 아버지가 짜증을 부릴 만한 무언가를 내가 못 보고 지나친 건 없는지 말이에요. 정말 쉬운 일이 아니었어요. 아버지가 어떨지를 아무도 정확히 알지 못했거든요. 어떤 때 아버지는 관대하게 못 본 척 넘어가지만, 어떤 때는 똑같은 일로 매를 맞기도 했으니까요.

이미 선생님이 왜 그렇게 늘 꿈만 꾸고 있느냐며 나에게 경고하셨어요. 조심해야 했지요. 자칫하면 선생님이 성적표에 그 내용을 적을 수도 있었으니까요.

수업이 끝났다는 것을 알리는 벨이 울리면 나는 집으로 곧장 갔어요. 집으로 가까이 가면 갈수록 심장이 두려움에 점점 더 빨리 뛰었어요. 아버지는 아직 집에 돌아오지 않으셨어요. 아니, 어쩌면 오셨을지도? 절대로 알 수 없죠. 현관문 앞에서 나는 안도하면서 아버지가 집에 계시지 않다는 것을 느꼈죠. 들어가자마자 부엌을 살펴보았어요. 보통 그곳에 아버지의 지시사항이 놓여 있었거든요. 먹을 것이 레인지 위에 놓여 있었어요. 배가 고프든 않든 음식을 데워서 먹었어요. 식탁 위에 차려 있는 것은 무조건 먹어야 했거든요. 불평이란 존재하지 않았어요. 나는 모든 것을 다시 깨끗하게 씻었어요. 절대로 잊어버리는 것이 있어서는 안 돼요.

그러고 나서 내 방으로 들어가 책상 앞에 앉았어요. 방 안의 벽지를 비롯해 거의 모든 게 순백색이고, 스탠드는 파란색, 이불은 노란색이에요. 그건 아버지가 좋아하는 색들이죠. 모든 것은 아버지가 놓아둔 그대로예요. 어떤 것도 위치를 바꾸면 안 되었으니까요. 나는 아예 어떤 것에도 손을 대지 않는 쪽을 택했죠. 나는 아무런 트집을 잡히지 않도록 재빨리 그리고 완벽하게 숙제를 했어요.

이제 나는 아버지가 돌아오시길 기다렸어요. 나는 굳어진 얼굴로 식탁에 앉아 쉴새없이 어떻게 하면 아버지 기분을 맞출지 생각했어요. 혹시 내가 잊어버린 건 없나? 사실 아버지는 비열하고 정의롭지 못했지만 나는 분노를 억눌러야 했어요. 두려움에 몹시 괴로웠지만, 나는 받아들일 수밖에 없었어요. 아무리 생각하고 또 생각해봐도 벗어날 방법이 없었거든요.

시계 바늘이 무섭게 앞으로 움직이더군요. 3시부터는 아버지가 올 가능성이 높은 시간이었어요. 나는 모든 소리에 극도로 예민해졌어요. 계단에서 아주 작은 소리가 들리자 나는 몸을 움찔했어요. 이제 아버지가 오신다! 아니구나, 옆집 사람이었어. 나는 현관문에 귀를 대고 있다가 이내 창가에 서 있기도 했어요. 자꾸 시간이 흘러갔어요. 그때 아버지가 오시는 것을 보았죠. 아버지의 기분이 어떤지 알아차리기가 힘들었어요. 아버지가 집앞 계단을 올라오시는 소리가 들렸을 때 나는 재빨리 내 방으로 갔어요. 책상에 이미 그동안 공부를 하고 있었던 것처럼 보이도록 책 한 권을 펼쳐놓았거든요. 몇 시간 동안 똑같은 쪽이지만요. 아버지가 물어볼 때를 대비해서 나는 아주 잘 알고 있는 부분을 펼쳐놓고 있었던 거예요. 열쇠 돌리는 소리가 들려왔어요. 나는 아버지에게 반갑게 인사하려고 문으로 달려갔어요. 나는 그렇게 해야 했어요. 아버지의 기분을 맞춰주려면요. 나는 아버지가 바라는 대로, 아버지가 원하는 방식대로 모든 일을 했어요. 가능하다면 아버지가 말하기 전에요. 오늘 아버지의 기분이 좋아 보였어요. 아버지에게는 제때에 저녁식사가 준비되어 있는 게 중요했거든요. 그날은 저녁에 축구경기 중계가 있는 날이었기 때문에 더욱 그랬어요. 중계가 있는 날이면 나는 아버지에게서 벗어나 잠시 편안해지죠. 아버지는 아무 간섭도 하지 않을 거고 나에게 욕을 하거나 때리지 않을 테니까요. 아버지가 학교생활에 대해 아주 간단하게 묻는 것으로 끝나자 안심했죠. 8시 정각에 나는 알아서 잠자리에 들었어요. 아버지가 텔레비전을 더 봐도 된 다고 허락해주지 않으면요. 내가 무엇을 하고 싶은지는 중요하지 않았 어요. 이제 잠자리에 들기 전 뽀뽀를 해야 했죠. 언제나 그 일이 역겨 웠지만 아버지가 그걸 눈치채면 큰일나요. 마침내 침대에 눕게 되자 나는 기뻤어요. 물론 나는 아버지가 오늘도 코냑을 꺼내시는지 귀 기 울이는 것도 잊지 않았어요.

반쯤 잠이 든 상태에서 나는, 아버지나 나 둘에 중 아무나 납치되는 상상을 했어요. 누구든 상관없었어요. 누군가가 또는 그 어떤 것이 이 상황을 바꿔주기를 간절히 소망했어요. 그러는 사이 잠이 들었지요."

매일 아버지는 가비에게 자신의 모든 감정을 퍼부었다. 하지만 그녀 는 절대 아무 대꾸도 하지 않았다. 그녀는 사람들이 아버지의 말을 믿 지, 자기 말을 믿지 않을 거라고 확신했기 때문이다. 그녀는 침묵함으 로써 자신의 의존성을 굳어지게 했다.

훗날 그녀와 파트너의 관계는 희한하게도 어린 시절의 집과 무척 비 슷했다. 두려움을 더욱더 깊은 곳에 은폐시켜놓았다는 점만 달랐다. 그 녀는 어린 시절처럼 직접적으로 두려움을 느끼지 않았기 때문이다. 그 래도 여전히 두려움이 존재했고 효력을 발휘하고 있었다.

"아버지와 있을 때와는 달리 파트너와 함께 있으면 오히려 과감히 나의 분노를 드러냈어요. 물론 그가 가버릴지도 모른다는 위협이 눈앞 에 존재하지 않을 때만 그랬죠."

그러고 나면 가비는 흠칫 놀랐다. 의존성이 발동하기 시작했던 것이 다. 그녀는 태도를 누그러뜨렸고 어쩌면 자신이 틀렸을지도 모른다는 생각으로 침묵했다. 파트너와의 대화는 이런 식이었다.

"그 사람은 갈등이 생기면 비난에 가득 차고, 무시당하고 패배당한, 그리고 강요당한 사람의 입장을 취하고, 겉으로는 마치 이해심이 있는 것처럼 굴었어요. 그러면서 그는 어떤 말을 하든 '그래, 하지만……'이라는 식이었고, 갑자기 진부한 주장과 독선을 늘어놓기도 했어요. 그는 '그렇다면 당신이 나를 제대로 이해하지 못한 거야. 나는 그런 뜻으로 말한 게 아니었어'라는 식의 암시를 주면서 했던 말을 또다시 반복하는 거예요. 그 방식은 그가 그 문제에서 벗어나 나를 침묵하도록 만드는 데 효과적이었어요."

그의 그 방식은 성공했다. 가비는 예전과 마찬가지로 침묵했다. 그녀는 과거에 한 남자의 행복을 위해 침묵하는 법을 배웠다. 여전히 그녀는 자신과 자신의 욕구를 깨닫지 못하고 침묵하는 어린 가비의 모습이었다. 그녀는 자기 감정만을 현실로 인정해주길 바라는 남편의 요구가 정당하다는 생각까지 했다. 그녀에게는 이것이 문제 있는 태도라는 생각이 전혀 들지 않았다. 이미 그녀는 남자들의 독선적인 태도에 친숙했기 때문이다. 그녀에게 그것은 '정상적'인 것이었다.

현재 그녀에게 파트너와의 관계는 의존의 집이다. 가비는 그저 이사를 한 것뿐이다. 사는 집만 바꿨을 뿐이다. 그녀는 집의 내부를 그대로 가져왔던 탓에 어린 시절과 똑같은 감정을 느낀다. 그녀는 자신이 강하고, 특히 남자에게 독립적이며 해방된 여성으로 비춰지길 바랐다. 하지만 어머니와 마찬가지로, 자신이 남자를 인생에서 가장 중요한 부분으로 만들었다는 것을 느꼈다. 어머니와 똑같이 남자에게 의존적이었고 스스로는 자유로이 결정을 내릴 수가 없다. 이럴 때 그녀의 남편은 아버지와 똑같은 방식으로 그녀를 비판했다. 갈등이 벌어지면 그는 그녀에게 이렇게 말했다. "왜 당신은 그렇게 어려운 거야?" 그러고는 느긋하게 몸을 소파에 기댔다. 이런 식으로 비난에 가득 찬 듯한 태도를 취함으로써 그는 어린 가비의 회의를 되살리는 데 여러 번 성공했다. 그 어린 가비는 이렇게 되묻는다. "내가 너무 엄격했어? 내가 너무 심했던 거야?" 항상 그런 식으로 그들의 다툼은 끝났다. 가비는 다른 사람에게 자신의 무죄를 입증해주길 간청하는, 영원한 죄인인 딸의 역할을 충실히 해내고 있었던 것이다.

파트너와의 관계에서도 가비는 지금까지 감정적으로 자신의 인격에 대한 아버지의 판단이 옳다고 인정하고 있었으며, 그래서 자신에 대해 회의하고 있다. 어린 시절에 훈련된 두려움과 의존성 때문에 그녀는 정말 실제 상황이 어떤지를 파악할 수가 없었다. 그것은 무의식적으로 작용하는 감정적 반응이었고, 여전히 통제할 수 없었다. 파트너가 떠날 거라고 위협을 할 때마다 그 두려움이 울컥 솟아올라 어른인 가비를 어린 소녀로 바꿔버렸던 것이다.

그녀는 자신이 누구인지를 스스로 결정해야 했다. 그리고 아버지가 정말로 옳았는지도. 이러한 결정은 이후 그녀의 인생을 좌우할 것이다. 하지만 이 결정을 내리는 과정에 참여하려면 그녀는 먼저 과거에 아버지에 대해 느꼈던 그 두려움을 말로 표현해야 한다. 그녀는 멸시당한 어린 소녀의 두려움과 정면으로 대결하고 그 어린 소녀를 진심으로 좋아해야 한다. 아버지는 그녀를 무시했고, 침묵을 강요했다. 어린 시절 그녀가 의존적이 되었던 것은 그녀의 책임이 아니며 전혀 그녀 잘못이 아니다.

나와 대화를 나누던 중 마침내 가비는 이런 두려움을 기억해내고 표현하게 되었다. 의존성에서 해방되기 위해 그녀가 내디딘 중요한 첫 걸음이었다. 두려움, 특히 어린 시절의 두려움은 일단 의식이 된 후에 이야기를 함으로써 없앨 수 있기 때문이다. 저절로 그렇게 된다. 아버지의 요구에 따라 생겨난, 그 때문에 얻은 두려움은 아버지라는 존재의 의미를 잃고 나면 영향력이 줄어들기 때문이다.

가비와 같은 경우에 처한 여성들이 많다. 그들은 어린 시절에 대해 말하지 않는다. 그런데 이런 침묵이 그들이 벗어나고 싶은 바로 그 어린 시절의 구조에, 그들이 부인하는, 인식하고 싶지 않은 그 두려움에 그들을 묶어놓는다. 의존성은 어떤 관계를 맺든 그 속에서 잡초처럼 무성하게 자라난다. 그래서 그들은 변함없이 의존성의 집에 머물러 있는 것이다. 어느 누구도 두려움을 가지고 싶지 않지만, 애정관계에도 두려움이 있다. 두려움은 너무나 많은 공간을 차지해버려 자유를 전제로 하는 진정한 헌신적 애정이 생겨날 여지가 없다. 결국 이성과의 관계에서든 동성과의 관계에서든 모든 사회적인 관계를 맺을 때 그들은 두려움에 공격받는다.

의존적인 여성은 가장 깊은 곳에서 자신이 자유롭지 못하다는 것을 정확하게 느끼고 있다. 그녀는 저항하고 싶지만 그렇게 할 수 없다. 이런 상황에 짜증나고, 화나고 동시에 무기력하지만, 그렇다고 변하는 것은 아무것도 없다. 그녀는 분노를 드러내서는 안 되기 때문이다. 그렇게 함으로써 무기력-분노-굴복이라는 악순환이 새로이 시작된다. 이 악순환은 아버지에 대한 두려움, 즉 어린 시절이 파도에 완전히 씻겨나가고 그와 동시에 강박, 부인, 회의라는 의존성의 규칙들이 깨끗이 쓸려나가기 전까지는 결코 끝나는 법이 없다. 의존적인 여성들이 기억해두고 늘 생각하면 상당히 도움이 될 말이 있다. "이제 너 자신에게 속임수를 쓰는 걸 그만둬. 그리고 네가 좋아하는 일을 해."

죄책감의 훈련
좋은 아버지와 나쁜 아버지-지킬 박사와 하이드 씨

이 지긋지긋한 죄책감. 죄책감이 뭔지 아는 사람들은 내 말뜻을 알 것이다. 죄책감은 강력하고 오랫동안 지속되며, 그것을 침묵하게 하는 것은 거의 불가능하다. 죄책감은 작은 회의라고도 할 수 있지만, 언제나 고통을 주며 즐거운 순간에도 기쁨을 빼앗아버리는 대단한 놈이다. 죄책감은 결코 평안을 주지 않는, 끊임없이 졸라대는 어린아이와 같다. 어떤 일에 결정을 내리기만 하면 곧 죄책감이 짠 하고 나타난다. '그렇게 하는 것이 옳았을까, 내가 모든 것을 고려했을까, 내가 보지 못한 건 없을까, 그렇게 해도 되는 걸까?' 꺼림칙한 마음으로 자신의 행동을 반성하고 이리저리 검토한다.

여성이 어떤 남성을 과감히 떠나고 나면 그 성가신 아이들이 수면 위로 떠오른다. 그녀는 지칠 줄 모르고 자문한다. '꼭 그래야 했던 걸까, 그냥 잘될 수는 없었을까? 내가 너무 엄격하고 심한 걸까?' 모든 여성은 오랫동안 늘 이렇게 감정적인 절충의 과정에 몰두하고 있지만, 아무런 성과 없이 끝나는 경우가 대부분이다. 그에 대한 대가로 그들의 자존심은 커다란 해를 입는다.

죄책감은 진정되길 바란다. 하지만 어떻게……?

여기에 평화를 되찾고, 죄책감이라는 그 떼쟁이의 자리를 빼앗는 마법의 약이 있다. 자신이 죄책감의 훈련을 받았다는 것을 인식하고 그 과정을 통찰하는 것이다. 그러면 이내 떼쟁이는 잠잠해진다.

심리학의 학설에 따르면 죄책감이 존재하는 목적은 나쁜 사람을 착하게 만들기 위한 것이다. 누구나 죄책감을 만들어낸다. 이해하기 쉽게 설명하자면 '여기 좀 봐, 내가 나쁜 일을 하지만, 그래도 나는 죄책감을 가지고 있어. 후회하고 있으니, 나는 착한 사람이야'라는 식이다. 그러므로 죄책감은 나쁜 행동들을 덮어주며, 후회한다고 고백하기만 하면 모든 나쁜 행동들이 없었던 일이 되거나 적어도 그리 심각한 문제로 보이지 않게 된다.

나는 이런 심리적 메커니즘이 여성들에게는 들어맞지 않는다고 생각한다. 죄책감을 느끼는 것으로 여성들은 자신이 결코 더 나은 인간이 되었다고 생각하지 않는다. 그들에게 후회는 아무 도움이 되지 않는다는 뜻이다. 오히려 죄책감은 자신이 '정말로 나쁘다'는 느낌을 심화할 뿐이다. 게다가 여성들에게 유죄판결을 내려 행동할 능력을 빼앗으며, 그러잖아도 심각한 자기 회의를 더욱 강화한다. 사람들은 죄의식을 가진 여성들을 쉽게 설득하고, 확신시키고 잘못을 고쳐줄 수 있다. 심지어 사람들은 그들의 '따귀'를 때리고도 벌을 받지 않을 수도 있다. 그들은 무슨 일에든 감수성이 예민하다. 단지 자신의 가치에 대해서만은 아니다.

여성들의 어린 시절이 각각 다양한 형태를 가지고 있음에도 나는 죄책감의 생성에 대해서는 그 모든 어린 시절들을 관통하는 기본 모델이 있다는 것을 발견했다. 딸 스스로도 인식하지 못한 채 죄책감에 얽매이게 하고, 잘못이 자신에게 있는 것처럼 느끼게 하며 그래서 아버지로 하여금 책임을 면하게 해주는 바로 아버지들의 변신술이다. 이런 훈련은 아주 일찍부터 시작된다.

딸은 종종 아버지에게 믿기 힘든 일들을 경험한다. 그러나 딸의 마음에는 여전히 의심의 찌꺼기가 남아 있다. '어쩌면 내가 너무 강하고 너무 심한 건지도 몰라. 내가 사랑받을 가치가 없는 건 아닐까?' 이것이 바로 죄책감의 토대다.

아버지는 어떻게 그리 할 수 있는 걸까? 어떻게 그는 딸에게 그저 아주 약간의 애정과 지지만을 보여주면서 딸을 침묵하게 하고 그럼으로써 아버지를 미화하도록 이끌 수 있는 걸까? 어떻게 아버지는 딸이 계속 회의를 품게 하고, 그 회의 때문에 아버지가 자신을 덜 사랑한다고 생각하게 하여 그 안에 있는 죄책감을 일깨우는 데 성공하는 걸까? 이 죄책감은 어른이 되어서도 항상 딸을 따라다닌다. 많은 딸들은 그저 아버지와 전화통화를 하거나 아버지를 보기만 해도 왠지 죄책감을 느낀다. 대개 아버지의 시선이나 목소리로 아버지가 별로 잘 지내지 못하고 있음을 감지한다. 그러면 당장 딸은 자기 책임이라고 느낀다. 딸들이 이런 순환과정을 분명하게 인식하는 것, 그리고 그것을 깨는 것은 거의 불가능하다.

딸들이 대단히 노력해야만 간파할 수 있는, 아니 도무지 간파할 수 없는 아버지들의 속임수가 하나 있다. 그것은 변신 놀이다. 여성들이 어린 딸이었을 때에는 아버지의 속임수 앞에 무기력한 것이 이해가 되지만, 어른이 되어서도 여성들은 이러한 변신술에 속수무책이다. 내가 말하는 변신술이란 그 좋던 아버지가 즉흥적으로, 도저히 예상도 못한 시점에서, 느닷없이 나쁜 아버지로 변신하는 것을 의미한다. 바로 조금 전까지만 해도 아버지는 다정하고, 사랑에 넘치고 이해심이 많았다. 그 어린 소녀 마음에 희망이 생길 정도였다. 그런데 어느 순간 아버지가 이맛살을 찡그리는 것이 아닌가. 눈빛은 화가 난 것 같았고, 목소리가 커졌으며 몸짓은 분노를 거침없이 표현하고 있었다. 딸은 믿기 힘든 이 상황에 몸이 굳어지고, 아버지가 마구 쏟아내는 기분 나쁜 감정을 고스란히 받아줄 수밖에 없다. 그녀는 이 상황을 믿을 수도, 믿고 싶지도 않다. 내가 무슨 잘못을 했지? 왜 기분 좋던 아버지가 화가 난 걸까? 거기에 대해 곰곰이 생각하는 동안 평화가 찾아온다. 착한 아버지가 다시 나타난 것이다. 처음에 딸은 속았다고 생각한다. 자신이 뭔가 잘못 생각했음에 틀림없다고. 하지만 그녀는 이러한 변신을 그후에도 여러 차례 경험한다. 곧 그녀는 '밤의 아버지'와 '낮의 아버지'를 구분할 수 없게 된다. 그녀는 지금 마주 보고 있는 아버지가 어느 쪽에 속하는지 절대 알 수가 없다.

얼마나 많은 딸들이 두 얼굴, 즉 좋은 얼굴과 나쁜 얼굴을 가진 아버지 앞에서 당황했는지 모른다. 빅토리아 시대에 스티븐슨이 쓴 착한 지킬 박사와 나쁜 하이드 씨에 대한 신화가 우리 아버지들 안에 생생하게 남아 있는 것 같다.

아버지는 자신의 결점을 부인하고 호의만을 강조한다. 딸은 좋은 아버지와 나쁜 아버지 그 자체로 인식하고 관계를 맺느라 애쓴다. 그들은 아버지 안에 있는 하이드 씨를 경험하지만 평생 동안 지킬 박사, 즉 사랑이 넘치고 이해심 많으며 분별 있는 아버지와 함께하는 꿈을 꾸며 산다. 스티븐슨이 작가로서 인간의 양면을 묘사했지만, 딸들은 아버지의 양면적인 모습을 전혀 생각하지 못한다. 딸이 좋은 아버지와 살려면 아버지의 어두운 부분을 기억에서 지워버릴 수밖에 없다. 이 지점에서 딸에게 엄청난 억압 행위가 요구된다. 딸은 아버지 성격의 긍정적인 측면들을 되비춰줌으로써 아버지의 내적인 갈등을 해소시켜주어야 한다. 딸의 임무는 아버지의 인격에서 '착한' 부분과 '나쁜' 부분, 즉 부정적이고 긍정적인 부분들 사이에 존재하는 분열을 은폐해주는 것이다. 딸은 쪼개지는 것을 다시 연결해야 하는 접착제다. 아이들, 특히 그중에서도 딸은 아버지의 정체성에 통일성을 보장해주는 기능을 한다. 아버지는 아무 의심 없이 이렇게 말한다. "내가 너희들을 위해 모든 걸 다 해주지 않았니?"

딸들의 갈가리 찢긴 인생이 이 질문에 대한 대답이지만, 아버지는 당연히 그 대답이 듣고 싶지 않다. 나쁜 아버지는 '잊혀지고' 좋은 아버지는 찬미의 대상이 된다. 하지만 이런 식으로 아버지의 실제 모습을 부인함으로써 딸들은 계속 책임을 떠맡는다. "아버지가 내가 바라는 만큼 사랑하지 않는다면, 그건 내가 그만큼 상냥하지 않았기 때문이야." 이런 식으로 딸은 아버지의 행동에 대한 책임을 자기가 걸머진다. 이런 태도가 평생토록 이어지는 경우도 많다. 그 책임감은 언제든지 되살아날 수 있다. 처음에는 아버지, 나중에는 파트너에게까지 책임감을 느끼게 된다. 그의 비난 어린 시선, 괴로운 듯한 목소리만 들어도 자신이 뭔가 잘못한 모양이라는 느낌이 되살아난다. 여성들은 왜, 무엇에 대해 그런지를 전혀 모르는 경우가 많다. 어찌된 일인지 모르지만 남자 쪽에서 그렇다고 주장하면 자기가 무언가를 잘못 했다는 것, 그렇게 느끼는 것만은 확실하다.

_ 좋은 아버지와 나쁜 아버지

마티나(대학생, 28세)는 낮에는 언제나 찬양하지만 밤에는 엄청난 두려움의 대상이었던 아버지와의 관계에 대해 묘사했다. 아버지의 양면을 그녀는 서로 연관시킬 수가 없었다. 그래서 나쁜 아버지 쪽을 부인했고, 좋은 아버지의 모습을 지워버린 것에 대해 죄책감을 가지게 되었다.

하지만 그녀가 '나쁜 쪽'의 아버지를 정말로 잊었던 것은 아니었다. 아버지가 빈사 상태에 빠졌을 때 바로 그 사실이 드러났다. 그녀는 울 수가 없었다. 그녀는 그 소식을 들었을 때 기쁘고 안도하는 마음이 들었다. 병원에서 아버지 병문안을 와주기를 청하는 전화가 오히려 부담스러웠다. 그 누구도 그녀가 아버지를 만나고 싶어 하지 않는다는 것을 몰랐다. 그녀는 자기 의무를 다했고, 아버지에게 순종했으며 항상 아버지를 위해 존재했다. 이제 그녀는 자유를 원했지만, 그 진정한 감정을 어느 누구에게도 말하지 않았다. 착한 딸이라면 빈사 상태에 빠진 아버지를 찾아가는 건 당연했으나 아버지는 그녀에게 너무나 많은 잘못을 저질렀다. 아버지는 그녀의 어린 시절을 망쳐놓았고, 항상 요구만 했을 뿐 아무것도 주지 않았다. 그래도 그녀는 여전히 착한 딸이었다. 정말 아버지를 보고 싶지 않았지만 순종했다. 누워 있는 아버지를 보면서 그녀는 그의 말년에 대해 죄책감을 느꼈다. 비록 아버지가 몰인정하게 행동했지만 그녀는 아버지가 임종할 때까지 자기 집으로 모셔야겠다고 생각했다. 그러나 집에 그럴 만한 공간이 없어 실천에 옮길 수가 없었다. 아버지를 보고 난 후, 그녀는 더 큰 죄책감을 느끼면서 집으로 돌아왔다.

그녀는 나쁜 딸이라고 생각했다. 마침내 아버지가 돌아가시자 그녀는 장례식에 가지 않았다. 그녀는 아버지의 죽음을 견딜 수가 없었고, 그 고통을 참을 수가 없었다.

아버지가 돌아가시기 전까지 그녀는 그에게서 인정받지를 못했다. 그녀는 아버지 자기를 나쁜 딸이라는 죄책감에서 해방시켜주길 기대했던 것이다. 하지만 그의 죽음과 더불어 그 희망은 물거품이 되어버렸다. 그와 더불어 언젠가 아버지가 "넌 착한 딸이구나"라고 말해줄지도 모른다는 희망도 사라져버렸다.

점점 더 그녀는 아버지와의 관계가 실패로 끝난 것이 자기 책임이라는 생각에 빠져들었다. 자신의 무정한 행동에 화가 치밀었다. "나의 이성은 이렇게 말하죠. 책임이 없다고. 하지만 내 감정은 내가 책임이 있다고 말합니다. 그런데 중대한 상황에서는 항상 감정이 이겨요. 일시적으로 나는 아버지의 실제 모습을 파악하고, 아버지가 어떤 사람이었는지를 압니다. 어린 시절, 아버지에 대한 두려움이 늘 따라다녔어요. 아버지가 저녁에 집에 오시면 나는 정기적으로 위경련을 일으켰어요. 밤이 정말로 끔찍했어요. 밤이 되면 아버지가 미친 듯이 날뛰었거든요. 나는 아버지가 고함지르는 것이 무서워서 죽을 지경이었죠. 하지만 낮에는 언제 그랬냐 싶게, 아버지는 부드러운 적이 많았고, 함께 놀기도 했어요. 나는 절대로 아버지의 밤과 낮을 연관시켜서 생각할 수가 없었어요. 나는 낮의 아버지는 존경했지만, 밤의 아버지는 미워했어요."

아버지의 변신으로 마티나는 혼란에 빠졌다. 그녀는 나쁜 아버지를 '잊었다.' 훗날 그녀는 자기도 속으로는 나쁜 딸의 모습을 가지고 있다고 인정함으로써 아버지가 나쁘다는 것을 받아들였다. 그녀는 지금도 이런 식으로 자신의 두려움을 부인하고 있다. 그리고 마음속에서 나쁜 모습의 아버지를 좋은 모습의 아버지로 변신시키고 있기 때문에 그녀는 죄의식 콤플렉스에 사로잡혀 꼼짝도 못한다. 여성의 죄책감은 바로 이런 방식으로 생겨나 어른이 된 후에도 계속 인생에 영향을 미친다. 그 죄책감 때문에 딸은 아버지의 잘못까지 기꺼이 떠맡는다. 하지만 딸이 아버지의 성격에 대해 무엇을 어떻게 할 수 있겠는가?

마티나와 같은 처지에 있는 딸들은 어른이 되어서도 하이드 씨와 지킬 박사 신드롬에서 벗어나지 못한다. 어떤 남자를 만나도 이런 모습을 발견하게 된다. 그리고 그 모습을 보며 당황해하고 무기력해진다. 어린 시절과 마찬가지로 그들은 파트너의 모습에서 지킬 박사와 하이드 씨를 서로 연관시킬 수 없다. 그들은 어떻게 한 사람이, 그것도 동일한 사람이 한 번은 사랑스럽고 친근하다가 다시 못되게 굴고, 냉정하며 상처를 주는 행동을 하는지 이해하지 못한다. 그들은 일기장에 남자의 냉정함에 대해 이렇게 기록한다. '그건 내가 상냥하지 않았기 때문이야.'

그들은 빅토리아 시대의 신화, 즉 지킬 박사와 하이드 씨의 이야기를 제대로 이해하지 못한 것이다. 이 신화에서 분열이 일어나는 것은 오로지 권력과 폭력으로 망가진, 가끔 사랑과 부드러움을 보여주지만 진정한 인간성은 그저 이따금씩만 보여주는 그런 남자의 영혼 내부다.

착한 지킬 박사가 나쁜 하이드 씨로 언제 변할지 예상하는 것이 불가능해 이런 변신은 딸에게 상상을 초월하는 두려움을 일으킨다. 단 한 번도 딸들은 지금 자신이 마주하고 있는 이 사람이 누구인지 정확히 알지 못한다. 그들은 항상 불안한 상태에서 불쾌한 놀라움을 되풀이해서 경험한다. 그들은 뭔가 감을 잡을 수 있는 실마리를 필사적으로 찾는다. '내가 이렇게 행동하면…… 아버지는 잘 대해주실 거야.' 대부분의 딸들은 아버지에게서 시작하여 남편에 이르기까지 평생 동안 남성의 행동에서 그 실마리를 찾으려고 노력한다. 그러나 그런 노력은 헛된 것이다. 실마리란 존재하지 않기 때문이다. 바로 그 점을 파악해야 한다. 그러고 나면 그들은 더 이상 쓰라린 실망을 겪지 않게 된다.

나쁜 아버지와 좋은 아버지는 자기가 원할 때 나타났다 사라진다. 현재 권력의 분배가 어떻게 이루어지는지에 따라, 영혼이 지금 무엇을 갈망하고 있느냐에 따라 다르다. 이때 여성들(어머니와 딸들)의 역할은 극히 사소하다. 이 변신 놀이에서 여성들의 역할은 그들이 기꺼이 감수하려는 것보다 그 중요성이 훨씬 더 떨어진다. 여성들의 역할이 커지는 경우는 남자들이 자신 안의 하이드 씨를 부인할 필요가 있을 때, 즉 나쁜 아버지의 모습이 들키고 싶지 않을 때, 남자의 알리바이를 성립시켜주는 좋은 핑곗거리가 필요할 때, 남자가 자신의 호의를 입증할 필요가 있을 때다.

이런 심리적인 과정을 이해하면 딸들은 죄책감에서 벗어나게 된다. 그 책임의 속박에서 자유로워진다. 죄책감을 느끼는 동안 그들은 그저 아버지나 남편이 양심의 가책을 받지 않도록 해줄 뿐이다. 수잔 포워드는 『고통으로서의 사랑』(1988)이라는 저서의 서두에서 여성들이 남자들의 밝은 면과 어두운 면, 즉 지킬 박사와 하이드 씨에게 영향을 줄 가능성이 매우 높다고 주장했다. 그녀는 여성들이 반응을 보임으로써 남자의 어두운 면(말하자면, 분노의 폭발)을 막고 밝은 면을 도드라지게 할 수 있다는 것이다. 그녀는 이에 대한 방법도 안내하고 있다. 하지만 포워드의 주장은, 화를 내는 남성의 행동에 대한 책임에 스스로도 연관되어 있다는 여성들의 태도를 더욱 강화시키며, 간접적으로는 남성의 권력을 보강하여 여성들의 의존성을 확대시키는 방법을 남성에게 가르쳐주는 것이나 마찬가지다.

그 이유는 여성들이 가지고 있는 문제의 원인이 남성의 분노에 대한 두려움, 즉 마음속에 쌓여 있던 아버지에 대한 두려움이기 때문이다. 그래서 이 두려움을 극복하는 것이 무엇보다 중요하다. 그렇게 되면 모든 여성은 확신을 가지고 자연스럽게 파트너의 어두운 면과 맞설 수 있다. 그것도 그녀가 원하는 형태로. 남성들은 분노를 폭발시키는 것으로 여성을 지배한다. 두려움에서 자유로운 여성은 이 권력을 남성에게서 빼앗는다. 그녀도 맞받아 화를 내고, 소리내어 웃고 울 수 있으며 언제든 떠날 수도 있다. 보다 중요한 것은 그녀가 자기 감정에 대해 결정권을 가진다는 점이다. 그녀는 그의 게임의 법칙이 더 이상 통용되지 않게 할 수 있다. 사실 화를 내는 남자가 어떤 의미를 가진단 말인가? 그는 제정신이 아니다. 일그러진 모습으로 그저 '우스꽝스러운 인물' 역을 맡고 있을 뿐이며, 그런 식으로는 여성들에게 진지함을 요구할 수 없다. 아마 그는 자기 아버지를 흉내내고 있는지도 모른다. 여성들은 그 행동을 결코 지지해서는 안 된다. 죄책감에서 벗어나지 못한 딸만이 남성의 분노에 대한 책임이 자신에게 있다고 느낀다. 여성들은 그의 행동을 방관할 수 없어 항상 그의 대역을 맡으려고 한다.

"나는 나고, 당신은 당신이야." 이 말은 의존성과 무기력함의 벽 너머로 저편을 보려는 여성들을 위한 모토가 될 수 있을 것이다.

자기 포기에 이르는 유혹

파파걸은 두려움에 사로잡혔던 과거로부터 도망간다. 자기 자신, 즉 그 어린 소녀로부터, 자신들이 감당할 수 없는 분노로부터 도망가는 것이다. 어린 소녀 시절 그들은 자신의 존재와 감정을 부인할 수밖에 없는 상황이었기 때문에 훗날 회피하는 태도를 버리지 못한다.

어린 소녀였을 때 그들은 모든 것을 보았고, 모든 것을 들었으며 모든 것을 느꼈다.

하지만 그들에게는 깨닫는 것이 허락되지 않았다. 그래서 그들은 보고 듣고 느껴서 알게 된 모든 지식을 의식으로부터 몰아냈다. 얌전하고, 말 잘 듣는 소녀만이 인정받을 수 있었다. 반항적이고 저항하는 딸은 설자리를 잃었다. 그들을 위한다는 명목으로, 그들의 의지, 즉 그들의 인격을 꺾어버리기 위해 모든 일이 은밀하게 이루어졌다. 그들의 교육은 순종과 순응에 따라 이루어졌다. 이의 제기를 하고 싶어도 그건 금지사항이었다. 그래서 훗날, 두려움과 설명할 수 없는 분노가 혼합된 감정으로 드러난다.

억압은 딸들의 인생 전체를 지배하는 토대가 되며, 그 속에서는 환상이 과거와 현재를 이어주는 다리 역할을 한다. 하지만 이 환상이라는 다리는 무게를 견디질 못하고, 억압된 지식, 감정 그리고 행동을 곧장 어린 시절로 되돌려놓는다.

딸들은 어떤 유혹을 받아 스스로를 포기하게 되었는지 알려고 하지 않는다. 그들은 얌전한 소녀로 길러졌으며, 천사와 같은 감정이 들지 않아도 얌전한 척해야 한다고 믿는다. 하지만 언제나 긍정적인 감정만을 느끼는 사람이 어디에 있는가?

여성들은 이성적이고, 열성적이며, 현실을 인식하고 있다. 그들은 항상 지금 필요한 일을 하며, 실제로 인생에 필요한 일들을 할 때에는 뚝심 있게 처리한다. 이때 그들은 모든 것을 보고 들으며 안다. 그러나 자신의 존재에 대한 평가를 내릴 때, 즉 자신의 의미가 무엇인지를 생각할 때면 그들은 곧 무지해지는 경향이 있다. 그들은 실용적인 이성을 버리고, 꿈속에 빠져 현실을 외면한다. 그들은 사랑받지 않을 때 사랑받는다고 느끼며, 노력할 가치도 없는 사랑을 한다.

결정을 내릴 때면 그들은 우유부단한 기색이 역력하다. 남자들에게 '당신이 나 대신 결정내려줘. 당신이 나보다 더 잘하잖아'라는 뜻의 신호를 보내는 것이다. 그러나 이런 식으로 도망가는 여성은 그녀의 부탁을 받고 기분이 좋아진 남성에게는 이상적인 여성이 된다.

어린 시절 아버지 앞에서 딸은 자기 생각과 어긋나더라도 항상 아버지의 뜻에 따라 결정해야 했다. 그래서 지금도 결정을 내리기가 힘든 상황이 되면 그들은 자기 생각과 반대되는 결정을 내린다. 한마디로 스스로가 적수인 셈이다.

자신에 대한 이해심이 필요할 때 그들은 스스로가 잘못이라는 판결을 내리며, 저항해야 할 때 순응한다. 그들은 언제까지나 좌절을 견뎌낼 수 있을 거라고 착각하고 있는 반면, 자신과 자기 인생에 대해 책임질 수 있는 힘이 별로 없다고 생각한다.

이런 태도는 그들이 인생을 헤쳐나가는 데 도움이 되지 않는다. 인생은 꿈이 아니라서 반드시 올바른 방향 설정이 있어야 하기 때문에, 즉 옳은 것을 보고 행하며 잘못된 것을 인식하고 피하는 것이 반드시 필요하기 때문이다.

설명할 수도 없고 이해할 수도 없는 분노를 어린 시절부터 가지고 있는 여성은 이 방향 설정을 상실해버렸다. 그들은 분노에 대한 기억이 있지만 정당하게 여기지 않고, 그 잘못은 아버지가 아니라 자신에게 있다고 생각한다. 이런 식으로 정신적 뒤틀림이 생겨나는 것이다. 따라서 현실을 있는 그대로 인식하지 못하며 결과적으로 파트너와의 관계에서 방향 감각을 상실한다. 그들은 자기 위치를 규정할 수 없고, 늘 도피의 환상을 가지고 있다.

여성들은 어린 시절 환상과 백일몽으로 도피함으로써 일종의 피난처를 찾지만 훗날 아주 위험한 결과를 가져온다. 여성들은 아주 멀쩡하게 깨어 있어야 할 때, 자신에게 다가온 기회를 놓치지 않기 위해 주의해야 할 때면 꿈에 빠지고 싶은 유혹을 느끼기 때문이다. 많은 여성들은 이미 뒤늦은 때, 모든 것을 잃고 빈손으로 서 있을 때에야 비로소 꿈에서 깨어난다.

그래서 '좋은' 아버지에 대한 꿈은 여성들에게 위협적이다. 하지만 의도를 감추고 좋은 친구의 모습으로 접근하는 목표 의식이 뚜렷한 남자가 등장할 때면 유감스럽게도 그 꿈은 다시 시작된다. 어린 시절과 너무나 비슷하다. 그들은 다시 한 번 꿈속에 빠져들라는, 다시 한 번 과감히 대시하라는 유혹을 느낀다. 그 결과 또 한 번의 실망뿐이지만 말이다.

자신이 얼마나 현실 도피적인지를 깨닫지 못하는 여성들은 과감히 배팅 액수를 높인다. 그래서 잃는 것도 많다. 따라서 자신들에게 가까이 있다고 느끼는 것을 꿈으로 그리고, 멀리 있다고 느끼는 것을 현실이라고 생각한다면 큰 도움이 될 것이다. 때때로 현실이 고통스럽지만, 이는 잃어버린 꿈들의 고통에 견줄 바가 되지 못한다. 그 이유는 인생에서는 현실이 더 무게가 많이 나가기 때문이며, 현실은 지금이 아니면 나중에라도 반드시 그 뜻을 이룰 수 있기 때문이다.

기억이 여성들의 현실 도피적 태도를 인식하는 데 좋은 지침서라는 사실이 입증되었다. "아버지에 대한 두려움, 의존성과 죄책감이 나를 어디로 이끌었던가? 나는 어린 시절에 무슨 꿈을 가졌던가? 내 꿈속에서 어떤 역할을 하는가, 착한 요정인가 아니면 못된 요정인가?" 이런 질문을 스스로에게 던질 필요가 있다.

나와 상담했던 수많은 여성들은 착한 요정이 되는 환상을 가지고 있다고 고백했다. 그들은 천사처럼 적에게 승리를 거두기를 바랐으며, 자신의 친절로 모든 것이 올바른 모습을 갖추길 바랐다. 이것이 그들의 인생계획이었다. 그러나 유감스럽게도 끝내 이 '착한 여성들'을 희생자로 전락시키는 자기 기만을 발견할 뿐이다. 그들은 모든 것을 못 본 척 했다. 꿈에 맞지 않는 모든 암시를 무시했으며 자기 분노의 감정을 진지하게 받아들이지 않았다. 이런 분노를 나중에 폭발시키는 것, 상대방 남자에게 집중시키는 것이 무슨 소용 있겠는가. 이제 때는 너무 늦었고 꿈은 사라져버렸다. 고통은 인생관을 새로 검토하게 하는 동기이자 원인이 될 수밖에 없다. 검토 결과를 보면 매우 심각하기 때문이다.

- 자기 기만, 즉 속임을 당했는데, 그 대가로 책임도 얻었다.
- 무의미한 관계를 시도하느라 시간을 낭비했다.
- 점점 더 '나는 할 수 없다는 태도'에 깊이 빠져든다.

현실에서 도피하기 시작한 여성들은 자발적으로 자신을 패배자의 위치에 놓는다. 무의미한 시간 손실도 문제이지만, 자신의 자존심이 차츰 소실되는 것, 다시 말해 차츰 더 체념 상태가 되는 것을 그저 직시하고 있다는 것이 문제다. 사랑에 대한 모든 아름다운 꿈이 사라진 후 갑자기 그토록 유지하고 싶어 매달렸던 관계가 사실 완전히 무의미한 관계임을 깨닫는 순간 대단히 불쾌하다. 이 관계는 자기가 기대하고 희망을 키워왔던 것과는 완전히 다른, 이미 익숙하게 알고 있던 것을 다시 확인시켜줄 뿐이다. 그뿐만 아니라 이런 비참한 처지에 몰린 것이 자기 책임이라고 느낀다면 더 이상 견디기 힘들다.

어떤 관계든 모든 사람들을 환상과 꿈에 머물게 하는 한 실패하게 마련이다. 이 극단적인 진실을 대면하기가 얼마나 가혹한가. 육체만이 통할 뿐, 정신은 아니다. 꿈꾸는 여자와 꿈속의 남자, 그들은 희망이 없는 연인들이다.

_ **기만**

많은 파파걸도 사라(주부, 42세)와 같은 처지다. 그들은 아버지의 사랑 지침을 따르다가 언젠가 빈손과 공허한 마음으로, 오로지 고통만을 가진 채 서 있게 된다.

사라는 현실 도피의 결과를 직시할 수밖에 없다. 그녀는 끊임없이 꿈을 꾸었지만, 현재는 이혼한 상태다. 그녀가 이혼소송에서 건졌던 것은 한 달치의 월세밖에 없다. 그녀는 모든 것을 그동안의 우정을 생각해 남편에게 넘겨주었다. 끝까지 그녀는 사랑과 좋은 친구에 대해 꿈을 꾸었지만, 사실 남편은 이미 오래전부터 좋은 친구도 아니었다. 그는 늘 그녀를 속였지만, 그녀는 아무것도 알아차리지 못했다. 그녀는 착한 요정이었다. 그러나 누구를 위해? 물론 그녀 자신을 위해서는 결코 아니다.

그녀는 그의 마음에 들고 싶었다. 그 때문에 많은 것을 포기했다. 그녀는 자신의 태도를 지극히 정상적으로 여겼다. 하지만 어느 순간 더 이상 아무것도 가진 것이 없음을 발견했다. 그때 비로소 그녀는 깨어났고, 그녀가 본 것은 끔찍한·현실이었다. 평생 동안 사상누각을 짓고 있었다니. 그녀는 자기 인생에 대해 그저 꿈만 꾼 탓에 오래 지속할 수 없었던 것이다. 그녀는 남편까지 포함해 모든 것에 대해 꿈꾸었다. 그녀는 남편에 대해 아는 것이 무척 적었지만, 그녀의 역할도 불분명했다. 그를 사랑했던 걸까? 그가 나를 사랑했던 걸까? 그녀의 꿈은 그저 의문부호만을 남겼을 뿐이다.

사라는 스스로에 대해 전혀 알지 못한다는 것을 어렴풋이 깨닫기 시작했다. 그녀는 자신에게 불가해한 존재였다. 그녀는 자신의 동기가 무엇인지 모르고 있었던 것이다.

그녀가 알지 못하는 것은 이미 어린 시절에 유혹이 있었다는 사실이다. 그 당시, 유혹하는 사람과 유혹받은 사람이 있었다. 아버지는 사라를 천사로 다듬어냈고 그로써 자기 기만을 하도록 유혹했다. 그녀에게 허락된 것은 오로지 좋은 감정과 의도뿐이었다. 그녀는 얌전하고 감정을 받아들일 능력이 있는 딸의 모습일 때만 아버지가 호의를 보인다는 것을 알았다. 그런 식으로 사라는 아주 일찍부터 스스로를 포기해야만 했다. 가장 나빴던 것은, 이 유혹이 여전히 효력을 발휘하고 있으며 여전히 매력적이라는 것이었다. 그것은 사라의 마음속에 사랑에 대한 희망을 끊임없이 일깨웠던 결과였다. 이 희망이 지금도 여전히 그녀에게 스스로를 포기하도록, 즉 자신을 기만하도록 유혹하고 있다.

사라는 모든 것에 의문을 품었지만, 순응과 상냥한 태도가 인생에서 예측 불가능한 일들을 헤쳐나가는 데 가장 좋은 방법이라는 생각만큼은 흔들림이 없었다. 모든 사람들이 그녀에게 상냥할 때만 그녀는 인생에 대해 덜 불안했고, 모든 것이 우려했던 것처럼 그리 나쁘지 않았다. 아버지와 함께 있을 때도 그녀는 올바른 태도를 취하는 것으로 아버지의 분노와 공격에서 벗어났다.

아버지는 그녀에게 지상 위에 하늘나라를 이루어주리라고 약속했다. 하지만 그 하늘나라는 미래의 일이었다. 그의 의도는 항상 선언적 상태에 머물러 있었다. 언제나 아버지는 '그래, 나중에 만일…… 네가 행실을 고치고 나면, 네가 착한 아이가 되면…… 내가 널 사랑해줄 거고, 모든 것을 해줄 거야. 하지만 네가 먼저 그렇게 해야 돼'라는 암시를 주었다.

사라는 하늘나라에 들어갈 자격을 얻기 위해, 더 상냥하고 사랑받는 사람이 되려고 안간힘을 썼다. 하지만 그녀는 결코 아버지를 신뢰할 수 없었다. 아버지는 일반적으로 여자란, 아니 특별하게 내 딸이 어떻게 행동해야 하는지 그리고 어떻게 느껴야 하는지에 대해 생각이 분명했다. 그는 여자의 가치를 확고하게 정해놓았다. 대놓고 말하지는 않았지만 딸에게 무엇을 기대하는지 암시를 주었다.

'너는 내가 바라는 대로 되어야 한다. 그리고 너는 내가 어떤 사람인지 알아차려서는 안 돼. 또한 네 소망과 욕구가 있다는 것을 알아차려서는 안 된다. 너는 네가 부당한 대우를 받고 있으며, 희생제물이 되고 있으며, 무시당하고 있고 악용당하고 있다는 것을 알아차려서도 안 된다. 네가 독립적인 인간이라는 것, 인생에서 아버지가 너에게 허락하는 것보다 더 많은 것을 성취하고 싶고 또 그럴 수 있다는 것, 네가 사람들과 함께 일하며 사는 것, 즉 관계를 경험하기를 원하며 그럴 수 있다는 것도 알아차려선 안 된다. 너는 속박되어 있다는 것, 단단한 자물쇠로

묶여 있다는 것을 알아차려서는 안 된다.'

사라는 아버지가 자기를 사랑하는지 아니면 거부하는지 확신하지 못해 갈팡질팡했다. 결국 그녀는 '아버지는 좋은 사람이다'라는 꿈을 선택했다. 그녀는 자신의 거부 반응을 부인함으로써 이미 어린 시절에 미래의 인생과 행동의 표본을 결정했다. 그것은 현실로부터의 도피였다. 사실은 자신이 아버지가 바라는 대로 따르고 있다는 것을 깨닫지 못한 채 그녀는 스스로를 자책했고, 아버지를 미화했다. 즉 아버지의 덫에 사로잡혔던 것이다.

아버지의 교육방식은 야만적인 곡예 훈련이었다. 그녀는 아버지에 대해, 아버지의 큰 덩치와 큰 목소리에 공포를 느꼈다. 그러나 그녀는 아버지가 엄격한 것은 자신을 사랑하고 돕고 싶어서라고, 아마도 자기가 처신을 잘하지 못해 불러들인 결과라고 정리했다.

사라는 학교 교육을 아주 조금밖에 받지 못했지만 만족하는 척했다. 언젠가 결혼하게 될 텐데, 뭐 하러 많이 배운단 말인가? 그렇다고 아버지가 "마음이 가난한 자는 복이 있다. 하늘나라가 그들의 것이기 때문이다"고 설교한 것도 아니었다. 그녀는 안간힘을 써서 노력하느니 차라리 복을 받기를 원했다. 그녀는 아버지의 충고를 철저하게 믿었던 것이다.

아버지는 '온유한 자들'만이 돈과 권력을 소유하게 된다고 말해주었다. 그래서 그녀는 온유했다. 아무것도 요구하지 않았으며 아버지처럼 좋은 친구였던 그 남자의 선의를 믿었다. 아버지는 온유함과는 거리가 멀었지만 권력과 명성을 어떻게 얻었는지, 아주 가끔 그리고 약간 헷갈렸을 뿐이다.

그녀는 아버지의 말에 따라 이 모든 여성적인 덕목을 갖추면 위안이 저절로 찾아오리라고 믿었고, 기꺼이 기다렸다. 경건한 소망이었다.

이런 방식으로 소녀는 천사로 길러진다. 더 이상 현실을 감당할 수 없는, 견디기보다는 차라리 도망가는 쪽을 택하는 여성으로. 아버지에 대한 두려움 때문에 사라는 자기 자신으로부터 도망쳤고, 나중에는 꿈과 현실을 구별할 수 없게 되었다. 그녀는 방향을 잃었고, 자신에게 무엇이 좋은지를 더 이상 알지 못했다.

"온유한 자는 복이 있이 있다. 말하자면 정신적으로 가난한 사람들, 즉 겸손한 사람들이지"라는 아버지의 약속은 속 빈 강정이었음이 드러났다. 그 말에 따라 사라는 너무나 겸손한 나머지 황량한 인생을 살아가게 되었다. 여기 지상에서는 천사의 특성으로는 별로 성공할 전망이 없다. 억지로 천사 옷이 입혀진 사라는 간접적이지만, 아버지가 이끄는 삶을 살았던 것이다. 그 때문에 그녀가 치르는 대가는? 그녀는 스스로 기만당하고, 거기에 덧붙여 이런 일이 벌어진 것은 자기 책임이라고 느끼고 있었다. 항상 착하려고 노력했을 뿐, 그녀는 실제로 무슨 일이 일어나고 있는지를 깨닫지 못했다. 그래도 저항하지 않았다. 그건 오로지 하늘나라에서만 보상해주는 착한 천사에게는 어울리지 않았다. 착한 딸로서 그녀는 자기 과거를 부인하고 자신을 무시하며 억압하고 아버지를 미화했다. 그녀는 사회적으로 만연하고 있는 위선의 모럴을 충족시켰다. 위선의 모럴이란, 순응할 줄 아는 여성은 사랑할 능력이 있고 여성적이라며 칭송받지만 정작 존중받지는 못함을 말한다.

사라는 이 위선의 모럴에 굴복했다. 그리고 쓰라린 각성의 시간을 경험했다. 그녀가 어린 시절의 현실에서 도피하지 않았다면, 아버지에게 잘못된 유혹을 받았음을 꿰뚫어보았다면 그 고통은 피할 수도 있었다. 사라가 실제로 아버지가 어떤 사람인지를 있는 그대로 보고 느껴야만 그 유혹은 끝이 나고 현실이 그녀의 경험 속으로 뚫고 들어올 수 있다. 그러면 더 이상 바라던 대가를 하늘나라에서 얻으려고 기대할 필요도 없다. 오히려 그녀는 당장 여기에서, 그리고 지금 자신의 소망과 생각을 실행에 옮길 수 있다.

_ 잃어버린 시간

우르술라(기자, 35세) 역시 생각하기 시작했던 때부터 지금까지 늘 사랑과 관련해 현실에서 도피했다. 그녀는 자신이 노력하며 열심히 사랑을 찾아다닌다는 생각으로 수없이 시도했지만 번번이 실패했다는 것이 놀랍기만 했다. 그녀는 많은 에너지와 시간을 투자했지만, 의미가 깊은 관계에 대한 열망은 충족되지 않았다.

왜 이런 일이 벌어졌을까? 우르술라는 자기 포기로 이르는 유혹을 꿰뚫어보지 못해 주고 싶으면 주고, 또 거부하고 싶으면 거부하는, 순전히 남자의 뜻대로 사랑을 조종했기 때문이다. 그녀는 이 게임에서 결코 능동적인 역할을 하지 않았고 져야 할 책임도 없다. 그녀는 게임에 사용하는 공, 그저 수동적인 수용자의 역할에 머물러 있다. 어린 시절 딸의 모습이기도 했다. 그녀는 아버지의 호의와 기분을 겸허하게 받아들이는 딸이었다. 매력적이고 친절하며 상냥한 그녀는 '남자가 원하는 바로 그' 여성의 모습이었다. 그녀는 순응한 것이다.

그러나 그녀의 마음속에는 아버지/남자에 대한 두려움이 깊이 감춰져 있었다. 두려움이 영혼을 잠식한 탓에 자기 포기와 순응이라는 순환이 끊임없이 이루어졌다.

일단 훈련을 통해 익숙해진 자기 포기의 메커니즘은 우르술라가 사랑에 빠지기만 하면 다시 가동을 시작했다. 마치 어떤 신호와도 같았다. 새로 사랑을 하면 그녀는 곧바로 도피를 시작했다. 그녀는 자신과 현실을 잊어버렸다. 꿈이 시작되었던 것이다. 그 끝은 언제나 실망뿐이었다. 그것은 그녀의 모든 꿈이 거짓말을 했기 때문에 받는 벌이었다.

우르술라는 많은 사람들이 모여 있는 곳에 들어설 때마다 그곳에서 자신에게 중요한 사람이 누구인지를 상당히 빨리 알아차렸다.

"내 이상적인 타입은 첫눈에 약간 뒤로 빼는 듯한 타입의 남자예요.

특별히 사랑스러워야 하는 건 아니지만, '나에게 관심을 가져주기만 하면, 나를 얻으려고 노력하는 여자가 나타나기만 한다면 나도 그렇게 될 수 있어'라는 메시지를 빛처럼 발산하는 그런 타입이죠."

그녀는 그 느낌에 따라 움직였다. 그녀에게 중요한 것은 그 남자의 거리다. 그녀는 그 거리를 해소하려고 노력한다. 그리고 사랑을 할 때 무조건 엄청난 노력을 들이고 싶어 한다. 그 과정에서 그런 노력이 모든 사랑을 방해한다는 것을 미처 깨닫지 못한다.

그녀는 자신을 사로잡는 실체가 무엇인지 제대로 설명하지 못한다. 다만 그가 발산하는 빛, 걸음걸이, 태도에 스며 있는 그 무엇이 그녀를 저항할 수 없을 정도로 사로잡는 것이다.

"안정되어 있고 세상물정에 밝은 모습인 반면, 그는 또 보호가 필요한 것 같은 느낌을 발산하더군요. 그래서 나에게 연민을 자아냈나 봐요. 과거에 받은 어떤 운명적 충격에서 헤어나올 수 있게, 불우했던 어린 시절의 빈 공간을 메워주고, 어떤 불완전함을 보충해줘야 할 것 같은 느낌 말이에요. 나만이 저 남자를 구원해줄 가능성이 있다는 것을 확인하고 싶었죠."

말하자면 우르술라는 남자를 구원해주고픈 마음이 든 것이다. '천사'가 깨어나기 시작하고, 딸로서 가졌던 꿈이 되살아나기 시작한다.

이 중요한 전제들이 충족되면 그녀는 어린 시절에 아버지의 마음에 들고 싶었던 것처럼 그의 마음에 들고 싶어진다. 그 남자의 매력은 이제 아무런 상관이 없다. 그가 정말 있는 모습 그대로 그녀의 마음에 드는가와 궁극적으로 그녀를 방해하는 것이 무엇인지에 대한 질문은 뒤로 물러나게 된다. 그런 질문에 맞닥뜨리면 그녀는 해결책도 준비하고 있다. 그녀는 모든 것을 자신에게 투영해서 무엇을 잘못했는지를 물으면 된다. 물론 당연히 잘못이 자신에게 있다면 그 잘못을 고칠 수 있으리란 생각을 가지고 있다. 그럼에도 불쾌한 상황에서 그녀의 감정이 경고를 보내면 그냥 무시하면 된다.

우르술라는 즉시 그리고 거리를 두고 사랑에 빠진다. 하지만 나중에 드러난 것처럼 그저 시간만 낭비하는, 무의미한 관계를 맺으려는 무수한 시도들 중 하나일 뿐이다. 출발 위치는 언제나 같다. 그리고 유감스럽게도 결과 역시 언제나 같다. 그녀는 그 남자를 떠나거나, 아니면 버림을 받는다. 현실로부터의 도피는 실패만을 보장할 뿐이다.

여성들을 도망가게 하는 그 흉악스러운 것이 과연 현실에 존재하는 걸까? 누가 또는 무엇이 항상 그런 도피의 충동을 일으키는 것일까?

우르술라의 '도피의 원인'은 그녀가 사랑에 빠질 때부터 작동하기 시작한다. 다음의 특성을 가진 남자가 나타날 때 그녀의 위대한 소녀의 꿈이 시작된다.

- 뒤로 물러나는 듯한 태도
- 보호가 필요한 것 같은 느낌
- 안정감과 세상 물정에 밝은 모습

바로 이런 남자가 우르술라가 자신을 포기하는 것에 필요한 사람이다. 왠지 가까이 갈 수 없을 것 같은 느낌을 주는, 그래서 그것을 극복하고 싶은 마음이 들게 하는 그런 사람, 그녀가 구원자로서의 의미를 얻을 수 있도록 보호가 필요한 남자, 그리고 등 뒤로 숨고 싶은 세상 물정에 밝은 남자. 바로 그녀의 꿈을 일깨우는 원인들이며, 그 꿈속에서 그녀는 어린 소녀의 모습 그대로 남아 있을 수 있다.

안정되어 있고 물정에 밝은 남자는 우르술라에게 안정감과 보호받는다는 느낌을 준다. 바로 고향의 느낌이다. 그래서 파파걸은 '세상 물정에 밝은 남자들'을 사랑한다. 다양한 모습의 아버지가 존재하듯, 이 남성 유형에는 서로 다른 다양한 본보기가 존재할지도 모른다. 하지만 그들 모두의 내부에는 한결같이 어떤 의심에도 흔들리지 않고, 자신을 남성적 가치를 실현하는 신의 대리인으로 사칭하는 독선적인 성격이 숨어 있다.

하지만 우르술라는 그런 사실을 알지 못한다. 그녀는 그가 그렇게 세상 물정에 밝으면서도 거리를 두는 것은 섬세한 절제, 즉 예민함으로 돌려 해석한다. 그녀는 자신의 역할을 정당화시키려고 그에게 보호의식을 자극하는 뭔가가 있다며 그에게 책임을 떠넘긴다. 마침내 그녀의 자기 포기와 현실도피가 완성된다. 그녀는 그 사랑을 얻을 자격이 있기를 바라며, 감정도 거기에 따른다. 그녀는 모든 것 그리고 그 어떤 것도 용서한다. 그가 그런 뜻으로 한 것이 아니라는!

그러나 남자들은 대체로 의도를 가지고 말한다. 따라서 우르술라가 남자들을 진지하게 받아들이지 않고 그들의 실체를 회피한다면 올바른 자세가 아니다.

그녀에게는 남성이 두는 거리가 원인이자 목표가 된다. 하지만 그 거리는 그녀가 여성으로서 기울이는 노력으로도 쉽게 좁혀지지 않는다. 또한 보호 본능을 자극하는 남성이 있다손 치더라도, 모든 여성이 그 남자에게 자극받는 것도 아니다.

남성의 영혼이 여성에 의해 구원받기를 바라는지에 대해서도 상당히 의심의 여지가 있다. 하지만 안정되고 세상 물정에 밝은 남성의 모습이 독선자적인 기질과 상당히 근접해 있다는 점은 틀림없다. 남성의 정신적 실체를 보지 않고 꿈을 꾸는 한, 그와 좋은 연인관계를 맺을 가능성은 차단되고 만다. 여성이 한 남성의 목표와 소망, 그의 '남성성'을 전혀 이해하지 못하는데 어떻게 제대로 된 관계를 맺을 수 있겠는가.

이런 식이라면 그 어떤 남자도 얻을 수 없는 꿈으로 남아 있을 수밖에 없다.

한 남자를 이해한다는 것이 결코 그를 영웅과 보호자로 양식화시킨다거나, 여성의 꿈을 통해 남성을 무력감에서 해방시키고 감정 조절을 위한 노력을 면제해주는 것은 아니기 때문이다. 하지만 도피적인 여성들은 특히 이렇게 하고 싶어 한다. 자신을 부인하고 포기함으로써 그들은 모든 남자들의 과대망상을 더욱 심화시킨다. 그 결과 파트너는 그 망상에 사로잡혀 여성을 괴롭히기 시작한다.

수치심으로 땅속으로 꺼져버리고 싶은, 그럼에도 진실이 무엇인지 파악할 수 없는 어린 딸은 항상 뒤로 물러나 있다. 자기 포기를 한 그들은 황무지에 살고 있으며 혼자만의 세계에 머물러 있다. 정신적으로 가까워지길 그토록 바랐지만, 이번에도 실현되지 못한 것이다.

많은 여성들이 실망을 느낄 때 보이는 반응은 남성에 대한 증오다. "나는 그에게 정말 모든 것을 다 주었어요. 그는 사랑할 능력이 없는 사람이었어요." 완전히 틀린 말은 아니다. 그럼에도 사랑은 두 사람의 일이기에 사랑이 실패한 데에는 틀림없이 두 사람 모두 원인을 제공했을 것이다.

우르술라는 그 남자를 자유롭게 선택했다. 그래서 자기 아버지와 똑같지 않다고 그를 비난할 수도 없다.

모든 여성에겐 선택한 남자를 면밀히 살펴볼 기회가 있다. 그때 소녀 적에 꿈꾸던 왕자의 이미지에 그가 들어맞지 않는다는 것을 깨달을 수도 있다. 아니면 흔히 보는 결점이나 약점을 가진 보통 남자로 볼 수도 있다.

어쩌면 바로 그 점이 파파걸에게는 무자비한 현실일 것이다. 진짜 아버지의 모습을 보고 싶지 않은 것처럼 파트너의 진짜 모습을 보고 싶지 않다. 그들은 남자와의 정면대결을 꺼려한다. 틀림없이 언젠가 자신에게 닥칠 일이지만, 그에 대한 자신의 꿈이 아니라 바로 그의 실체에 맞서게 될 것이기 때문이다.

_ '나는 할 수 없다'는 태도

예전에 자기를 포기하라는 유혹은 꽤 성공적이었다. 훗날 그것은 자기 존재의 실체, 자신의 능력으로부터 도피하라는 유혹이 된다. 겸손함, 온유함 그리고 참을성을 가지라는 아버지의 지침을 들을 때 딸은 그건 혼자서는 할 수 없는 일이라고 느낀다. 그래서 그들은 어쩔 줄 몰라 하며 사랑 말고도 자신을 이런 감정에서 구원해줄 능력 있는 동맹자가 될 남자를 찾아내려고 노력한다.

이런 여성들에게 나타나는 '나는 할 수 없다는 증후군'은 자기 포기와 현실도피를 훨씬 더 분명하게 보여주는 특별한 상황 증거가 된다. 유능하고 건강하고 강한 여성들이 사랑에 빠지기만 하면 갑자기 더 이상 아무것도 할 수 없는 나약한 존재가 된다.

예전에는 포기하는 것이 일상적인 일이었다. 하지만 지금의 포기는 기꺼이 남성에게 해결을 미루는 처치 곤란한 요구가 된다. "나는 할 수 없어요"라는 말은 현실에서 도피하는 여성들이 즐겨 사용한다. 그 말은 남성에게 향한 것이며, 여성들은 그렇게 말함으로써 자신이 버림받지 않고 보호받을 거라고 기대한다.

여성들은 자꾸 이런 수동성에 빠지게 되지만, 이렇게 하는 것이 옳다고, 이런 확신이 중요하다고 굳게 믿는다. 새로운 것, 아직 경험해보지 못한 것이 여성의 삶의 영역에 침범하면 "나는 할 수 없어요"라는 말로 즉시 그 실행을 막는다. 마치 그 말이 그녀가 여성이라는 것과 동의어인 것처럼 말이다. 여성학자인 마티나 엠메는 '나는 할 수 없다는 태도'가 여성들 사이에서 다시 인정을 받는 신호라고, 즉 자신의 여성성을 확증받는 의식이라고 설명한다. 많은 파파걸은 잘 알지 못하는 것을 피하고, 차라리 잘 아는 것과 익숙한 것에 적당히 만족한다. 남성의 비호와 지도로 이루어질지라도 위험한 일은 절대 감행하지 않는다. 혼자 그리고 스스로의 힘으로 새로운 것, 잘 알지 못하는 길을 가고 싶은 유혹을 받긴 하지만, 아주 작은 어려움만 생겨도(잘 알지 못하는 길에는 그런 어려움이 많게 마련이다) 여성들은 훈련받은 대로 '나는 할 수 없다는 태도'로 물러난다.

'나는 할 수 없다'는 것은 근본적으로 '나야 하고 싶지만, 내 자신을 믿을 수 없어'라는 뜻이다. 직설적으로 표현하지는 않지만 여기에는 '아무도 나를 도와주지 않으면'라는 실체가 담겨 있다.

새로운 것을 결코 시도하지 않은 여성들은 실제로 자기가 무엇을 할 수 있으며 무엇을 할 수 없는지를 결코 경험적으로 알 수 없다. 이렇듯 두려움에 사로잡혀 있는 여성들은 자신의 능력을 보지 못하며 자존심이 낮아지고 슈퍼맨이 나타나기만을 꿈꾼다. 그래야만 '나는 할 수 없다'는 이 암울한 현실을 견딜 수 있다. 하지만 자신의 그런 모습을 진정으로 깨닫게 되면 상당한 충격을 받는다. 그 결과 여성들은 자신이 무능하다고 더 확실히 믿으며, 현실과 환상 사이의 틈이 언젠가 메워질까 봐 더욱 두려워한다.

소수의 여성들만이, 수동적인 인생관에 따라 살아간다면 딸의 전통을 이어나가고 있는 것이며, 어른이 된 지금도 여전히 아버지의 판단이 옳다는 것을 입증하는 셈이라는 걸 깨닫고 있다. "넌 그걸 할 수 없어, 딸아. 이리 오렴. 내가 널 도와줄게. 널 위해서 그러는 거야." 아버지의 이 말은 마음을 따뜻하게 채워주고, 아버지의 사랑을 보여주는 말이라고 믿는다. 훗날 그녀는 이 말을 다시 듣고 싶다. 그녀는 자신이 사랑받는다고 느끼고 싶고, 아버지의 배려에서 나온 도움을 다시 경험하고 싶은 것이다.

하지만 그저 속임수일 뿐이다. 아버지가 그런 말을 하는 이유는 사랑이 아니라 언제라도 자신이 '좋은 아버지'라는 것을 입증하는 동시에, '딸이 아버지의 머리 꼭대기에 올라앉지 못하도록' 딸의 능력을 억누르려는 태도와 강박적인 바람 때문이다. 진실한 사랑이라면 성장하고 있는 딸이 여러 가능성을 가지게끔 격려할 테지만.

현실도피적인 여성들은 항상 이런 속임수에 넘어간다. 그렇다. 그들은 바로 '나는 할 수 없다는 태도'를 보완하는 데 도움을 줄 아버지와 같은 남자를 찾고 있는 것이다. 처음에 그것은 사랑이다. 그러나 사랑을 하면 다시 마비된 것 같은 상태가 된다. '나는 더 이상 운전도 할 수 없고, 어떤 모임에도 혼자서는 참석할 수 없어.' 자신을 너무나 단단히 집과 남편에게 옭아매면 남편은 지치게 되고, 영원히 무기력한 이 여성을 견디지 못해 결국 떠나버린다.

그래도 여성들이 자신의 힘과 능력으로부터 도피하려는 것은 우리의 아버지 사회에서 볼 때는 바람직한 인생관이다. 이런 인생관에 따라 사는 것은, 남성들이 여성들에게 바라는 대로 순응하는 것이기 때문이다. 특별한 경우 아내의 인생도피가 남편의 신경에 거슬릴 수는 있지만, 전체적으로 보아 여성들이 수동적으로 뒤로 물러날수록 남자들은 좋아한다. 게다가 여성들이 모든 것을 정확하게 알아차리지 못하고 쉽게 속으면, 그리고 여성들이 자기를 속이고 그렇게 해서 양성관계를 옛날과 똑같이 역할 분담을 그대로 방치한다면 오히려 남성들에게 유리하다. 즉 남성은 통찰력을 가지고 있고, 여성은 꿈을 가지고 있다는 것이다.

그것은 이미 백 년 전에 톨스토이가 표현한 이미지와 완전히 들어맞는다.

"여성들이 노예와 같은 처지에 있는 이유는 오로지 남성들이 여성들을 향락의 수단으로 착취하는 것이 즐겁고, 노력해서 얻을 가치가 있다고 느끼기 때문이다. 그리고 보라, 남성들은 여성을 해방하고, 여성에게 남성의 모든 권리를 용인하면서도 과거와 마찬가지로 그들을 향락의 수단으로 여기고 있다. 그리고 이런 의미에서, 인간 사회에서 여성이 나중에 차지할 위치에 걸맞게 어린 시절부터 여성을 교육한다. 그런 식으로 여성은 여전히 품격이 떨어진 타락한 노예로 머물게 되며, 남자는 도덕적으로 낮은 위치에 있는 노예주인인 것이다. 우리는 교육 시설에 있는 여성을 해방시키고 여성에게 투표권을 주면서도 그들을 향락의 대상으로만 생각한다. 우리 남자들이 보듯이, 여성들이 그런 식으로만 자신의 '자아'를 보도록 가르침을 받는다면, 그들은 언제나 종속적인 존재에 머물러 있게 된다. 이것을 변화시키려면 남성들이 여성에 대해 가지고 있는, 그리고 여성들이 자기 자신에 대해 가지고 있는 생각을 변화시킬 때에만 가능할 것이다."

여성이 남성의 향락을 위해 태어나고 양육된다는 생각은 끔찍하다. 하지만 딸은 아버지의 '향락'을 위해, 아버지의 종교적인 감동과 아버지로서의 전횡을 위해 태어난다. 딸이 아버지의 '향락'을 위한 존재가 되고 싶지 않으면, 그들은 분명 버림받을 것이며 사랑을 박탈당하는 벌을 받을 것이다. 그런 식으로 훗날 노예가 될 여성들이 길러진다. 그들에게 유일한 인생의 의미는 한 남자에게 속하면서 그의 마음에 드는 존재가 되는 것이다. 이는 곧 아버지를 얻을 수 없기에, 아버지의 헌신적인 애정이 차단되어 있기에 소녀들은 아버지의 기준을 더욱 확고하게 받아들여 자신의 것으로 만들게 되고, 어른이 되어서도 자신의 가치를 인식할 수 없게 된다. 여성들이 동경하는 것은 어린 시절에 잃어버린 아버지다. 더 정확하게 말하자면, 찾아낼 수 없고 그래서 꿈에서까지 그리워하는 아버지 말이다.

남성들이 자신과 여성에 대해 가지고 있는 의견으로 뭘 하든 그건 그저 그들에게 맡겨두어야 한다. 여성들이 해야 할 일은 오로지, 자신이 가지고 있는 딸로서의 습성을 문제시하고 어린 시절에 습득한 도피의 규칙들을 버리는 것이다. 그래야만 현실로 방향을 돌려 자신에 대한 이미지, 자신에 대한 스스로의 생각을 변화시킬 수 있다.

다시 한 번 톨스토이의 말을 빌리기로 하자.

"한 남자를 사로잡았다면 여성은 자신이 행복하며 모든 것을 다 얻었다고 생각한다. 그 때문에 여성들이 기울이는 노력의 주된 목표는 남성을 사로잡는 데에 있다. 과거에 그러했고, 앞으로도 그럴 것이다."

하지만 이것은 여성들이 현실을 두려워하는 한, 즉 자신과 파트너의 실체를 두려워하는 한에만 그렇다. 어쩌면 매혹은 예상치 못하게 현실 속에, 꿈꿔온 현실이 아니라 감정의 현실 속에 있을지도 모른다.

꿈꾸는 여자가 꿈속의 남자를 찾는다

현실로부터의 도피가 여성을 어디로 데려가는가, 그녀가 어떤 위험천만의 모험 그리고 어떤 꿈과 환상에 말려들게 되는가를 마티나(자영업, 39세)가 잘 보여준다. 그녀는 다음과 같은 교제 광고에 답장을 보냈다.

"현대적인 남성이 이상형인 여성, 소녀 같고 해방된 여성을 찾습니다. 청바지를 입었을 때나 이브닝드레스를 입었을 때 모두 매력적인 여성을!"

마티나는 그동안 사귄 남자가 여럿 있었지만 모두 실패로 끝났고, 너무나 실망한 끝에 이런 식으로 행복을 찾고 있었다. 그녀의 현실도피는 곧 완벽하게 시작된다. 그녀는 직접 작성한 지침서인 '어떻게 나는 남자를 손에 넣는가?'를 살펴본다. 하지만 그것은 자신이 어린 시절의 꿈들에서 조언을 얻으려는 것임을 알지 못한다. 그 꿈들은 사랑과 관련된 문제에서는 형편없는 조언자인데도 말이다.

그녀는 정직하게 당시의 심정을 글로 묘사했다. 그 글에서는 이제 막 현실을 떠나 꿈을 실현시키려는 한 여성의 비밀스러운 생각이 담겨 있다. 순진하게도 그녀는 어린 시절의 게임 규칙을 고수하고 있다. 그래서 파트너가 바랄 거라고 생각하는 쪽으로 재빨리 자신을 꿰어맞춘다. 그리고 꿈꾸던 남자와 연락을 해서 만나지만 결국 실패한다.

어떤 일기에서

나는 흥분했다. 이 사람은 내 이상형 남자가 분명해. 당장 나는 책상에 앉아 신청서를 어떻게 쓸까 고민했다. 부드럽고 비위를 맞추는 문장들을 써서 나는 미래의 연인에게 신청을 했다. 내 기분이 너무 급작스러워 나 스스로도 당황스러웠다. 지난 며칠 동안 약간 우울하고 기분이 좋지 않다고 느꼈지만, 발걸음도 가볍게 차로 달려가 라디오를 켰다. 기분이 최고였다. 나는 느꼈다. 아니, 나는 알았다. 내가 그토록 오랫동안 기다려왔던 바로 그 남자라는 것을. 그 광고의 문구는 마치 나를 위해 만든 것 같았다. 얼마나 오랫동안 이 순간을 기다려왔던가. 마지막의 관계가 깨진 후 내 주위에서는 사랑과 관련된 그 어떤 일도 일어나지 않았고, 나는 마치 추방당한 것처럼 느끼고 있었는데.

며칠 후 전화가 왔다. 나는 금세 그와 아주 친숙한 느낌으로 이야기했고 정답게 대화를 나누었으며, 오랜 수법으로 접대부처럼 그 자리를 지원했다. 그 남자에게 그 일은 왠지 일상적인 용무 같았다. 그는 여러 번 광고를 낸 탓에 내가 신청서에 무슨 말을 썼는지 정확하게 알지 못했다. 그는 상세하게 자신의 직업에 대해 이야기했고, 내가 대담하게 내 소개를 했지만 그는 별로 관심이 없는 눈치였다.

그 남자는, 그 거리감 있는 태도가 나에게 활기를 넣어주었다는 것을 전혀 알아차리지 못했다. 나에게 기쁨과 독립심을 안겨주는 직업은 순간 부차적인 것이 되어버렸다. 그는 찬미해줄 여성을 찾고 있었고, 나는 그걸 위해 태어난 사람 같았다.

처음에 그는 약간 냉담하고 교만했지만 차츰 마음을 터놓고 이야기하자 나에게 관심을 가지기 시작하는 것 같았다. 마침내 내 계획대로 만날 약속을 잡았다. 그가 다른 도시에 산다는 사실조차 나에게는 아무런 문제가 되지 않았다. 우리는 공항에서 만나기로 약속했다.

우선 나는 나의 지침서인 '나는 어떻게 한 남자를 손에 넣는가'에서 조언을 구했다. 나는 여태까지 살아온 인생의 경험을 이 책에 기록해놓았다. 이번에는 모든 일이 잘되어야 한다. 그래서 나는 그 규칙들을 꼭 따르고 싶었다.

연애 사건과 관련해 노련한 여행객인 나는 신중하게 여행용 가방을 골랐다. 나는 그의 마음에 들고 싶었다. 그래서 그 남자의 실체에 대한 모든 것들은 잊어버리고 그 남자를 이상화할 필요가 있었다. 그에 맞게 소녀 같고, 약간 소박해 보이는 의상을 골랐다. 비판적인 통찰이나 현실에 대한 평가 능력도 그리 대단하지 않았다. 직업적인 독자성과 경제적인 독립성은 어디로 가버렸나? 나의 지침서에는 이렇게 써 있었다. "이 일에는 여자로서 임할 것. 그리고 아무렇지도 않은 것처럼 계산하게 내버려두고 끝에 가서는 주식 시세도 언급할 것. 그러면 파트너는 나중에 당신에게 감사하게 될 것이다. 조금도 모자람이 없이 행동해야 함!"

나의 경험, 소망 그리고 과거의 관계에서 경험했던 실망은 어떻게 되었는가? 나는 지침서에서 그에 적합한 규칙을 찾았다. 거기에는 그 규칙이 선명하게 써 있었다. "당신은 가능하면 실망했던 경험에 대해 이야기해서는 안 되며, 혹시 어떤 요구사항이 있더라도 말하지 말 것. 또한 이런 상황에서 남녀간의 은밀한 부분에 대한 이야기는 적절하지 않으니 한마디도 하지 말 것. 그것은 당신의 개인적인 용무일 뿐이다. 새로운 남자에게 당신은 지금 아무것도 써 있지 않은 백지다. 당신이 행복을 이루기를 원한다면 이 규칙을 지켜야만 한다."

나는 그럴 계획이었다. 여행을 시작할 시간이 왔다. 나는 한 번 더 거울을 들여다보았다. 나의 변신은 완벽했다. 거의 사십이 다 된 나이였지만 겉으로는 어린 소녀의 모습이었다.

나는 관리인에게 열쇠를 맡기고 꽃과 우편물을 챙겨달라고 부탁했다. 그러고 나서 택시를 타고 공항으로 갔다.

비행기 안에서 이미 내가 맡은 역할을 완벽하게 해냈다. 나는 안전벨트에 대한 설명을 정확하게 듣고 가볍게 복도를 지나 화장실로 가는 길에 어느 친절한 승객이 나를 도와주었다. 착륙할 때 나는 좌석에 벨트를 매고 앉아 두렵다고 이야기했다. 옆자리에 앉은 사람은 확실히 들뜬 것 같았고 나에게 호의적인 말을 건넸다.

솔직히 말해 모든 남자의 마음에 드는 것은 결코 쉽지 않다. 말을 나누지 않는 순간들은 그저 신비스럽고, 뭔가 질문을 하는 듯한 소박한 미소로 응했다. 그렇게 하면 항상 반응이 좋다. 내 지침서에 그렇게 써 있다.

착륙하자마자 나는 나의 자의식이 들어가 있는 가벼운 손가방을 들고 출구 쪽으로 향했다. 공항 직원은 아무것도 알아차리지 못하는 것 같았다. 그는 형식적이고 사무적으로 나에게 미소를 지어 보였고 잘 계시다 가길 바란다고 말했다. 내가 잘 모르는 사람을 위해 내 인격을 깎아내리고 있다는 것이 아직 겉으로는 보이지 않는 모양이었다.

대합실로 간 나는 약속 장소에 가서 섰다. 시간은 흐를수록 뭔가 불쾌한 느낌이 들었다. 내가 꿈꾸던 바로 그 남자일 수도 있는 듯한 남자들이 수없이 지나갔지만 아무도 나의 기쁜 시선에 반응을 보이지 않았다.

30분 후 누군가가 뒤에서 나를 가볍게 찔렀다. 몸을 돌렸더니 내 앞에…… 내가 꿈꾸(지 않았)던 남자가 서 있었다.

약간 왜소하고, 상당히 단정치 못한 옷차림의 남자였다. 얼굴색을 보니, 그가 그리 건전하게 생활하는 사람이 아니란 걸 알 수 있었다. 약속 시간을 지키지 않은 것에 대해 그는 한마디도 하지 않았다. 단지 나를 한 바퀴 돌려 세우더니 고개를 끄덕였다. "나쁘지는 않군. 상상했던 것만큼 젊지는 않아. 하지만 그래도 당신 내 마음에 들어. 우리 어디로 갈까. 우리 집으로?"

나의 지침서에는 이 상황에 도움이 될 만한 말은 아무것도 없었다.

아버지에 대한 여러 형태의 속박

__사랑을 얻기 위한 안간힘

파파걸은 사랑할 때 충실하게 그리고 경솔하게 아버지와의 관계를 반복한다. 소수만이 이 행동 모델을 따르고 있다는 것을 인식할 뿐이다. 어떤 사람과 관계를 가지든 이상한 불쾌감이 여성들을 따라다닌다. 그들은 사랑을 하고 있다고 믿지만, 그럼에도 불안을 느낀다.

여성들은 꿈을 꾸느라 사랑에서 자신이 해야 할 것을 소홀히 한다. 그리고 약속된 행복을 얻지 못하면 당황한다. 그들은 무대 위에서 갑자기 대사를 잊어버린 배우들처럼 우두커니 서 있다. 그저 말문이 막힌 채, 원래 자신이 주역을 맡아야 할 연극을 관객이 되어 그냥 흘러가도록 내버려두고 있다. 마치 그것의 일부가 결코 아닌 것처럼, 마치 잘못된 시간에 서 있는 것처럼, 마치 잘못된 의상을 입고 있는 것처럼 말이다. 그들은 어린 시절의 게임을 하고 있는 중이다. 시대가 변화했다는 것과 그 사이 어린 소녀가 크고 강해졌다는 것, 이제 그 게임이 인생의 무대 위에서 펼쳐지고 있다는 것을 어느 누구도 알아차리지 못하고 있다.

지금도 이렇듯 여성을 신경질적인 존재로 몰아가고, 다른 사람의 마음에 드는 것이 인생과 사랑에서 중요하다는 방식 안으로 강제로 쑤셔 넣는 것은 바로 그 풀리지 않은 아버지에 대한 속박이다.

다양한 라이프 스타일을 살펴보면 모든 딸과 아버지의 관계는 특별하다는 것, 즉 딸을 아버지가 프로그래밍한다는 것이 드러난다. 딸은 프로그래밍화되는 고통에서 자신을 보호하는 법을 배웠다. 그들은 상처를 피할 수 있고 그 고통을 느끼지 않아도 되는 방법을 개발했던 것이다. 모든 딸들은 과거에 자신을 보호해주었으며 그래서 더욱 절실히 필요했던 그 인생의 틀을 어른이 된 후에도 따르고 있다.

아버지의 라이프 스타일은 아주 비밀스러운 방식으로 딸의 라이프 스타일을 특징짓는다. 아버지의 인정을 받으려고 노력하는 딸의 모습에서 아버지는 자신이 원하는 대로 딸이 되어줄 거라는 확신하게 된다. 어떤 아버지는 딸이 가질 덕목으로 겸손함을 선호하고, 어떤 아버지는 잘난 딸을 둠으로써 자신이 빛나고 싶어 하고, 어떤 아버지는 채워지지 않은 자신의 욕구를 딸이 채워주길 바란다. 이 모든 것이 여성들의 라이프 스타일에 고스란히 담겨 있다. 여성을 경시하는 아버지의 태도는 비록 은폐되고 부인되었을지라도 딸에게서 계속 살아남아 훗날 그녀가 여성적인 역할을 거부하려고 할 때 표현된다.

여성들이 실제로 어떻게 살고 있으며, 그들이 무엇을 느끼고 소망하지를 남성들이 인식하는 경우는 드물다. 하물며 여성들 스스로 조심스럽게 감춘다. 여성들은 전에 아버지와 함께 있을 때처럼 생활 속에서 자신이 맡은 역할을 그때그때 완벽하게 해내려는 경향이 있다. 자신이 어떤 욕구와 동경을 가지고 있느냐에 상관없이 그들은 항상 다른 사람이 원하는 것을 제공한다.

내성적이고 다소곳한 여성에서 눈에 띄게 적극적인 여성에 이르기까지 형태는 다양하다. 라이프 스타일 역시 다양하다고 말할 수 있겠지만, 그럼에도 그 모든 것은 아주 오래된 여성의 역할 정의로 집약할 수 있다. 바로 순응이다.

그럼에도 거의 모든 여성들이 어떤 상황에서는 라이프 스타일이나 파트너와 상관없이 능력이 있다고 평가받으며, 그들 자신도 그렇게 느끼고 있다는 것이 흥미로우면서도 눈에 띄는 점이다. 두드러지게 적극적인 여성이 주로 이런 평가를 받는데, 사람들은 이런 꼬리표를 눈에 띄지 않는 여성들에게도 나누어주려고 애를 쓴다. 다툼이 생기면 남성들과 여성들은 의견이 일치한다. 여성들이 더 능력이 있다고.

이렇게 능력이 있다고 평가받는 여성들이 상담실로 나를 찾아온다. 그들의 남편이 그들에게 그렇게 말하며, 그들 자신도 그렇게 느끼고 있다. 더 자세히 들여다보면, 그들이 능력을 발휘하는 분야는 멋 부리기, 규율을 지키는 것, 그리고 휴가와 여가를 잘 활용하거나 아이들의 공부를 감독하는 방식 같은 것들이다. 이런 관점에서 여성들은 가족을 '지배한다.' 그들이 이런 과제들을 똑 부러지게 잘해내는 것은 이미 허용된 일이라 문제가 되지 않는다. 물론 남편의 감독을 받고 있을 때만 그렇다. 그러나 갈등이 생기면, 즉 아이들이 아버지가 원하는 만큼 말을 잘 듣지 않으면, 그 '능력이 있는' 아내도 패배자의 처지에 있게 된다. 그러고 나면 남자가 옳고, 갈등에 책임이 있는 건 아내다. 결국에는 아내의 교육관이 잘못된 것으로 몰아치기 때문이다.

이렇듯 능력이 있다는 여성들은 남성 중심 사회에 제대로 적응한 여성들이다. 그들은 함께 게임을 하면서 규칙들을 따르는 것이다. 그들은 능력이 있다고 느끼며, 자신들이 주도권을 가지고 있다는, 가족 특히 그중에서도 남편을 지배하고 있다는 남편의 주장을 그대로 믿는다. 하지만 사실 가정에서 그들의 결정이 영향력을 행사하는 것은 그저 먼지더미, 가계부, 사회적 접촉 그리고 학교 프로그램 같은 것일 뿐이다. 때때로 여성들이 더 교육을 받거나 부수입을 얻는 직업에 종사하는 것이 허락되기도 한다. 그들도 남편이 허락해주었기 때문에 자신들이 능력이 있고 강할 수 있는 거라는 점을 의식하고 있다. 그래서 그들은 낮 동안 바삐 자기 일을 처리하고 저녁이 되면 남편에게 가정적인 분위기를 제공해준다. "가부장제라고요? 말도 안 돼요. 그건 이미 오래전에 사라졌어요"라는 것이 그들의 진심 어린 생각이다. 행복한 여성들이라고? 오, 그렇다. 아주 좁은 범위에서 말한다면 그들은 행복하다. 그들이 이해하는 의미에서만 그렇다. 그들의 행복과 만족은 남자의 마음에 들고 남자가 원하는 것을 얻을 수 있도록 무슨 일이든 기꺼이 하려는 각오이기 때문이다. 그들이 자신의 소망을 이루는 데에서 행복과 만족을 얻는 것이 결코 아니다.

이러한 의미에서 능력이 있는 여성들은 진정한 의미에서의 접대부들이다. 문제는 그들이 그 사실을 알아차려서는 안 된다는 것뿐이다. 그리고 대체로 그들은 알아차리지도 못한다. 만일 그들이 반항적으로 나오기 직전에, 단호하게 "당신은 아주 능력이 있어"라고 확실하게 말해주기만 하면 상황은 즉시 해결된다. 옛날에 딸이 반항하면 아버지가 그렇듯이. 그 말을 들으면 딸은 즉시 정신을 차리고 아버지가 원하는 딸이 되지 않았던가.

지금은 과거의 일을 깨닫지 못하기 때문에 그들은 그토록 중요한 '임무'는 놓치고 자신을 남편의 보호하에 둔다. 자신은 중요하지 않고, 불안정하다고 느끼며 별로 신뢰할 만한 대상이 못 된다고 생각하는 것……, 그것을 그녀는 조심스럽게 감춘다. 겉으로 그녀는 행복한 것처럼 보이지만, 사실은 그렇지 않다. 이런 상황은 그녀에게 상당한 긴장을 안겨준다. 그저 긴장이 줄어들기를 헛되이 바라면서 오히려 정반대의 효과를 가져오는 잘못된 방향으로(남성들에게로) 자꾸만 달려가고 있다.

능력이 있는 여성들은 강박적으로 행동한다는 점에서 행동연구의 실험대상인 생쥐들을 연상시킨다. 그 쥐들은 배고픔 때문에 먹이를 얻으리라는 희망으로 자꾸 똑같은 지렛대를 작동시켜 고통스러운 전기 충격을 끊임없이 받는다.

사랑과 보호에 굶주려 있는 여성들은, 그 때문에 자신을 남성에게 고착시킨다. 다른 말로 하면, 채워지지 못한 아버지의 사랑에 대한 동경이다.

그들은 고통을 받더라도 자기에 대해 어떤 판단, 어떤 평가가 내려지더라도 기꺼이 수용한다. 그 판단이 아버지의 뜻에 맞으면 자신들이 보호받고 있다고 느낀다. 아무런 반성 없이 그들은 아버지의 가치판단의 기준을 넘겨받았고, 자신도 모르게 여전히 아버지의 바람과 뜻을 충족시키고 있는 것이다. 그들은 결코 자기 자신에 대해 아는 법을 배우지 않는다. 때때로 우울증, 통곡 그리고 분노에서 표현되는 심리적 실체의 근원을 그들은 더 이상 캐지 않는다. 그건 그들에게 너무 버겁기 때문이다.

"저희 집사람은 유감스럽게도 아주 능력이 있습니다." 이 말은 남자와 여자 사이의 관계를 익숙한 질서 속으로 끌어들인다. 남들이 자신에게 능력이 있다는 말에 대해 여성 스스로가 검증해보라고 권하고 싶다. 그들이 꿈꾸는 것 중 어느 것을 실제로 성취할 수 있는지, 집밖에서 그들에게 허용되어 있는 활동범위는 어느 정도인지, 그렇게 능력이 있다고들 하는데 그러길 그만두면 무슨 일이 일어날지, 그러고 나서도 그들이 끝까지 능력이 있다고 할 부분이 있는지, 한번 고민해보자.

해방을 얻으려고 노력하는 여성들은 자기 실현을 연습하며, 영향력을 발휘하고 자기 주장을 관철시킬 수 있도록 노력한다. 남성들의 세계에서 그런 여성들은 시끄러운 한탄의 대상이 되기 마련이다. 그래서 자세히 들여다보면, 그런 여성들이 환영받는 분야로 만족하는 척하는 경우가 대부분이며, 특정 생활 영역에서의 책임과 해방을 맞바꾸는 경우도 많다. 그들이 여성을 어린 딸의 위치에 묶어두는 아버지의 속임수를 꿰뚫어보는 경우는 극히 드물다. "너는 이미 너무 많은 결정권을 가지고 있어. 이미 충분한…… 권력을 가지고 있잖니"라는 아버지의 말이 옳다고 파파겔 역시 계속해서 확신하고 있다.

하지만 얼마나 많은 여성들이 자신이 주도권을 가지고 있다고 느낄까? 그리고 얼마나 많은 여성들이 중요한 문제가 벌어지는 상황에서 발언권이 있을까? 특히 사랑할 때는 절망적이다. 이럴 때 자의식이 있는 자주적인 여성들은 극히 드무니까.

눈에 띄지 않게 마음에 들기

눈에 띄지 않게 어떤 남자의 마음에 드는 연인이 되는 것은 여자들이 바라는 꿈이 아니다. 그럼에도 많은 여성들은 그렇게 하려고 기꺼이 나선다. 그들은 여러 해 동안 남자가 귀중한 시간을 선사할 때까지 미소를 잃지 않으려고 노력하면서 겸손하게 뒤에서 기다린다. 남자에게 편안함을 주는 겸허한 태도가 그들의 특징이다. 하지만 자유 의지, 즉 기쁘게 해주려는 결심이 아니라 바로 아버지에 대한 속박 때문에 그들은 그런 위치에 서 있는 것이다. 그녀는 아버지의 마음에 드는 대로, 아버지의 마음에 든다고 믿었던 대로 사랑한다. 그건 바로 눈에 띄지 않게 마음에 드는 것이다. 그들은 문자 그대로 가장자리에 서서 누군가가 꺾어주기만을 기다리는 담장의 꽃이다.

하지만 담장의 꽃처럼, 다시 말해 춤 상대가 없어 마냥 서서 기다리는 여자가 되는 것은 모든 어린 소녀에게는 엄청난 두려움이다. 만약 그렇게 되면 그 끔찍한 순간을 어떻게 잊겠는가? 첫 번째 선발과정이 이루어진다. 다른 소녀들은 춤 상대가 있는데 자기만 앉아 있게 되는 건지, 아니면 매력적인 젊은 남자애를 파트너로 끌어들일 수 있는지가 여기에서 드러난다. 모든 소녀에게 그것은 공포와 희망 사이를 오가는 끔찍한 시간이다. 그냥 앉아 있어야 하는 것, 차라리 악몽이다.

아버지가 "너는 왜 그렇게 이상하게 구니?"라고 말하면 모든 상황은 그저 더 나빠질 뿐이다.

딸은 그저 아버지가 바라는 생각만을 현실화시켰기 때문에 겸손하고 눈에 띄지 않는 태도가 몸에 배어 있다. 아니 그런 식으로 되어야만, 즉 겸손하고 눈에 띄지 않아야만 아버지에게 관심을 조금이라도 끌 희망이 있었다. 이런 규칙에 어긋날 때에는 언제나 아버지는 그녀를 꾸짖었기 때문이다. "그렇게 이기적으로 굴지 마. 그런 식으로 눈에 띄어서는 안 돼." 아버지에 대한 사랑 때문에 그리고 아버지가 옳다고 확신하기 때문에 딸은 이 규칙을 명심한다. 그녀는 평생토록 절대로 이기적이거나 눈에 띄고 싶지 않다. 그리고 이 규칙에 따라 계속 살아간다.

겉으로 그녀는 겸손한 느낌을 주며 모든 면에서 삼가는 태도를 취한다. 그녀의 목표는 눈에 띄지 않게 마음에 드는 것이다. 그리고 그 역할을 완벽하게 해낸다. 어느 누구도 그녀를 뚜렷하게 기억하지 못한다. 누군가가 친절하게 미소지으며 그녀에게 말을 건네지만 그녀는 한 귀로 듣고 다른 한 귀로 흘려버린다. 그녀는 방 안으로 들어오면서도 결코 방해하는 법이 없다. 그녀는 그곳에 있지만 그곳에 없다. 우연히 마주치면 그녀는 친절하게 미소를 지으며 고개를 끄덕여 보인다.

처음 본 사람은 누구나 그녀가 인상이 좋다고, 마음씨 좋고 친절하다고 생각한다. 하지만 이런 선입견 없이 자세히 보면, 미소를 지을 때 그녀는 허공을 향해 미소짓고 있으며, 어떤 사람을 보면서도 그녀의 시선은 그 사람을 통과해버린다. 그녀가 깊이 있고 안정적인 관계를 맺는 경우는 극히 드물다. 그녀는 왠지 모든 것이 평범하게 보인다. 게다가 그녀 자신도 특별할 것이 없어 보인다. 스스로도 그렇다고 느낀다.

그녀는 자신이 결코 소속감을 느낄 수 없는 세계에서 타인이라고 느낀다. 그녀는 겸손하게 결코 일어나지 않을 일을 기다리고 있다. 그녀는 지치지도 않게 자신의 요구와 욕구가 '저절로' 충족되기를 바라고 있다.

아버지가 "네가 겸손하고 삼가는 태도를 취한다면 너를 사랑하마"라는 신호를 보내지 않았던가? 그것은 여전히 변함없이 그녀 인생의 최고의 원칙이다.

이런 파파걸은 자기만의 방식으로 '착한 여자'라는 이미지에 맞춘다. 그들은 방해하지 않으며 어떤 남성적인 가치도, 적어도 겉으로 알아볼 정도로까지는 내면화하지 않았다.

그들은 남자에게 연출권을 넘기고 되도록 순응한다. 하지만 비밀리에 안전책을 강구해두었다. 그들은 자신의 주변 세계에 거리를 두고 살고 있으며, 그 거리를 조심스럽게 감추고 있다.

애정생활에서 그들은 순응하도록 최고로 훈련받았기 때문에 처음에 남자의 눈에는 대단히 매력적으로 보인다. 하지만 그들은 별로 행복하지 못하다. 이 겸손하고, 눈에 띄지 않게 마음에 드는 여성들은 처음 봤을 때 생각보다 훨씬 더 남성들의 흥미를 끈다. 그런 여성이 곁에 있으면 그는 아무 지장 없이 사랑에서의 무한한 자유공간을 얻으리라고 꿈꾸기 때문이다. 그리고 그 여성이 처음에는 기꺼이 그런 것을 제공해주기도 한다. 그는 사랑을 하면서 자신이 바라는 것은 뭐든지 할 수 있다. 오든 안 오든, 남아 있든 남아 있지 않든, 전화를 하든 안 하든, 그 담장의 꽃은 모든 상황에 만족하는 척하며 친절한 태도를 유지한다. 그런 여성들은 사실 자신이 수동적이라는 것을 모르고 해방된 여성의 자세라고 착각하는 경우도 많다.

최근에 매력적인 한 남성이 담장의 꽃 같은 여성에게 특별한 애정을 느낀다고 나에게 말한 적이 있다. 그는 그 말 중에 나의 관찰이 옳았다는 것을 증명해주는 부분이 있음을 알지 못했다. 당연히 남자들, 특히 남자들 중 권력을 의식하는 사람들은 겸손한 여성들을 좋아한다. 그런 여성들은 사랑을 할 때 남성들의 우월한 지위를 침해하지 않기 때문이다. 그 여성들은 남자에게 모든 것을 주고 항상 뒤에 물러나 있으며 그를 빛나게 해주는 식으로 그의 남성성을 보증해준다.

유감스럽게도 여기에 난점이 하나 있다. 항상 승부를 의식하고 있는 남성에게는 여성이 저항해야 그녀를 얻은 것이 비로소 가치가 있는 일일 텐데, 이 여성이 도무지 그렇게 하길 거부한다는 것이다. 그 때문에 그 남성은 빨리 싫증을 느끼게 된다. 모든 것이 너무나 빨리, 아무 힘도 들이지 않고 이루어진 것이다. 그는 자신의 승리를 진정으로 즐길 수가 없다. 얼마 안 되어 그는 조심스럽게 새로운 여자를 찾아 두리번거린다. 새로운 게임, 새로운 행복을 찾아서.

그 여성은 자신이 배신당했음을 알게 된다. 예전에 아버지가 말하지 않았던가. "네가 겸손하고 뒤로 물러나는 듯한 태도를 가지면, 그러면 난 널 사랑할 거다"라고. 그녀는 그 말을 믿었지만 실패했다. 사랑에서 만큼은 그녀는 패배자다. 그녀는 눈치채지 않게 연인의 인생에 순응했고, 눈에 띄지 않게 차였다. 그 남자는 어쩔 수 없는 양심의 가책을 느끼며 이별에 착수한다. 별다른 소동 없이, 그저 이별 편지만을 보내는 경우도 많다. 그는 마음속 깊이 파고드는 대화와, 관계에 대한 분석은 피한다.

실제로 그는 이 파파걸에게 결코 진실로 구속감을 느끼지 않기 때문이다. 그래서 그는 이별도 가볍게 한다. 그녀가 그에게 애정을 보여달라고 요구한 적이 결코 없었으며, 그녀가 항상 미소 지으며 대기상태에 있는 것이 그저 편했고 잠시 그것에 만족한 것뿐이다. 이제 그에게는 여성과의 대결이 필요하다. 그래야만 자신의 남성성이 더욱더 확고해질 수 있기 때문이다. 그의 관점에서 볼 때 이런 사랑은 결국 지루함만

줄 뿐이다. 어차피 할 말도 많지 않다고 생각했다.

눈에 띄지 않는 타입의 파파걸은 그 상황을 이해하는 데 큰 어려움을 겪는다. 결론이 분명해진다고 해서 그녀가 딸로서의 유순함에서 스스로 깨어나지는 않는다. 완고하게, 아주 고집스럽게 그녀는 '겸손하고 뒤로 물러나는 듯한 태도를 취하라'는 아버지의 충고를 지킨다.

아버지와의 관계에서 그녀는 완전히 뒤로 물러나는 태도를 취함으로써 모욕과 상처를 받지 않게 되었다. 그런데 사랑에서는 그것이 통하지 않는다. 그녀는 겸손하게 아무 요구도 하지 않는 태도를 취함으로써 모든 남자에게 자신을 모욕하고 상처를 줘도 괜찮다는 허가서를 내주는 것이나 다름없다. 그녀는 그의 요구에 어떤 이의도 제기하지 못한다. 남자는 그녀가 지켜워지고, 또 실제로 그렇다는 걸 그녀에게 분명하게 보여준다. 그녀가 눈에 띄지 않게 처신하는 것은 바로 그 모욕을 받지 않으려고 하는 것인데 말이다.

겸손한 파파걸은 나이가 꽤 들 때까지도 아버지한테 사랑받는다고 느낀다. 아버지가 그녀에게 권한 순응된 행동은 아버지에게서 상처를 받지 않게끔 보호해주는 좋은 방패막이었다. 독자적인 존재가 되기를 포기하고 순응했기 때문에 그녀는 아버지가 자신을 사랑하고 있다고 믿었다. 그의 보호를 그녀는 사랑으로 해석했다. 그녀가 자주 아버지의 기분을 부드럽게 풀어주는 데 성공했기에 그녀는 아버지의 부드러운 사랑을 받을 거라는 꿈을 꾼다. 그런데 파트너에 대한 사랑에는 바로 그것이 함정이 된다.

파파걸은 어린 시절에 얻은 기질 때문에 적극적으로, 날마다, 자신이 무의미하다는 것을 눈앞에서 확인한다. 그녀가 이렇게 하는 것은 언젠가는 사랑을 받으리란 희망이 있기 때문이다. 하지만 이런 자기 기만은 적극적인 자기 파괴의 과정으로 발전하게 되며, 이 과정에는 당연히 사랑도 포함된다.

어떤 여성이 눈에 띄지 않게 마음에 들려고 노력하는 삶의 방식을 택한다면 파파걸로서의 인생이 연장되는 것이다. 그것은 어린 시절의 기만, 즉 아버지의 거짓말을 계속 고수하는 것을 의미한다. 아버지의 약속과는 달리 그녀는 아버지의 인정을 얻지 못했지만, 그래도 여전히 그 인정을 바라고 있다. 그래서 그녀는 자존심이 아주 깊이 동요되어 있다. 그녀는 아버지에게 수동적이 되라는 판결을 받았기 때문에 적극적으로 사랑하는 여성이 될 수 없다. 그녀는 사랑을 회피한다. 그리고 도망간다. 견딜 능력이 없어서다.

눈에 띄지 않으려는 파파걸의 태도를 극복하기 위한 안티 훈련 프로그램이 있다. 매일 그녀는 강제로 한 번 자신에게 귀를 기울이고 자신의 의견을 말하도록 해야 한다. 그녀는 반사적인 '그래요'를 '한번 잘 생각해볼게요'로 바꾸는 법을 배워야 한다. 여기에서도 끊임없는 연습만이 필요하다.

겉모습이 존재를 규정한다

남성들의 문화에서 환영받는 여성은 소녀들이 두는 거리만큼 떨어져서 사랑을 하는 여성이다. 그녀는 여성의 고전적인 전통을 구현하며 남성들이 원하는 모습 바로 그대로다. 자발적으로 그리고 자랑스럽게 그녀는 남성들의 소망에 자신을 팔아넘겼다. 그리고 그 때문에 딸의 지위에 계속 묶여 있음을 예감하지 못한다. 파파걸이었던 과거와 마찬가지로 겉모습이 그녀의 존재를 규정한다. 말하자면 중요한 남자 곁에 사는 것만으로 자신의 가치를 부여받으려는 환상이다.

누가 그녀를 모르겠는가. 매력적인 남성의 옆에서, 내적으로 그리고 외적으로 항상 깔끔하고 단정한 느낌을 주는 이 매력적인 여성을? 그녀의 모습을 보면 모든 것이 너무나 잘 어울린다. 반지, 벨트, 구두, 가방, 자연스럽게 어울리는 화장. 그 모든 것이 그녀의 이미지에 어울린다. 어디 그뿐이랴. 미소, 몸짓, 표정까지 완벽하다.

누구나 '그의 옆에 있는' 매력적인 여성의 초대를 받으면 어떤 것을 보게 될지 잘 안다. 장밋빛 냅킨은 금빛 커피잔 세트에 새겨 있는 장밋빛 꽃들과 정확하게 어울린다. 하얀 천이 덮여 있는 테이블에선 희미한 광채가 뿜어져 나온다. 손님은 이렇듯 멋진 분위기에 자신이 너무 초라한 건 아닌지 무의식중에 긴장한다.

모든 테이블 사이로 끊임없이 미소가 오간다. 그렇다, 모두가 미소를 짓고 있다. 특히 그중에서도 그 집의 안주인이. 하지만 그 미소는 시선을 받지 못한다. 그 모임은 아주 희한한 그림 같다. 그저 입으로만 미소를 지을 뿐 얼굴은 딱딱한 표정으로 굳어 있는 사람들의 모임. 어떤 일이 있어도 겉모습을 잘 유지하는 것이 중요한 안주인의 집에서 벌어지는 모임이다. 그녀는 미소를 지으면서 강철같은 손으로 자신의 행복을 지배하는 강철같은 여자를 연상시킨다. 그녀는 엄격하게 통치한다. 돌발 사건이나 갑작스러운 출현, 부족함이나 기발한 착상을 그녀는 절대 용납하지 않는다. 무의식적으로 그녀는 자기 자신을 통제하고, 다른 사람들도 통제한다. 이 모임에서 감정이 차지할 자리는 어디에도 없다.

전통적인 가정주부는 '사람들은 행복해야만 한다'라는 기본원칙에 따라서 살며 그것을 위해 인생을 바친다. 그녀는 불행을 절대로 참고 싶지 않다. 하지만 그녀는 현실과 자신의 인생을 비껴가며 살고 있다. 그녀의 기본 원칙들, 손님을 초대한 안주인으로서의 역할을 완벽하게 해낼 때 그녀에게 더욱 그럴듯한 겉모습을 부여해주고 '훌륭한 주부'로서의 역할에 정당성을 부여해준다. 그러나 그것의 의미는 그것뿐이다. 그녀는 칭찬이 듣고 싶어 친구를 사귄다. 그러므로 그녀의 집 현관문에 환영한다는 문구가 적힌 커다란 판자가 걸려 있는 경우도 드물지 않다. 그녀를 칭찬해주기만 하면 누구든 환영받는다.

이 역할을 하는 여성은 진정 어떤 모습인가? 그녀는 무엇을 위해 싸우는가? 사람들이 보기에, 그리고 많은 여성들이 믿는 것처럼 이 여성은 이미 인생에서 모든 것을 얻었다. 그녀 옆에는 매력적인 남편이 있고, 그녀는 아주 조금 덜 매력적이긴 하지만, 둘이 함께 있으면 아주 멋진 한 쌍이다. 사람들 생각에, 세상은 그녀를 대단히 우러러본다. 그녀 역시 그렇게 생각한다. 그녀는 이 확신을 겉으로 드러내며, 누구에게나, 그 사람이 듣고 싶든 아니든 그 점을 강조한다.

그녀가 나타나면 얼마 지나지 않아 중요 인물로 부각된다. 그녀는 이야기하고 또 이야기한다. 하지만 무엇에 대해서? 그녀는 아무도 묻지 않았는데도 자기 관심사를 이야기한다. 마치 모든 사람에게도 최고의 관심사인 것처럼. 그녀와 함께 있다 보면 어느 새 공허한 감정이 엄습한다. 사람들은 이 모든 것이 그토록 완벽한데도 무언가 일치하지 않는 것이 있다는 것을, 겉치레라는 것을, 깊이가 부족해서 불안하고 어떨 때는 당황스러움을 느낀다. 사람들은 문득 자기가 청중이라는 것을 느낀다.

이런 여성들은 가지고 있지도 않은 따뜻함이 있는 척한다. 그리고 그들은 냉정함이 피부로 느껴지는데도 그렇지 않다고 부인한다. 남들의 눈에 띄지 않는 순간에 그들은 자제심을 잃는다. 그토록 조심스럽게 끼워맞춘 구조물이 무너지고, 갑자기 모든 것이 어긋나버린다. 절망이 눈빛에서 어른거리고, 그들은 쫓기는 듯하고 신경질적인 느낌을 준다. 창백하고 신경이 곤두선 상태로 그들은 뭔가 잃어버릴까 봐 두려워하듯이 자신의 역할을 잘해내려고 더욱더 노력한다. 그 두려움은 정당하다. 그들은 완전히 남자의 희망사항에 자신을 맞춰왔기 때문이다. 만일 그들이 끊임없는 자기 부정을 요구하는 이런 역할을 해내지 못하면 아무엇도 남지 않는다. 바로 그때 그들은 현실로부터 도피하고 싶다. 하지만 도피는 견딜 수 없는 압박을 준다.

이런 압박 외에도 그들이 남자와 비밀스러운 투쟁을 하는 경우도 많다. 그들은 물론 자기 가치를 크게 인정받고 싶어하며, 어쩌면 파트너보다 더 많이 인정받고 싶어할 수도 있지만, 그저 조연의 역할로만 만족해야만 한다. 그들은 남자가 원할 때에만 그의 퍼스트레이디의 역할을 해야 하며, 그의 위신을 높여주는 정도로만 빛나야 한다.

그녀의 내면은 전쟁터와 같다. 그녀는 남편의 인정을 얻으려고 끊임없이 투쟁하지만, 어린 시절 아버지의 인정을 받지 못했던 것처럼 결국 아무것도 얻지 못한다. 그녀는 어떻게든 이기게 되리라는 가망 없는 희망을 위해 자신의 여성성을 투입하도록 훈련받았다. 평생 동안 일등 자리를 얻으려고 투쟁하지만 그녀는 오로지 한 남자의 옆에서, 바로 그 남자를 통해 그것을 얻을 수 있을 뿐이다. 그 남자에 대해서만 그녀는 어떤 역할을 해낼 수 있다. 그가 없다면 재투성이 아가씨 신세로 전락하게 될 것이다. 그것이 그녀가 그토록 두려워하는 점이다. 그래서 그녀는 전력을 다해 애쓰고, 비축한 힘을 다 써버린다. 그녀에게 그런 일은 절대로 일어나서는 안 되기에.

겉으로 그녀는, 눈에 띄지 않게 인생을 허비하는 담장의 꽃 같은 여성들을 경멸한다. 언제나 그녀는 중심에 서 있을 때만 두려움을 달래는 데 익숙해졌기 때문이다. 그것을 위해서 그녀는 모든 것을 한다. 즉 자신과 자기 소망을 부인하는 것이다. 이렇듯 무지갯빛을 발산하며 중심에 서기 위해, 특히 남편 곁에 머물기 위해서는 힘겨운 억압 작업이 필수적이다. 아주 기꺼이 그녀는 행복하고 조화로운 결혼생활에 대해 이야기한다. "남편과는 무슨 이야기라도 다 할 수 있어요. 그 사람은 나의 가장 좋은 친구거든요." 그녀는 사실 남편이 항상 부재중이라는 것, 그가 바람을 피워도 침묵하고 있다는 것을 잊고 있다. 그녀는 그저 그의 곁에 있는 첫 번째 부인으로서 고독한 인생을 살고 있다. 그녀도 가끔 느끼며, 그럴 때마다 절망에 빠져든다.

이런 여성의 남편은 대개 그녀가 벌이는 혼잡스러움을 애정에 넘쳐 즐거워하는 것으로 받아들인다. 그는 그녀의 활동이 남성으로서 자신의 위신에 도움이 된다고 느껴 적극 후원해준다. 그 반면에, 겉으로는 참을성 있게 그녀의 말에 귀를 기울이지만, 사실 머릿속으로는 완전히 딴 생각을 하느라 그 자리에 없는 거나 마찬가지다. 그는 아내는 전혀 알지 못할 것 같은 인생의 중요한 일에 몰두하고 있는 것이다.

"당신은 정말 내 말을 전혀 귀담아듣지 않는군요." 그는 아내의 이런 푸념을 들어야 할 때가 많다. 그도 그럴 것이 그는 정말로 귀 기울일 생각이 전혀 없기 때문이다. 사교계에서 그녀가 빛나는 자리를 차지하려고 애쓰는 것을 막지 않고 물론 후원해줄 생각도 있지만 말이다. 그녀의 내적인 태도에서 우선순위는 분명하다. 그가 넘버원이고, 그녀는 그 아래 자리에 속해야 한다.

남편을 위해 그리고 자신의 인격에 애써 짐을 얹고 평생을 보내겠노라 결단을 내린 파파걸은 어린 시절에 고독한 아이들이었다. 즉, 아버지가 부재한 탓으로 그들은 거의 꿈과 환상 속에서만 살았다.

아버지가 부재중인데 딸이 환상을 가지는 건 당연한 일이 아닌가. 혼자 그리고 고독한 시간이 되면 딸은 아무런 방해도 받지 않고 위대한 아버지를 꿈꾼다. 꿈속에서 그녀는 아버지의 인생에서 중요한 존재다. 그 또한 그녀에게 중요하고 그녀에게 의미를 가진 존재다. 아주 가끔씩 그녀는 환상과 현실 사이의 균열을 느낀다. 아버지의 부재가 너무 오래 계속되어 걱정과 어려움을 아버지와 의논할 수 없는 경우이거나, 아버지가 있기는 한데 상상 속의 아버지와 일치하지 않는다는 것을 인정할 수밖에 없을 때, 둘 중 하나다. 그녀는 절망하여 자신만의 세계로 틀어박힌다. 아니라고, 지금 눈앞에 보이는 그 아버지가 진짜 아버지일

리가 없다고 확신해버린다. 그 다음날, 모든 절망은 사라져버리고, 원하던 대로 상황이 정리되어 있다. 아버지에게 꿈속의 아버지의 역할을 다시 부여해놓은 것이다.

훗날 파트너와의 관계에서 그녀는 똑같은 사랑의 꿈을 꾼다. 그녀는 파트너를 통해 그 의미를 획득한다. 이미 어린 시절부터 파트너의 실체를 인식하지 말도록, 인식하는 것도 바라지 않도록, 그리고 무엇보다 자신의 꿈에서 길을 잃지 않도록 훈련을 받았다. 그런 탓에 남자의 의미를 그녀 스스로 부여했음을 쉽게 잊어버릴 수 있었다. 어렸을 때와 마찬가지로 그녀는 결혼생활에서도 맹렬하게 그리고 힘들게 인정을 받으려고 노력한다. 적어도 겉으로는 모든 사람들이 자신의 특별한 의미를 보증해주기를 고집하고 있는 것이다. 그런 식으로 그녀가 만족하고 있는 것은 사실이지만, 근본적으로 그녀는 아무런 요구도 하지 않았던 딸의 상태에 머물러 있다.

남자들은 그녀에게 어떤 의미를 부여해주는 것을 상당히 꺼려한다. 그리고 전혀 공짜가 아니다. 여성이 완전히 자기를 포기해야만 얻을 수 있다. 말하자면 정신의 물물교환 상점이라고 할 수 있다. 그러나 그녀가 그 대가로 받는 것은 별 볼일 없는 것이 대부분이다.

그래서 자신의 가치를 얻기 위해 노력하는 파파걸은 언제나 갈등 속에서 산다. 그들은 올바르게 행동해야 하지만, 자기 뜻대로 행동해서는 안 된다. 그럼에도 그들이 그렇게 하려고 한다면 그들은 버림받는다.

이렇듯 눈에 띄지 않게 마음에 들도록 살아가는 방식은 도저히 사라지지 않을 것이다. 그에 따른 약속이 얼마나 유혹적인가. 영향력, 화려한 광채…… 엄청난 유혹이다. 다만 문제가 있다면, 그 방식은 약속한 것을 주기는 하지만 계속 유지하지 못한다는 것이다. 현실은 많은 여성들이 생각하는 것보다 훨씬 인색하다. 따라서 스스로 진정한 아버지를 인정하고, 그의 의미를 올바르게 세우고 그를 찬미하는 것을 포기해야만 겉모습이 중요하지 않게 되고, 존재 가치가 무게를 얻는다.

감정에 대한 통제

감정은 행동할 때 우리에게 방향을 제시해준다. 사랑할 때 감정과 행동 사이에 조화가 이루어져야 행복이 찾아든다. 유감스럽게도 감정을 다루는 것은 그리 쉽지 않다. 간혹 감정을 통제할 수 있는 힘이 있었으면 좋겠다고 생각할 때가 있다. 이럴 때 우리는 다시 감정을 저주한다.

  파파걸은 여기서 특별히 어려움을 겪는다. 그들은 자신이 '느끼고 싶은 것'이 아니라 '느껴야 하는 것'을 느끼는 경우가 많다. 그들은 일찌감치 감정을 마음대로 표현할 자유를 빼앗겼다. 예전에 아버지는 감정을 억제하고 조절하고 억눌려야 한다고 요구했다. 아버지는 무엇이 옳고 좋은 감정이며, 어떤 감정은 가져선 안 되는지 판단하는 기준을 단호하게 확립했다. 그래서 아버지의 뜻에 따라 계속 억눌렀던 바람직하지 않은 감정은 그후로 독자적으로 움직인다. 우리가 그 감정을 마음대로 할 수 없는 대신 그 감정은 우리를 마음대로 한다. 이미 그 규정대로 우리는 모든 것을 옛날 그대로 내버려두는 것만을 선택할 수밖에 없다. 아니면 아버지의 뜻에 따라 강제적으로 익힌 감정을 통제하는 방식을 인식하는 방법도 있다. 이 부분이 우리에게 '투명해져야만' 무언가를 변화시킬 수 있다.

  아버지가 엄하면 엄할수록, 그가 감정을 경직된 방식으로 통제하면 할수록, 딸들은 자기 감정에 더 단단한 재갈을 물릴 수밖에 없었다. 부모의 관심을 받지 못하고 자란 딸들은 집안의 냉랭한 분위기 속에서 일찌감치 감정을 통제하는 법을 배운다. 그들은 엄격한 초월적 아버지와 감정에 대해 이야기할 기회를 갖기도 힘들고, 아버지와의 관계에 감정을 개입시킬 기회도 없다. 그들은 감정은 중요하지 않으며 아무런 의미도 없다고 배운다.

그들은 아주 일찍부터 무에서 많은 것을 만들어내려고 노력해야만 했다. 아버지는 별로 신경도 써주지 않으면서 많은 것을 요구했다. 이런 아버지 밑에서 자라면서 딸들은 욕구불만을 견뎌내는 데에, 그리고 그 능력을 힘이라고 새롭게 해석하는 데에 익숙해졌다. 이미 모든 것을 잃은 것처럼 보였지만 그들은 굴하지 않고 일어났고 또 일어나려고 노력했다. 그들은 자신의 의지를 밀고 나가면서 감상적인 감정을 감췄다. 이 길밖에는 달리 선택할 것이 없었다.

과거에는 아버지에게 훈련받아 체득한 대로 감정을 통제하면 그나마 아버지에게서 상처를 받지 않았다. 그들은 인생에서 첫 번째이자 강력한 불안감을 주는 남자를 조건 없이 사랑했지만, 유감스럽게도 바라던 사랑은 받지 못했다. 아버지는 모든 것을 할 수 있었고 알고 있었다. 그런 아버지는 오로지 딸만은 인정할 수 없었고, 딸에 대해서는 어떤 관심도 보이지 않았다. 아버지가 아주 조금의 애정과 관심을 가지고 있다는 암시라도 받으려고 딸은 자신을 숨기고, 자신의 인격을 외면해야 했다.

아버지에게 중요한 것은 오로지 절대적인 객관성으로, '여자들의 갑작스런 감정의 폭발'에 절대 방해받지 않는다. 이런 방식으로 관심 밖으로 밀려난 딸들은 '자기' 감정의 세계를 폄하했고 억눌렀던 것이다.

어린 시절 생활에서 받은 훈련의 결과가 비단 감정의 통제만은 아니다. 어린 시절은 또한 두려움에 면역이 되도록 해주는 완벽한 훈련 장소였다. 딸의 삶의 방향은 저 강력한 아버지가 결정했다. 그는 딸이 용감한 행동으로 눈에 띌 경우에만 관심을 보였다. 그래서 그 딸은 천둥 번개도 두려워하지 않았고, 아무리 어두운 공원도 혼자 걸어갔다. 그렇다. 그들은 또래의 아이들이 두려워했던 그런 임무들을 떠맡는 공명심을 키워나갔던 것이다.

사실 속으로는 무서워 죽을 지경이었지만 천천히, 조금씩 그들은 두려움을 깨닫는 법을 잊었다. 통제력을 흐트러뜨릴지도 모를 위험이 다가올 때마다 항상 숨이 막힐 듯한 감정만 남아 있을 뿐이었다.

감정에 대한 두려움은 상당히 크다. 그렇게 그들은 감정에 휩쓸리지 않도록 신중하게 스스로를 보호한다. 그들은 예전에 아버지를 통해서 익힌, '유치한' 감정을 벗어난 자유로운 생활방식을 언제나 그리고 어디서나 실행에 옮기려고 한다. 어떤 문제에 대해 표명하는 그들의 입장은 겉보기에 대단히 객관적이고 논리적이다. 개인적인 입장을 표명할 때도 마찬가지다. "감정은 주장이 아니에요"라는 말이 그들이 즐겨 내세우는 모토다. 그렇게 함으로써 그들은 모든 것과 모든 사람을 평정하려고 한다. 그때 그들은 억눌린 두려움이 행동의 동기라는 것을 모르고 있다.

통제된 생활방식으로 그들은 남성의 세계에서 훌륭한 투사로 통한다. 그들은 지적이고 객관적이며 결정 내리기를 즐겨하며, 외적으로는 보통 여성이 가지고 있는 사랑의 꿈에 그리 시달리지 않는 것처럼 보인다. 그들은 자기 뜻을 관철하는 능력을 자유자재로 발휘하고 남성의 세계에서 스스로의 노력으로 지위를 확보해놓았다. 그녀가 어떤 주제에 대해 입장을 표명할 때면 모두가 귀를 기울인다. 마침내 그들은 독립적인 생활방식을 찾아냈으며, 그 생활방식을 확실하게 꾸려나간다.

하지만 '새로운 여성성'의 대변자들 사이에서도 이 독립적인 여성은 집중적인 비판의 대상이 된다. 사람들은 이런 여성에게 여성성과 감수성이 있다고 인정하지 않는다. 그녀가 남성적인 가치에 순응했고 목표의식을 가지고 노력하여 자신의 경력과 직업적 성공을 이뤘기 때문에, 여성으로서는 주목받지 못하는 경우가 많다. 남성들은 남자들만의 대화방식으로 그녀와 이야기하지만, 여성성에 대한 이해가 부족한 그 남자에게 도저히 지나칠 수 없는 경멸이 함께 느껴지기도 한다. 모든 여성들은 그것을 느낀다. 직업적으로 성공하기 위한 투쟁에서 그 여성들은 이런 식으로 이중의 부담을 안고 있는 것이다.

독립성을 무감각함과 동일시하는 사회적 시각으로 말미암아 모든 여성들은 마음 깊이 상처를 받는다. 한편으로 그녀는 직장의 일상에서 남자처럼 행동하면서 자신의 감정을 부인할 수밖에 없으며, 다른 한편으로는 바로 그 때문에 비판받는다. 감정을 배제한 남자들의 행동방식은 긍정적인 평가를 받는 반면, 이런 남성적인 가치에 순응한 것에 대해 여성이 칭찬을 받는 경우는 극히 드물다.

아버지의 가치를 가진, 자기 확신이 있고 화끈한 여성은 정말 힘든 길을 선택한 것이나 다름없다. 그녀는 여성들이 의존성으로 말미암아 겪는 불행을 올바로 감지하고 남자처럼 행동함으로써 그 불행을 넘어서려고 한다. 하지만 그녀는 여자다. 독립적인 태도와 직업적 성공이 그녀에게 사랑을, 여성으로서의 인정을 대신해줄 수는 없다. 이 때문에 실망하게 될 때, 그녀가 겉치레만의 객관성과 여성적인 소망 사이에서 딜레마를 겪고 있는 것이 여실히 드러난다. 지식과 외모 덕분에 그녀는 일단 남성들을 자기편으로 끌어들일 수는 있다. 남성들은 그녀와의 관계에서 많은 자유와 관용을 얻을 수 있으리라고 희망한다. 또한 그녀의 강인함과 독립성에 기대를 걸지만, 희한하게도 사랑에 빠지기만 하면 그녀는 그것을 포기해버린다.

사랑하는 사람과의 관계에서만큼은 그녀는 아버지에게 구속되었던 것처럼 다시 그렇게 되려고 하기 때문이다. 그녀의 절제되고 독립적인 생활방식은 사랑에 빠질 때까지만 지속된다. 그후 사랑이 시작되면 그녀는 자신의 투쟁적인 천성을 잊고 예전에 아버지가 원했던 것처럼 곧바로 고분고분한 모습으로 바뀐다. 그녀는 감정을 솔직하게 드러내지는 않는다. 여자들이 흔히 하듯이 공개적으로 드러내지 않는다는 뜻이다. 하지만 그녀는 분명히 감정을 가지고 있다. 특히 사랑을 할 때면 그 감정에 완전히 휘둘린다.

냉정한 껍질 뒤에는 넉넉한 따뜻함과 감수성, 그리고 두려움도 감춰져 있다. 하지만 그녀는 두려움에 면역이 되어 있다. 감정적으로 무너지지 않고 싶기 때문이다. 정말 사랑을 할 때 다른 규칙들은 통용되지 않는 걸까? 사랑을 할 때 우리가 가진 모든 것을 다 주면 안 되는 걸까?

그 버림받은 딸도 그런 이야기를 들은 적이 있었다. 그래서 그녀는 자신의 감정에 대해 두려움이 있음에도 사랑에서 행복을 얻기만을 기다린다. 감정은 방해만 될 뿐이고 단순한 사태를 복잡하게 만들어버린다. 그러나 사랑을 할 때 그녀는 이러한 두려움에서 벗어난다. 유혹이 너무 커서 그녀는 저항할 수 없다.

또 다른 경우에는 상당히 독립적인 여성도 사랑과 관련하여 숨겨놓은 어린 시절의 꿈을 되살리고 싶어 하는 경향이 있다. 문제는 그녀가 너무 빨리 파파걸로서의 본색을 드러낸다는 것이다. 그녀는 사랑하는 남자에게 의존적이 되고 완벽하게 헌신하고, 중요한 자신의 규칙을 훼손한다. 그 규칙에 따르면, 주변에 바리케이드를 쳐놓아야 하고, 자기 감정을 통제해야 하며, 어느 누구도 마음속으로 들어오지 못하게 해야한다. 그래야만 그녀는 진정 강인할 수 있다.

그 바리케이드를 걷어버리고 진실한 감정들을 드러내면 그녀는 쉽게 상처받고, 자신이 누구인지를 더 이상 알지 못한다.

그 이유는 사랑에 빠질 때 그녀는 "언젠가는 사랑을 받을 것이다"라는 어린 시절의 동경이 실현되리라고 기대해 모든 통제를 기꺼이 포기하기 때문이다. 사랑에 빠진 그녀는 당장 그리고 재빨리 온 마음을 다해 "예"라고 말한다. 그로써 상대방 남자의 사랑을 바라지만 자신은 사랑을 아낌없이 받은 적이 거의 없다는 사실을 그녀는 잊어버렸다. 그녀는 거부당하는 것이 무엇인지도 그리고 어떻게 대처해야 하는지도 잘 안다. 그녀는 거부당할 때 저항하고 자신의 입장을 주장하는 것에 아주 능숙하다. 따뜻하고 부드러운 감정을 너무나 바라고 있었기에 오히려 그녀는 두려워진다. 그녀는 그동안 자신의 뜻을 관철하는 능력과 지성으로 생활 영역의 경계를 설정해왔다. 그런데 두려움은 그녀가 설정해왔던 이 성공적인 방법을 흔들어놓는다. 무기력한 상태로 그녀는 조건 없는 사랑에 전적으로 자신을 바친다. 그것은 억압된 두려움과 채워지지 않은 어린 시절의 동경에서 비롯된 실수다. 어린 시절 아버지의 사랑을 얻지 못했던 그녀는 이제 이 대리 남성에게서 행복을 추구하고 있기 때문이다. 그렇다고 그녀가 이 새로운 남성을 전적으로 신뢰하는 것도 아니다. 마침내 진정한 마지막 사랑을 만난 것이기를 바라면서 그녀는 경솔하게 어린 시절의 조심성을 포기한다. 그녀는 모든 통제를 포기하고, 그때까지 독립적이었던 생활방식은 완전히 정반대로 바뀌어버린다. 사랑을 할 때 그녀 자신은 존재한 적이 없지만, 그렇게도 동경하던 어린 시절을 그 모든 감정과 함께 다시 불러내고 싶은 것이다. 하지만 이제 그 감정을 옳게 평가하는 것이 매우 힘들다. 예전에 아버지가 원했기 때문에 모든 감정을 몰아내고 엄격하게 통제했다. 지금 그녀는 그 감정이 무엇인지 알지 못한다. 자신의 감정과 교류한 경험이 전혀 없기 때문이다. 그녀는 그 감정을 해석할 수 없으며 감정이 보내는 신호들을 이해하지 못한다. 아버지가 바라는 것을 원하는 방식대로 채워주기 위해 한때 강제로 억압했던 두려움만이 모습을 드러낼 뿐이다.

그런 상황이 벌어지는 동안에 그녀는 의존성에서 벗어나려는 마지막 한 걸음을 과감히 내딛지 않는다. 독립성을 얻을 수도 있겠지만 그 직전에 멈춰 서 있는 것이다. 그녀는 어린 시절에 얻은 가르침을 다시 점검하고 있는 것이다. 감정을 보이느니 차라리 억누르고 완전히 자물쇠를 채워버리는 것이 낫다는 가르침 말이다.

하지만 이 억압된 감정은 나름대로 영향력을 가지고 있다. 통제된 생활방식을 가진 딸에게 그 영향력은 바로 아버지의 덫이다. 그 감정은 놀라운 고유의 역학에 따라 발전된다. 여성이 객관성이나 논리 뒤에 자신을 숨기고 싶거나 숨겨야 할 때면 그것은 항상 그렇게 해야 할 동기를 정확하게 제공해준다.

무의식적인 감정은 폭발적이며 통제가 불가능하다. 특히 두려움의 경우, 일단 생기기만 하면 맹목적으로 아버지의 덫에 걸려들게 된다. 훗날 사랑할 때 독립적인 여성들은 여태까지 친절한 태도를 보이지 않으려고 감정을 잘 통제해왔던 것에서 벗어남으로써 스스로가 잘못된 길로 빠져들게 된다. 그것은 두려움 때문이다. 결국 두려움을 억압한 것이 전혀 가치없는 일이었음이 드러난다.

어린 딸의 감정에 방해받기를 원치 않았던 아버지만이 유일하게 그것에서 이득을 보았다. 어린아이 감정에서 벗어난 것처럼 보이는 이성적인 딸이 아버지에게는 더 쓸모 있는 존재이기 때문이다. 자기 감정을 단단하게 억누른 딸들은 다른 사람들이 정해놓은 목표에 특히 쉽게 자신을 맞출 수 있다. 억압된 감정은 인간에게 설자리를 빼앗고 자신의 능력과 세계를 보지 못하도록 만든다.

그 점을 아버지는 딸에게 말해주지 않았다. 어쩌면 아버지도 그 사실을 몰랐을지도 모른다. 그리고 그 역시 억압의 대가였는지 모른다.

여왕과 하녀 사이에서

아직 아버지의 딸로 남아 있는 여성들은 어린 시절의 "아버지를 사랑해야 한다"는 요청에 무슨 의미가 있는지를 알려고 하지 않으며, 이제는 그 요청을 반사적으로 파트너에게 옮겨놓는다. "사랑을 받으려면 노력해야 한다"는 어린 시절의 기본 규칙이 그대로 유지되어 사랑의 방식을 결정한다. 이렇게 하면 남성들의 허영심은 채워질 수는 있지만, 여기에는 남성들이 도전할 만한 것이 없다. 파파걸은 남성에게 도전할 거리를 주지 않는 것이다. 파파걸에게 남성과 동등한 가치를 지닌 여자 파트너의 모습은 존재하지 않는다. 아니면 관점에 따라 다르겠지만 그런 모습이 있긴 해도 그들이 피하는 것일 수도 있다.

파파걸의 '생활방식'은 '눈에 띄지 않게 마음에 들거나' '눈에 띄게 마음에 들지 않거나'의 양극 사이에 놓여 있다. 그러나 사랑을 할 때 그들의 사랑방식은 분명하다. 즉 마음에 드는 쪽으로 고정되어 있는 것이다. 처한 환경에 따라 변화된 모습이 다양하게 존재하겠지만, 그 차이는 극히 미미할 뿐이다. 어쨌든 딸이 과거에 경험했던 아버지와의 관계가 그대로 재현되는 경향이 있다. 그것은 능력 있는 여성과 하녀 사이의 삶이며, 인생에서 '중요한' 의미를 가지는 남자의 요청에 따라 완전히 좌우되는 삶이다. 이렇듯 남자에게 방향이 맞춰져 있는 것, 그가 바라는 것을 본능적으로 감지하는 것이 파파걸의 특징이다. 그 본능은 사랑에서 비롯된 습관이며, 나쁜 습관이다. 그것은 여성들이 오로지 사랑을 하기 위해 태어났다는, 은밀하게 감춰져 있는 선입견이 옳다고 증명해주기 때문이다.

항상 여성들은 남성에 맞서서 또는 남성을 위해 투쟁을 벌여왔다. 하지만 자기 자신과 자신의 관심사를 위해 그렇게 한 적은 거의 없었다. 내가 보기에 여성들이 딸로서의 존재를 극복하는 것, 자신을 인정하는 것이 중요하며 이는 올바르고 당연한 요청이다. 그래야 여성들은 잘못된 구속에서 풀려나 적극적이고 자신의 잠재력을 발견할 수 있기 때문이다. 남자에 맞서든 여자에 맞서든 그저 어떤 사람에게 맞서는 것은 아주 간단하다. 하지만 그저 자신을 위해 노력하는 건 특히 여성들에게는 힘든 일이다. 아무리 결정적으로 중요하다고 해도 말이다.

진정 여성은 삶의 모든 것을 걸고 남성들이 바라는 라이프 스타일을 꾸리느라 소진해야만 하는가? 여성의 것은 아무것도 생각하지 않는 게 정상인가? 나는 놀라움을 금치 못한다. 숱한 여성들과 만날 때마다 나는 오히려 그 정반대라는 사실을 확인했다. 모든 여성들은 쓰지 않고 내버려두었던 가능성과 능력, 감춰져 있는 정신적 풍요로움과 손상된 사랑의 능력에 대해 이야기한다. 남자와의 또는 남자를 얻으려는 투쟁에 휘말려 여성의 창조성은 마비되었고 그 가능성에 제한을 받고 있다. 그들은 남성적인 가치를 추구하며 경쟁의 아귀다툼에 말려들어 권력을 신봉한다. 누가 가장 아름다운 여성이며, 누가 최고의 어머니이며, 누가 가장 매력적인 남성을 소유하고 있으며, 누가 가장 큰 집을 가지고 있는가? 여성들은 그들 스스로 패배할 수밖에 없는 남성들의 게임을 하고 있는 것이다. 그들에게는 기회가 없다. 남성들이 여성들에게 안겨준 별로 대단치 않은 성공도 그들은 누린 적이 없다. 그 게임은 여성들에게 이중으로 부적절하다. 아버지에게 실망한 기억이나 미화하는 기억 모두 그들을 기만과 거짓 앞에 무기력하게 만들었기 때문이다.

여전히 아버지에게 종속되어 있는 확고한 파파걸은 자신의 태도가 아버지를 미화하고 그 가치를 확고하게 해줌과 동시에 자신의 여성성을 훼손한다는 사실을 깨닫지 못한다. 그들의 생활방식은 자만에 가득 차 있는 경우도 많다. 그것은 남성적인 가치에 대한 순응의 정점에 해당하며, 여성성의 무자비한 가치 낮추기를 의미한다. 가부장적 문화의 법칙에 따르면 독선적인 아버지를 둔 딸들은 결과적으로 그에게 밀착된, 의존적인 관계를 가진다. 그런데도 파파걸은 이 법칙에 고집스럽게 순종한다. 그들은 고향 같은 느낌, 대가가 비싼 그 친숙한 분위기를 찾고 있으며, 남성적인 가치를 수호함으로써 자신의 안전을 확보한다.

그들은 이미 어린 시절에 재빨리 남자 옷을 걸쳤으며 아직도 그 옷을 입고 있다. 그들은 남자처럼 이야기하며 또 그렇게 사고하기도 한다고 거짓말한다.

얼마 전 강연을 끝낸 뒤에 열린 토론에서, 몇 명의 남성들이 견해를 밝혔다. 그들은 용기를 내어 의견을 말했던 것인데, 사실 그리 특별한 것은 아니었다. 그런데 그 말을 들은 한 여성이 그에 대한 증오를 털어 놓지 않으면 못 배길 것 같았던 모양이다. 그녀는 이런 말로 끝을 맺었다. "저 양반들, 이젠 입 좀 닥쳤으면 좋겠어. 그동안 당신들은 말도 너무 많고 너무 나섰잖아." 그녀는 모여 있는 청중 앞에서 이야기하고 싶은 욕구를 참지 못했음을 분명히 느낄 수 있었다. 틀림없이 그녀는 자신이 해방된 여성이라고 느끼는 것 같았다.

하지만 이런 독선의 유형은 진정한 해방의 표현이라기보다는 아버지에 대해 은폐된 속박을 보여준다. 이렇듯 상당히 요란하게 떠들어대는 여성에게는 깊이와 안정성이 부족하다. 사실 이런 여성들이 과거에 배반당했으며 커서도 그 배반의 원인을 밝혀내지 못한 딸들이다. 그들은 어린 시절에 영리하다는 말에 마비되어버렸고, 그 말에 자기가 피해를 입었다는 것을 깨닫지 못한다.

그들은 아버지에게서 받은 표면적인 인정과 얄팍한 사랑으로 만족하는 척했다. 그들의 어린 시절은 척박했고 무감각했다. 스스로가 내뿜는 냉랭한 분위기 탓에 더욱 내적으로 경직된다. 그들은 자기 회의나 불확실함을 가혹하게 억누른다. 네가 옳다, 그러면 됐다. 아버지 곁에 있을 때부터 늘 그런 식이었다. 다만 이런 여성들은 그런 결론을 스스로 이끌어내는 경우가 드물다. 그들에게는 세상에 대한 현실적인 인식이 거슬리는 것처럼 그런 결론 역시 거슬린다. 이런 여성들이 여성 단체나 여성 모임에 참여하는 경우는 드물다. 그들은 그런 것이 필요 없으며, 지금도 아주 잘 나가고 있다. 그들은 남성들 편에 서 있으며, 그럼에도 썩 훌륭한 희생자다. 아니, 공범자며 들러리다.

부모님과 함께 살 때부터 완고함과 스스로 주인이 되려는 기질, 즉 독단적인 성격이 영리함과 자부심으로 혼동되었다. 아버지가 보여준 모습이란 그런 것이었다. 아버지는 그저 오랫동안 어떤 의견을 고집하면 되었고, 결국 옳다고 인정받았던 것이다. 예전부터 가족 안에서는 늘 그래왔다. 어느 누구도 아버지만큼 그토록 오랫동안 그 상황을 고집스럽게 버티지 못했기 때문이다. 아버지의 그 방법이 꽤 쓸 만하다는 것을 딸은 보고 배웠다. 그저 오랫동안 힘주어 무언가를 주장하거나 요구하기만 하면 된다. 그러면 다른 사람들이 양보한다. 하지만 진실은 오랫동안 그리고 큰 소리로 고집부리는 것만으로는 증명할 수 없다는 것을 깨닫는 경우는 극히 드물다.

이러한 파파걸은 아주 능력이 뛰어난 것처럼 보인다. 그들은 견식이 넓고 해방된 것처럼 보인다. 모든 분야에 대해 능통하고 맡은 일을 능숙하게 처리한다. 그들은 결코 눈치를 보는 법도 없다. 곧은 시선으로 똑바로 온 세계를 활보한다. 다부진 확신으로 그들은 자신과 세상에 대해, 이미지에 대해 이야기한다. 그들이 안전하다고 느끼고 싶다는 것, 인생에서 벌어지는 재난에서 자신을 보호하고 싶어서 그런다는 것을 사람들은 느낀다. 가끔 그들은 감탄의 대상이 되기도 하지만 사랑의 대상이 되는 경우는 거의 없다. 오히려 인내의 대상이 되는 경우는 많지만.

이렇듯 눈에 띄게 자만에 가득 찬 생활방식을 가진 여성의 특징은 예상외로 문제의식이 없다. 여기서 주의할 것은 의식이 결여되어 있다는 것이지 문제가 없다는 뜻은 아니라는 점이다. 모든 인간은 다양한 문제에 부딪히면서 살아가기 때문이다. 하지만 모두가 문제에 용감하게 맞서는 건 아니다. 문제와 갈등을 무시하며 외면하는 것은 실제로 일정 시간 동안에는 도움이 된다. 그러나 훗날 사랑하게 될 때 모든 여성은 어쩔 수 없이 현실에 뒷덜미를 잡히게 된다.

눈에 띄게 자만하는 생활방식을 가진 여성들은 사랑과 관련된 문제만큼은 고전적인 방랑자다. 겉으로는 노련하게 보이지만 대단치 않은 칭찬에도 그들은 사랑을 시작한다. 그들의 문제의식 수준에서는 한 남자를 자기 것으로 하려면 낮이나 밤이나 그의 마음에 들기만 하면 된다고 생각한다. 사랑이라는 문제를 그녀는 머릿속으로 해결한다. 모든 남자들이 아주 상냥하고 순응하기를 좋아하는 여성을 원할 거라고 믿고 있다. 그래서 그녀는 그런 역할을 완벽하게 해낸다. 그렇게 하면 틀림없이 성공하리라고 그녀는 근시안적으로 생각한다.

사랑을 할 때 그녀의 계명은 어린 시절과 마찬가지다. "너의 현실인식을 중지시켜라, 그리고 남자를 찬미하라." 그래서 그녀는 남자에게 아무것도 써 있지 않은 백지 상태가 되어준다. 그녀의 요청과 소망들은 보류된다. 그러므로 그녀는 아무런 문제가 없다고 믿는다.

자신에 대한 자긍심에 가득 찬 묘사는 대략 이런 내용이다. "나는 어떤 남자와도 잘 지내. 너희들 문제가 뭔지 도저히 모르겠어. 남자들은 아주 다루기 쉬운데 말야."

실제로 그들은 처음에는 얼굴에 항상 미소를 띠면서 남자의 저항을 자극하지 않는다. 필요에 따라 그들은 미숙한 소녀의 껍질을 쓰고 행동하면서 모든 갈등을 처리한다. 그들은 그렇게 하는 것이 영리한 행동이라고 여기지만, 남자들은 겉치레라는 것을 느낀다. 다시 말해 남자들은 순응을 위한 행위라는 것을 느낀다.

그러나 남자들은 아내의 아버지가 되어줄 마음은 추호도 없다. 결국 그녀의 최후 수단인 자만심조차 원하던 성공을 안겨주지 못한다. 갈등에서 전혀 보호해주지 못하는 것이다. 파파걸은 연인관계에서도 그동안 몸에 밴 자기 자만심과 씨름해야 하고, 그 뒤에 숨겨져 있는 감정에 신경을 집중하며 특히 아버지와의 관계를 검토해보아야 한다. 하지만 가부장 사회에서는 자만심이 대단한 파파걸일지라도 있는 그대로 인식할 수 없는 경우도 상당히 많다.

이자벨(두 아이의 어머니이자 자유기고가, 36세)은 다음과 같이 말한다. "그래서 나는 우리가 가부장제에서 살고 있다고 생각하지 않아요. 제 남편은 아무것도 결정하지 않거든요. 나는 내 자신을 괜찮다고 느껴요. 그리고 현재는 여성해방이 진부하다고 생각하고요. 이제 여자들은 충분히 자유를 누리고 있어요. 그런데 뭘 더 원하는 거죠? 난 지금 결혼생활 17년째이고, 남편은 좋은 직장을 가지고 있어요. 그는 우리 가족을 먹여살리려고 열심히 일해요. 때때로 나는 수입을 좀 보충하려고 기사를 몇 개 쓰기도 하죠. 그 외에는 아이들과 함께 집에서 보내면서 자기 실현을 위해 충분한 시간을 가져요. 어때요, 난 내가 잘살고 있다고 생각하는데. 남편도 그렇고요?"

"그러면 사랑은요?" 이 질문에 그녀는 잠시 망설였다.

"아 물론, 남편은 가끔 외도를 해요." 그리고 설명하듯이 그녀는 이렇게 덧붙였다. "남자들은 그런 게 필요하기도 하잖아요. 하지만 그는 언제나 다시 돌아와요. 그게 제일 중요한 거죠!"

"두 분은 얼마나 자주 잠자리를 함께 하시나요?"라고 묻자 그녀는 입을 굳게 닫았다. 그러고 나서 한참 뒤에 이렇게 말했다. "그에 관해서는 이야기하고 싶지 않아요. 그건 솔직히 개인적인 문제이니까요."

그러나 그녀의 창백한 얼굴과 침울한 눈빛은 다른 말을 하고 있었다. 자신이 영리하다고 주장하는 한 여성의 만족과 행복은 바로 이런 모습이었다. 그녀는 확고하게 그리고 불안한 확신으로 자기 삶의 형태가 유일하게 옳은 것이라고 주장하며, 현실에서는 모든 삶의 활력을 남편에게 내맡기고 있다. 그녀와 좀더 상담한 결과, 그녀의 자기 실현의 시간이란 것이 결국 끝없는 기다림의 시간임이 밝혀졌기에 나는 그런 결론을 내렸다. 그 시간 동안 그녀는 행복하다고 스스로를 달래며 인생에 대해 꿈을 꾸고 있었다.

억압된 현실

___나는 느낀다, 그러므로 나는 존재한다.

두려움은 고통스럽다. 누구나 두려움을 안다. 그런데 많은 이들이 그것을 부인한다.

특히 아버지와의 관계에서 경험한 두려움은 신호 작용을 하기도 한다. 마음이 착한 딸은 두려움이 억압되고 부인되는 동안 현실에서 물러나고만 싶다. 따라서 어쩔 수 없이 허위의 삶을 영위한다. 그들은 있는 그대로의 모습일 수가 없다. 사람들이 자신에게 바라는 그런 모습으로 있어야만 한다.

아버지에 대한 두려움을 파파걸은 일찌감치 온순한 사랑으로 덮어 버렸다. 그리하여 그들은 고통과 실망을 마음속에 묻어두었다. 조심스럽게 아버지에게 저항하지만 그럴수록 스스로에 대해 더 엄격한 태도를 취한다. '내가 제대로 하기만 한다면 틀림없이 괜찮을 거야.'

여성들이 얼마나 많은 에너지를 자신의 기억 내용에 따라 가중치를 부여하는 데에 사용하는지를 보면 놀라울 정도다. 좋은 것은 기억 속에서 생생하게 유지되고, 나쁜 것은 억눌린다.

그러나 그 누구도 여성들이 이 모든 억압된 것으로 말미암아 질식하기 직전이라는 것을 걱정하지 않는다. 당사자 외엔 아무도 없다.

어린 시절에 배웠던 두려움에 대한 질림 때문에 딸들은 시종일관 불안 속에 경직되어 있다. 겁에 질린 딸은 훗날 순응하는 여성이 된다. 사랑할 때 그들은 항상 주변 사람들이 원하는 것을 주려고 노력한다. 그리고 그 모든 것에서 자유로워지려고 그토록 노력했건만 끈질기게 옥죄이는 공인된 여성의 이 덕목에 스스로 긍지를 가지고 있는 경우도 많다.

은폐된 두려움은 조심스럽게 뒷전으로 넘긴다. '내가 천사처럼 행동하지 않는다면, 두려움 없이 행동한다면 무슨 일이 일어날까? 내가 상황을 제대로 알고 있기는 한가?'라는 질문을 되도록 회피한다.

버지니아 울프는 장편소설 『집안의 천사』에서, 한 여성이 아버지의 규범과 벌이는 내적 투쟁을 묘사하고 있다. 그녀는 자신에게 끊임없이 여자가 어떤 모습이어야 하는지를 지시하려는 이 '천사'를 죽인다. 즉 얌전하고, 순응적이며, 끔찍이도 사랑스러운, 다시 말해 아버지가 원하는 모습 바로 그대로의 자신을 말이다. 그녀는 이 아버지—천사를 죽임으로써 글쓰기를 통해 자신의 창조성을 해방시켰다. 그리고 아버지의 판단에 저항하는 어린 버지니아의 변론인이 된다.

나는 출몰하는 어떤 유령과 싸움을 시작해야만 한다는 것을 깨달았다. 그 유령은 어떤 여자였다. 그녀는 끔찍하게 사랑스러웠고 유별나게 매력적이었다. 그녀는 이기적이지 않았다. 그녀는 가족생활을 무난히 하기 위해 필요한 그 어려운 기술을 터득했다. 암탉이 있다면 그녀는 날개를 잡았다. 문틈으로 바람이 들어오면 안으로 들어와 앉았다. 요약하면, 그녀는 전혀 자기 생각이나 소망을 가진 적이 없고, 오히려 다른 사람들의 생각과 소망에 스스로를 맞추려는 성향을 지녔다. 그리고 특히, 이건 내가 언급할 필요도 없을지 모르지만, 그녀는 순수했다. 이 책을 쓰기 시작할 무렵 나는 가장 먼저 그녀를 만났다. 내 종이 위에 드리워진 그녀의 날개 그림자, 나는 방 안에서 그녀의 치맛자락이 바스락거리는 소리를 들었다. 그녀는 내 뒤로 살짝 다가와 속삭였다. 사랑스러워져, 더 매력적이 되라고. 속여, 여자들이 사용하는 간계를 써. 너도 나름대로 머리가 있다는 것을 아무도 알아차리지 못하게 해. 그리고 무엇보다도, 순수해라. 그러고 나서 그녀는 내 펜을 나 대신 끼적이려고 한다. 지금 나는 스스로를 대견하게 여기는 그 유일한 행위를 기억한다. 나는 몸을 돌려 그녀의 목을 잡았다. 그녀를 죽이기 위해 안간힘을 썼다. 언젠가 이 일로 고발당한다면 정당방위라고 말할 것이다. 내가 그녀를 죽이지 않았다면 그녀가 나를 살해했을 것이기 때문이다.

버지니아 울프는 그 갈등을 잘 알고 있었고, 그것을 죽임으로써 해결했다. 그녀는 글에서 자신이 맞서 싸우다가 결국 죽여버리는 유령이라는 존재를 구상했다. 그녀는 그 유령에게 여성의 모습을 부여했다. 그 유령은 아버지의 사랑에 속은 딸이 오랫동안 믿어온 착각이었으며, 작가의 아버지가 족쇄로 채워놓은 여성적인 얌전한 태도들을 모두 가지고 있다. 그 유령이 그녀의 귀에 속삭인 것은 아버지의 충고였다. 아버지를 미화하려고 그녀는 그 유령을 여자로 만들었다. 그렇게 함으로써 그녀는 지옥 같은 어린 시절을 마침내 마음속으로 옮겨놓았다. 아버지를 자신에게 떼어내는 대신 스스로가 분열하는 방법을 택했던 것이다.

모든 파파걸은 이렇게 출몰하는 유령과, 현실에서는 아버지와의 투쟁을 감행해야만 한다. 그들이 싸워야 할 대상은 아버지가 바랐던 매력적이고 자극적인, 하지만 문틈으로 들어오는 바람을 받고 있어서 '정신적인 감기'에 걸릴 위험에 항상 노출되어 있는 여성이다. 모든 여성은 정당방위 차원에서, 자신을 두려움에 속박시키고 아버지처럼 권력이 지배하고 권력투쟁이 이루어지는 그런 관계들을 맺도록 강요하는 아버지 천사를 거부해야 한다.

아버지의 독선과 아버지를 미화하는 딸의 태도가 파트너와의 관계를 지배할 때 이 두 가지는 전혀 도움이 되지 않는다. 사랑을 할 때 일어나는 갈등이 아버지 식의 모델에 따라 결말이 나는 한, 진정으로 해결된 것이 아니다. 여성이든 남성이든 마찬가지다. 어느 쪽이 자신의 뜻을 정면으로 관철하든, 패배자만이 있을 뿐이다. 갈등을 해결하는 방법에서 우리 아버지들의 규범이 드러난다. 굴복하는 것은 어린 시절의 태도의 연장, 즉 딸의 의존성을 의미한다. 그건 어느 누구에게도 득이 되지 않는다.

_ 잃어버린 사랑을 찾아서

지빌레(의사, 38세)는 사랑이 꽃필 수 있는 그런 관계를 찾고 있었다. 파파걸인 그녀는 엄청나게 노력했지만 아직까지 그 낙원을 발견하지 못했다. 그녀는 완전히 뒤바뀐 결말에 이르렀고(스스로에게 절망했다), 잘못된 장소에서(남자들에게서) 그리고 잘못된 시기에(현재) 그것을 찾고 있었던 것이다.

그녀는 과거를 현실과 연관시키기 시작했고, 기적처럼 놀라운 자기 인식을 통해 전에 없는 생기를 되찾고 있다. 어른이 되어서도 여전히 은둔하고 있던 그 어린 소녀의 고치를 과감히 벗어버렸다. 그 결과 현실 세계를 생생하게 경험하고 있으며, 모든 감각을 다 동원하여 그것을 받아들이고 있다. 스스로 강인해지고 자발적인 자세로 살아가는 것이 무척 재미있다.

그녀는 딸로서 머물러 있는 감옥에 대해 이야기한다. 그리고 아버지의 덫, 즉 장애물에 대해 이야기함과 동시에 그 장애물을 의식하면서 살아가는 삶에 필연적으로 따르는 즐거운 긴장에 대해서도 이야기한다. 그녀는 두려움 때문에 자유롭게 자신을 느끼지 못했던 과거의 회피적인 삶에 대해 묘사하기 시작했다.

헤어지는 것에 대한 두려움 때문에 그녀는 여태까지 모든 이별을 피하려고 노력해왔다. 그녀가 여자로서 가지고 있는 사랑의 꿈은 항상 결론에 이르러서는 흔들림 없는 믿음이 되었다. 그는 나를 사랑하고, 나는 그를 사랑한다. 그녀는 현실에 맞서느니 차라리 장님이 되었다. 하지만 그 마법의 주문은 도움이 되지 않았다. 결혼생활이 실패했던 것이다. 혼자 꿈을 꾸는 식으로는 성취될 수 없었기에 꼭 공동생활이 필요하다는 생각에서 비롯된 결혼이라면 당연한 귀결이 아닐 수 없다.

헤어짐의 고통을 겪으며 지빌레는 꿈에서 깨어났다. 그녀가 그토록 두려워했던 고통을 풀어놓을 때, 그 고통을 묻는 대신 기꺼이 받아들이자 막혀 있던 감정이 자유로워졌고, 그녀는 약해지기는커녕 오히려 강해졌다. 그녀는 이 사실을 깨닫고 무척 놀랐다.

그녀는 아직도 남아 있는 딸 같은 태도를 의식하면서 새롭고 다르게 사랑하려 노력하고 있다. 그녀는 지극히 평범한 하루를 묘사면서, 예전의 방식으로 다시 돌아가려고 하며, 상대방의 사랑을 느낄 수 없는데도 "이 남자는 나를 사랑해"라는 헛된 희망에 스스로를 내맡기려는 모습을 보여주기도 한다. 하지만 어린 시절의 보호벽은 더 이상 없다. 그것을 위해 그녀는 지금의 자기 현실을 대면하려고 용기를 낸다. 그녀는 사랑이라는 베일 없이 남자를 바라보며, 그의 실체에 친숙해지고, 사랑하는 법을 배우고 있다.

이 이야기는 아버지의 덫에 대해 예민한 육감을 발달시켰던 한 여성의 고백이다. 그녀는 스스로를 찾는 과정에서 지금까지 회피하려 했지만 바로 그 때문에 그 덫에 사로잡혀 있음을 발견했다.

약이 되는 고통

지빌레는 자신을 보호해줄 사람을 발견했으며 안전하다고 느꼈다. 그녀는 그 남자와 관계를 가지면서 평생의 두려움을 잠시 옆으로 치워두었다. 이제 그가 모든 것을 돌봐줄 것이라고 기대했기 때문이다. 그녀는 아버지에게서 인생은 가혹하며 힘든 것이라고 배웠다. 그녀의 가장 큰 두려움은 어느 날 돈도 집도 없는 상태로 혼자 남게 되는 것이었다. 아버지가 소녀는, 여자는 혼자 힘으로 자기 자신을 돌보지 못한다고 가르쳤기 때문이다.

하지만 그런 두려움을 이제 더 이상 가질 필요가 없었다. 이번에 만난 파트너는 강한 남자이니까 그녀를 당연히 보호해줄 것이기 때문이다. 어쨌든 곤경에 처했을 때 그가 그녀 곁에 있어줄 테니까. 그 사실은 그녀에게 무척 중요했다. 그녀는 이 생각만 하면 안심이 되었다. 여러 해가 지났고, 결혼생활은 계속되고 있었지만 약간 너무 지루하고, 약간 너무 조용했다. 그녀는 자주 스스로에게 묻곤 했다. "이게 전부인가?"

너무나 갑자기, 사전예고도 없이 이혼이라는 말이 표면에 등장했다. 지빌레는 경악을 금치 못했다. 그런데 웬일인지 그녀는 그 고통에 너무나 익숙했고, 마치 오빠처럼 친숙했다. 하지만 왜 그런지는 알 수 없었다.

오래전부터 그녀는 헤어짐에 대해 특별한 두려움을 가지고 있었다. 누구와 헤어지든, 이별을 할 때마다 그녀는 우울해졌고 삶의 의욕을 상실했다. 그럴 때 그녀는 문자 그대로 마비된 것 같았고 아무것도 할 수가 없었다. 매번 그녀는 격렬한 고통을 느꼈다. 다른 경우라면 잘 다독여놓았던 두려움이 이 순간에는 인정사정없이 엄습했다. 헤어짐이 있을 때마다 인생의 무의미함을 느꼈다. 그래서 그녀는 모든 헤어짐을 피하려고, 모든 이별을 늦추려고 노력했다. 그녀는 모든 사람을 잡아두려고 했다. 방법이 무엇이든 상관없었다. 상대방이 무조건 곁에 머물러 있으면 되었다. 그래서 더욱 안간힘을 썼다. "내가 그의 마음에 들도록 완전히 바뀔 수만 있다면……."

다행히 지금 그가 곁에 있기는 했다. 그렇게도 두려워하던 이 고통, 심장을 진정시키고 절망적으로 탈출구를 찾게 하는 이 두려움이 또다시 엄습했다. 하지만 소용이 없었다. 그녀는 고통을 지닌 채 혼자였고, 고통이 자기 일부인 것처럼 느껴졌다. 그리고 처음으로 그 고통을 받아들였다. 고통과 동시에 오래전에 잊혀졌던 어린 시절의 단편이 되살아났다.

지빌레는 아버지에 대한 두려움을 기억해냈고, 이 두려움의 감정 속으로 들어갔다. 그녀는 이 무기력함, 완벽하게 혼자라는 느낌이 언제 시작되었는지를 추적할 수 있었고, 그 버림받은 어린 소녀에게 동정을 느꼈으며 어린 소녀에게 일어난 일이 매우 부당하다고 느꼈다.

"이제 그 일이 기억나네요. 아주 어렸을 때 일이에요. 부모님은 어딜 가려고 하셨어요. 나는 미친 듯이 고함을 질렀죠. 엄청난 두려움을 느꼈거든요. 나는 숨이 멎을 정도로 크게 고함을 질렀어요. 아버지가 얼굴이 붉어져서 내 앞에 섰어요. 그러더니 나를 잡고 마구 때리셨어요. 그리고 나서 문이 닫혔죠. 부모님이 나가신 거예요. 나는 문으로 달려갔지만, 문은 잠겨 있었죠. 나는 문을 두드리고 발길질을 했어요. 아무 반응도 없었어요. 나는 완전히 혼자였어요. 방 안 공기에 숨이 막혀 곧 질식할 것 같다는 생각이 들었어요. 나는 텅 빈 공간을 몸으로 느꼈어요. 털썩 주저앉아 완전히 겁에 질린 채 그냥 흐느껴 울었어요. 하지만 내 울음소리를 듣는 사람은 아무도 없었죠. 그 끔찍한 무기력한 느낌이……."

훗날 어른이 되어서도 혼자 있는 것에 대한 두려움이 지빌레를 따라다녔다. 그녀는 늘 버림받았다는 느낌이 들었기 때문에 혼자 있는 것을 견딜 수가 없었던 것이다.

하지만 이별과 헤어짐은 인생의 일부이며 지빌레 역시 그 사실을 받아들여야만 했다.

이제 다시 이별이 눈앞에 다가왔다. 그녀는 내면의 감정을 느꼈다. 두려움이 찾아왔고 옭아맸으며 흔들어놓았다. 하지만 이미 두려움에 익숙해져 있었다. 그녀는 그것, 다시 말해 어린 시절의 그 무시무시한 요괴를 응시했다. 순간 놀랍게도, 그 요괴는 그녀의 눈앞에서 빈 껍데기로 변해버렸다. 윤곽선만이 희미하게 아버지를 기억나게 했다. 실제로 그녀와 그녀의 두려움은 서로 잘 아는 사이였다. 그들은 여러 해 동안 서로 충실하게 함께해왔고, 두려움은 그녀의 일부였던 것이다.

그녀는 불행하다고 느꼈지만, 오래전부터 스스로가 온전하다고도 느꼈다. 왜 그런지 설명하기는 힘들었다. 그녀는 시간이 흘러감에 따라 결혼생활에서 자신이 점점 더 축소되었던 건 아닌가 하는 의심이 들었다. 그녀는 더 이상 아무것도 느낄 수 없었던 것이다. 어떤 면에서 고통은 그녀가 다시 스스로와 친숙해지도록 해놓았다. 그녀는 자신을 인식했고 다가오는 이별에도, 또한 그 때문에 안도의 숨을 쉬었다.

지빌레는 이제 그 두려움은 어린 시절에서 비롯되었으며, 인생에 결정적인 영향을 미쳤다는 것을 인식했다. 두려움은 그녀에게 회피적인 삶을 살도록 강요했으며 그녀를 곤경에 빠지게 했다. 그녀가 했던 일과 느꼈던 감정 모두, 그리고 그녀가 했을 수도 있고 느꼈을 수 있는 것의 일부일 뿐이었다. 미지의 것을 시작하려고 하면 그녀는 엄청난 공포와 경악을 느꼈으며 마음과 몸이 마비되었다. 그래서 차라리 자기가 속속들이 알고 있는 쪽에 맞췄다. 마음에 드는지와는 상관이 없었다. 그녀는 두려움에 굴복해 결정의 자유를 넘겨버린 것이다.

그녀의 결혼생활은 행복하지 않았다. 그녀는 자신이 감금되어 있다고, 버림받았다고 느꼈다. 또한 고독했다. 남편은 별로 노력하지 않았다. 그는 자기 경력만을 중시했고, 그런 그에게 그녀라는 존재는 별로 의미가 없었다.

그녀는 그가 분노를 폭발했던 일들을 점점 더 뚜렷하게 기억해냈다. 두려움은 그녀에게 그의 모든 부당한 행동들을 즉시 잊어버리라고 명령했다. '조화'를 다시 이루기 위해, '결혼생활을 구하기' 위해서.

그녀는 자기가 받은 상처를 의식하기도 전에 남편을 너그럽게 용서해주었다. 좋은, 사랑스러운 아버지에 대한 꿈에 사로잡혀 그녀는 냉엄한 현실을 못 본 척했다. 그리고 아버지가 바라던 대로 자신의 존재를 축소시켰다. 그러고도 아직 남아 있는 것으로 결혼생활을 이어나갔다. 그녀의 결혼생활은 그렇게 해서 필요와 보호 공동체가 되어버렸던 것이다. 거기에 존재한 것은 사랑이 아니었다.

그녀는 정면 대결을 피했다. 아주 적극적으로. 그녀는 어린 시절의 고통을 또다시 경험하고 싶지 않아 갈등을 피했다. 결혼하기 전, 어린아이 같은 맹목성으로 사랑할 능력은 없지만, 남성으로서의 위신을 높여줄 여자가 필요했던 남자를 찾아냈던 것이다. 하필이면 그녀는 그런 남자의 도움을 받아 고통스러운 과거의 경험, 즉 두려움으로부터 안전책을 강구하려고 했던 것이다.

그러나 고통이 그녀를 쫓아왔다. 그리고 안전하다고 느끼는 그 순간에, 스스로도 알아볼 수 없을 정도로 경직되고 생기 없는 존재로 변화되었던 바로 그 순간, 정확하게 그녀를 엄습했다. '착한 여자'로의 교육을 이수했던 바로 그때.

그녀를 구원해준 것은 고통이었다. 처음에 그녀는 그 고통으로 말미암아 쇼크 상태에 빠졌다. 이제는 더 이상 남자가 보호해주지 않을 거라는 것, 그리고 그 어떤 가능성도 없다는 것을 깨달았을 때에야 비로소 그녀는 스스로를 기억해내고 자신의 길을 발견했다.

그녀 안에 있던 어린 소녀가 되살아났다. 소녀는 울면서 소리 질렀다. 상처받았다는 것을 믿지 않았고, 차라리 계속 꿈을 꾸기를 원했다. 소녀는 정말로 화내고 노여워했으며, 더 이상 가질 수 없는 것을 무슨 일이 있어도 가지려고 했다. 지빌레는 화내는 어린 소녀 안에 있는 자신을 인식함과 더불어 눈물과 실망을 인식했다. 이번에 그녀는 그 소녀에게 제자리로 돌아가라고 명령하지 않았다. 처음으로 그 소녀를 이해했고 그 고통스러운 만남을 허락했다. 어린 시절, 어린 소녀는 옳았다. 하지만 당시 소녀는 너무나 약한 자의 처지였기에 옳은 것을 밀고나갈 수가 없었다. 어린아이가 분개하는 것은 건강한 반응이었으며, 비록 아이였지만 옳고 그른 것을 구별할 줄은 알았다. 그러나 소녀의 감정은 강경하게 평가절하되었다. 어른이 되었을 때 그녀는 자신이 겪었던 고통, 분노 그리고 두려움을 잊어버린 상태였다. 옳고 그름에 대한 의식이 그녀에게서 사라져버렸던 것이다.

그 어린 소녀를 떠올리게 되면서 비로소 자기 자신에 대해 잘 아는, 자기 의식을 가진 여성이 될 수 있었다. 이제 그녀는 왜 자신이 항상 말썽거리를 회피하려 했는지 이해할 수 있었다. 어린 시절의 제한된 생활범위에서 결코 떠나지 못했던 탓이다. 그때나 지금이나 아버지가 정해놓은 생활범위였다. 아버지의 경직된 인생관과 애정관이 그녀를 꼼짝달싹 못하게 붙잡아두었던 것이다. 더 정확하게, 사랑을 빼앗길지도 모른다는 두려움에 아버지에게 달라붙어 있는 그 어린 소녀에 머물러 있었기 때문이다. 이 두려움은 인생에 기둥을 놓고 울타리를 세웠다. 이 감정을 직시하는 것만이, 분명하게 공표하고 수용하는 것만이 두려움을 해소할 수 있다.

어린 소녀가 평생 아버지의 안락의자 뒤에 숨어 있어, 발견되지도 않고 주목도 받지 못하면 인격을 발전시킬 기회조차 갖지 못하는 경우가 흔하다. 그러나 위기 상황에서는 오래전에 잊혀진 것처럼 보이는 두려움이 다시 작용한다. 어른이 된 여성이 아니라 겁에 질린 어린 소녀가 행복과 불행을 결정한다. 그 소녀는 내몰리기를 완강히 거부하며 오히려 분노에 차 자신의 입장을 주장한다. 그 소녀는 속삭인다. "너도 알겠지만, 얌전하기만 하면 모든 게 좋아질 거야. 그러면 두려워할 필요가 없어. 이봐, 우리 예전에 했던 것처럼 하자."

안락의자 뒤에 있는 어린 소녀는 항상 두려움을 회피하려는 의도에서 결정을 내린다. 어린 소녀는 사랑받고 싶었다. 그리고 아버지가 성내는 것이 두려웠다. 대부분의 딸들은 아버지를 진정시키는, 그 검은 두려움에 마주치지 않을 수단과 방법을 이미 찾아두었다. 평가가 좋고 성공적이기도 한 마법의 주문은 바로 "예, 아빠"다. 지빌레는 이 주문을 결혼생활에서도 사용했고 그런 식으로 '착한' 아내가 되었다.

그녀는 아버지를 미워하고 두려워했지만 그를 사랑했다. 아버지를 사랑해야만 했다. 그렇지 않으면 살아남을 수가 없었을 것이다. 아버지가 거대하고 위협적인 모습으로 서서 비난하는 듯이 내려다볼 때면 그녀는 너무 부끄러워서 당장 땅속으로 꺼져버리고 싶은 심정이었다. 다행히 이런 끔찍한 순간을 견디는 방법이 하나 있었다. "예, 아빠." 그말은 아버지의 눈빛을 훨씬 더 부드럽게 바꿔주고 그녀를 다시 살아나게 하는 마법의 주문이었다.

그러나 그녀가 "아버지는 부당해. 아빠는 나에게 저런 일을 해서는 안 돼"라고 정확히 느끼는 상황도 있었다. 그녀가 잠시 동안 격앙하는 그런 상황 말이다. 그러면 아버지의 눈은 분노로 이글거렸고 그녀는 두려움에 가득 차 몸을 움츠렸다. 곧바로 그녀가 "예, 아빠"라고 하면 모든 것이 다시 정상을 되찾았다. 분노와 근심은 잊혀졌고, 아버지는 좋은 아버지였으며 그녀는 사랑스러운 딸이었다.

이러한 게임을 그녀는 수백 번도 더 했다. 엄밀히 말해 게임은 아니었다. 사실 치명적인 현실이었다. 이 게임은 그녀의 인생 전체를 지배하고 있었다. 지금도 그녀는 '아니오'라고 느끼더라도 완전히 자동적으로 "예"라고 말하기 때문이다. 중대한 상황에서 그녀는 어린 시절과 마찬가지로 반사적으로 반응한다.

그녀는 두려움을 느낄 만한 일은 절대로 하지 않았다. 항상 행동을 하기 전에 신중하게 생각하고 전술적인 고려를 했다. 그녀는 이런 게임의 규칙을 어기느니 차라리 그 일을 포기했다.

그래서 아버지의 게임 규칙들은 그녀를 실패자로 만들었다. 그녀는 지금 어쩔 줄 모르는 상태로, "나 이혼하고 싶어"라는 남편의 말을 들어야 하는 실패자가 되었다. 결혼생활은 실패로 돌아갔다. 신중한 생각과 전술적인 고려는 아무런 의미가 없었다. 남편은 떠났다. 상황은 피할 수 없다. 여기서 지빌레는 아버지와의 대결을 시작했던 것이다.

보호막이 없어도 괜찮다

어떻게 그런 일이 일어난 건가? 어떻게 그녀에게 그 일이 일어난 건가? 그녀는 소꿉친구와 결혼했다. 그래서 그를 잘 안다고 믿었다. 그는 그녀의 친구였으며, 아버지에게서 그녀를 지켜주었고, 가장 중요한 사실은 아버지와 정반대 타입이었다. 어쨌거나 그녀는 결혼할 당시 그렇게 믿었다. 그녀는 모든 것을 심사숙고했다. 절대로 잘못될 리가 없었다. 그녀는 기분 좋게 그리고 아주 단호하게 이 결혼을 감행했다. 그렇다. 그녀는 스스로를 변화시키고 싶은 마음까지 들었다. 그래서 "너는 절대로 좋은 여자가 될 수 없을 거다"라는 아버지의 말이 거짓이라고 비난하고 싶었다.

그렇게 결혼생활이 시작되었다. 그녀는 하던 공부를 중단했고 아이를 낳았으며 전적으로 남편의 인생에 자신을 맞췄다. 그녀는 좋은 아내이자 어머니가 되었다. 곁들여 일도 약간 했다. 그리고 자기 스스로에게 한 약속을 지켰다. 그녀는 많은 여자들처럼 편협해지고 싶지 않았다. 그렇게 불평만 늘어놓으며 살고 싶지 않았다. 그녀는 행복하고 싶었다. 모든 노력을 기울이는 가운데, 그녀는 자신이 점점 아버지가 딸에게 기대했던 인생을 살고 있다는 것을 깨닫지 못했다. 여전히 그녀는 아버지의 착한 딸이었다. 이제 모든 것이 맞아떨어졌다. 아버지의 신뢰를 거의 받지 못했지만, 그녀가 아버지의 딸이라는 증거였다.

하지만 어떤 대가를 치렀던가? 그녀는 행복한 아내의 역할을 충실히 해냈고, 주로 하는 일이란 남편을 기다리는 것이었다. 그녀는 스스로를 언제나 잘 타일러야 했다. 어찌 보면 많은 것들에 대해 자신을 속였다고 할 수도 있을 것이다. 그래도 모든 것이 제대로 굴러가고 있는 것처럼 보였다. 어떤 모욕도 지속적으로 그녀에게 상처를 줄 수 없었다. 더 이상 피해를 보지 않기 위해 원인을 밝혀야겠다고 마음을 다잡게 하는 일은 전혀 일어나지 않았다.

그럼에도 행복에 점차 금이 가기 시작했다. 남편은 그녀를 돌보지 않았으며 육체적으로는 차라리 없는 편일 정도였다. 결혼생활은 그저 같은 집을 쓰는 공동생활로 축소되었다.

냉정함을 수없이 경험하고, 고독이 참을 수 없는 지경이 되었을 때에야 비로소, 별거 문제가 논의되기 시작했을 때에야 비로소 지빌레는 자신을 생각해냈다. 그와 더불어 예전에 인생에 대해 가지고 있었던 소망과, 아버지와의 관계에 대해서 진지하게 생각하게 되었다.

아버지는 누구였던가? 내 사랑의 모델이 아버지였던가? 그녀는 갑작스럽게 펑펑 울었던 일, 어느 일요일 아침식사의 아픈 기억, 벌컥 화를 내던 아버지의 모습, 그리고 자꾸 반복해서 그녀를 아프게 하던 아버지의 비열한 방식이 떠올랐다. 어린 시절의 전형적인 상황이 점점 더 분명해졌다. 그녀는 어린 시절에 강한 영향을 주었던 그 당시의 분위기를 점점 더 정확하게 느낄 수 있었다. 세상에, 어떻게 그 모든 것을 잊어버릴 수 있었을까!

"나는 지금도 도저히 참지 못해 흘렸던 그 눈물이 내 뺨 위로 흘러내리던 것이 생생하게 느껴져요. 정말이지, 눈물을 감추고 싶었지만 그럴 수가 없었어요. 손을 꽉 꼬집어서 아주 심하게 아픔을 느끼려고 했어요. 육체적인 고통으로 마음속에 있는 고통을 덮어버리려고 노력했던 거예요. 하지만 성공하질 못했죠. 나는 무기력하게 눈물을 쏟아내기 시작했고, 아버지의 분노는 하늘을 찌를 듯이 높아져 갔어요. 아버지는 펄펄 뛰면서 '응애응애 울어대는 아이'는 참을 수 없다며 소리쳤어요. 그러고 나서 익히 들었던 아버지의 그 말이 나왔어요. '울기만 해, 그러면 넌…….' 나는 식탁에서 비틀거리며 내려왔어요. '항상 넌 내 일요일 아침식사를 망치고야 마는구나'라는 아버지의 말이 도망가는 내 뒤를 따라왔죠. 나는 너무 부끄러워 침대 속으로 기어 들어갔어요. 그래, 나는 정말 구제불능의 딸이야. 그러고 나서 날 이해해주고 내가 나쁜 아이가 아니라는 걸 알아주는 아버지의 꿈을 꾸기 시작했어요.
    다음날 아버지는 나를 품안에 끌어안았어요. 아버지는 아주 이성적으로 나와 이야기를 했고, 자신의 인생 경험에 대해 이야기를 했어요. '딸아, 잘 들어봐. 너는 살면서 어떤 것을 아주 확고하게 바라는 마음만 가지면 돼. 그러면 그것을 얻을 수 있단다. 의지는 어린 나무와 같아서 잘 자랄 수 있게, 그리고 크고 강하게 해주려면 언제나 우리가 보살피고 보호해줘야 하는 거란다. 너도 그렇게 하고 싶지, 그렇지?'
    그 당시 난 너무 어렸기 때문에 내가 원하든 아니든, 아버지의 말을 들으면서 내가 존중받고 있으며 내 명예가 높아졌다고 느꼈어요. 내 안의 힘을 느낄 수 있었지요. 어제 있었던 일을 이미 잊어버리고 용서했어요. 여기 있는 아버지는 물론, 내가 바라던 그 아버지이니까 이제 모든 것이 잘될 것이라고 생각했죠.

하지만 아무것도 잘되지 않았어요. 그 다음주 일요일에 똑같은 눈물 바다가 반복되었죠. 어느 누구도 그 이유가 뭔지 제대로 알지 못했어요. 온 힘을 다해 나는 내가 바라는 아버지에 대한 꿈에 매달렸어요. 나는 아버지의 행동의 모순성을 견딜 수가 없었고, 그래서 나는 잊어버리고 꿈을 꾸려고 노력했던 거예요."

이미 어린 소녀였을 때부터 지빌레는 미래를 생각하며 스스로를 위안한 셈이다. "내가 어른이 되면 모든 게 좋아질 거야. 나는 아빠랑 완전히 다른 사람과 결혼할 거니까."

그리고 그런 사람을 만났다. 그는 그녀의 친구였고 보호자였다. 모든 것이 잘 맞는 것처럼 보였다. 그는 그녀를 사랑했고, 또 그런 대로 괜찮은 사람이었다. 그는 모든 면에서 아버지와 정반대였다. 그렇게 믿으면서 그녀는 살았다. 아주 가끔 소스라치게 놀라는 경우도 있었다. 그가 그녀를 냉정하고 아무 감정 없이 쳐다보고 있다니. 하지만 그런지 아닌지를 확인하려고 그쪽을 쳐다보는 대신 그녀는 시선을 다른 곳으로 돌렸다. 지빌레는 자신의 확신을 다져주는 그의 행동을 보는 쪽을 택했다. 게다가 그는 모든 것을 나를 위해 하지 않던가.

차츰 그녀에게 필요할 때 그가 곁에 없는 경우가 잦았고, 그녀가 그를 사랑할 때 그는 사랑을 보여주지 않았다. 그래도 그녀는 모든 의심을 성공적으로 초기 단계에서 없애버렸고, 언제나 아버지의 친숙한 문장으로 되돌아와 있었다. "그래, 네가 그렇게 행동한다면……." 그 문장을 떠올리면 안심이 되었다. 이제 그 문장은 너무나 친숙한 것이 되었다. 그럴 때마다 그녀는 더욱 노력했다. 그로부터 몇 년이 흘렀다. 어느 날 문득, 그녀는 자신이 참지 못하고 우는 횟수가 점점 더 많아지고 있다는 것을 깨달았다. "옛날처럼 눈물이 다시 내 뺨 위로 흐르기 시작했어요. 도저히 참을 수가 없는 거예요. 내가 통제할 수 없었던 유일한, 바로 그 눈물 말이에요.”

지빌레는 그 외의 모든 것, 즉 꿈과 사랑 그리고 자신까지 여전히 잘 통제하고 있었다. 그녀는 잘해내고 있었으며, 스스로에 대해 긍지를 가지고 있었다. 그녀는 그 집의 완벽한 안주인이었다. 가족이 그녀를 찾을 때면 그녀는 항상 대기 중이었다. 그녀의 손길이 필요한 경우는 많았다. 아이들, 남편의 영혼, 그 모두가 보살핌 받기를 바랐다. “나는 충만한 삶을 살고 있어.” 그녀는 항상 자신에게 이렇게 타일렀다. “정말 감사하게도 내가 해낸 거야.” 그리고 안심했다.

얼마나 많은 여성들이 끊임없이 자신을 안심시키고, 전혀 존재하지 않는 현실을 자신에게 속여서 믿게 하고 있는 걸까? 지빌레의 경우, 그녀를 당황하게 하는 건 그 눈물이었다. 무언가가 그녀의 인생 구상과 맞아떨어지지 않았던 것이다. 하지만 그게 뭘까?

그녀는 골똘히 생각해본 결과, 아버지에 이르게 되었다. 그리고 이내 깨달았다.

“남편은 아버지였어요. 그 사람은 아버지처럼 인내의 한계점에 이르기까지 스스로에 대해 확신하고 있는 사람이에요. 그 사람은 자신이 항상 옳았고, 감정적으로 예수 그리스도라 할 만해요. 그는 나에 관해서 아버지와 똑같이 판단했어요. 사랑할 능력이 없는 딸, 사랑할 능력이 없는 여자로 말이에요.”

갑자기 그녀는 지금 무슨 일이 일어나고 있는지를 파악했다.

“남편은 아버지가 그랬던 것처럼 자신의 존재가 우월하다는 걸 확실히 입증하기 위해 나를 이용했어요. 곁에 있는 열등한 인간과 끊임없이 자신을 비교하지 않으면 어떻게 자신이 훌륭하다는 걸 알 수 있을까요. 그래서 나와 결혼했던 거예요. 그게 그의 사랑이었던 거죠. 그는 하루하루 나를 보면서 자신의 우월함을 확인했던 거예요.”

결혼생활은 지빌레가 감히 아버지나 남편과 다른 의견을 가지기 시작하자 파경에 이르렀다. 갑자기 그녀는 이런 생각에 이르렀다. "아버지는 나에 대해 판단을 내릴 능력이 전혀 없었어요. 그분은 무능했던 거예요."

그런 상황은 남편에게는 너무 버거웠다. 그는 그렇듯 자의식이 강한 지빌레를 '사랑할 수' 없었던 것이다. 그는 파파걸과 결혼했다. 그런데 어떻게 감히 그녀가 그 짓을 할 수 있었단 말인가.

하지만 지빌레는 감히 그것을 감행했다. 물론 그 대가로 결혼이 파경에 이르기는 했지만, 이 결혼생활은 어린 시절의 연장이었기에 결국 끝이 나야 했다. 남편은 그저 어린 소녀만을 원했다. 저항할 줄 모르는 소녀를. 과연 어떤 딸이 아버지에게 대드는 법을 배웠으며, 과연 어떤 딸이 감히 저항한단 말인가?

갑자기 지빌레의 눈앞을 가리고 있던 장막이 걷혔다. 결혼생활의 분위기는 어린 시절에 살던 집의 분위기와 숙명적으로 닮아 있었다. 그녀는 거부의 세계에서 살고 있었고, 거부당하는 것에 너무나 익숙해서 그녀는 거부라는 것 자체를 인식하지 못했던 것뿐이다. 그녀는 근본적으로 아버지와 결혼한 셈이었다. 그리고 그녀의 의도와는 정면으로 배치되는 것이었다. 게다가 아버지의 마음에 드는 남자와 결혼했다. 그렇게 함으로써 그녀는 아버지의 인정을 얻어냈으며 표면적으로는 딸로서 가지고 있던 딜레마에서 자유로울 수 있었다. 즉 거부당했던 딸이 인정받는 여성이 된 것이었다. 하지만 그리 오래가지 않았다. 남편이 그녀를 속였을 때, 점점 더 그녀에게 소홀해졌을 때 그녀에게 이런 말을 하는 아버지의 모습이 곧 떠올랐다. "네가 남편을 잘 간수하지 못한 건 네 잘못이야."

그때 지빌레는 깊은 충격을 받았지만, 곧 약이 되었다. 그녀는 잘못된 길을 선택했다는 것을 인식했다. 아버지 곁에 있었을 때와 똑같이 결혼생활에서도 저항하고 자신의 경계를 분명하게 설정하는 대신 그녀는 굴종하는 자세를 유지했던 것이다.

지빌레는 점점 더 뚜렷하게 자신의 잘못된 인생관과 근본적인 어리석음, 그리고 억압된 두려움의 감정을 인식하게 되었다. 그녀는 상처받은 딸이었으며, 어른이 되어서도 상처받은 여자였다. 그런 식으로는 견디기가 너무나 힘겨웠다. 그녀는 항상 남편의 마음에 들기 위해 노력하는 수밖에 없었다. 자기 자신, 소망은 고유의 가치를 잃어버린 지 오래다. 그녀는 남자는 강하고 여자는 약해야 한다는 오래된 믿음을 여전히 가지고 있었다. 그리고 그녀는 "나는 마음에 든다, 그러므로 나는 존재한다"라는 딸의 원칙에 따라 살았다. 하지만 그녀는 그 원칙이 단 한 번도 마음에 들지 않았다. 그 고통으로 그녀는 그 문장을 이렇게 바꾸었다. "나는 느낀다, 그러므로 나는 존재한다." 그 문장처럼, 그녀의 미래 역시 그런 방향으로 설정되어야 했다. 누가 그녀에게서 감정을 빼앗아갈 권리를 가졌던가? 누가 감히 그녀의 감정을 어떻게 처리하는지 결정한단 말인가? 그것은 그녀의 권리였다. 그녀의 감정은 그녀에게 속하는 유일한 것이기 때문이다. 그 감정은 그녀의 재산이었다. 바로 그 점을 그녀는 몰랐다. 그런 사실을 아버지는 차근차근 그녀에게 설명해주지 않았다.

지빌레는 지금, 자신이 언제 거부의 세계에서 사는지 더 정확히, 더 빨리 느낄 수 있다. 차츰 그것을 감지하는 특수한 안테나를 발전시켜나가고 있다. 이제 그 느낌은 지체 없이 즉각 그녀의 의식에 전해진다.

하지만 그녀는 아직 그 문제를 제대로 다룰 수 없다. 이제야 겨우 그런 상처를 직접 경험하고 있기 때문이다. 그것은 고통스러운 일이다. 예전에 그녀는 능숙한 솜씨로 억압해버림으로써 그 고통으로부터 자신을 지켜냈다. 지금 그녀는 그 감정에 직면하면서 점점 저항할 능력이 없다는 것을 더 분명하게 느끼고 있었다.

"그러니까 그것은 내가 아버지에게 고착되었기 때문이에요. 나의 모든 행동과 감정에서 저항하는 걸 허락받지 못했던 아버지의 딸로 그대로 머물러 있었던 거예요.

인생을 살아가면서 곳곳에 '너는 사랑받지 못한다'라고 써 있는 벽에 부딪혔어요. 나는 그 벽에 머리를 부딪혀 상처를 입었어요. 그러면서 낙담했고, 다시 더 노력했고, 스스로를 안심시킨 다음 잊어버렸고, 다시 새로이 용기를 냈죠. 그리고 다시 상처를 입었어요. 악순환이 처음부터 다시 시작되는 거예요. 그때 저항할 수 있는 사람들도 있겠지요. 그들은 항상 자신만만했으니까요. 나는 그렇게 할 수가 없었어요. 쓰레기통처럼 상처를 삼켰어요. 아주 잠시 동안 나의 미소는 굳어버리고 심장은 죽어버려요. 그러고 나면 나는 곧 다시 대화의 끈을 잡을 수 있었어요. 마치 아무 일도 일어나지 않은 것처럼 말이에요. 하지만 어떤 일이 일어난 건 사실이었어요. 내 몸과 마음은 그것을 정확하게 기록해두었어요. 나의 존재만 거기에 반응하지 못했던 거죠. 상처를 받으면 그것을 부인하고 망각함으로써 은폐해버렸으니까요.

나는 상처를 억눌렀고 체면을 지켰어요. 누구를 위해 이런 일을 한 걸까요? 나를 위해서였을까요? 설마 그럴 리가! 아니에요. 예전에는 아버지를 위해 그렇게 했어요. 아버지가 스스로 얼마나 못됐고 부당한지를 깨닫지 못하도록 말이에요. 지금 나는 내 자신을 보호하려고 그렇게 하고 있어요. 혹시, 아닌가요?

내 삶의 현실은 그 정반대의 것을 증명하고 있기 때문이라서 그럴 거예요. 언제나 다른 사람들을 보호하지, 나 자신은 전혀 보호하지 못했거든요. 나와 교제하는 건 누구에게나 쉬운 일이었죠 그는 자신이 뭘 원하는지 언제든 말할 수 있고, 자신이 원하는 것은 뭐든지 할 수 있었어요. 나는 언제나 우호적이었으니까요. 기껏 내가 한 일이라곤 뒤로 물러나는 것뿐이었어요.

결코 다른 사람이 난감한 상황을 겪지 않도록 했고, 상대방의 기분이 나빠지는 상황은 피하려고 노력했어요."

비로소 지빌레는 행동을 통해 그리고 자의식을 가지고 스스로를 보호해야 한다는 것을 파악하기 시작했다. 어두웠던 어린 시절에 그녀의 마음은 온갖 쓰레기를 담는 쓰레기통 같았다. 그 때문에 그녀의 마음은 방향설정을 담당하는 기관으로서의 능력을 차츰 상실했던 것이다. "모든 것을 이해한다는 것은 모든 것을 용서한다는 뜻이다"라는 말이 그때까지만 해도 인생에서 최고의 가치를 지닌 원리였다.

고통과 맞서면서 지빌레는 조금씩 이 문장을 수정하는 방법을 터득했다. 무엇을 용서하고 싶고 무엇은 용서하고 싶지 않은지를 스스로 결정해야 한다는 것을 알게 되었던 것이다. 그녀는 자신의 힘을 느꼈고, 자신이 강하다는 것을 깨달았다. 어느 순간부터 그녀에게 세상은 다룰 수 있는 것이 되었다. 갑자기 그녀는 자신이 이 세상의 일부라고 느꼈다. 이제 보호자도 필요 없으며, 보호막도 걷어낼 수 있었다. 또 상처받은 사람의 태도를 과감히 포기했다. 이제부터는 자신의 마음을 다스릴 수 있기 때문이다. 그녀는 어떤 상처를 받아들이고 어떤 것을 물리칠지 결정할 자유를 획득했던 것이다.

상처받는 것, 다시 말해 다른 사람들에게 상처받는 것을 스스로 허용하는 자발적인 희생양에서 그녀는 벗어났다. 그리고 여러 차례의 대화를 통해 마침내 아버지의 무의미성을 인식하고 깨닫게 되었다. 마침내 지빌레는 성공적으로 어린 시절로부터 벗어났다.

이제 그녀는 미래의 사랑에 대해 예전과 다른 상상을 하고 있었다. 더 이상 자신을 희생시키는 행복을 꿈꾸고 싶지 않았다. 더 이상 자신이 상처받는 곳에서 행복을 찾고 싶지 않았다.

그녀는 다른 남자를 원했고, 그 사람을 다르게 보기를 원했다.

모든 것은 아주 정상적으로 시작되었다.

남자를 있는 그대로 볼 수 있는 용기

그날은 여느 때와 다름없이 시작되었다. 아침에 잠이 덜 깬 상태로 일어나, 일상적인 일들을 천천히 준비했다. 왠지 피곤한 아침이었다. 그녀는 밤새도록 의학 프로젝트에 매달려 성공적으로 마무리했으며, 자신의 창의성에 기쁨을 느꼈다. 그 일은 동료들과 잘 협조해서 이루어진 일이었다. 하지만 밤샘 작업으로 피곤한 걸까?

일상적으로 해야 할 일 말고 특별히 해야 할 일은 뭐지? 그녀는 대리 진료를 하기로 되어 있어 힘든 하루가 될 것이라는 걸 알고 있었다. 사실 그건 익숙한 일이니 문제될 건 없다. 서서히 그녀의 마음에 기쁨이 퍼져나가기 시작했다. 아니, 그녀의 직업은 결코 부담스럽지 않았다.

그런데 이렇듯 피곤한 건 직업상 해야 할 일 때문이 아니라는 것을 천천히 깨닫기 시작했다. 그녀는 몸이 마비된 것처럼 무겁게 느껴졌고 체념한 것처럼 느껴졌다. 왜지? 오늘은 바로, 그 끝없이 이어진 이혼 재판이 있는 날이었기 때문이다.

그녀는 이 힘든 아침, 무기력하게 내맡겨진 듯한 느낌을 뿌리치려고 마음을 가다듬었다. 상황을 좋게 바꾸고 싶었다. 이미 그날은 시작되었다. 오늘은 그녀의 날이었다. 그녀는 자신의 힘, 에너지를 느꼈다.

오늘 그녀에게는 특별히 명심해야 할 사실이 하나 있다. 인생에서 가장 중요한 진실을 말하는 것이다. 오늘만큼은 스스로를 배반하지 않을 것이다. 오늘은 온 신경을 집중하고, 방심하고 싶지 않다. 오늘은 아무 일도 일어나지 않을 것이다.

그녀가 별로 바랐던 것도 아닌데 갑자기 눈앞에 과거가 생생하게 떠올랐다. 장면들이 나타났다가 이내 사라졌다. 결혼생활, 그 수많은 낮과 밤. 얼마나 자주 스스로를 속였던가. 예를 들어, 남편이 자신에게 한 나쁜 말들은 그냥 흘려들었다. 그녀는 고통을 깨닫기도 전에 잊어버리고 용서했다. 시선을 돌려 얼버무렸고, 그녀도 그도 존재하지 않는 어떤 현실을 꾸며냈다.

그녀는 부정확하게 그리고 불쾌한 심기로 그가 퍼부었던 그 비열한 말들을 떠올렸다. "멍청한 년, 너 같은 거랑 결혼했다니, 참 재수없어." 그녀는 임신 초기에 정말로 비참함을 느꼈다. "짐을 싸서 당장 사라져 버려. 이 집엔 네가 필요없어. 내가 널 곤경에서 구해주었잖아. 여기에 네 건 아무것도 없어."

그가 한 말들이었다. 그것도 아주 진심으로. 어떻게 그 모든 말들을 그 오랜 세월 동안 한 귀로 흘려버렸던 걸까? 도대체 이토록 긴긴 시간 동안 무엇을 했던가? 그녀는 남편이 없는 동안에는 밤새도록 책을 읽고 곰곰이 생각했다고 했다. 단지 단 하나의, 가장 중요한 생각만을 그녀는 하지 않았다. '실제로 내 결혼생활은 어떤 모습일까?'라는 생각······. 그녀는 결혼생활을 근본원칙에서 출발했다. 남편은 나를 사랑해, 끝, 그것으로 됐어. 그것이 그녀 인생의 기반이었으며, 그녀의 생각과 감정의 토대를 이루는 것이었다. 말하자면 그녀의 최종 목표였던 것이다.

이제 삼 년이 흐른 지금, 그녀는 문득 언어도단으로 느껴졌다. 그녀는 자신의 존엄성을 지키는 법을 전혀 몰랐다. 너무나 형편없는 자신의 변호사였다. 남편의 기분을 좋게 해주려고 그녀는 그가 별거를 하자고 할 때마다 응했다. 그녀는 좋은 뜻에서 그렇게 해주었다. 그것으로써 다시 평화가 찾아오게 할 화해의 제스처가 되기를 기대했다. 지금에 와선 도저히 공감할 수 없는 논리이지만. 남편은 그녀를 여러 해 동안 속였고, 아주 비도덕적으로 모욕했다. 그래도 그녀는 그 모든 것을 용서하고 잊어버렸다. 그랬더니 그는 그녀를 떠났다.

그녀는 분명하게 깨달았다. 상처투성이의 과거가 여전히 그녀를 가만히 내버려두지 않고 지금까지도 스스로에 대해 회의하게 하다니. 바로 그 때문에 오늘 아침 피곤하고 기분이 무거웠던 것이다. 그 생각만 하면 인생이 마비되는 것 같았다.

하지만 오늘은 새로운 날이다. 자신의 과거에서 분리되어 새로운 인생을 살고 있다. 정말 그녀에게 그런 일이 있었던 걸까?

그녀는 스스로 찾아낸 새로운 남자와 살고 있었다. '이 남자는 많은 권력을 가지지 않았을뿐더러 날 존중해줘'라고 그녀는 믿었다.

그녀는 변했다. '과거가 더 이상 날 따라다니지 않아'라고 그녀는 믿었다.

새로운 파트너 관계 역시 여러 차례 폭풍우를 견디고 마침내 살아남았으며, 그녀는 예전보다 스스로를 더 잘 변호한다고 느꼈다. 그녀는 '더욱 확실하게 내가 될 수 있어'라고 그녀는 믿었다.

그러고 난 그녀가 기묘하게 몸이 무겁게 느껴지는 희한한 아침을 맞이했던 것이다. 그날은 잘 흘러갔다. 그녀는 일을 잘해냈고, 일이 끝난 후 기진맥진했다. 그러나 자신이 좋은 일을 해냈다는 느낌이 들었다.

그녀는 집으로 돌아와 부드러운 분위기에서 저녁시간을 보내고 싶었다. 그가 자신의 일에 대한 보상이 되어주길 은근히 기대했다. 그녀는 그와 함께 시간을 보내면서 원기를 회복하여 새로운 힘을 느끼고 싶었다. 하지만 상황은 다르게 전개되었다. 그녀가 막 이야기를 시작하려고 하자 그가 상처받은 말투로 그녀의 말을 잘랐다. "당신은 나에게 전혀 신경쓰지 않아. 나를 위해서는 전혀 시간을 내지 않잖아." 끝이 없었다. 처음에 그녀는 그의 항의를 무시했다. 하지만 그녀는 곧 자신이 마땅히 누려야 할 평화가 이미 사라졌다는 것을 예감했다. 예전에도 이미 여러 번 해본 이런 식의 피곤한 대화가 다시 시작되고 있었던 것이다. 예전과 마찬가지로, 처음에는 친절한 태도를 유지하면서 달래는 말로 그 상황을 해결하려고 했다. 그러나 아무 도움이 되지 않았다. 그는 결연하게 자신의 감정을 온통 다 드러냈다. 그리고 자기 말이 옳다고 인정받고 싶어 했다. 그게 전부였다. 그녀는 그를 잘 알고 있었고, 어떤 것도 그를 막을 수 없음을 알고 있었다.

그녀는 인내심을 발휘해 상황을 파악했다. 쉽게 해결되지 않을 것 같았다. 또다시 온갖 노력을 기울여야 할 순간이었다. 그녀에게는 평화란 존재하지 않았다. 그러므로 그녀는 다시, 여태껏 수없이 해왔듯이 자신의 입장을 변호하기 시작했다. 누구든 자기 직업에 완전히 전념할 자유를 가져야만 한다. 그것은 우리의 사랑과는 아무런 상관이 없다. 하지만 그는 확신에 가득 찬 목소리로 항의했다. 그는 남자였다. 그리고 당연히 자신이 옳다고 느끼고 있었다. "나는 당신에게 의미가 없어. 나는 중요하지 않다고." 그는 자신이 옳다고 인정받기만을 바라지, 깊이 생각하고 싶지 않은 것이 분명했다. 이 남자가 새로운 인생을 함께 꾸려가길 원했던 내 파트너였단 말인가?

그녀는 오랫동안 고수해왔던 방식에 따라 그의 말을 흘려들어야 했을지도 모른다. 그 방법은 어쨌든 그 오랜 세월 동안 써왔던 방법이 아니었던가. 물론 큰 대가를 치르기는 했지만. 이제 다시 스스로를 배반하길 원하는가? 사실 그와 아웅다웅 논쟁을 벌임으로써 이미 그녀는 그렇게 하고 있었다. 그래서 그녀는 입을 다물고 상대방의 말을 들었다. 정말로 귀를 기울였다. 하지만 새 파트너의 말은 전혀 이해할 수 없었다.

"내가 사랑받는다는 느낌이 들지 않아. 당신은 너무 이기적이야." 그 말을 듣자 그녀는 태어나서 처음으로, 그에게 진심으로 그런 말을 하는 건지 다시 물어보았다. 그래, 그가 한 말은 진심이었다. 그리고 그는 이어서 말했다. "내가 당신을 떠난다면 그건 당신 책임이야."

처음 사랑하기 시작할 때부터 속마음을 다 털어놓았고, 크고 작은 약점들을 다 보여주었던 이 남자가 진심으로 그녀를 이기적인 여자라고 생각하고 있는 것이다. 그의 눈으로 보면, 그들의 사랑이 막 실패로 끝나게 된 책임은 그녀에게 있었다.

그는 그동안 계속 그런 생각을 해왔음이 틀림없다. 그 생각은 그녀에 대한 그의 진심이었다.

매듭이 하나 풀려버렸다. 그리고 무언가가 산산조각이 나버렸다. 도저히 회복될 수 없도록 그리고 영원히. 얼마나 다행인지, 거기에는 버거운 감정이 결부되어 있지 않았다. 그저 깨져버린 거울이었다. 쨍그랑……. 그리고 그걸로 끝이었다.

이제 옛 사랑, 즉 파파걸의 사랑은 끝났다. 그리고 영원한 자기 기만의 끝이기도 했다. 더 이상 귀 기울이려 하지 않거나 그럴 능력이 없는 상태로 살아가는 것도 이제는 끝났다.

그것은 딸이 성장하는 과정이었다. 인생의 시작이었다. 힘과 강인함과 그리고 의미 있는 노력의 시작이었다.

놀라운 것은, 그가 여전히 아무것도 깨닫지 못한다는 점이었다. 그는 여느 때와 마찬가지로 그날 밤을 보냈다. 관계가 끝났다는 것, 사랑이 끝났다는 것을 느끼지 못했다. 그는 아무것도 느끼지 못했다. 전혀 아무것도. 너무나 불가사의한 일이었다. 이제 그녀는 그를 완전히 다른 눈으로 보게 되었다. 그는 그녀가 항상 보고 싶었던 다정다감한 남자가 전혀 아니었다. 적어도 아주 가끔씩 그런 사람이기는 했지만, 그것도 그가 원할 때에만 그랬다. 그는 아무것도 보지도 듣지도 못했다.

지빌레는 마치 꿈에서 깨어난 것 같은 느낌이었다. 그 느낌이 확연하게 다가왔다. '내가 사랑하는 사람과 함께하고 싶어. 어떤 대가를 치르더라도 말이야'라는 것이 아주 오랜 꿈이었는데, 이제 비눗방울처럼 사라져버렸다.

뒤에 남은 것은 "내가 원한다"는 것뿐이었다. 그녀는 이제부터 모든 것에 대해 알고 싶었다. 그리고 곰곰이 생각하고 싶었다. 현실이 아닌 것을 현실인 것처럼 속이는 어린 시절 사랑의 꿈을 더 이상 뒤쫓고 싶지 않았다. 이제 그녀는 선택의 자유를 가지고 있었고, 자신이 원하는 것을 결정할 수 있었다. 그녀는 그럴 준비가 되어 있었다.

그녀는 파트너의 정신적인 상태를 인식해야 했고, 그가 누구인지를 보아야 했다. 그때 비로소 그녀는 의미 있는 결정을 내릴 수 있었다.

여태까지 그녀는 매번 파트너에게 어린 시절에 이루지 못한 꿈들을 투사해왔다. 그녀가 선택한 남자는 항상 좋고 탁월한 특징만을 가진 사람들이었다. 하지만 단 한 번도 그가 실제로 누구였는가를 깨달았던 적은 없었다. 그 때문에 사랑이 끝날 때마다 그녀는 언제나 깊이 추락했던 것이다.

그녀는 남자들을 제대로 평가하지 못했다. 아버지가 어떤 사람인지를 몰랐기 때문이다. 그리고 자신에 대해서도 잘 알지 못했다. 그녀가 아버지와의 실제 관계를 부인했기 때문이다.

고통에 가득 찬 어린 시절로부터의 탈출구는 아주 간단했다. 이상적인 아버지를 찾아 헤매면 되었다. 그리고 아버지와 어울리지 않는, 끔찍한 말들을 그저 흘려들었던 것처럼, 이상적 이미지에 맞지 않는 것을 모두 그냥 못 본 척했다.

머릿속을 파고들어 결코 다시는 사라지지 않을 말들은 비록 흘려들을 수 없었지만, 이런 경우를 대비해 아주 성공적인 방법을 하나 개발해냈다. 이렇게 생각해보고 저렇게 생각해보고, 한 번, 두 번, 그리고 세 번까지 이리저리 생각해보고 나면 그 말들은 잘게 부서져버린다. 용해되어버린 것이다. 그저 그런 식이다.

오, 말들을 부서져버리게 하는 방법은 아주 좋았다. 잘게 부서진 그 말들의 효력은 금세 사라져버렸다. 더 이상 고통을 주지 않았다. 하지만 이 방법에는 아주 작은 결점이 하나 있었다. 그 결점은 부서져버리는 것은 말들뿐이고, 현실은 원래 모습 그대로 남아 있다는 것이다.

그리고 현실은 정기적으로 뇌리에 되살아났다. 회피하려는 그녀의 전략은 상황을 언제나 일시적으로 그리고 겉치레로만 변화시켰다. 이제 그녀는 현실을 견뎌내고 다른 사람들과 정면으로 맞설 능력이 있다고 느끼고 있었다.

여태까지 그녀는 남자들도 문제를 가지고 있다는 것, 그들의 어린 시절도 결코 낙원이 아니었다는 것을 알기는 했지만 사랑할 때는 그것을 느낄 수 없었다. 그녀는 그 문제와 자신을 연관시킬 수 없었던 것이다. 그때 그녀는 무슨 일이 있어도 파트너가 자신이 바라는 이상형의 아버지이기만을 바랐기 때문이다.

그러므로 그녀는 자신이 사랑하는 사람이 누구인지를 사실 전혀 알지 못했다. 가능한 오랫동안 그녀는 이 이상형의 아버지를 사랑했으며, 그에게 보상을 요구했다. 꿈과 현실 사이의 괴리가 너무 커지자 사랑은 끝났다. 진정한 싸움, 사랑을 할 때 진정한 모험, 즉 '다른 사람을 알아가는 과정'은 결코 존재한 적이 없었다.

하지만 이제 그녀는 탈출구를 보았다. 그녀는 아주 단순하게 자기 자신이 될 수 있었고, 자신의 관점에 설 수 있었다. 더 이상 자신의 입장을 변호할 필요가 없었다. 딸로서 가졌던 의존성으로 더 이상 불안을 느끼지도 않았고 판단이 흐려지지도 않았다. 그는 자신의 불쾌감에 대한 책임을 그녀에게 돌리려고 했지만, 서로를 멀어지게 하는 불필요하고 아무 소득이 없는 말다툼으로 발전하고 말았다. 그것은 아버지 식의 갈등 해결법이다. 거기에는 그런 토론이 필요하지 않다.

새 파트너가 그녀를 사랑할 수 없다면 그것은 그가 해결해야 할 그의 문제였다. 적어도 그가 해결하기를 원한다면 말이다. 책임을 그녀에게 전가하는 것은 너무 단순한 해결책이었고 사실 그 남자다운 일도 아니었다.

지빌레는 자신의 사랑의 능력, 사랑의 조건에 대해 곰곰이 생각해보기 시작했다. 그녀는 이 사랑을 통해 딸로서 경험했던 자신의 과거를 다시 고쳐 쓰려 한다는 것을 인식했다. 그동안 자신이 주인공인 딸의 이야기에 행복한 결말이 주어지길 바랐고, 그것의 유혹에 빠져 다시 꿈꾸기를 되풀이해오지 않았던가.

이제 그녀는 현실을 보려고 했다. 도망가는 대신 버티고 서서 현실을 견디기를 바랐다. 마치 영화에서처럼, 그녀는 사랑이 이루어지는 과정을 눈앞에 다시 그려보았다. 그녀가 배역을 정하고 영화 제목을 붙였다. '한 남자와 한 여자.' 그녀는 그 수수께끼의 답을 알고 싶었다. 다음과 같은 질문으로 진정한 사랑의 모험이 시작되었다. 나는 원래 누구이며, 그는 누구인가? 우리는 함께 무엇을 하고 있는가?

규칙대로 완벽하게 사랑한다는 것

한 남자와 한 여자

그녀는 아주 자의식이 강한 여성이며, 그는 우리 문화에서 보기에 제대로 된 남자다.

두 사람은 서로 사랑에 빠졌고 서로를 더 잘 알기를 바랐다.

그녀는 자신에게 사랑할 능력이 상당히 있다고 믿었다. 그는 그것에 대해서 아직 생각해본 적이 없었다.

그녀는 맹세했다. 이 사랑은 성공해야 해. 그녀는 그가 바라는 대로 그를 인정해줄 것이고, 규칙대로 완벽하게 그를 사랑할 것이다.

그는 기분이 나쁘지 않았다. 그래서 마음 내키는 대로 내버려두기 시작했다. 그는 게임의 규칙을 정확하게 이해하고 있었다. 그건 그가 사랑을 받아야 한다는 것이었다. 그는 그것을 기꺼이 받아들였다.

그녀는 힘의 균형이 점차 그에게 유리한 쪽으로 옮겨간다는 것을 느꼈다.

점차 두 사람 사이에 말이 없어졌다. 하지만 무슨 특별한 문제가 있는 건 아니라고 생각했다. 여전히 두 사람이 인생의 수많은 일들을 함께 결정하고 있었다. 그런데 그렇지 않을 때는? 그들은 서로에 대해 무관심해졌을까? 아니야. 그녀는 그렇게 생각하지 않았다. 문제는 그녀의 관계 설정에 있었다. 거기에 무언가 걸려 있어 제대로 되질 않고 있는 것이다.

하지만 뭐가……? 그녀는 사랑의 실패를 너무나 많이 겪었다. 그러고 나면 그녀는 언제나 자신에게 문제가 있다는 전제에서 출발했다. 어렸을 때처럼 그녀는 어른이 되어서도 이렇게 생각했다. "내가 더 상냥하기만 했다면, 그렇다면……." 이 확신은 사랑에 대한 실망과 마찬가지로 흔들리지 않고 변함없이 남아 있었다.

그녀는 사랑의 능력에 대해 곰곰이 생각해보기 시작했다.

"규칙대로 완벽하게 사랑한다"는 명제를 어떻게 이해했던 것일까? 어떤 규칙을 염두에 두고 있었던 것일까? 점점 분명하게 그 답이 다가왔다. 그녀가 염두에 둔 것은 물론 아버지의 규칙이었다. 어린 시절 딸로서 그녀는 결코 자신의 목표를 이룰 수 없었다. 아버지가 그녀를 사랑하지 않았던 것이다. 어쩌면 어른이 된 후, 이 목표를 다시 한 번 이루려고 새 출발을 감행했던 것은 아닐까? 그토록 끈질기게 그것을 갈망했던 걸까? 그녀는 본능적으로 아버지에게 얼마나 사랑받기를 원했

는지, 말하자면 얼마나 규칙대로 완벽하게 사랑받기를 원했는지 늘 알고 있었다. 그 규칙들이란,

- 아버지가 말씀하실 때에는 입을 다물어야 한다.
- 잘 귀담아들어야 한다.
- 아버지가 변덕을 부려도 그건 아버지의 기분이니, 못 본 척해야 한다.
- 아버지에게 어떤 요구도 해서는 안 된다. 아버지는 보호받아야 한다.
- 반대는 아버지를 모욕하는 것이며, 오로지 필요한 것은 찬성이다.

이 모든 것들 중에서 가장 중요한 건, 항상 미소 짓는 얼굴이어야 하며 아버지의 크고 작은 행동에 주목하고 있다가 제때 찬사를 보내야 한다는 것이었다. 아버지에겐 언제나 칭찬이, 즉 인정이 필요했다.

그렇다, 맞다. 그녀는 늘 그런 식으로 해왔다. 그리고 늘 그런 식으로 실패했으며, 행복을 느끼지 못하고 이 사랑에서 저 사랑으로 떠돌아다녔다. 그리고 이번 사랑도 바로 그렇게 했다. 물론 그래도 사랑을 하려고 노력하기는 했지만 말이다.

그러나 과거에 아버지의 전횡이 그랬듯이 파트너의 변덕으로 그녀는 괴로워지기 시작했다. 그는 그녀에게 친숙한 규칙이 아니라 뭔가 다른 방식으로 사랑받고 싶었던 것일까? 그녀는 때때로 두 사람 사이에 벌어졌던 말다툼을 떠올렸다. 그는 항상 이렇게 말했다. "그렇게 웅크리지 마, 그렇게 무기력하게 굴지 말라고!" 그가 진심으로 그렇게 말한 걸까? 그녀는 그의 말을 항상 관대하게 생각했다. 그의 진심일 리가 없다고 생각했던 것이다.

아버지가 그녀를 사랑한 적은 거의 없었지만, 그나마 있다면 그건

그녀가 무기력한 딸이었을 때다.

아버지와 함께 있으면서 그녀는, 남자들이 비판과 부탁에 민감하며 모욕당한 것 같은 반응을 보인다는 것을 배웠다. 딸로서 그녀는 오랫동안 아버지의 기대를 이뤄주지 못했다고 끊임없이 자책했다. 그녀는 언제나 좋은 의도를 가지고 있었지만, 그녀 안의 무언가는 다르게 하고 싶어 했다. 그때 아버지는 그것을 알아차리면서 화를 내고 뒤로 물러났다. 그러면 그녀는 그걸 해낼 수 없었다.

지금도 그녀의 좋은 의도들은 기이한 감정에 방해를 받았다. 그녀는 몹시 분노하고 화를 냈지만, 유감스럽게도 항상 그 상황과 장소가 어긋났다. 그녀는 결코 상황에 걸맞게 화내는 경우가 없었다. 상처와 모욕은 잠자코 받아들이면서 아주 사소한 일에 과격하게 화를 냈다. 그것은 아주 오래전부터 익숙한 감정이었다. 어린 시절에 그녀가 사용하던 방처럼 아주 친숙했다. 그러는 동안 그녀는 실망을 느끼거나 그리고 그것을 인정하고 싶지 않을 때면 항상 분노가 엄습한다는 것을 깨닫게 되었다. 그녀 안에서 두 개의 감정이 서로 뒤엉켜 싸웠다. 파트너에 대해 어떤 요구를 하고 싶은 감정과 그저 모든 것을 옛날 그대로 내버려두려는 감정이 충돌을 일으켰다. 그러면 화가 치밀어올랐다.

어찌된 일인지 무언가가 사라져버렸다. 그녀는 아직도 그것이 무엇인지 정확히 모르고 있었다. 그러나 그것에 대해 생각하면 할수록 눈앞에 여러 장면들이 더욱더 선명하게 짜맞춰졌다.

아버지의 사랑 규칙이라는 미로에서 길을 잃었던 것이 틀림없다. 그녀는 자기 자신을 잃어버렸다. 그녀는 자신 안에 어떤 입장도 가지고 있지 않았다. 그래서 그녀는 항상 자신에게 길을 가르쳐주는 누군가를 따라가야 했고, 사랑할 때는 남자의 기분에 맞춰야 했다. 그리고 '딸 역할을 제대로 하지 못했다'는 죄책감이 언제나 생생했다. 죄책감은 충실하게 그녀를 쫓아다녔으며 그녀가 어린 시절의 행동방식으로 돌아가도록 강요했다. 그 때문에 그녀는 이제 또 꼼짝달싹 못하고 있다. 그토록 갈망하는 사랑을 얻지 못하고 있는 것이다. 마치 무너질까 봐 두려운 벽 앞에 서 있는 것과 같았다. 그래서 그녀는 칭찬과 인정을 얻으려고 무진 애를 썼던 것이다. 두려움이 클수록 더 열심히 노력했다. 그러는 동안 유감스럽게도 분노와 화가 아주 빈번하게 엄습하여 그녀의 의도를 망쳐놓았고, 끊임없이 사랑을 갈구하도록 몰아붙였다.

왜 그녀는 그의 변덕을 감내하기만 할 뿐, 저항하지 않았던가? 왜 사랑을 할 때 아무런 요구도 하지 않았던 걸까? 그녀는 자신에게 그토록 가치 없는 존재였던가?

그녀는 이런 사랑의 규칙을 지키며 사는 것이 그에게는 그리 나쁜 일이 아니라는 것을 정확하게 느꼈다. 그는 어머니 곁에 있는 것과 마찬가지로 편안하게 느꼈다. 그리고 행동도 그런 식으로 했다. 그는 화가 날 때면 마음껏 자신의 감정들을 발산시켰다. 게다가 어떤 무언가에 대해 감동을 받으면 눈물을 흘렸다. 그가 휴식을 취하고 싶으면 그녀가 전적으로 받아들일 거라는 생각에 그녀의 품에 안겼다. 그녀는 모든 것이 그를 중심으로 돌아가고 있었다는 것을 차츰 깨달았다. 그녀가 곰곰이 생각해보니, 그의 인생에서 자신은 결코 큰 역할을 하지 않았다는 것이 선명하게 떠올랐다. 다만 그녀는 거기에 존재하고 있었다. 그에게는 그것으로 충분했다. 하지만 그녀는 그걸로는 충분하지 않았다. 그녀는 그와의 생활이 약간 무미건조하고 지루하다고 느꼈다. 그녀는 사랑, 특히 이 사랑에 대해 다르게 상상해왔다. 그래서 더욱더 자신이 무언가를 놓치고 있다는 느낌이 들었다. 무언가가 맞지 않았다.

그것은 두 사람 사이에 사랑이 없었기 때문이다. 그 사실을 그녀는 분명하게 느꼈다. 그들의 생활은 그저 참아낼 정도의 공동생활일 뿐이었다. 그녀의 머릿속에는 소녀 시절부터 가지고 있던 거리감 없는 사랑이 유령처럼 떠돌고 있었다. 어린 소녀였을 때 그녀는 항상 속내를 털

어놓고 싶었다. 그녀는 꿈꾸던 아버지, 꿈꾸던 남편을 찾아 헤맸고, 일
단 그런 사람을 만났다고 생각이 들면 그 사랑이 시작되었다. 그녀는
자신의 꿈에 대해, 크고 작은 약점에 대해 모두 다 털어놓았다. 모든
것을 이야기했고, 속내를 다 펼쳐 보였다. 그런데 그 '사랑받은 남자'는
훗날 그녀의 이야기를 적절한 순간에 그녀를 비난하기 위해 활용했다.
그녀는 그럴 때마다 깜짝 놀랐다. "하지만 당신이 그렇게 말했잖아. 항
상 그런 식이었다고. 당신은 그런 걸 못한다면서……." 언제나 그렇듯
이 그녀는 사람을 지나치게 믿은 탓에 벌을 받았고 신뢰 때문에 상처
를 받았다. 그래도 그녀는 포기하지 않았다. 속내를 모두 다 털어놓으
려는 자신의 병적 욕구를 사랑이라고 착각하고 있었기 때문이다. "사
랑하는 사이엔 서로 모든 걸 다 얘기할 수 있어야 해요. 그렇잖나요?"
그녀는 이런 솔직함을 사랑의 증거라고, 사랑에 대한 헌신적인 자세라
고 여겼다.

하지만 그런 식으로는 계속 살아갈 수가 없었다. 그녀는 더 이상 모
욕당하고 상처받고 싶지 않았다. 이제 자신이 바뀌거나 포기하는 것,
이 두 가지 선택만이 남아 있었다. 그녀는 과거에는 후자를 택했지만,
이제는 전자를 선택했다.

그녀는 곰곰이 생각하다가 문득 고개를 들어 무언가를 바라보았다.
그 실체가 정확하게 보이자 슬픔을 느꼈다. 그 슬픔이 변하여 마음속에
서서히 분노가 일기 시작했다. 마침내 그녀는 분노를 표출했다. 뚱뚱하
고 탐욕스럽게 먹어대는 고양이 앞에 앉아 있는, 작고 겁에 질린 쥐와
같은 자신을 보았던 것이다.

그 장면은 사라지지 않았다. 그녀는 참고 견디며 그 장면을 보았다.
어린 시절 소녀의 모습, 직장에서 그리고 결혼한 자신의 모습을 보았
다. 항상 그곳에는 고양이가 한 마리 있었다. 그 고양이는 아버지의, 여
러 파트너들의 얼굴로 번갈아 나타났다. 그녀는 언제 먹혀버릴지 모르

는 두려움으로 벌벌 떠는 자신을 보았다.

그 쥐, 두려움 그리고 수많은 고양이들은 그녀에게 친숙했지만, 그
중에서도 특히 두려움이 그랬다. 하지만 분노가 치밀어오른 적도 있었
다. 그러면 순간적으로 고양이들이 사라졌다. 그녀는 화가 난 얼굴들,
펄펄 뛰는 아버지, 위협하는 상사, 화를 내는 남편을 보았다. 그녀는 고
양이 모습을 한 남자들의 공통점, 즉 비열함을 보았다. 그리고 두려움
속으로 분노가 밀려들었다. 언제나 상황이 똑같았다는 것을 천천히 인
식했다. 그녀는 약자였다. 그리고 소심한 그녀는, 뽐내고 과장하는 사
람들을 큰 존재들로 만들었던 것이다.

그녀는 웃음이 터져나왔다. 기뻤다. 거울을 들여다보니 거기에는 분
노하고 있고, 반항적이지만 웃고 있는 한 여성이 있었다. 그녀는 아버
지에 대해 생각했다. 특정한 남자들에 대해, 남편에 대해 생각했다. 그
리고 우글우글 모여 있는 고양이 무리들을 보았다.

그동안 그녀는 쥐로서의 외교술을 여성의 덕목으로 잘 포장해놓고
있었다. 그 결과로 그녀는 무엇을 얻었던가? 사랑은 아니었고 더더구
나 존중도 받지 못했다. 그녀가 스스로를 존중했던가? 그녀는 자신에
게 관심을 기울이고 싶었다. 고양이 같은 남자들은 이제 필요 없다.

그녀는 더 이상 아버지의 요구사항에 묶여 있고 싶지 않았다. 그녀
는 왜 쥐 같은 태도를 가지게 되었는지 곰곰이 생각해보았다. 비록 직
장에서 자신의 뜻을 관철시킬 수 있는 용기도 있지만, 마음 한구석에는
저 뚱뚱하고 마구 먹어치우는 이 세상의 고양이들한테 언제 먹힐지 모
른다는 두려움에 떨고 있는 작은 쥐가 도사리고 있었던 것이다.

쥐와 같은 마음을 그녀는 인정 있는 마음씨라고 착각하고 있었다.
그렇게도 작고, 그렇게도 착하며 그렇게도 고결하다고. 하지만 쥐의 태
도를 가지고 있을 때 그녀가 움켜쥐고 있는 것은 실제로 훌륭한 덕목
이 아니라 두려움과, 모든 사람에게 좋은 여자가 되고 싶다는 갈망이었

다. 그것이 그녀를 움직인 원인이었다. 그래서 그녀는 항상 우회로와 구부러진 길을 선택했던 것이다. 외교술, 기꺼이 사랑스럽게 순응하려는 태도 그리고 항상 "예"라고 말하는 놀이를 그녀는 적극적으로 활용했다. 곧은 자세로 인생을 헤쳐 나가리란 생각은 여전히 낯설었다. 하지만 그녀는 거기에 접근하고 있었다. 조금씩 조금씩, 천천히 그러나 끈질기게.

이렇듯 쥐처럼 살고 있는 모습, 이렇듯 두려움에 사로잡힌 쥐의 마음. 이 얼마나 우스꽝스러운가. 어찌된 일인지 그렇게 해서 얻는 것은 그리 많지 않았다. 기대했던 대가와 세상의 그리고 남자들의 감사는 찾아볼 수 없었다.

그녀는 자신의 문제를 직시했다. 새로운 사랑의 규칙이 발표되었다. 아버지 식의 낡아빠진 규칙 대신 새로운 규칙이 등장했던 것이다.

"이런 식으로는 더 이상 당신과 살고 싶지 않아. 난 당신의 거리와 변덕을 더 이상 참을 수 없어."

그는 깜짝 놀라 혼비백산했다. 그의 첫 반응은 남자들에게 흔히 볼 수 있는 모습이었다. 그는 이해하지 못했고, 그녀의 말속에 담겨 있는 새로운 메시지를 듣지 못했다. 그래서 그는 그녀의 말에 귀 기울이지 않았다. 그녀에게 약간의 관심을 보여주기는 했지만, 사실 모든 것이 제대로 되고 있다고 말했다. 요지는 "나는 만족하고 있어. 전체적으로 봐서 우리는 그래도 잘 지내고 있잖아"였다. '우리'라고 말했지만 그는 사실 자기 자신을 말한 것이었다.

그러나 그녀는 여전히 불만족스러운 상태였고 현혹되지 않았다. 그는 당황했다. 그는 생각했다. '도대체 그녀에게 무슨 일이 있었던 걸까? 그녀에게 무슨 문제가 있었던 걸까?' 하지만 그는 이내 그 의문을 무시해버렸고, 그녀를 노련한 방법으로 회화화했다. 그녀는 천천히 그에게서 물러났다. 이제는 그런 식으로 그와 함께 이야기를 하고 싶지 않았다. 그는 그에게 말할 때 그녀의 말투를 비판하더니, 그가 그녀를 위해 해주었던 그 모든 아름다운 일들을 그녀에게 상기시켰다.

그녀는 단호한 태도를 유지했다. 그런 모습을 보며 그는 의아해했다. 정말 이상하다는 생각이 들기 시작했다. 그녀가 한 말에 중요한 뜻이 있었던 걸까? 그녀는 버텼다.

그는 몸 상태가 좋지 않다며 감기나 그 비슷한 것에 걸린 것 같다고 걱정했다. 그녀는 항상 그의 걱정과 투정을 기꺼이 받아주었다. 그 규칙은 그들 사이를 이어주는 오래된 다리였다. 하지만 여전히 그녀가 단호한 태도를 유지하자 그의 궁금증은 놀라움으로 변했다. 처음으로 그는 그녀가 했던 말과 자신에 대해 곰곰이 생각해보았다. 뭔가가 있다는 것은 부인할 수 없었다. 그런데 그게 뭘까? 그는 선물 공세를 펴고 주말에 함께하자고 그녀를 초대했으며(이런 일은 여러 해 동안 없었다), 또한 당연히 도와줄 친구들도 초대했다.

그의 작은 친절을 그녀는 기쁘게 받아들였지만 예전처럼 감사 표시는 하지 않았다. 그는 그런 그녀에게 신경쓰게 되었고 그녀가 그의 손에서 미끄러져 떨어질까 봐 걱정했으며, 삶의 아름다운 부분들만을 상상하려고 노력했다. 그리고 계속해서 생각을 했다. 아주 서서히 그는 두 사람의 사랑에서 유감스러운 부분을 발견하게 되었다. 그는 툭하면 변덕을 부렸고, 그 변덕을 다른 사람들, 주로 그녀에게 전가시켰다는 것은 도저히 부인할 수 없는 유감스러운 사실이었다. 그는 걸핏하면 혼자 틀어박혔고, 이렇게 거리를 둠으로써 스스로를 보호하려고 했다. 그는 항상 어떤 요구나 부탁을 받을 때면 너무 버겁다고 느꼈으며, 곧바로 그 느낌을 행동으로 표현했다. 그는 자신에게 주어지는 요구가 불쾌했다. 그는 그녀의 비난을 증오했으며, 연인끼리 나눌 법한 대화도 하고 싶지 않았다. 좋은 프랑스산 와인 한 병이 있었다면 어땠을까?

아니면 한 번쯤 그녀와 함께하면서 자기 몫을 해야 했을까?

그녀는 그의 마음이 움직이기 시작했다는 것, 이해하려는 자세가 되어 있음을 느꼈다. 그가 그녀를 쳐다보는 시선에서 이미 느낄 수 있었다. 그래서 그녀는 서둘러 용기를 냈다. 드디어 두 사람은 대화를 나누기 시작했다. 그는 그녀의 관점을 진지하게 받아들이고, 그 관점과 토론하는 법을 배웠다. 그러자 그녀는 그가 더 이상 칭찬받기를 바라는 남편이 아니라는 것, 그녀 자신은 어떤 요구도 할 수 없는 젖먹이가 아니라는 것을 확실히 해두었다. 그녀는 새로운 희망이 살포시 떠올랐다.

이제 어른이 된 두 사람은 아버지의 둥지에서 완전히 벗어난 한 남자와 한 여자다. 사랑이 무엇을 의미하는지 이젠 알 수 있을 것만 같았다. 만일…… 사랑을 한다면…….

이 시점에서 보통 영화가 끝나지만, 이후로 이야기가 어떻게 전개될지는 상상을 통해 생생하게 마음속에 그려볼 수 있다. 이런 경우, 이야기는 해피엔드로 막을 내리게 마련이다. 하지만 실제 인생에서 이런 일은 그렇게 흔치 않다. 적어도 영원히 그렇게 되지는 않는다.

모든 여성의 꿈은, 남자가 변화하고 이해력을 가지며 아들의 역할에서 해방되는 것이다.

그는 진정으로 동참했다. 그는 아버지에 대한 의존성, 말하자면 우월함, 지배, 거리 두기 그리고 반드시 옳다고 인정받아야 하는 가부장적인 가치에 대한 의존에서 벗어났다. 그는 아직 알지 못하는 것, 즉 그녀와 진정으로 함께하는 생활에 기대를 걸었다. 이렇게 함께하는 것은 그가 가지고 있는 모든 가치들의 변화를 의미했다. 권력의 지지대가 없다면, 반드시 옳다고 인정받아야 한다는 강박이 없다면 그는 자유로이 스스로와 그녀를 만날 수 있으며, 그녀를 한 여성으로 볼 수 있을 것이다. 그 과정에서 그들은 끊임없이 언쟁과 다툼을 벌이게 될 것이다. 우선권을 잡기 위한 다툼이 아니라 두 사람의 사랑의 상태, 과거의 모습 그리고 앞으로의 모습에 대한 다툼이다. 누가 옳으냐가 아니라(옳다는 것이 이미 어떤 결과를 가져왔는지 너무도 잘 알고 있지 않은가?) 가깝고 보호받고 있다는 느낌이 중요하다.

하지만 남자는 동참하는 척하면서 건성인 태도를 보이고 익숙한 것을 되돌리려고 시도할 가능성이 더 높다.

그는 동참하고, 끝까지 견뎌내며 자신에게 충실했다. 이 말은 그가 필요한 만큼, 즉 그녀가 요구하는 만큼 주었다는 뜻이다. 그는 그녀의 요구에 반응을 보였지만, 조건에 따라 생각과 감정이 달랐다. 그녀가 그에게 동의할 때면 자신이 그녀 곁에 있다고, 그녀가 확신에 차서 다른 의견을 주장할 때면 그녀에게서 멀리 있다고 느꼈다. 그렇게 함으로써 그는 그 관계에서 가능한 것이 무엇인지를 끊임없이 다시 규정했고, 자신이 따르는 규칙을 그녀에게도 계속 강요했다. 그는 예전의 것, 아버지가 사전에 정해놓았던 것에 머물러 있었던 것이다.

지빌레는 늘 딸처럼 상대방을 보호하려는 태도 때문에 그동안 만났던 모든 파트너들이 아들의 역할에 머물렀다는 것을 여러 차례 경험했다. "네가 상냥하지 않다면……"이라는 아버지의 말을 잊지 않았기에 그녀는 자신의 의도와는 달리, 남자에게 현재의 모습 그대로 머무를 수 있는 여지를 주었다. 그녀는 바로 아버지의 덫에 스스로를 가두고 그 남자를 그녀의 세계에서 내쫓아버렸던 것이다.

이제 어떤 대안이 있을까?

지빌레는 지금 자신의 순응적인 태도에 저항감을 느낀다. 더 이상 이 세상에서 침묵하고 싶지 않았고, 특히 사랑을 할 때는 전혀 그럴 마음이 없었다. 그녀는 자기 감정을 신뢰하기 시작했고 아버지에게 이별을 고했다. 그 이별은 절대로 고통스러운 것이 아니었다. 이제 그녀는 다른 눈으로, 아버지가 자신에게 어떤 의미를 가지는지에 대해 스스로 책임을 지는 한 여성의 눈으로 아버지를 보고 있기 때문이다. 그리고 그것을 통해 그녀는 승리했다. 마침내 자신의 가치를 스스로 결정함으로써 어린 소녀가 아닌 한 여성으로서 승리했던 것이다.

지빌레는 붐비는 사랑의 대기실을 떠나서 세상의 신선한 공기를 들이마셨다. 그녀는 기지개를 켜면서 몸을 쭉 폈다. 그리고 용감하게 현실의 땅으로 발걸음을 내디뎠다.

일단 여기까지, 그리고 계속 더 앞으로
_현실 직시하기

용감한 결정이었다. 지빌레는 딸의 감옥을 떠났다. 그녀는 자유롭다. 그리고 불행했던 어린 시절을 있는 그대로 받아들였다. 그녀의 어린 시절은 한마디로 실패로 끝난 교육적 시도였다. 그 교육을 통해 '그녀'의 가치가 아니라 그녀를 가르친 사람의 가치가 확립되었을 뿐이다. 여기서 실망은 끝났다. 더 이상 자신이 나쁜 딸이었다는 죄책감에 시달리지 않았고, 더 나은 여자가 되어야만 한다는 강박 때문에 고통받지도 않는다. 이제 그녀는 스스로와 화해하고 받아들일 수 있다.

어린 시절에 받은 상처에 대한 기억, 자신과 아버지의 역사를 종합적으로 고찰하는 과정은 지빌레에게 원래 있던 활력을 되돌려주었다. 반짝이는 눈은 사려 깊고 호기심 많으며, 언제나 함께할 준비로 이 세상을 향해 열려 있는 그 어린 소녀가 되살아난 것이다. 그 어린 소녀의 체념과 절망은 사라졌다.

지빌레는 이 세상의 일부가 되고 싶고, 삶, 사랑 그리고 자신에 대해 호기심을 가지고 있다. 그녀는 세상을 품 안에 안을 수도 있을 것이다.

하지만 당장 거기서부터 어려움이 시작되고, 일그러진 현실이 모습을 드러낸다. 파트너는 그녀가 포옹하고 싶을 때면 웬일인지 포옹받기를 원하지 않는다. 그는 (유감스럽게도) 스스로가 그 시점을 정하고 싶어 한다. 그렇지 않으면 아무것도 없다.

도망갈 것인가 아니면 견뎌낼 것인가? 여태까지 지빌레는 남자 쪽에 자신을 맞추는 쪽으로 타협했다. 하지만 그녀는 더 이상 억압하지 않기로 결정했다. 가끔씩 보여주는, 게다가 그가 원하는 시점에 맞을 때에만 보여주는 그 다정함으로는 더 이상 충분하지 않았다. 그녀는 단호하게 자신의 뜻대로 하면서 현실의 땅에 발을 내디뎠다. 비로소 자신의 욕구와 소망을 느꼈으며, 더 이상 회피하지 않았다.

스스로 사랑의 문제를 해결하고 싶었다.

그녀는 자신이 이미 옳은 길을 가고 있다는 것을 알고 있었고, 또한 결코 멈춰 서지 말고 계속 나아가야만 한다는 것도 알고 있었다.

그러려면 오히려 아버지와 그녀의 역사가 도움이 될 수 있다. 가치 있는 인식을 하게 되면, 즉 자신의 인격이 어느 정도 발전했지를 알게 된다면 여성들은 순응이라는 간계를 피할 수 있다. 여태까지 여성들은 항상 자신을 보호하기만을 바랐다. 그들은 회피적이었고 늘 꿈만 꾸며 살아왔으며, 쉽게 설득당했고 상대방이 보여주는 크고 작은 관심에 쉽게 넘어갔다.

그녀는 파트너가 생각하는 척하기 시작했다는 것, 하지만 그가 요구를 받아들이는 것을 절대로 견디지 못하리란 것을 느낌으로 알고 있었다. 그는 항상 편한 방법을 선택했다. 그 역시 아버지와 연관된 과거를 가지고 있으며, 내적으로 불화를 겪었고 자신과의 싸움을 다른 사람들(그녀)에게 투사하려는 경향이 있었다. 여태까지 그들의 사랑은 서로에게 아버지를 투사하느라 온통 뒤죽박죽이 된 윤무輪舞였다. 그녀는 이제 진저리가 났고, 더 이상 어떤 식으로든 어린 시절이 전용되는 대상이 되고 싶지 않았다. 하지만 변화한 그녀의 모습에 그는 겁이 났다. 그는 가까워지지 않도록 도망갔고, 차라리 가만히 내버려두기를 바랐다. 지빌레는 그런 식의 평온함에 진저리가 났다. 그건 사실 지루함과 묘지 같은 고요함일 뿐이기 때문이다.

어쩌면 그녀가 여태까지 딸의 역할에 머물러 있었기 때문에 그가 진지하게 그녀와 맞서 싸울 필요가 없다고 생각하는지도 모른다. 어쩌면 그는 그녀에게 맞는 남자일지도 모른다. 앞으로 두고 볼 일이다. 지빌레는 이제 이런 불안에도 맞설 수 있게 되었다. 현실의 방향을 잘못된 쪽으로 바꿔놓은 꿈들을 더 이상 꾸고 싶지 않았다.

그녀는 현실의 편에 서기로 결심했다. 자신이 제기한 질문에 대한 대답을 원했고, 자기 스스로도 대답을 제시하고 싶었다.

그녀의 대답은 아버지와의 이별, 즉 딸의 역할로부터, 보호와 보살핌 그리고 은인인 척 생색을 내며 베푸는 인정받기로부터의 이별이다. 또한 자신의 의지를 포기하면서 조화를 이루려는 자신의 소망으로부터의 이별이기도 하다. 그녀는 아버지의 이미지 없이 사랑하기를, 마침내 성장하기를 바랐다.

특히 그녀는 이제 한 남자가 그녀를 사랑하는지, 그리고 사랑한다면 그때가 언제인지를 마냥 기다리고 싶지 않았다.

여태까지 그녀는 애정관계에서 불행을 느낄 때마다 그에 대한 모든 책임을 파트너에게 돌리려고 했다. 하지만 그녀가 남의 잘못을 지적하는 데에만 매몰되어 있던 탓에 어린 소녀의 상태를 넘어서지 못했다. 그것은 해결책이 될 수 없었다.

첫 번째로 그녀는 자신을 옛날의 여성적인 가치에 묶어놓은 아버지식 사랑의 규칙을 변화시키기 시작했다. 그녀는 천사처럼 행동하느라 인생을 허비하고 싶지 않았던 것이다.

- 예전에는 감정을 표현하는 데 망설였다면 이제는 어떤 기회도 놓치지 않았다.
- 여태까지 모든 갈등을 차라리 못 본 척하고, 나쁜 일에도 언짢은 표정을 짓지 않는 쪽을 더 선호했다면, 이제는 긴장과 말로 표현되지 않은 모순에 더 주의를 기울였다.

그녀는 평소처럼 훌륭한 외교술을 발휘해 파트너의 기분을 달래놓고 자기 생각대로 움직이게 하려 했지만, 그런 식의 노력은 더 이상 하지 않았다. 오히려 자신이 무엇을 원하는지 솔직하고 직접적으로 이야기했다. 그녀는 무기력함과 나약함 뒤에 숨지 않았다. 그녀는 자기 감정을 신뢰했다. 그리고 그 감정을 솔직히 표현하고 싶었다. 화가 나고, 흥분했을 때 그 모든 감정을 드러냈다. 그녀는 더 이상 유리한 기회를 기다리지 않았다. 유리하다고 생각했던 기회가 언제나 나중에 가서는 잘못된 것으로 드러났으니까. 그리고 자기 감정을 감추지 않고 자유롭게 풀어놓았으며, 어린 시절에 느꼈던 감정도 그렇게 했다. 마침내 그녀는 자유로워졌고 자신의 가치를 알게 되었다.

그녀의 파트너는 회의적이었다. 그의 눈에는 불신의 빛이 역력했다. 저런 식이 얼마나 오래 지속될 것인가? 딸로서 순응하던 그녀의 모습이 그에게는 친숙했다. 거기에서 그는 많은 이득을 보았다. 물론 그는 그 부분에 대해 솔직하게 이야기하지는 않았다(누구나 모든 얘기를 다 털어놓는지는 않으니까). 하지만 그의 감정은 명확한 언어로 이야기하고 있었다. 예전에는 그도 이해하려는 마음이 있음을 보여주었지만, '그래도 어쩌면'이라는 태도가 천천히 완고함으로 변해갔다.

"너무 심하다면, 너무 심한 거야." 그는 자신의 권리와 자신의 사랑을 끝까지 주장했다.

"나는 당신을 사랑해. 하지만 사랑한다는 것이 당신만 항상 옳다는 건 아니잖아. 정말 심하게 왜곡된 거라고."

지빌레가 오직 자기 감정만 표현하자, 그는 그것을 독선과 혼동하고 있었던 것이다. 예전에 그녀가 딸로서의 역할에 얼마나 충실했는지 그의 태도를 통해 확인할 수 있었다.

그는 계속 탄식의 노래를 불렀다. "당신은 관심이 없어. 난 당신에게 아무 의미가 없어." 그녀는 이 게임을 잘 알고 있었다. 아주 친숙한 게임이었다. 그의 말을 듣는 중에 갑자기 머릿속에 어린 시절에 사용하던 방이 선명하게 떠올랐다. 이런 식의 주장으로 아버지도 그녀를 항상 궁지로 몰아넣었다. 결과적으로 모든 것은 그녀의 잘못이고, 나쁜 사람이 되어야 했다. 지금은 이 모든 과정을 인식하고 있었기 때문에 그녀는 스스로를 보호할 수 있었다. 한때 이 말들을 믿었다. 그래서 그녀는 더욱 정신적으로 큰 피해를 입었다. 하지만 그때 그녀는 무기력한 어린 딸이었다. 그 시절의 경험으로 충분했다. 더 이상 그런 것을 경험하고 싶지 않았다. 하지만 그는 아닌 모양이었다.

일상은 그렇게 진행되었다. 싸움도 마찬가지였다.

지빌레는 이제 파트너가 마법을 걸어 주머니에서 꺼내놓은 온갖 일시정지 표시와 친숙해졌다. 그의 마음속의 사내아이는 입을 다물었다. 하루 종일 그는 침묵함으로써 지빌레에게 상처를 주었다. 그녀는 그토록 냉정한 거리 두기를 견딜 수 없었다. 그래도 버티기 위해 안간힘을 써야 했다. 그의 행동을 보고 그가 아버지와 정말로 닮았다는 것을 깨달았다. 그때와 마찬가지로 침묵은 그녀에게 상처를 주었다. 이미 아버지가 거리낌없이 그녀에게 사용했던 방법이었다.

아버지가 침묵을 할 때 그녀는 자신의 무가치함을 경험했고, 그의 침묵은 그녀를 없는 존재인 양 무시했다.

그녀는 파트너를 찬찬히 살펴보다가 안심했다. 그는 온 힘을 다해 장난감(그 작고 연약한 여자)을 다시 손에 넣으려는 고집 센 사내아이의 모습이었던 것이다. 그는 아버지가 아니었다.

어린 시절 당시, 그녀의 두려움은 정당했다. 하지만 지금은 아니다. 이제 그녀에게는 선택의 자유가 있었다. 그녀는 계속 머물러 있거나 아니면 떠날 수 있었다. 그녀는 맞대결을 하거나 아니면 현재의 그를 받아들일 수 있었다. 가장 중요한 것은 더 이상 무기력하게 내맡겨져 있는 것처럼 느끼지 않는다는 점이었다.

지빌레는 그의 침묵을 유리하게 사용함으로써 그의 태도에 저항했다. 상처받고 모욕받아 뒤로 물러나는 대신, 언제 그리고 누구와 함께 있고 싶은지를 이야기했다. 그녀는 '침묵'의 감옥에 스스로를 가두지 않았다.

그는 그녀에게 상처를 주었지만, 그녀는 어린 시절처럼 그렇듯 깊은 상처는 받지 않았다. 어린 소녀였을 때 극심한 고통을 겪었지만, 살아남았다. 그 당시와 지금, 과거와 현재 사이에 거리가 생겨났다. 오히려 그 거리가 편안해져 그녀는 더 침착해졌고 더 정확하게 자신의 상처를 살펴볼 수 있었다. 그 모든 것이 그녀에게 여전히 모욕을 주었지만, 더 이상 상처는 입지 않았다. 그때 그녀는 확신했다. 어린 시절의 고통을 극복하고 난 뒤 자신의 힘을 어렴풋이 느낄 수 있다는 것을. 그녀는 이미 가혹한 시련을 이겨냈던 것이다.

아마 이 사랑이 실패할 수도 있을 것이다. 좀 유감스럽기는 하겠지만, 어떤 것도 어린 시절에 겪은 고통과는 견줄 수가 없었다. 그녀는 어린 시절의 고통을 억압할 필요 없어 그 고통을 스스럼없이 떠올렸고, 그 고통에 대해 익숙해졌다. 이렇듯 예전에 느꼈던 고통을 인식함으로써 면역성을 가지게 되었다. 이제는 그 고통은 그녀를 파괴할 수 없으며, 더 나쁜 일이 일어나지도 않을 것이다. 이미 과거에 최악의 것을 경험했기 때문이다. 그녀는 과거를 자신에게 해를 주는 것이 아닌, 도움이 되는 방향으로 활용했다. 아버지와의 역사에 대해서, 그리고 어린 시절에 대해 자신이 책임이 없다는 것을 알게 됨으로써 위안을 받았고 현실과 대결할 힘을 얻게 되었다.

어느덧 '상처 입은 딸'이 저항할 줄 아는 여성이 되었다. 조화로움과 상냥하게 곁에 있는 것, 그리고 그 뒤에 감춰져 있는 공허함을 민감하게 느끼고 깨뜨리는 여성이 되었던 것이다. 파트너는 그녀가 방해가 된다고 느끼기 시작했다. 그는 그녀가 친숙한 반응을 보일 거라고 기대했다. 언제나처럼 그녀가 상처받고 모욕받을 때면 그는 그녀를 쉽게 품안에 끌어들이려 했다. 그래야 그가 자신의 감정적 바리케이드로부터 해방될 수 있기 때문이었다. 하지만 이 기쁨을 그녀가 빼앗아가 버렸다. 그는 약간 골이 났고, 여전히 침묵했다. 한동안 그러고 난 후 그는 침묵을 포기했다. 그래봤자 득이 될 게 아무것도 없었다.

성생활은 어땠을까? 그는 뒤로 물러났고, 더 이상 욕망을 느끼지 않았다. 그의 그런 상태를 그녀도 눈치채고 있었다. 그녀는 그의 태도에 상처를 받았지만, 그것이 그의 마지막 수단이라는 걸 알고 있었다. 그래서 못된 그의 행동을 재치있게 못 본 척했고, 그의 행동 속에 항의의 뜻이 담겨 있다는 것을 인식했다. 때마침 그녀 역시 업무상의 일로 머리가 복잡했다. 그녀는 도저히 그 문제에 집중할 수 없었다.

그의 모든 노력은 성공을 얻어내지 못했다. 여러 차례 그는 그녀가 주도권을 쥐고 있다고 문제를 제기했지만, 지빌레가 그의 생각을 인정해주지 않자 작전을 완전히 포기해버렸다. 그 대신 두 사람은 일반적으로 이야기하는 주도권과, 두 사람 사이의 특별한 주도권에 대해 대화를 나누기 시작했다.

지빌레는 아직도 아버지가 정해놓은 경계선과 마주칠 때가 많다. 파트너가 고집스럽게 이의를 제기하고 거부할 때면 항상 어린 시절의 무기력감이 되살아나 자존심을 격렬하게 흔들어놓았다. 하지만 지빌레는 포기하지 않았다. 딸 같은 감정을 더 잘 이해하면 할수록 그 영향력은 점점 더 줄어들었다.

그녀는 조심스럽게 파트너가 취하는 거리와 보조를 맞추었다. 그녀는 이 남자 없이, 독선적인 이 남자 없이 사는 인생에 대해 생각해보았다. 그녀는 자기 안에 있는 어린 소녀를 잘 알게 되었고, 서로 친구가 되었으며, 서로 친구가 되자 버림받는 것에 대한 두려움이 금세 사라져 버렸다.

지빌레는 파트너가 두는 거리를 헌신적인 태도로 덮으려는 노력을 더 이상 하지 않았다. 그녀는 진정한 관계를 가질 준비가 되어 있었다. 파트너가 아버지와 똑같은 자세에서 경직되고 싶다면 그건 그의 문제였다. 그녀는 그가 일시정지 표시를 내놓을 때마다 일부러 못 본 척했다. 파트너의 관점에서 보면, 정말 둔감하기 이를 데 없는 여자겠지만.

그럼에도 두 사람 사이에 뚜렷한 변화가 나타났다. 묘지와 같은 고요함과 지루함은 사라졌다. 불가피하게 두 사람은 의견 차이, 즉 다양한 관점들에 대해 대화할 수밖에 없었다. 예전에는 이렇게 대화를 나눈 적이 없었다. 그들은 서로를 알아가는 중이었다.

지빌레는 확신에 차서, 하지만 친절하게 '자신의 입장을 주장'함으로써 파트너의 눈에 상당히 매력적인 여성으로 비치게 되었다. 그녀는 다시 빛나기 시작했던 것이다. 처음에는 그런 변화에 관심을 보이지 않으려 했지만, 그는 그것의 장점들을 분명하게 보았다. 그들의 관계 속에서 서로의 '목을 조르는' 힘이 조금 느슨해졌다. 그가 끝까지 거리를 두고 변덕을 부리며 그녀에게 조금도 쉴 틈을 주지 않았다면 그녀는 그녀 나름대로 무기력함과 어린 소녀 같은 태도로 그를 얽매었을 것이다. 하지만 그녀가 변해감에 따라 그 역시 더 자유로워졌다. 그는 변덕스러움, 거리, 이제는 아무런 영향력도 없는 자신의 태도에서 더 자유로워질 수 있었던 것이다. 그는 이제 자신과 자신의 인생 그리고 자신의 삶을 대면하게 되었다. 지빌레는 그가 본심을 거짓으로 속일 때, 억압할 때 절대로 도와주지 않았다.

그들은 두 사람이 다 원하고 서로에 대한 마음이 있을 때에만 만났다. 두 사람은 어린 시절에 그들 어깨 위를 짓눌렀던, 뭔지도 모르면서 따랐던 그 사랑의 강박을 멀리했다. 그들은, 두 사람이 다 원하고 그렇게 하기를 소망하는 모든 일을 함께 했다.

더 이상 거짓으로 조화롭게 보이고, '사랑스러운 평화를 위해' 화해하는 척하며 감정을 억누르지 않았다. 이제 그들이 함께 있을 때면 지빌레는 감정을 허용할 수 있었다. 그 어떤 것을 느껴도 괜찮아서였다. 그저 이런 감정과의 싸움을 주저하지만 않으면 되었다. 그녀는 새로운 사랑의 규칙을 스스로 정했다. 그 규칙이란, '행복은 결말짓는 갈등 속에 있으며, 해결이 되는 문제 속에 있다'는 것이었다.

그들 사랑의 일상, 함께하는 시간의 경험을 통해 두 사람 모두에게 그 규칙이 가능한지를 알 수 있을 것이다.

그들의 대화는 이제 달라졌다. 그들 중 누구도 그가 옳다는 전제하에서 출발하지 않았다. 대신 두 사람 모두를 위해서 무엇이 의미 있고 옳은지에 대해 생각했다. 이 새로운 우리가 중심에 놓이게 되었고, 아버지의 이미지는 퇴색되었다.

아버지의 역사를 자신의 현재와 연관시킨 지빌레 같은 여성들은 안락의자 뒤에 있던 딸의 자리를 떠난다. 그들은 사랑하는 남자와 정면 대결할 용기를 가지고 있다. 그렇게 함으로써 자신에게 사랑의 능력이 있다는 것을 증명한다.

그들은 사랑을 할 때 과감하게 경계선들을 넘어서고 가부장 사회에서 정한 일시정지 표지판들을 무시한다. 그들은 남자가 "여기까지만

해. 더 이상은 안 돼"라는 신호를 보내는 바로 그때, 그 다음 한 걸음을 앞으로 내딛는다. 그들이 더 나아가는 것은 사랑하는 마음에서다. 그렇게 함으로써 자신과 남자에게, 자신의 관심사와 존재의 진지함을 입증한다. 그들은 자기 회의와 자기 고발로 파묻히지 않는다. 대신 자기 자신과 사랑의 편에 선다.

그러고 나면 과거의 망령이 그녀를 그냥 내버려두게 된다는 것을 경험을 통해 알게 된다.

_ 새로운 한 쌍

그럼 이제 그녀는 어떤 모습일까? 아버지에게서, 즉 그가 정한 경계선과 제약으로부터 해방되었으며, 더 이상 과거가 미래를 지배하도록 허용하지 않는 여성의 모습이다. 그리고 집처럼 편안하게 느끼는 파트너와의 관계는 어떤 모습일까?

우리가 이런 파트너 관계를 실제로 보는 것은 극히 드물다. 하지만 분명 그런 관계는 존재한다. 내 생각에 그 커플은 새로운 것을 과감하게 시도했고, 따라서 기존의 연인관계의 규범을 어겼다는 점에서 그들은 충분히 인정받을 만하다.

멀리서 봐도 새로운 커플은 주위에서 흔히 볼 수 있는 그런 커플과는 확연히 구별된다. 겉으로 발산되는 광채부터가 다르다. 그들에게서 나오는 광채는 에로틱하고 긴장감에 넘친다.

여성은 머리를 숙이고 있지 않고, 부드럽고 온화한 표정을 짓고 있지도 않다. 그녀의 얼굴에는, 언제나 지을 준비가 되어 있는 미소와 그에 덧붙여 따라다니는 부자연스럽고 초조한 듯한 관심의 표현은 존재하지 않는다. 대신 그녀의 표정은 편안하고 솔직하다. 사람들은 그녀가 진짜 미소를 지어야 할 때에만, 그리고 그럴 만한 일이라고 생각할 때에만 미소 짓는다는 것을 느낀다.

그녀의 눈에서는 반항심이 번득이지만 따뜻함과 생기도 넘친다. 그녀의 자태, 그 모습에서는 그녀가 생각하는 것을 진지하게 이야기한다는 것, 그리고 다른 사람들과 함께하고 싶은 마음이 들더라도 굳이 순응을 대가로 치르지는 않는다는 느낌이 전해진다.

이 문장을 쓰면서 나는 남성들과 여성들의 거센 항의의 목소리를 듣는다. "하지만 순응할 수밖에 없어요. 안 그러면 아무 일도 되지 않는걸요." 그 항의는 여전히 제 기능을 발휘하고 있는 우리의 가부장적 체제와 그 틀 안에서 허용된 사랑의 규칙 제1항이다.

하지만 순응하지 않아도 괜찮다. 특히 사랑을 할 경우에는. 이 점에 대해서는 틀림없이 모두의 생각이 일치할 것이다. 물론 영원히 대화를 계속해야 할 필요가 있다. 순응한다는 것은 이유야 어떻든 간에 결국 내가 원치 않는 것을 한다는 의미다. 그래서 인정하고 싶지는 않지만, 기분이 나빠지고 화가 나기까지 하는 것이다. 그것은 사랑에 좋지 않은 토대이며 수지도 맞지 않는다. 물론 차라리 순응하는 것이 합의하는 것보다는 더 쉽고 편하다. 일반적인 견해에 따르면, 갈등은 피할수록 이득을 얻을 수 있다고 한다. 그러나 그것은 속임수다. 갈등은 해결되어야 하고 반드시 해결을 필요로 한다. 갈등을 해결하려는 노력을 통해 타인의 진정한 얼굴이 나타나며, 가면이 벗겨지고 남자와 여자가 서로 가까워질 수 있는 기회가 생기기 때문이다. 사실 공허함만이 있는 곳에 아름다움이 있는 것처럼 속이고, 싸움이 한창 벌어지고 있는 곳에서 평화에 대해 이야기하는 것은 모두 갈등을 회피하려는 전략일 뿐이다.

그렇기 때문에 이 새로운 커플은 항상 대화 중이다. 그들은 서로에 대해 알아가는 중이며, 바로 그 과정에서 서로를 이해할 기회를 가질 수 있다. 그들은 다투고 갈등을 겪으며, 의견이 일치되는 경우가 드물다. 그들도 그 점을 인정한다. 단지 커플이라는 이유로 조화라는 가면 뒤에 숨을 필요를 전혀 느끼지 못한다. 그런 까닭으로 그들은, 커플이라면 당연히 조화로운 느낌을 줘야 한다고 생각하는 우리 사회에서 말썽꾼 취급을 받는다.

마침내 아버지의 명령을 위반한 여성에게 아버지는 낯선 존재가 되었을 수도 있고, 상냥한 아버지가 되었을 수도 있으며, 무관심한 아버지가 되었거나 애정이 결핍된 아버지, 어쩌면 잔혹한 아버지가 되었을 수도 있다. 어쨌든 각자의 경험에 따라 아버지의 실체를 인식한 여성들은 이제 자신의 진정한 힘을 자각할 수 있고 자기만의 삶을 시작할 수 있다. 그들에게 어린 시절은 더 이상 억압해야 할 경험이 아니다. 그들은 아버지에 대해 판단할 수 있다. 이제 그가 누구인지 알고 있다.

그녀는 인생의 가장 중요한 갈등을 해결한 것이다. 그 갈등은 여태까지 아버지가 할당한 경계 내에 머물도록 윽박질렀다.

나는 여성이나 남성 모두 일단 다툼의 문화라는 것을 별로 중요시하지 않는다는 것을 알고 있다. 여성은 남자를 잃을까 봐, 그리고 남성은 위신을 잃을까 봐 두려워하기 때문이다.

그들에게 공통적인 점은 갈등을 꺼려한다는 것이다. 그들의 의도는 아름다운 평화를 이루기 위해 차라리 양보하자는 데 있다. 비록 그 평화라는 것이 진정으로 이뤄지는 경우가 극히 드문데도 말이다. 두려움으로 말미암아 파트너 사이에는 말이 사라진다. 그들은 조용하다. 하지만 평화롭지는 않다. 함께 침묵하는 것은 평화가 아니라 오히려 냉전이라고 할 수 있다. 그들은 이렇게 냉전을 벌이면서 누가 더 침묵을 잘하는가, 누가 승자로 남을 것이며, 누가 굴복해야 하는가를 알아내려고 노력하고 있을 뿐이다.

사랑을 할 때 평화를 이루려면 오히려 싸우는 것이 가치있다는 생각은 여전히 낯설게 여겨지고 있다. 하지만 세상을 살면서 한 푼이라도 더 얻기 위해 싸움을 벌이는 경우가 얼마나 많은가. 여전히 사랑은 가슴 두근거리는 로맨스이며, 있다가도 어느 순간 사라지기도 하고 갑자기 찾아오거나 아니면 가버린다는 식의 케케묵은 주장이 통용되고 있다. 정말 그렇다면 우리가 할 수 있는 일은 아무것도 없다. 하지만 여러 경험들을 통해서 볼 때 사랑은 결코 그런 식이 아니다.

지금 시대에는 사랑이 스스로 찾아오는 경우는 있지만, 머물러 있는 경우는 드물다. 그리고 남자와 여자가 사랑을 얻기 위해 노력하지 않는다면 절대로 사랑은 남아 있지 않는다.

옛날식의 사고방식이 현재는 맞지 않는다는 것, 사랑은 성장한 사람들에게 필요하다는 것이 점점 더 드러나고 있다. 사랑은 어린 소년과 소녀들이 이루지 못한 꿈을 꾸는 놀이터가 아니다. 소녀는 강한 남자에 대한 꿈을 꾸고 소년은 약한 여자에 대한 꿈을 꾸는 그런 놀이터.

이 꿈의 자리에 현실을 갖다놓을 필요가 있다. 그 현실은 오늘을 살아가는 사람들과 그들의 고유한 결점과 약점으로 이루어진 실체다.

아버지와의 이별

_내 감정에 대한 권리는 나에게 있다.

여러 해 전, 아버지에 대한 연구를 시작했을 때 나는 앞으로 닥칠 무언가에 대해 막연한 예감을 가지고 있었다. 나는 아무런 의심 없이 나의 기억을 더듬었고 연관관계를 해석했으며 꿈에 몰두했다.(그건 아버지에 대한 꿈이었지만 당시까지는 몰랐다.)

다 끝내지 못한 부분들을 나는 초고 상태로 서랍 안에 넣어, 오랫동안 묻어두고 있었다. 아버지는 내가 그토록 중요하다고 여겼던 주제를 그렇듯 방치하고 있자 내 손을 이끄셨다. "애야, 아버지에 대해 나쁜 말을 쓰면 안 된다." 나는 아버지의 목소리를 뚜렷하게 들을 수 있었다. 그리고 그 말을 마지못해 자발적으로 따를 준비가 되어 있었다.

하지만 아버지라는 주제는 나에게서 떠나지 않았다. 나는 곳곳에서 그 주제와 마주쳤고, 다시 주목하게 되었다. 상담할 때마다 항상 나는 작고, 절망한 소녀와 지배자 같은 아버지를 대면하게 되었다. 그 아버지의 훈계와 판단은 여전히 영향력을 발휘하고 있었다. 여성들은 어린 시절에 겪은 부당함에 대해 하소연했지만, 마지못해 자발적으로 그에 대한 책임을 스스로 짊어질 수밖에 없었다. 원했든 아니든 과거에 경험한 그 부당함이 그들의 가치를 결정해버렸던 것이다.

딸들은 아버지와의 갈등을 마음속으로 옮겨놓았고 자신의 과거, 즉 아버지와 싸우는 대신 자기 자신과 자신의 부족한 능력과 싸우고 있었다. "결코 만족스러운 적이 없었어. 나는 절대로 만족스럽지 않아"가 그들 생각의 처음이자 끝이었다.

정말 독특한 정신적 메커니즘이었다. 이에 대한 나의 관심은 점점 커져갔다.

그 메커니즘은 어떻게 바뀔 수 있을까?

나는 아주 오래전에 치워두었던 원고가 생각이 났다. 마치 모든 여성들이 '자신의 원고'를 서랍 속에 처박아두고 잊어버렸던 것 같은 느낌이 들었다. 어느 누구도 자신의 과거와 연관되고 싶어 하지 않는다. 하지만 우리가 과거를 연구하고 올바르게 평가하지 않는 한 계속해서 어린 시절에 의해 좌우되며, 현재의 우리 자신이 아니라 과거가 우리의 운명을 결정하게 된다. 과거와 상대한다는 것은 억압된 감정을 대면하는 것과 같다. 과거는 항상 가장 적합하지 않을 때에 치솟아오르기 때문이다.

우리의 과거는 우리의 것이며, 우리의 일부다. 우리가 그 과거를 잊어버리거나 부인하면 그건 우리 자신을 잊어버리는 것이나 마찬가지다. 또한 우리 스스로를 중요하지 않게 취급하는 것이 된다.

우리가 가진 기억을 살펴봄으로써, 세상 사람들이 흔히 그렇듯 아버지가 원하는 대로 자신의 과거를 억압하는 대신, 우리 스스로에게 도움이 되는 방향으로 과거를 이용할 수 있다. 우리의 과거에는 상처를 아물지 못하게 하는 고통이 숨겨져 있다. 아버지와 연관된 상처들을 찾아내는 것, 과거에 기만당했음을 인식하는 것만이 자신과의 싸움을 끝나게 할 수 있으며, "결코 만족스러운 적이 없었어. 나는 절대로 만족스럽지 않아"라는 문장을 바꿀 수 있다.

우리는 자신과 화해해야 한다. 그리고 이 전망 안에서만 진정한 조화가 가능하다. 조화라는 것은 어린 시절부터 지녀온 아버지의 이미지로부터의 이별이며 우리가 딸이었을 때 필요해서 꾸며낸 이야기로부터의 이별이다.

조화를 이루려면 자기 자신에게 다가가야 하고, 우리의 현실에 다가가야 한다. 그 현실이 어떤 모습이든 간에 그것은 우리의 것이다.

하지만 우리는 과거와 맞서 싸울 때, 그리고 우리 인생에서 첫 번째로 중요한 남자와 맞서 싸울 때에만 우리 자신에게 다가가게 된다. 그러므로 한 치의 양보도 없이, 그리고 가차없는 태도로 모든 여성은 아버지의 과거의 모습 그대로를 놓고 그가 어떤 사람인지를 알아야 한다. 조금도 보호하려고 하지 말고, 즉 꿈속에서처럼 미화하지 말고 아버지를 바라보아야 한다.

이때 주의할 점은, 그곳으로 가는 길은 온통 죄책감으로 뒤덮여 있기 때문에 일단 그것을 극복해야 한다는 것이다. 여성들은 아버지에 대해 대화를 나누고 나서 악몽을 꾸었다는 이야기를 나에게 해주었다. 꿈속에서 그들은 '위협적인 시선', 훈계하는 목소리, 허리춤에 얹은 '손'을 보았는데, 그 모습은 모두 오래전에 까맣게 잊어버리고 있던 기억들이었다. 아버지 말을 듣지 않는 딸을 옳은 길에서 데리고 나오려고 억압된 두려움이 움직인 것이다.

나의 경우에도 그런 식이었다. 초고를 낭독한 후 나는 꿈속에서 또랑또랑한 목소리를 들었다. "하지만 누가 이런 책에 관심을 가지겠니, 누가 아버지에 대한 이야기를 읽고 싶어 하겠어?" 나는 퍼뜩 잠에서 깨어나 그것이 아버지의 목소리였음을 알았다. 아버지는 나를 자신의 영역으로 다시 데려오고 싶을 때마다 항상 이렇듯 따뜻하고 다정하게 말했다. 아버지의 목소리는 나에게 너무나도 친숙했다. 그러면서도 낯설었다. 그 목소리가 의미를 상실해버린 것이다.

이렇듯 죄책감 뒤에는 기억이 찾아온다. 기억은 우리가 허용해줄 때에는 활성화된다. 딸들의 마음속에 비춰진 아버지 이미지는 아버지와 딸 사이의 당혹한 관계를 극명하게 보여준다. 그 이미지는 아버지가 누구였으며, 우리는 실제로 어떤 사람인가를 보여준다. 그 이미지는 해석할 수만 있다면, 그 이미지의 언어를 이해할 수만 있다면 다음과 같은 질문에 대한 대답들은 뚜렷하다.

'나의 아버지는 누구였던가?', '나는 누구인가?', '내가 사랑하는 사람은 누구인가?' 그리고 '나는 어떻게 사랑하는가?' 같은 질문들 말이다. 폭풍우처럼 정열적으로? 아니면 유쾌하게? 사려 깊고 조용하게? 아예 사랑 같은 건 하지 않는가?

대개 기억 속의 이미지는 우리가 붙잡으려고 하면 즉시 흩어져버린다. 되살아난 적이 없는, 숨겨져 있는 상처는 그러한 접근을 고통스럽게 한다. 그럼에도 자신의 과거를 발견하고, 그렇게 함으로써 자기 자신을 발견하는 것은 가능하다.

단지 중요한 것은, 그가 누구인지를 알고 싶은 사람이 누구냐, 누가 자신의 진실을 직시하려는 용기를 가지고 있느냐일 뿐이다. 나는 왜 여성들이 아버지와 연관된 주제에 대해 별로 용기를 내지 못하는지, 왜 여성들이 어떤 핑계 뒤에 숨어버리고 허황된 상투어임이 분명한 그런 말들 뒤로 도망가는지에 대한 질문을 스스로에게 한 적이 많았다. '그는 나를 사랑하고, 나는 그를 사랑해. 아니면? 그는 나를 미워하고, 나는 그를 미워해.'

여성들이 과거를 보고 싶지 않은 이유는, 기분 좋은 일만 나타나지는 않을 것이기 때문이다. 여성들이 아버지와 연관된 과거를 들여다보면 거기에는 의존적인 여성, 자기 번민으로 세상과 남자를 제압하기를 원하며 매달리는 어린 소녀, 거의 모든 일을 남자의 마음에 들기 위해 애쓰는 어린 딸과 같은 여성이 있다. 물론 절대로 유쾌하지 않은 모습이지만, 분명히 바꿀 수 있다.

그것을 너그럽게 봐주는 것, 즉 (나의 어머니가 최근에 나에게 아주 다정하게 권해주셨던 것처럼) 과거를 그대로 내버려두는 것은 오로지 어린 시절을 연장시킬 뿐이며, 나쁜 습관이 계속 이어지게 할 뿐이다.

우리는 어린 시절에서 무엇을 찾아야 하는가? 그건 다름 아닌 진실이다. 하지만 그때만 해당되는 진실이다. 시간이 흐르면서 우리는 그 진실을 왜곡하고, 비틀고 미화시켰다. 진실을 필요에 맞게 구부려놓은 셈이다. 당시 우리는 고통스러운 현실을 견디기 위해 거짓말을 할 필요가 있었다. 거짓말은 중요했다. 그 때문에 인생에 대한 우리의 자세에 아주 나쁜 토대가 형성되었다. 제대로 지탱하기 힘든 토대 때문에 우리는 평생 동안 인생에 대해 거짓말을 하게 되었던 것이다.

결국 어린 시절은 존재한 적이 있는 현재다. 그러나 이런 인식 앞에는 자기가 누군지 모르는 버려진 아이들로 된 산이 놓여 있다.

사람들은 익살스럽게 거드름을 피우며 "우리는 누구나 사실 아직도 어린아이잖아"라는 말을 흔히 한다. 하지만 이 말에 쓰라린 현실이 내포되어 있음을 인식하고 그것을 현실에 맞게 바꾸려는 사람이 과연 있을까? 여성들이 그것을 바꾸려면 생생하게 되살아나는 어린 시절의 감정의 실체에 대면해야 한다. 그리고 자기 주장과 아버지의 사랑 사이에 존재하는 딜레마에서 벗어나려면 그 탈출구가 아버지에게 유리하도록 선택되었다는 것을 인식해야 한다. 천사 같은 모습으로 행동했을 때에만 아버지에게 인정받았고, 또 자신이 완전히 여자로서 인정받는다고 느꼈기에, 착한 딸이라는 역할에 영원히 머물게 되었다는 것 또한 인식해야 한다. 모든 사람들은 이런 여성적 덕목을 요구한다. "하지만 그래도 너는 여자잖니"라는 식의. 이런 요구를 받으면 여성들은 틀림없이 동요하고 양심의 가책을 느낀다.

하지만 여성들은 과거도 미래도 없고, 희미한 빛을 내는 후광을 달고 세상 위를 떠다니면서 쉬지 않고 화해하는 천사가 아니다. 여성들은 과거와 미래를 가진다. 그들이 그러길 원할 때에는.

우리가 살고 있는 이 시대에서는 모든 문제를 해결하는 방법이 '이해'라는 데 의견이 일치해왔다. 이 시대의 모든 과제들은 이해를 기반으로 하고 있으며, 이해를 받으려고 노력하는 딸들에게도 정확하게 적용된다. 그러므로 사랑과 미움, 경탄과 실망은 이해의 과정에서 지양해야 할 대상이다. 그런데 이런 요구는 항상 여성들에게 자기 자신이 아니라 상대방, 즉 남자를 이해하라는 것만을 의미한다.

그런 논리로 아버지를 이해해야 한다고 강조한다. 그의 사정, 그의 시대, 그의 성격을. 그리고 나면 아버지와 관련된 문제에 대한 해결책을 찾을 수 있을지도 모른다는 것이다. 이런 관점에 따른 '아버지에 관한 책들' 역시 하염없이 얽히고 설킨 이야기를 늘어놓은 후에 항상 아버지를 이해하고 용서하라는 호소로 끝을 맺는다. 끝부분에 이르러 딸들에게 가한 가장 극악한 학대행위조차도 이해심 가득한 태도로 설명하고 있는 책도 있다.

나는 여기에서, 아무리 평화로운 해결책을 좋아하는 분위기일지라도 그런 식으로 갈등을 회피하면, 아버지를 미화하고 어린 시절의 아버지에게 새로이 구속될 수 있다는 점을 지적하고 싶다.

실제로 아버지와 그리고 아버지의 주변에서 이해할 만한 것은 아무것도 없다. 그는 원래 그런 모습이었고, 자신이 원해서 그렇게 되기도 한다. 그토록 이해하는 마음을 가지고 있으며, 그토록 이해받으려고 노력하는 딸들은 용서라는 굴레에서 십중팔구 또다시 패배자의 위치에 있게 된다. 어느 누구도 이 용서의 몸짓을, 이 공감하는 마음을 원치 않는다.

나는 여태껏 딸에게 관용과 이해를 간청한 아버지가 있다는 이야기를 들어본 적이 없으며, 그렇게 하려는 진실한 동기를 가진 아버지도 보지 못했다. 상황이 이렇다면 딸들이, 인생의 첫 번째 남자의 권위에 작별을 고하는 것으로도 충분하지 않은가.

딸들은 이 작별을 조용하고 소리 없이, 하지만 그럴수록 더 끈기 있고 일관되게 해낼 수 있다. 어린 시절이, 이미 예전부터 별로 살 만한 물건이 없었고 지금에 와서는 완전히 텅 빈 구멍가게였다는 것을 딸들이 안다면, 그것으로 충분하다. 이제 텅 비어 있어 가져올 것이 아무것도 없다.

고통은 반드시 따르게 되어 있다. 하지만 그 고통을 극복하는 과정에서 아버지에게서 받은 상처가 아물고, 어린 시절의 상처에 얽매이지 않으며, 새로운 결속감이 생겨나게 될 것이다.

이렇게 작별을 하는 과정에서 정작 상처를 준 사람들은 한쪽으로 비켜나게 된다. 그들은 굳이 용서하지 않아도 잊혀질 수 있으며 무의미한 존재가 된다. 그와 그의 지나온 과거는 더 이상 효력이 없다. 현재의 것, 현명하다고 입증된 것만이 효력을 가진다.

이러한 작별은 자신을 강인하게 하고, 자신을 돌아보게 한다. 어린 시절의 마구간은 이미 열려 있다.

나는 아버지에 대한 연구에 참여해주고, 자기 아버지에 대한 이야기를 이 책에 신도록 허락해준 모든 여성들에게 감사를 드린다. 밑바닥에 놓여 있는 아버지와 딸 관계의 구조들을 더욱더 정확하게 파악하고 분명하게 하는 것은 우리 모두에게 중요한 관심사였다. 여성들은 딸이었던 시절부터 갇혀 있던 감옥에서 해방될 수 있었고, 스스로의 간수장에서 벗어날 수 있다. 이 일을 해낼 만큼 용감하고 반항적이라면. 그러나 시작만 하면 된다. 그들은 책임이 없는 미성숙으로부터 열린, 감히 그럴 수 있다고 꿈조차 꾸지 못했을 정도로 열린 세계로 출발만 하면 된다.

아버지에게 보내는 편지

이 책의 주제에 관한 세미나의 끝 무렵에 우리는 아버지에게 작별의 편지를 썼다.

각자가 쓰고 서로 읽어준 편지의 내용은 아주 다양했다. 그 속에서는 아주 조심스러운 말싸움이 벌어지기도 하고, 거친 말들이 써 있기도 했으며, 아버지가 마치 낯선 이방인처럼 보인다는 내용도 있었으며 엄청난 친근함과 속박을 보여주는 편지도 있었다.

하지만 편지를 쓰면서, 비록 편지에서나마 아버지와 말다툼을 벌인 이 경험이 유익하고 대단히 생산적이었다는 데에 모두의 의견이 일치했다. 그러므로 사랑하는 여성 독자 여러분, 그리고 사랑하는 남성 독자 여러분, 아버지에게 편지를 한 통 써보라고 권하고 싶다. 이별의 편지를 쓰라는 뜻이다. 당신이 그 편지를 보내느냐는 중요하지 않다. 그리고 아버지가 이미 오래전에 돌아가셨다고 해도 해볼 만한 일이다.

아버지에게 쓴 편지 한 통이 다음에 실려 있다. 어쩌면 이 편지로 당신은 어떤 생각이 떠오르게 될지도 모르겠다.

만약 당신이 쓴 편지를 보내려고 생각한다면, 아버지가 그 편지에 관심을 가질 거라고는 생각하지 마시라. 어쩌면 작별의 편지 한 통이 아버지로 하여금 딸에 대해 관심을 갖게 하는 최후의 수단이 될 수도 있다. 하지만 더 중요한 것은 그 편지가 때때로 당신의 사고에 자극이 되어줄 수 있으며 훌륭한 자기 성찰이 될 수도 있다는 점이다. 그리고 아버지와 나누는 일종의 독백이 될 수도 있다.

사랑하는 낯선 분에게

우리는 여러 해를 함께 보냈어요. 당신은 아버지로서, 나는 딸로서 말이에요. 그 시기는 나에게 가장 중요한 시기였고, 이후의 나의 인생을 좌지우지해왔죠. 아버지는 틀림없이 그 사실을 깨닫지 못하셨을 거예요. 나는 아버지가 기분에 따라 내키는 대로 이용했던 귀여운 어린 소녀였어요. 어떤 때는 아버지는 나를 사랑하셨어요. 그것도 잠시, 다시 나를 차갑게 밀쳐내셨죠. 그때 나는 어떤 상태에 있는 아버지와 함께 있는지 도무지 알 수 없었어요. 그럴 정도로 아버지는 예측할 수 없는 분이셨죠. 아버지는 수시로 분노와 웃음이 엇갈렸고, 나는 무기력하게 거기에 내맡겨져 있었어요. 화목한 아버지와 딸이 되고픈 나의 모든 간절한 노력들은 너무도 역부족이었어요. 사실 우리는 언제나 이름뿐인 부녀지간이었죠. 우리를 묶어준 것은 이 혈연관계뿐이었어요. 아버지는 내가 말을 듣지 않을 때, 내가 아버지가 정한 경계선, 세상에 대한 아버지의 의견을 감히 인정하지 않으려고 할 때마다 "피는 물보다 진하다"라고 큰 소리로 말씀하셨죠. 나는 아버지의 '피와 물 이론'에 대한 대가를 치러야 했어요. 하지만 나는 단 한 번도 그 이론을 당신 스스로가 적용하는 것을 본 적이 없어요. 아버지는 결코 내 편이었던 적도 없고, 어떤 식으로든 나에게 의무감을 느끼지 않았어요.

어린 소녀에게 사람들은 어떤 이야기든 다 할 수 있어요. 소녀들은 의심할 줄 모르고, 개방되어 있고, 너무나 남을 잘 믿으니까요. 또한 아버지의 원칙이 선한 것이라고 믿고, 절대로 실수할 리가 없는 선한 아버지를 위해 기도해요. 아버지가 나를 항상 못 본 척해도 난 그렇게 했어요. 나에게 아버지가 절실하게 필요할 때 언제나 아버지는 내 곁에 없었어요. 그때 어디 계셨어요? 오직 사랑하는 마음에서, 아니 어쩌면 두려움에서 나는 아버지의 실수, 아버지의 무정함을 그냥 내 문제로 떠맡아버렸어요. 아버지가 나쁜 아버지가 되지 않도록 하기 위해 내가 나쁜 딸이 되었던 거예요. 그리고 이런 방식으로 우리 두 사람은 '잘' 지냈죠. 나는 내 나쁜 성격을 어떻게 해결해야 할지 고민했어요. 아버지는 나름대로 아버지 일에만 몰두하셨죠. 그때 우리 두 사람에게 일어났던 일은 끔찍했어요. 아버지는 아버지로서, 나는 딸로서, 우리는 어떤 규칙에 따라 살았던가요?

우리는 서로를 잘 알 수 있는 기회를 놓쳤어요. 그리고 그렇게 아버지는 나에게 이방인으로 남아 있었죠. 아버지는 당신 자신과 아버지로서의 체면을 위해 남을 잘 믿는 내 성격을 희생물로 삼아서는 안 되는 거였어요. 그래도 내 아버지셨잖아요. 아버지는 사실 딸 없이 살아오신 거예요. 아버지는 고독해요. 세상과의 연결이 없으니까요. 그것이 당신의, 다시 말해 아버지다운 생활원칙이 거둔 성공입니다.

함께했던 시간들은 내 마음속에 낯선 존재만을 남겨놓았어요. 나에 대해 온갖 불평을 늘어놓던, 나에게 결코 만족하지 않았던, 나에게 온갖 변덕을 부려대던 한 남자만을 말이에요.

아버지가 물려준 그 유산 때문에 나는 오랫동안 고통을 겪어야만 했어요. 이제야 비로소 나는 아버지로부터 자유로워요. 나는 당신이 오로지 위만 바라보면서 노력했지만 결코 목표한 것을 이루지 못했고, 사소한 일 때문에 이 세상에서 물러나 은둔한 별 볼일 없는 사람이었음이 틀림없다는 것을 깨달았어요. 아버지는 어떤 것에 대해서도 의미를 가지지 않았어요. 아버지는 그렇게 중요한 사람이 아니었던 거예요. 어린 소녀였을 때 나는 항상 아버지를 납득시키려고 노력했지만, 아버지는 결코 귀 기울이지 않으셨어요. 당신의 크고 작은 중대사들이 온통 아버지 속에 가득 차 있었으니까요. 아버지는 스스로에게는 가장 위대한 사람이었는지 모르겠지만, 사실 너무나도 보잘것없는 사람이었어요. 유감스럽지만 그걸 나는 오늘에야 깨달았죠.

아버지가 그 어린 나에게 저지른 일을 나는 용서하지 않아요. 하지만 오늘 나는 아버지를 잊어버릴 수 있어요. 이제 아버지의 피와 물 이론은 나에게 더 이상 중요하지 않거든요.

지금 나에게 중요한 것은 낯설게 남아 있지 않은, 친밀한 관계를 가질 용기가 있는 사람들뿐이에요. 아버지는 결코 이런 용기를 가진 적이 없죠. 아버지는 그 모든 아버지다움의 배후에 숨어서, 당신에게도 구속력이 전혀 없는 거창한 말들을 태연하게 늘어놓았어요. 아버지가 진정으로 숨기고 싶었던 것은 뭐였나요? 어쩌면 아버지가 별 볼일 없는 사람이라는 것, 당신의 왜소함은 아니었던가요? 아버지는 성공하지 못했어요. 나는 오랫동안 무의미한 남자의 딸이라는 사실 때문에 고통스러웠어요. 그리고 나는 그 진실을 은폐하려고 많은 일을 했어요. 하지만 모든 것을 알고 나니 무척 안심이 돼요. 이제 나는 자유로워졌고 아버지의 빈약한 마음과는 다르게 세상과 사람들을 볼 수 있게 되었어요. 아버지가 즐겨 하던 말, "남을 믿기 전에 잘 살펴라"가 우리 가족을 당신의 집 안에 가둬놓았고, 사람들로부터 멀어지게 했고 우리를 겁 많고 불신에 가득 차게 만들었어요. 비로소 나는 아버지가 여태까지 접근하지 못하도록 차단했던 그 세상에 호기심을 갖게 된 거예요. ▣